纸上烟云

南北颠 著

广东人民出版社
·广州·

图书在版编目（CIP）数据

纸上烟云 / 南北颠著 . — 广州：广东人民出版社，2022.3（2023.5 重印）
ISBN 978-7-218-15542-5

Ⅰ . ①纸… Ⅱ . ①南… Ⅲ . ①长篇小说—中国—当代 Ⅳ . ① I247.5

中国版本图书馆 CIP 数据核字 (2021) 第 264641 号

ZHI SHANG YANYUN
纸上烟云
南北颠　著

版权所有　翻印必究

出 版 人：肖风华

责任编辑：钱飞遥
责任技编：吴彦斌　周星奎

出版发行：广东人民出版社
地　　址：广州市越秀区大沙头四马路 10 号（邮政编码：510199）
电　　话：（020）85716809（总编室）
传　　真：（020）83289585
网　　址：http://www.gdpph.com
印　　刷：广东鹏腾宇文化创新有限公司
开　　本：890 毫米 ×1240 毫米　1/16
印　　张：26.25　字　数：360 千
版　　次：2022 年 3 月第 1 版
印　　次：2023 年 5 月第 2 次印刷
定　　价：68.00 元

如发现印装质量问题，影响阅读，请与出版社（020-87712513）联系调换。
售书热线：(020) 87717307

目 录

第一章　画匠入职图籍司
　　一、千年古画遭厄 / 1
　　二、连夜寻巧匠 / 5
　　三、吴墨林献技 / 10
　　四、"三仙楼"吐心声 / 15
　　五、刘定之识破造假贩子 / 18

第二章　康熙遗诏疑云
　　一、正副主事之争 / 25
　　二、《早春图》/ 29
　　三、遗诏上的污渍 / 34
　　四、皇四子胤禛 / 38
　　五、机密差事 / 45

第三章　西湖画册藏玄机
一、拼碎图 / 51

二、画中乾坤 / 55

三、狱中泄机密 / 63

四、兄弟离心 / 68

五、南下西湖 / 72

第四章　江湖异士伺机劫宝
一、八爷府暗中行动 / 76

二、刘定之舟中作画 / 81

三、三座石塔 / 86

四、水底觅宝 / 90

五、暗处窥伺 / 93

第五章　《兰亭序》与山水画
一、萧翼与辩才 / 97

二、夹层中的山水画 / 103

三、道士指路鸡冠洞 / 108

四、真假《兰亭序》/ 111

五、武夫习画 / 114

第六章　毒蛇洞惊魂
一、高人指点 / 119

二、文士妙解画中卦 / 123

三、鸡冠洞涉险 / 128

四、雍正过河拆桥 / 132

五、拜师 / 137

第七章　六合锦函藏玄机

一、画圣神迹终现 / 141

二、逃出生天又遇险 / 147

三、巴特尔怒烧《兰亭序》/ 151

四、京城暗涌 / 155

五、青楼中鉴书画 / 161

第八章　金农入伙

一、线索浮现 / 169

二、金农解谜 / 174

三、扮番僧 / 178

四、独乐寺 / 184

五、真伪和尚谈经论道 / 187

第九章　达摩真迹现世

一、观音像里玄机 / 192

二、金刚杵 / 197

三、蠹虫救主 / 201

四、吴墨林戏弄劫匪 / 207

五、女子心事 / 213

第十章　菡芬楼七夕雅集

一、刘定之辨画解谜 / 217

二、七夕雅宴 / 223

三、侠盗徐陵 / 229

四、八爷党现颓势 / 235

五、小兽辟古 / 239

第十一章　夜探董其昌墓

　　一、画舫斗画 / 245

　　二、无字碑 / 251

　　三、夜遇恶犬 / 256

　　四、"愚公移山"之计 / 261

　　五、思白之棺 / 265

第十二章　文房冢之谜

　　一、无尽藏 / 270

　　二、书画劫难史 / 275

　　三、束手就擒 / 279

　　四、假画救命 / 284

　　五、忆旧事 / 289

　　六、暗中示爱 / 295

　　七、辟古再救众人 / 299

第十三章　飍社

　　一、最高机密 / 305

　　二、吴墨林心怀不忿 / 310

　　三、听琴入社 / 316

　　四、虎丘之谜 / 322

　　五、陈青阳生弃意 / 328

第十四章　师徒重逢

　　一、回师门 / 333

　　二、师徒合谋 / 338

　　三、假虎丘，真剑池 / 342

　　四、是敌是友 / 346

　　五、试探 / 351

第十五章　虎丘山寻宝

　　一、各怀鬼胎 / 356

　　二、石中宝 / 361

　　三、惊觉叛变 / 365

　　四、混战 / 370

　　五、官府劫宝 / 375

　　六、会合 / 379

第十六章　造假工坊

　　一、穹窿山中藏富贵 / 385

　　二、信仰崩溃 / 391

　　三、画派之争 / 399

　　四、远行 / 404

后　记

第一章
画匠入职图籍司

一、千年古画遭厄

康熙皇帝披卷览图，千年古画遭厄受污

康熙四十六年，国泰民丰，天下安宁无事。

年初，康熙南巡的行辕从京城缓缓出发。行辕上将近千人，龙旌雉羽，热闹非凡。临行之际，皇帝命令太监携上十几件宫内珍藏的宋元书画。原来这康熙皇帝一生最是喜爱收藏古代书画，尤其嗜爱宋元时期的山水画。每次南巡，皇帝都要随身带上几件，以供途中时时把玩。

皇帝一路上游山玩水，兴致勃勃。四月十四日，行辕由苏州抵扬州，驻跸于天宁寺行宫。

四月的扬州已经是草长莺飞了，白日里春风和煦，夜晚渐有凉意。刚刚入夜，天宁寺行宫的一处暖阁中，香雾熏人，明烛高照。皇帝打开黄绸子龙纹缎面的囊匣，小心翼翼地取出一件两尺多高的大卷轴，指着引首的标签，对身边的一个妃子说："静妃，你看，朕此次带来了《千里江山图》，今日

也让你开开眼界。"

在康熙收藏的上千件古代绘画中，这一件北宋王希孟的《千里江山图》最得他的青睐。这是一件尺寸极大的绢本设色山水画，全部展开竟然有三四丈长。

《千里江山图》中景象大开大合，气势撼人，细微处却极为精到，可谓"尽精微，致广大"。皇帝每次展卷细观，都不由得从心底里钦佩这位天才画家的神来之笔。何况这件作品不但画得出色，名字也极为顺耳。"千里江山"尽在咫掌之内，天下奇观，只在皇帝一握之中。想当年擒鳌拜、定三藩、平台湾，历经千辛万苦，如今终于能坐稳了龙椅，把卷耽玩，心中不免得意非常，竟有一种睥睨天下之感。

皇帝轻轻抚摸着画卷上厚重的石青色，对静妃道："这王希孟作此煌煌巨迹之时，年仅一十八岁，想来真令人匪夷所思啊。"

静妃说道："皇上少年登基，执掌天下，铲除权臣鳌拜之时也不过十四岁，皇上才算是真正的少年英雄呢。"

康熙笑道："你倒是会说话，本来是赏画，却扯到朕身上来了。"

静妃道："若单论画，臣妾倒是更喜欢那些纯水墨的文人画，这《千里江山图》虽是宏大之作，但对臣妾而言，色彩过于艳丽了。"

皇帝指着画中石青色的山峰道："寻常的设色画，倒也庸俗，只是这一件，颜色靓丽却又不失高雅。"

北宋 王希孟《千里江山图》局部

静妃抿嘴娇嗔:"圣上说什么就是什么,但臣妾有个愚昧的见解:若论格调,青绿设色画还是不如水墨画,水墨画似更温润儒雅一些。"

皇帝倒是喜欢这妃子与自己争辩书画品评之事,他笑道:"水墨画不是不好,只是在朕看来,黑白两色,过于单调,更乏庄重大气的堂皇之象。"

静妃见皇上认真起来,也起了兴致:"皇上,您是天子,自然是钟情于堂皇气象,但若因此贬低水墨,以为单调,那臣妾可就不同意了呢——皇上岂不闻古人有'墨分五彩'之说?"

皇帝瞪起眼睛嗔道:"朕当然听说过'墨分五彩'的说法,只不过那是文人的比附罢了。水墨画乃是唐以后才有的,唐以前的高古之作,都是丹青重彩,难道你认为唐以前的先贤,格调都不高吗?"

静妃笑起来,仗着自己受宠,说话也大胆:"皇上,您说这话,臣妾可不敢苟同。唐以前的名迹,今已百不存一,未必没有水墨之作……"

皇帝装作生气的样子,一把抱住静妃,说道:"好你个犯上的妃子,你倒笑话起朕来了,倒显得你是个阳春白雪,朕是个下里巴人,今日就让朕这下里巴人,教训教训你这阳春白雪!"

静妃扭动腰肢,咯咯咯笑起来,用力要挣脱康熙。这两个人闹起来的时候,没注意到身边的桌子上的那柄掐丝珐琅高脚油灯。皇帝一不小心,胯部撞上了桌角,桌子剧烈地一晃,那柄油灯刹那间倾倒,灯油并着灯芯,泼洒在《千里江山图》上,火苗立时蹿到一尺多高。

静妃顿时惊叫起来，皇帝也回过神来，慌忙间拽起身后罗汉床上的布幔，在画上一阵扑打，火光渐灭。在暖阁门外守候的太监听着里面声音不对，连忙推门而入，看到这景象，也呆住了。

皇帝本来就长着一张长脸，此时生气，脸拉得越来越长，面色也越来越阴冷。静妃偷眼看去，只见他的眼睛似乎要喷出火来。静妃从来没有见过皇帝这样生气，一时间竟然吓得不知道说什么好，倒是那太监反应敏捷，见了这情形，立刻跪倒在地，颤声道："万岁爷息怒，保重御体，千万不要气坏了身子。这画再金贵，也不如万岁的身子金贵……"静妃连忙也跪下身，说道："万岁，万岁，是臣妾眼拙手笨，不小心撞翻了油灯，请陛下治臣妾之罪……"

皇帝的面色逐渐缓和，他扶起静妃，叹了口气："哎，朕怎么会怪你呢，这……这件事情……朕也是有责任的。"他扭头看向跪地不起的太监："魏珠，你起来吧。"

这太监名叫魏珠，自幼进宫，伶俐乖巧，是跟了康熙皇帝几十年的贴身太监。魏珠抬眼望向桌子上的《千里江山图》，只见画面正中心一处青绿设色的山头竟被烧出一个鸡蛋大小的洞，周围还有巴掌大一块黑色的油污，甚是扎眼。再看皇帝，紧锁眉头，长吁短叹，懊丧不已。

魏珠弓着腰，小心翼翼地说道："皇上，请恕奴才多一句嘴。这旷世名画，有了这点损伤，本来也是它命中注定的。更何况书画受了污损，均可修复，咱们宫里内务府的造办处就有工匠会修画，等回了京城，再寻能工巧匠，把画修好就是了。"

皇帝阴沉着脸，懊丧地说道："你这奴才说得轻巧，以为朕对工匠之事丝毫不懂吗？寻常污损，修复起来自然容易，但这油污和火烧的痕迹，最是难以去除。而且耽搁久了，油污沁入绢丝，更是难以修复……"

魏珠说道："皇上，自古以来，扬州就是能工巧匠聚集之地。陛下可以在扬州找个古画修复能手，令他把这画修好，不就成了吗？"

皇帝叹了口气道："哎，毁得这么严重，要修好谈何容易。朕这千里江山……竟然被烧个洞，说起来也真是晦气。也罢也罢，魏珠，你赶紧传张廷玉过来,朕要见他。"

二、连夜寻巧匠

左必蕃领命寻巧匠,吴墨林受荐入行宫

皇帝向张廷玉下了旨意,令其速办《千里江山图》修复之事。张廷玉是上书房大臣,素得皇帝赏识。他没有细问古画受到污损的缘由,立刻领旨而去,风急火燎地骑马赶往扬州知府住处。

扬州知府名叫左必蕃。自从皇帝驻跸于扬州,左必蕃就没睡过一天安稳觉。皇帝一行将近千人,衣食住行都得由知府衙门照看着。扬州是两江总督、漕运总督衙门所在之地,四品以上的高官随处可见,更有巨富盐商聚集于此。于是三教九流、黑白两道汇于一处,平日里就搅得左必蕃不得安生。皇帝南巡至此,他更是提心吊胆,唯恐治下有一点风吹草动。

这天夜里,左必蕃躺在床上,心神不宁,左眼皮总是跳个不停,翻来覆去睡不着觉。身旁的老妻讥讽道:"瞧你平日读那些养心悟性的圣贤书,都是狗屁,皇帝来了,还没有什么事情找你,你自己倒吓个半死,平时写字画画、读书养气的功夫,都不知哪里去了!"

左必蕃心里焦躁,懒得跟老妻辩驳。正在这时候,家里的仆人哐哐砸门,大声喊道:"老爷,老爷,门外有个叫张廷玉的,只道自己是上书房大臣,定要见老爷。"

张廷玉的名字可是如雷贯耳,左必蕃一骨碌爬起来,喊道:"快快请张大人移步西花厅,看茶上座!"

不消一刻钟,张廷玉就将寻找修复书画工匠的详情告知左必蕃。左必蕃听罢松了口气:还好自己治下未出乱子。不过他心知皇帝的命令片刻也耽误不得,沉思片刻,立即拟出一串名单,令家中的仆人连夜去请名单上的人速来府中商议要事。

名单中的人都是扬州最知名的书画家。扬州乃东南辐辏之地，官商云集，书画交易极为繁荣，也就引得不少书画名家鬻艺于此，知府大人素喜舞文弄墨，常和这些文人骚客举办雅集，相互筹唱，因此他对当地知名的书画家相当熟悉。他虽然不知道扬州的修复名家有谁，但想必那些书画家一定知道去哪里找这修古画的巧匠。

左知府邀请的书画家们渐次赶来。左必蕃略陈事由，恳请大家向皇帝推荐修复名手。众人听罢，心中暗忖：若是推荐的人不合适，皇上不满意，怪罪下来，难保自己不受牵连。大家嘀嘀咕咕，交头接耳，始终不见有人挺身而出。一边的张廷玉眉头紧皱，越来越不耐烦，左必蕃观其脸色，心里也越发不安，更加焦躁。正此时，一个大脑门、细辫子的矮胖文人站起身，朝众人拱了拱手，不紧不慢地说道："诸位道友，鄙人有一绝佳人选，必能合了左大人和张大人的心意。若是此人不能胜任，恐怕整个扬州也无人够格了。"

众人立时不再言语，目光都聚集在这个矮胖的文人身上，此人名叫金农，表字寿门，号冬心先生，是名噪扬州的书画家。左必蕃连忙询问："不知冬心先生所荐何人？"

金农晃着他那硕大的脑门，一字一顿地说道："我所荐者，正是扬州东城柳树街头的吴氏裱画店的老板——吴墨林。"

左必蕃问道："冬心先生可有把握？"

金农道："大人放心，此人的修复技术已到出神入化之境，只不过是工匠出身，名声不显。"

左必蕃又问："冬心兄可否再详细说说，此人技艺如何了得？咱们向皇帝推荐的人，万不可有什么闪失。"

金农从袖中取出一把折扇，打开后递给左必蕃和张廷玉，说道："大人们请看，这把折扇上的画作，就是吴墨林的杰作。"

张、左二人凑近了观瞧，只见这扇子上贴着几张残破的拓片和书叶，上面布满了虫蛀火烧的痕迹。两个人从未见过这样的东西，大感疑惑。

金农笑道："大人们请仔细观瞧，这扇子上的残纸并非拼贴而成，全部都是由吴墨林一个人画出来的。"

张、左二人吃了一惊,两人伸手去摸那扇子,又举起扇子对着烛火查看,方才明白扇子上的残破之迹,全部是手绘而出。

张廷玉皱眉问道:"金先生,此人的描摹功夫真是令人叹为观止,却不知与修复技艺有何干系?"

金农向张廷玉作了个揖:"大人平日里忙于国家大事,对民间的奇门左道,自然无暇关心,其实这世上的描摹高手,大多是装裱修复行当出身。吴墨林的模仿功夫,正是从修复技艺中锻炼出来的。"

张廷玉不解:"此话怎讲?"

金农继续说道:"古画修复,首要者在于补破。若是画中笔墨有所残缺,需要修复者接全笔意,将缺少的部分画出来。修复匠人必须领会原画的精气神,方能做到天衣无缝,让人看不出修补的痕迹。吴墨林描摹临仿的功夫如此了得,又熟稔那装裱的技术,因此若是遇到残破缺损的画作,自然也就难不倒他。"

张廷玉点了点头,一脸急切地说道:"既然如此,那就劳烦左大人和冬

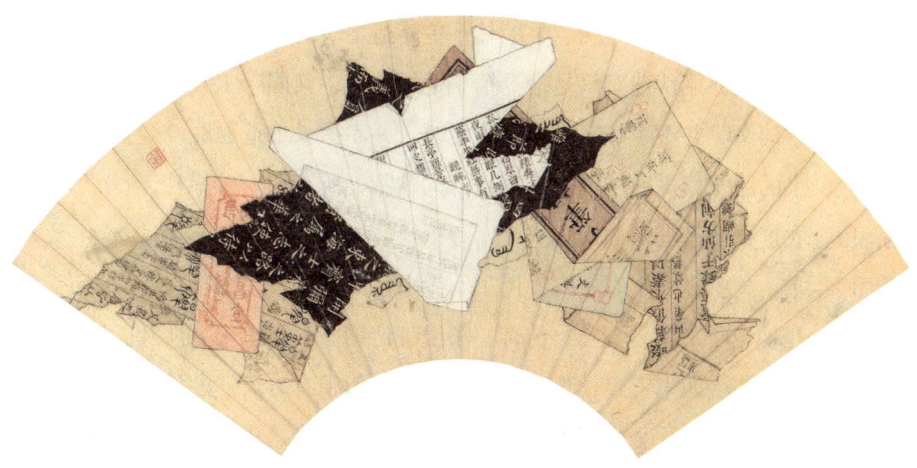

《八破图》扇面

心兄，快去请这位吴墨林师傅来罢。越早越好，越快越好，此事耽误不得。"

金农起身领命。左必蕃从心底里感激金农，立刻让家中仆人为金农备马。

金农平素骑驴，很少骑马。知府大人家里的马跑起来风驰电掣，马背上的金农被颠的有点头晕。他回忆起自己与吴墨林的交往，不禁有些感慨。适才金农并未将吴墨林的详细情况全部讲出来。吴墨林除了是个修复匠人，还是一个造假贩子，二人结识，缘于一件伪作。

大约两年以前，金农参加了一次雅集，有人拿出一张题着自己名款的《墨竹图》，请他在画中空白处再题跋一首长诗。金农却认定自己从未画过这样一件墨竹。但看那画的风韵，古拙中带着巧劲儿，简直比自己画的还像是自己画的。金农大为吃惊，没想到这世上竟然出了这样的造假高手，同时也颇为得意，原来自己也小有名气，不然不会有人造自己的假画，后来又觉失落——画作被模仿得如此逼真，难道是因为自己的水平不高吗？金农立时对造假之人有了兴趣，经过明察暗访，费了无数功夫，终于得知这造假的正主，正是这吴氏装裱作坊的师傅——吴墨林，于是登门拜访。

吴墨林大概二十多岁，比金农小七八岁。金农上门自报姓名的时候，把吴墨林吓得面如土色。但金农却盛赞其画技高超，丝毫没有怪罪责难之意。两人一见如故，遂成莫逆之交。吴墨林不单能造金农的假画，古往今来的名家大师作品，他都能伪造。只是他专精于笔墨技巧，又囿于工匠出身，对四书五经、诗词文赋并不了解。所以作伪之时，并不擅长编造题跋。金农走的是文人画家的路子，贯通儒释道三家，诗词歌赋无所不精。吴墨林读书少，很佩服金农这种学富五车的文人。

两年来，吴墨林受金农熏陶，读了不少书，尤其是涉及古代书论、画论的著作，几乎无所不读。文史、传奇、小说、诗词一类，也多有涉及。但吴墨林最不愿读那些四书五经，他对这些经学典籍似乎有着天然的反感，觉得里面充斥着虚情假意。金农倒也赞同吴墨林的读书路子，毕竟吴墨林读书不为科举考试，全凭兴趣。

此时的吴墨林正在家中睡觉，迷迷糊糊之中被金农强拉起床，半天才明白到底是怎么回事儿。他埋怨金农："我说冬心兄啊，我干的这一行，求的

第一章 画匠入职图籍司 | 9

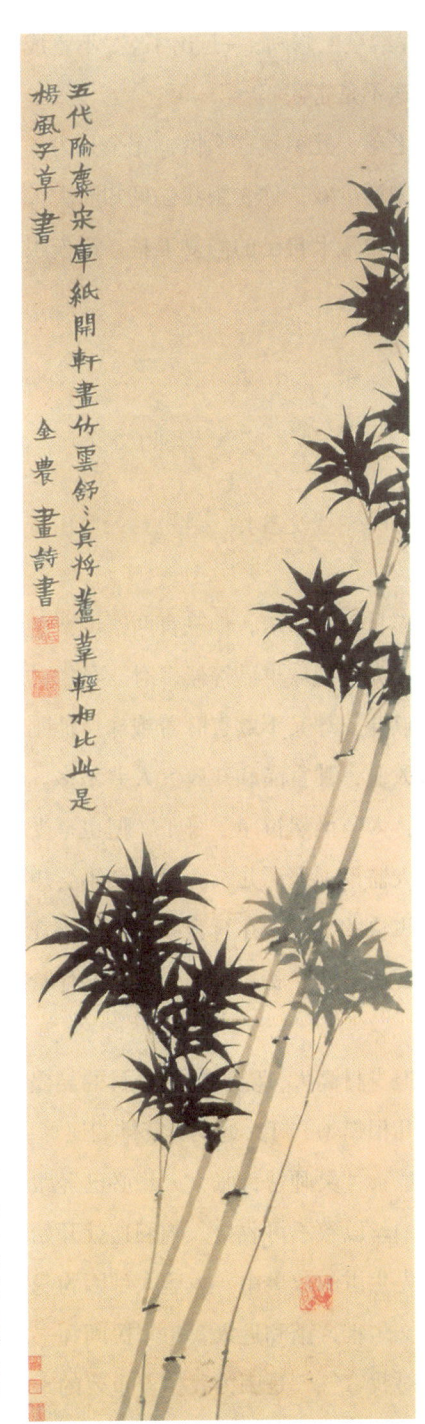

五代隃麋宋库纸開軒畫竹雲舒、莫将蘆葦輕相比此是
楊風子草書
　　金農畫詩書

清 金农《墨竹图》伪作

是闷声发财，你这让我给皇上修画，一旦出了名，不就成了人家的靶子了吗？人怕出名猪怕壮，你这不是害我吗？"

金农道："墨林老弟，兄弟我这么做，完全是为了你着想，我的苦心，以后慢慢说与你听。闲话少叙，你先跟我去见知府大人。"

吴墨林没办法，只得带上自己的修复工具，连夜跟着金农来到左必蕃的府邸。

三、吴墨林献技

施巧技完璧受嘉奖，抖机灵入职图籍司

张廷玉没有跟吴墨林过多寒暄，他三言两语说清楚事由，就带他前往康熙的行宫。行宫门口，太监魏珠早已等候多时。吴墨林之前从未见过太监，黑暗中想瞧得仔细一点儿，却又不敢直盯着魏珠。他刚刚听张廷玉说过，这魏珠可是皇上的贴身太监，其官品和知府大人差不多。

吴墨林暗自忖度：太监虽然被净了身子，但也享受了人间的富贵，有舍就有得。只是不知道太监没了那话儿，心里还会不会想女人。他一边胡思乱想，一边紧跟着魏珠飞快的步子，在行宫中经过重重守卫，七拐八绕，来到一间早已打扫干净的客房。两个膀大腰圆的满洲戈什哈护卫笔直地站在客房门口。

魏珠虽是太监，但身材高大，竟比中等身材的吴墨林还高出半个头来。魏珠见屋子里点着十几根蜡烛，灯火通明，安排的还算妥当，满意地点点头，一脸和善地对吴墨林道："吴师傅，张大人想必已经跟您说清楚了，事不宜迟，别等着灯油沁进绢丝以致不可收拾，咱们这就开始动手吧。"

在扬州茶馆评书先生讲的故事中，太监大都因为身体残缺而性格乖张。吴墨林却觉得魏珠温文尔雅，谦和近人，想来民间评书都是臆造胡说。吴墨林转念又想，他现在对我客气，是因为我担着重要的干系，若我修不好，估计这太监又是另一副嘴脸了。

他振作起精神,仔细看那案子上的《千里江山图》。他的老本行是修复,见过不少扬州书画家的作品。扬州的画家风格各异,什么调性都有,但和眼前的这件卷轴相比,自己曾经寓目的画作竟然都似蝼蚁一般不值一提。他心中暗想:那金农虽然一直自诩追摹古法,但估计也没见过宋元时期真正的好东西,若他现在看到这张画,大概要兴奋得发疯。只是不知道皇宫中珍藏的其他宋元精品,又都是什么样子?

魏珠见吴墨林直勾勾地盯着《千里江山图》,抿嘴一笑,督促道:"吴师傅先别忙着赏画,等您修好了,自有欣赏的工夫。"他又叮嘱门口的侍卫随时听从吴墨林的差遣,便离开了。

吴墨林平静心神,取出随身包裹中的马蹄刀,小心翼翼地将烧煳的绢丝略略刮薄一层,又从一个瓶子中倒出些白酒,用一团棉絮蘸了酒,缓缓地在那黑糊糊的油污上揉搓,油污竟慢慢移到棉絮中去了。接下来他又取出一个小面团和一瓶白醋,用面团蘸着白醋,在残留的污渍上反复按压滚动,转眼间油污处便干干净净。这是吴墨林的独创之技,他下意识地向门口望去,担心有人偷看——自己的独门秘技,可不能让人随便学了去。

油污虽然已去除干净,但更要紧的是如何修补烧破的洞。这补洞的本事,也是他秘不外传的拿手绝技。他踱步到窗口,偷偷向窗外看去,门口两个戈什哈仍然笔直地站在那里,周围也没有旁人,于是他定下心神,开始粘补破洞,补全画面……

时间缓缓流逝,夜色褪去,东方的天际露出一抹微光,门口的侍卫也已经换了两拨人。吴墨林终于将破洞处补上新的绢丝。接下来的工作是"全色",他调好青绿颜料,小心翼翼地一笔笔补全画面,除了所补画面的色彩略显鲜艳之外,几乎看不出修复的痕迹。

吴墨林长舒一口气,连夜的工作,已经接近尾声,还剩下关键的一步。只是这一步,还得确保没人看到,要是皇帝知道了这一步的程序,难保不会龙颜大怒。只见他偷偷摸摸用手指沾了点唾沫,在自己的胳肢窝里搓下来一点泥垢,然后用这点泥垢,在新补的绢丝上反复摩擦,那鲜艳的颜色慢慢就没了火气。他仔细端详了一会儿，不太满意，又用手指在头皮上磨蹭了许久，刮下来一点头油，涂抹在补绢上，反复数十次之后，新补的绢丝竟然被头油蹭出一点儿包浆的柔光，到这时候，才算大功告成。

前来查看修复成果的魏珠暗自吃惊，没想到这个民间艺人在短短的一夜间就做成这件大事。他急匆匆地端着《千里江山图》向皇帝禀报去了。

不过一刻钟的工夫，魏珠又折回吴墨林的客房，喜滋滋地对吴墨林说："你可算是撞了大运，皇上要召见你，你赶快洗把脸，跟我去见皇上。"

吴墨林心里顿时一慌，大清的皇帝是何长相？是不是和年画里玉皇大帝似的？他还真的想去仔细瞧瞧，看清楚了以后也有了跟金农吹嘘的本钱。只是自己乃一介草民，不懂繁文缛节，恐怕在皇上面前失了礼。心中正忐忑之时，魏珠想起来什么，忙教给吴墨林面见皇上的礼仪。

吴墨林是个聪明人，一学便会。这礼节说起来也简单，无非是跪下磕三个头，起身再跪，磕三个头。如此反复三遍即可。吴墨林心下暗忖，这次给皇上修好了画，皇上一定会赏赐自己，大清皇帝富有海内，他的赏赐一定不薄。于是精神大振，决心一定把三跪九叩的功夫做足，让皇上看了欢喜。

魏珠带着吴墨林到了皇帝寝宫门外。一番通报之后，吴墨林被带入暖阁。皇帝正斜着身子倚靠在罗汉床上，周围几个当值的太监捧着香巾、漱盂、拂尘等物，随侍左右。屋内陈设极尽奢华，屋内香炉袅袅飘出麝脑的香气，闻之令人迷醉。吴墨林想起魏珠的吩咐，连忙行大礼。吴墨林跪在地上，只觉得膝下的毯子比自家的铺盖都要柔软。却听得皇帝呵呵大笑道："哈哈！好一个巧匠人，抬起头来，让朕看看你的模样。"

吴墨林谦恭地仰起脸，眉目低垂，只敢小心翼翼地抬眼瞥一下康熙，心中不免大失所望。这皇帝也就和自己的邻居李老三长得差不了多少，只是略显得白净一些，清瘦的脸上生着一对小小的三角眼，尖下巴上长着稀稀拉拉的胡子，脸上还有麻子，比起扬州道观壁画上威严神武的玉皇大帝，差的实不止一星半点儿。

康熙端详着吴墨林，倒觉得这个工匠不似一般的匠人那般愚鲁木讷，这个中等身材的年轻人面目清隽，眼睛不大，瞳仁却闪闪有神。下巴留着一小撮山羊胡子，颧骨略突出，看面相是个聪敏之人。

皇帝此时心情正好，他温和地说道："你叫作吴墨林吧？没想到仅仅一夜的时间，就修好了这《千里江山图》。这等手艺，真盖过了朕宫里造办处作坊供职的皇家匠师。"

吴墨林刚要作答，一眼瞥见皇帝身边的魏珠，心想这位公公位高权重，不如趁此机会攀个高枝儿，于是自谦道："给皇上做事，小人怎敢不宵衣旰食，肝脑涂地？何况还有魏公公鼎力相助，小人才能及时完工。"一番话说的皇帝连连点头，魏珠也眉开眼笑。

皇帝难得心情愉悦，说道："朕对工匠之事素来颇有兴趣。告诉朕，你是如何将这破洞修好的？"

吴墨林一听皇上要询问自己的看家本事，本能的有些退缩，他这修复的技巧是自己辛苦独创的，一直防着不让外人知道，即便是皇上亲自询问，也不愿和盘托出。但面前的九五之尊既然发问，岂敢不答？于是他装出虔诚老实的神情，从头开始讲述修复的过程，只不过着重描述那些简单易行的步骤，把关键难做的环节一语带过，至于搓泥做旧的招式，更是一字也不敢提。康熙又不是做修复这一行的，听来听去也就听了个热闹。在皇帝的眼里，这匠人不紧不慢，娓娓道来，倒比寻常的读书人更显沉着冷静。

皇帝打断吴墨林，微笑着说道："朕有个疑问，你有这样的巧技，能将破洞补得天衣无缝，却不知真懂得欣赏朕这件《千里江山图》吗？"

吴墨林不假思索地回答道："小人一见皇上的《千里江山图》，立刻被其气势震慑住了。此画以大青绿绘就，用色古雅沉厚，丝毫没有后世青绿绘画的烟火气。画中山水楼阁，更是气象万千，笔笔精到，气韵秀逸，格调高雅，神完气足……"

康熙笑着摆摆手："行了行了，你说的这些都是品鉴的套话儿，虽然没什么新意，但也足以见得你读过不少画论。一个匠人能说出这样的话，已经很了不起了。"

吴墨林暗想，这几年跟着金农读的那些书到了关键时刻还算派得上用场。只不过他心里对皇上的评价并不服气，暗暗腹诽：古代的书画论著里的品鉴词汇大多都是这样的虚词套语，就算是皇上，其实也说不出什么新花样。

皇帝略一沉吟，直截了当地问吴墨林："吴墨林，朕看你聪明伶俐，倒是有一点读书人的气格。朕着实爱你之才，你说吧，想要什么，朕赏赐给你。"

吴墨林心想，自己其实最想要的东西是那《千里江山图》，但这话可不敢说出口。原本打算跟皇上讨要一点儿金银财帛就算了事。但又想到皇帝不知收藏了多少宋元名画，不如求着皇帝准许多看几眼那些稀世之作，以后自己伪造假画也就更有底气。于是定了定神，大着胆子说道："皇上，草民是以修复古画为生，虽然经手了不少好东西，却从未见过《千里江山图》这么美妙绝伦的极品。古人将绘画分为神、妙、逸、能四品，小民所见过的古画，原来都只是最低的能品而已。小人别无他求，只恳请皇上让草民开开眼界，再让小民欣赏几件皇上的藏画，心愿就满足了。"

康熙听了吴墨林这番回答，吃了一惊，心想扬州城果然是人文荟萃之地，小小一个工匠竟然也有如此脱俗出尘的志向。皇帝踌躇片刻，说道："你这匠人当真不简单，既然你想一睹朕的藏品，不如跟着朕回京城，在内务府造办处办差，可专门负责看管并修复宫内所藏古书画。你这后半辈子，就可以凭借着皇家修复师的身份，尽览朕的藏品了。"

吴墨林本想问问皇帝，在宫廷造办处当差薪俸是多少，但到嘴的话又问不出口。皇上刚刚赞赏自己脱俗出尘，怎好意思显出自己庸俗市井的一面？可他又一想，能够观览宫廷藏画，是多么难得的机会，这可是多少钱也买不到的体验。于是俯下身，捣蒜一样磕头，口中连连称谢不已。康熙皇帝看到吴墨林略有迟疑，还以为吴墨林不屑和造办处作坊里的一般工匠为伍，于是又说道："朕见你读过诗书，知礼守节，你不必拘于匠籍，回头让魏珠跑一趟吏部，特事特办，直接给你一个造办处七品主事的官职。汉之胡宽、唐之毛顺，都以工匠而成命官，朕这么做，也算遵循古法，御史也说不出什么。"

吴墨林心中一动：七品主事虽是芝麻粒儿大的小官，但守着皇家大内的书画珍藏，想来必有好处可捞。他连忙领旨谢恩。一边的魏珠不免感慨不已，眼前的吴墨林，前一天还是个民间匠人，今天就成了朝廷命官，人的际遇气运，真是不可捉摸。

四、"三仙楼"吐心声

吴墨林临行设酒宴，金冬心送别吐心声

回到自己的裱画作坊，吴墨林环顾家居陈设，再回想皇帝暖阁里那些精巧辉煌的器物，恍如一梦。他一边收拾作坊里的工具器物，一边胡思乱想，自己本来是南方人，到了北方，不知道能不能适应那边的气候。

他是个孤儿，并无亲眷。自己年少时曾拜过一个师父，但师父在苏州，两人已经十多年没有再来往了。他在扬州的店里雇用了几个伙计，平时也没有多少交情，把他们遣散了，送一点盘缠也就是了。

吴墨林伪造了这么多年假画，着实闷声发了笔财，藏在床板下面的一千五百两银子，还得赶紧换成银票，带到京城去。他就要离开扬州，心里倒也没什么不舍。想来想去，自己在扬州最大的牵挂，就是金农这个老朋友。此前自己还怪金农多事，现在看来，金农推荐自己，未尝不是一片好心。

第二天，他去请金农吃饭。两个人来到扬州瘦西湖边上的"三仙楼"，挑了一个雅间坐定。吴墨林叫来小二，专点"三仙楼"中最昂贵的三道名菜：拆烩鲢鱼头、扒烧整猪头、蟹粉狮子头。金农笑道："兄弟你一贯节俭，成天恪守'财不外露'的古训，今日怎么变了秉性？莫非皇帝不仅赏了官，还给了银子？"

吴墨林有点尴尬，金农说得不错。他一贯节俭，这一次如此慷慨，实属平生罕有。他讪笑道："兄弟我平日里低调行事，不也是为了怕旁人知道自己的行当吗？话说回来，我就要北上，在这扬州唯一念想的，也就是冬心兄你了。"

金农呵呵一笑："你也不必伤感，我们以后定然还有再聚之时。实话跟你说，我当初向左必蕃和张廷玉推荐你的时候，早就想到了这一天。你当时还怪我不该推你出来，我的真实心意，你或许到现在也未知晓。"

吴墨林有些疑惑了，他问道："冬心兄，此话怎讲？"

金农煞有介事地伸出三根胖乎乎的手指头在吴墨林面前晃了晃："我之所以推荐你，共有三点原因：其一，是为了让兄弟你通过修复古画，有机会得到皇帝的赏识，参与皇家书画保管和修复的工作，兄弟知道你一向嗜好古代书画，能够与这些稀世之宝长相厮守，也算是莫大的机缘；其二嘛，是出于我自己的私心。我也是嗜好古画的人，可惜自己是一介书生，无缘得见皇家藏画，只能希望你进了宫廷之后，多临摹几件宋元真迹，也让为兄开开眼啊……"

吴墨林夹了口鱼肉放进嘴中，盯着金农三根肥胖粗短的手指头，问道："金兄，你继续说，第三点想法呢？"

金农犹豫了一下，笑道："呵呵，这第三点，也是最重要的一点。怕是你一时间无法接受，我要细细说与你听。我这几年来，盘桓过不少地方，除了扬州之外，还去过苏州、浙江、四川、江西，拜访过不少南方知名的文人墨客，你知道我感触最深的是什么吗？"

吴墨林茫然地摇了摇头。

金农压低了声音，严肃地说道："我最大的感触，就是这普天之下民间所藏的古书画珍品，已经近乎绝迹。尤其是唐、宋、元时期的铭心绝品，十之八九都归入皇帝一人之手了。满清入关以来，鞑子皇帝大肆搜集民间书画珍藏，皇帝手底下的汉狗们，为了讨皇帝欢心，费尽心机广为罗致。从顺治皇帝开始，到这康熙四十六年，经安岐、梁清标、高士奇等人的网罗，民间藏画越来越少。现如今，天下学画之人，已绝难看到上佳的古画，没有好的范本，又如何能学到古人的精髓？文人画道，至今绝矣。一念及此，我便心痛不已。"

金农神情有些激动。吴墨林也是嗜画之人，他倒是能够理解金农的心境，但听到这儿，还不明白金农究竟指望自己做些什么。

金农继续说道："从古至今，书画之收藏，历经数次劫难。尤其是朝代交替之际，皇家藏画往往遭遇兵劫。更有那该死的皇帝，甚至拉着自己的藏画陪葬。南朝末，西魏攻梁，梁元帝投降，将宫廷收藏的名画、书法以及二十四万卷典籍付之一炬，实在是斯文丧尽之举。后来金灭北宋、元灭南宋，内府藏画，也大多毁于一旦。到了明代，所幸明朝后期的皇帝对书画收藏并不热衷，天下书画珍品，大多流散民间，因此明中期以后，出了不少书画大家。到了本朝，皇家再次拼了命地聚敛民间书画。我敢断言——待到大清国命数将尽的时候，定将是又一场古书画浩劫！"

这番话着实是大逆不道之言，吴墨林听得心惊肉跳，忙到雅间门口四处张望，见周遭无人，方才回到座位，安定下心神，压低了声音道："金兄，小心隔墙有耳，你最好少说几句话，虽然你说的都是正理儿，但你不要命了吗？"

金农的脸色因激动而发红，说道："墨林兄，我金农求你为这天下学画之人，做一件事！"说罢他竟然离开座位，腰身一屈，在吴墨林面前深深一拜。吴墨林急忙扶起金农，说道："冬心兄何至于此？我已大概知道你想要我做什么了。你是不是想让我将那皇家藏画都临摹下来，散到世间？"

金农欣喜地点头："不错！而且你做这件事并不亏，只要将这些古画临摹出来，我一定能找到愿意出资的买家。江南的世家大族，底蕴之深厚，远非你所能想见。江南文人画家对宋元书画极其渴望，好的摹本亦价值千金。到时候你既发了财，又让这皇家藏画的真容分散世间，是功德无量之举。"

吴墨林的行事作风，首先要自己不吃亏，其次是不能伤天害理。真按照金农说的去做，似乎所有人都是受益者，皇帝也没什么损失。只是自己去造办处当差，本职工作是修画，而非临摹，临摹皇帝藏画，毕竟不是什么正经差事，还是要避人耳目为好。

金农见吴墨林有些犹疑，立刻猜出他的心思。他与吴墨林交往两年，早就熟知这位兄台谨慎的性格。他说道："你临摹皇家藏画的事，我一定替你保密。你只要摹得出来，就不必愁其他的事，我一切都会处理妥当。"

吴墨林想了想，说道："金兄，我去临摹内府藏画，毕竟不是光明正大之举。一旦所临摹的画作在世间流传，让皇帝知道了，第一个怀疑的人就会是我。所以我想咱们最好做一锤子买卖比较合适。"

金农问道："一锤子买卖是什么意思？"

吴墨林笑道:"我的意思是说,我到了造办处以后,只临摹古画,但不出手,都自己存着,直到攒够了数量,再找个由头归隐山林,然后我们再把临的古画摹本一齐卖了,从此隐姓埋名,岂不是万全之策?"

金农心里暗笑:你辞了这七品小官,还厚颜说什么"归隐山林"。但他面儿上却是一副敬服之色,说道:"老吴,还是你想得周到,只是你也晓得我这辈子嗜古成癖,你远在北京临摹古画,一直攒着不出售,兄弟我无缘一赏,岂不令我心急如焚?"

吴墨林哈哈笑道:"金兄想什么时候看,就直接来我家。说实话,我也就你这么一个交心的朋友,况且如今有这等际遇,也全仗着你的推介。你要借走我的临本自己回家慢慢看,也是无妨的。咱们最后归隐山林的时候出手这批东西,还要仰仗你帮忙找买家呢。"

金农大喜,握住吴墨林的手,说道:"那就多谢吴兄啦!"

吴墨林摆摆手道:"咱们兄弟不必客气。"他暗暗想:等我临够了精品,出手这批东西时,倒不必拘泥于是临本还是真本,辛苦临出来的古画,做做旧,再打着真迹的旗号去卖,或许得价更多……

几日后,皇帝的行辕终于启程北上。魏公公特意差人前来,送了吴墨林些衣物和盘缠。吴墨林收拾好金银细软,随着大队人马开拔。

五、刘定之识破造假贩子

图籍司里主副相斗,造办处内卧虎藏龙

却说这吴墨林随着龙舟,循着京杭运河,一路就到了京城。他在城西寻了个偏僻的四合院,花了二百两银子买了下来,又去琉璃厂添置了一些临摹古画的工具,在家中布置起来。琉璃厂分东、西两条街,房屋栉比,店铺林立,乱哄哄挤满了读书人。商铺中古籍字画、笔墨纸砚,各类文玩器物琳琅满目。吴墨林一路走马观花,发现大多书画都是赝品,其中多数是京城前门一带书画贩子伪造的,也有不少苏州片和河南造。这些赝品的造假手艺比起自己,相差了十万八千里。

又过了几日,吴墨林收到内务府的消息,吏部已经批了他的官身。内务府派了个胥吏,来通知他赴任,一并带给他封官任命的文书,官服、官帽、官印等衣什物件。

吴墨林当的是七品小官,在皇亲国戚扎堆的京城,七品官实在是微不足道。吴墨林倒也没什么激动的感觉。他摩挲着官袍上的补子,心想绣工还算凑合,只是补子上绣的不知是什么大鸟,仙鹤不似仙鹤,鸳鸯不像鸳鸯。于是将衣物扔到一边,打开封官任命的文书,见文书上签有几个吏部侍郎的名字,名字上钤着吏部的大印。吴墨林还是头一回见到封官的文书,他的老毛病又犯了,从心底生出一股冲动,想要伪造一份一模一样的文书。想到自己这些年来造假成瘾,渐成一种纯粹的兴趣,好似是为了造假而造假,想到这里,哑然失笑,不禁觉得自己就是干这一行的天才。转念又一想,将来进了皇家大库,有数不尽的古书画等着自己临摹描画,未来还要和金农干一票更大的事业,不觉踌躇满志……大展身手的日子,就在眼前。

吴墨林供职的造办处位于内廷隆宗门西慈宁宫。为了便于收纳、保管和修复宫内所藏器物书画,办公地点距离皇帝的寝宫较近。造办处下设几十个工坊,有五六个主事,吴墨林的官职是图籍司主事,主管内廷书画、古籍、舆图的修缮、保管、储存的工作。他的手底下还设有一个副主事,几个司库和司匠。吴墨林一一见过了手下的官员,想要摆出一点官威,又不知到底该说些什么,好在这些官员比较主动,端茶倒水嘘寒问暖,勤快得很。只是手下那个副主事,态度稍显冷淡。

图籍司的副主事名叫刘定之,是正儿八经的科举出身。他早在二十多岁就中了进士,可惜为人耿直,不通官场人情世故,被安排到造办处的图籍司担任八品的副主事,一干就是十年。但刘定之却毫无怨言,兢兢业业,本以为这一次旧上司挪了个窝,自己会升上去,结果上头直接调了个人过来。这也就罢了,却听说这人还是一个工匠。刘定之科举出身,最瞧不起的就是工匠,他平时作画写字,也最忌讳匠气,如今却有个匠人站在自己头上,不由得憋了一肚子闷气。

后来吴墨林从手底下一个张姓的司库口中得知，这刘定之性格刚硬，自负才学，历来与上司不和，偏偏这人从来行事严谨，才学出众，光明磊落，上司也抓不到什么把柄，真就像茅厕里的石头，又臭又硬。张司库是个溜须拍马的包打听，早看出新主事吴墨林厌烦刘定之，于是主动吐出许多有关刘定之的事情。吴墨林见张司库知无不言，于是旁敲侧击道："张司库，你看这刘副主事，成天勤勤恳恳，一心全在差事上面，好似除了差事，再没别的寄托爱好。"

张司库说道："他呀，一辈子没别的爱好，连老婆也不娶，只是酷爱古人的法书绘画，尤其对宫里藏的书画，当自己的孩子一样爱护。"

吴墨林问道："他自己也收藏法书名画吗？"

张司库道："刘定之尤其喜欢历代忠臣、大儒、名士的法书名画，但他也没有那么多钱搞收藏，只能觑当下一些画家的书画购藏。"

吴墨林又问："当下哪个画家入得了他的眼？"

张司库道："小人听闻这刘定之尤其喜欢一个叫作朱耷的江西籍画家。朱耷刚去世没多久，存世的画作不少，价格也不贵。刘定之到处搜购，但凡见到朱耷的东西，总要倾力买下。"

对于朱耷，吴墨林再熟悉不过。他以前造过不少朱耷的假画，对朱耷的画风比较熟悉。朱耷本是明藩王之后，自满人夺了朱家天下，他便出家为僧，自号为"八大山人"，平生困苦潦倒，只以书画自娱。朱耷性情孤介，遇人总爱翻白眼，因此他平生所画游鱼禽鸟，也大多白眼示人。吴墨林心想，难怪刘定之喜欢朱耷的画，他们原本就都是爱翻白眼的一丘之貉。

吴墨林回到家中，紧闭房门，取出纸笔，构思片刻，濡墨挥毫，不多时便画了一条鳜鱼，又仿着朱耷的书法，题了名款。从囊匣中取出一个大木盒，翻找出朱耷的假印章，按了印泥钤盖上去。他的造假技术已臻于化境，不过半个时辰，就如行云流水般造出一件假画，略一扫视，觉得纸墨少了点旧气，于是在厨房熬了一锅猪油，将这张画悬挂在灶台上，用慢火熬煮猪油，烟熏了一晚。待到天明，那鳜鱼图果然裹上一层旧气。

清 朱耷《鳜鱼图》伪作

吴墨林将这画带到了造办处工坊，找到刘定之，见四下无人，取出画来，满面笑容，对刘定之道："老刘，听说你喜欢八大山人朱耷的画，我正好收过一件，便送予你了。"

刘定之展开画轴后，心中一阵惊喜。他酷爱朱耷的绘画，也曾购藏过一件《鳜鱼图》，没想到这吴主事竟然又送给自己一件同名画作。想到自己先前对吴主事一肚子怨气，毕竟有些心胸狭隘。难得上司主动讨好自己，又怎么好意思再板着一副面孔？正踟蹰时，吴墨林笑道："老刘，你就收下吧，听闻你在图籍司兢兢业业十几年，兄弟我初来乍到，还要你多多帮衬。"

刘定之心里一阵温热。低头细看那《鳜鱼图》，突然闻着画上飘着的气味不似寻常旧画的霉味儿。于是挨近了仔细观瞧，越瞧越觉得不对劲。这画法虽然猛地一看与八大山人同出一辙，但细加揣摩，笔法中带着一点跳脱和细碎，与自己收藏的那件《鳜鱼图》只皮相类似，骨法用笔却有差异。

他越看越怀疑，面色渐渐阴沉。他早就知道古画造假的高手大多出身于修复的行当，难道是这吴主事造了张假画，送自己当作人情不成？再看印章上的印油，全浮在纸表，丝毫未曾沁入半分。他由此确信此画必为伪作，心中越想越气。自己浸淫书画几十年，连老婆都不娶，功夫全下在这上面了，今日竟被一个造假贩子拿这刚出炉的假货蒙骗，这吴墨林也太瞧不起自己了！

吴墨林看到刘定之表情的变化，心里咯噔一下。

刘定之冷哼了一声道："大人，听闻你是扬州修复高手。扬州那地界，向来出一些身怀奇淫技巧的匠人。听说不光有修画的，还有修脚的，功夫也是一流。只不过您要拿这刚伪造出来的东西在小人这里赊个人情，未免丢了我们图籍司的脸面。"

吴墨林装作不知情，嘴硬道："什么？这是假的？老刘你莫把我的一片好心当了驴肝肺，这画是一个朋友送我的……你又有何凭据，说这是假的呢？"

刘定之冷笑道："这画的表面有淡淡的一层油烟气，用手一抹，还能抹掉一点焦茶色，是刚刚做旧的东西，火气太大。何况这画风，虽然与朱耷非常接近，但细看用笔轻佻，笔法中有一点寡廉鲜耻的邪妄之气。吴大人，您不会看不出来吧。"

吴墨林又羞又气，没想到这个科举出身的读书人竟然对造假也这么了解，想来刘定之的鉴定功夫当真不可小觑。他不由后悔自己昨晚造假过于草率。于是只能赔着笑脸说道："老刘，我也没仔细看，我这朋友送给我的东西，一贯都是真的，我也没想到这一件竟是个例外。"

刘定之料定这画十有八九就是吴墨林仿造的，扬州的修画师傅一贯造假，在业内是出了名的。他这辈子最讨厌造假的行径，一脸阴沉道："吴大人，这画是不是假的，恐怕您自己心里最是清楚。"

吴墨林兀自心慌意乱，连忙转移话题，说道："刘兄今日真是给我上了一课，我跟着刘兄学了一次鉴定。其实兄弟我是个大老粗，因机缘凑巧才得了皇上的赏识。老刘你有这火眼金睛，可得多多帮衬着我吴某人照看司里的差事，咱食君之禄，忠君之事。只要咱老哥俩互相扶持着，必定出不了差错。"

谁知刘定之一听此话，更是从心底里瞧不起他。想到自己寒窗苦读十几年才中了进士，千军万马过独木桥，好不容易才当了这八品小官，这么多年兢兢业业，却不如这杀才一朝受宠，心里真是打翻了醋瓶子似的。刘定之铁青着脸说道："大人言谬了，什么叫食君之禄，忠君之事？难道没有这禄，您就不忠君了吗？我等为国做事，无论官职大小，当不计报酬，一心尽忠，万不可有那蝇营狗苟的心思。"

吴墨林暗道：你这酸腐的八品小官，装什么清高。老子真不知造了什么孽跟你同在一个衙门干活。但他毕竟初来乍到，不想多生事端，于是好歹忍着怒火没有发作。两人不欢而散，从此之后，更是水火不相容了。

图籍司当下并没什么要紧的差事，作坊里的修复工匠定时定量修缮从内廷转送过来的破损字画、古籍和拓片。吴墨林萧规曹随，一切按照从前规矩行事，并不过多干涉。只是每当看到副主事刘定之成天摆着那张臭脸，心里总是堵得慌。好在吴墨林终于有机会得见内府所藏的法书名画，心中兴奋，倒也懒得和刘定之计较。

吴墨林一有空闲，就躲在自己的工坊内，私下临摹修复好的古画，但刘定之竟然几次三番要求自己早日将修好的藏画归还内廷大库，不得滞留于造办处作坊，说这是内务府拟订的章程，有明文规定，直把吴墨林气得牙根发痒，却又不好跟他撕破脸。

造办处另有金石司、木作司，其他司里的副手都对主事言听计从，从不多事，主事想做什么，也从不搅局。偏就吴墨林摊上这么一个难缠的副手，当真晦气。

第二章
康熙遗诏疑云

一、正副主事之争

吴主事司里威难立，八贤王府中讼未平

天气渐渐转暖，京城春日的沙尘暴过了劲儿，接连下了几场雨之后，天气突然热了起来。京城的气候和江南不同，冷热干湿变化剧烈，头天夜里还潮乎乎的，第二天日头高起，空气里的水气立时蒸发殆尽。这样的气候并不适合干修复的活计。修复古画，常需将画心托裱上墙，使其逐渐干燥绷平，若天气骤然变得干燥，容易使画心炸裂。到了这个时节，图籍司里修复活计的进度，自然就变得缓慢。吴墨林也因此有了机会将藏品长期存于工坊内慢慢临摹。

这一日，内廷的太监魏珠亲自转交一件高头大轴，并带来了皇帝的口谕：此画珍贵，着主事吴墨林亲自修复。原来这一件巨轴是北宋郭熙的名迹《早春图》。《早春图》尺幅巨大，气势恢宏。此画于两年前转存于乾清宫内火墙边的楠木柜子里，这火墙是皇宫内取暖的特殊装置，冬天里烧着炭火，通

着暖气。《早春图》本就是历经数百年的物件儿，老话讲"纸寿千年，绢寿八百"，绢本画卷一受到火墙的烘烤，越发变得黑硬干脆。前些日子皇帝心血来潮，要取出此画鉴赏一番，谁料一经展开，便残破不堪，绢丝竟噼啪开裂。康熙心疼不已，忙下了谕旨让吴墨林亲自修复此作。

吴墨林本来就有心在图籍司中立威，现在终于等到了时机。他将司中大小胥吏官僚召集一处，在红漆面大案上展开破损不堪的《早春图》，对一众修复匠师道："各位，此件《早春图》，乃是皇上钟爱之物，咱们一起合计合计，商议出一个修复的办法。"

司库和匠师们围拢过来。只见那《早春图》破败不堪，用手一碰，竟纷纷掉渣。更加之年代久远，已历数次修补，裱边脱落，画上山石树木的墨色也都变得漫漶不清。年老资深的匠师深知此作修复难度实在太大，俱默不作声，恐怕自己沾惹其中。

吴墨林瞥眼瞧向一边的刘定之，只见他痴痴地盯着《早春图》。原来这刘定之最是痴迷宋元古画，今日看到此件巨作遭此厄运，又是心痛，又是惋惜。吴墨林见众人都沉吟不语，心下暗喜，转头看向那一贯擅长溜须拍马的张司库，问他道："老张，你可有什么主意？"

张司库紧皱眉头，缓缓说道："大人，此画是北宋神品，但破损如此严重，绢丝薄脆，实在是难以修缮。小人在图籍司几十年，遇到这样难修的东西，也只能措手而立，望洋兴叹。即便是世间修复高手亲自操刀，也不见得能修复如初。"

其他匠师也都点头称是。

吴墨林又问刘定之："刘大人，您看呢？"

刘定之道："虽是难修，但既然是内廷所藏，上头交付的东西，又如何能推辞？譬如医者看病，遇到难治的病人，竟不医治了？"

吴墨林不置可否地一笑："吴某既然担任本司主事，自当一力承担此事。"他又对几个没经验的年轻匠师说道："你们几个年轻人，这段时间就跟着我，给我打个下手。"说罢将《早春图》移到自己的工坊内，大张旗鼓地开始布置修复事宜。他决心要在这一件难修的古画上一展身手，让司中老少官僚匠

北宋 郭熙《早春图》

师从心底折服，也好杀一杀刘定之目中无人的气焰。

吴墨林也确实是古画修复行当的顶尖高手，他施展平生绝技，立即着手修复古画。年轻匠师们只在一边递个毛巾，打个糨糊，送碗茶水，遇到修复的关键之处，本想好好观瞧，学学技艺，却都让吴墨林临时支开去做其他差事，转过头来再看，吴墨林已经都做完了。

半月有余，《早春图》已修复大半。吴墨林又施展出自己补画的本领，将《早春图》残缺之处补画得天衣无缝。画到一半，他自觉得意，于是又召集司中官僚匠师，名义上是要集思广益，实际是想借此机会，让众人将自己所补的古画与原画做个对比。

半个月以来，吴墨林手底下的几个年轻匠师已然把主事修复的本事到处传扬。众人来到吴墨林的工坊，各个匠师无不交口称赞主事大人炉火纯青的修复技艺。张司库更是不怕肉麻，鼓动三寸之舌道："咱们主事的手笔，怕是全天下找不出第二人，尤其是全补的接笔，与原作竟然天衣无缝，真令下官叹为观止！"

吴墨林听了张司库的阿谀，一颗心好似泡在蜜罐罐儿里那般舒服，正要谦虚一番，不料一旁的刘定之陡然冒出一句话来："吴主事，你这样修复此画，实在是污损前贤圣迹，修了竟不如不修。"

吴墨林的脸瞬间变了颜色，怒火中烧道："刘大人可否详细指点一二，吴某到底哪里修的不好？"

刘定之道："吴主事自负才高，将残损之处补全，让人看不出原迹与修补之处的区别，岂不知是越俎代庖之举。如此这般修复，混淆前后笔迹，你让看画的人如何知道原始画作的真貌？若是皇上赏鉴此画，分不清哪里是你的手笔，哪里是郭熙的手笔，那你岂不是欺君？你到底是让皇上看郭熙的画，还是你的画？你本是修缮古物的匠人，就应当对前人存了谦卑之心，那些残缺的部位，若是实在不知道原作的样子，宁可不补全，也不能凭着自己的臆测，胡乱接笔全色。"

一席话竟把众人唬得当场愣在那里，尤其是刘定之说的"欺君"二字，更如晴天霹雳，把图籍司一众匠人吓得心肝摇颤，吴墨林更是惊惧不已。他这一次为了显摆本事，确实自出己意，补画了不少空缺之处，本来洋洋自得，却没想到这竟然成了别人攻击自己的把柄。

刘定之大气凛然，梗着脖子厉声道："匠人自有匠人的本分，吴主事既然行此越俎代庖之事，下官也不可袖手旁观。下官即刻便将此事上报内务府总管大人，请吴主事好自为之。"说罢拱拱手，便拂袖而去。

吴墨林脸色青紫，心里把刘定之祖宗十八代骂了个遍。转念一想，不能等着刘定之去告状，自己也得赶紧向上头通报陈情，绝不能被刘定之抢了先机。

却说这内务府总管，正是康熙皇帝的第八个儿子胤禩。康熙晚年欲废太子，另立新储。八阿哥胤禩深得圣眷。胤禩待人接物礼数周到，谦谦然有古君子之风，在朝堂中有不少拥趸，甚至竟有人私下称他为"八贤王"。他被授予内务府总管之职，也足以见得康熙对他的器重。

胤禩管着内务府这一千来号官僚，大大小小的事情倒也繁杂，手下官僚相互攻讦是常有之事。这一天接到手下一个主事和副主事相互攻讦的陈情事由，于是将吴墨林和刘定之召到自己的府邸，详细询问二人争议的关捩。谁知这两个芝麻大的小官争执不下。刘定之更是咬定了自己有理，甚至要亲自去皇宫门外叩阙，拼着一死，也要面见皇帝陈说此事。胤禩瞧出这刘定之迂腐耿直，如硬压着此事，说不定此人真要去叩阙死谏，于是摆了摆手，打断了面前争执不下的二人，说道："你们二人都退下吧，我会亲自向皇上陈说此事，问问他老人家是什么想法。"

二、《早春图》

众阿哥献策论奖惩，康熙帝宽仁和稀泥

六月，皇帝携诸阿哥巡幸塞外，中途驻跸于三阿哥胤祉府中。三阿哥安排了盛大的家宴。三阿哥素知康熙喜爱书画，中年以后又偏好博物之学，便投其所好，席间将购藏的一部《海错图》册页献给皇帝。

　　康熙饶有兴趣地接过册页，翻看起来。只见册页中描绘的各类鱼虫，奇形怪状，又注有文字大略述其习性产地，颇为有趣。皇帝指着册页中一图，说道："这套册页当真有趣的紧，只这一图中的'夹甲鱼'，画者竟取四面绘其形貌，足以见得其格物之精严，似也不输于朕宫里的西洋画家了。"

　　又翻到一页，这件画中描绘着一种叫作"鲎"的奇异生物，皇帝端详半响，道："朕的见识也算广博，却未曾听说这种生物。无鳞称鱼，有壳非蟹，大千世界，真无奇不有。"

　　皇帝赏玩了好一会儿，收下了《海错图》册页，又与众阿哥讨论起书画之事。各个阿哥你一言我一语，说的不亦乐乎。胤禩趁此时机，将刘定之与吴墨林相争的事情说了出来。临说完，他笑道："这二人为这事争执不下，闹到我这里来，我左思右想，《早春图》是皇阿玛您的钟爱之物，因此还要请阿玛定夺。"

　　康熙听了一笑，想了想，说道："这本来是一件小事儿，但今日朕却要考校一下你们如何处置此事。太子，你说该怎么办？"

　　座下皇子们顿时绷紧了神经，宴席气氛为之一变。太子胤礽（音"仍"）本就是个优柔寡断的人，突然被皇上问到，心里有些慌张，暗怪八阿哥多事。他想了一会儿才说道："皇阿玛，此事如何处置，全凭圣裁，您喜欢什么样的修法，就让他们如何去修，或者拟定出一个规矩章程，以后都按这章程去做，也省得这些匠人以后再因此事争吵不休。"

　　太子一向谨小慎微，这番话说的也没什么大毛病，但康熙一辈子文治武功，偏不喜欢这样唯唯诺诺的答复，他不置可否地点了点头，又问八阿哥胤禩道："若是让你裁定此事，你该怎么办？"

　　胤禩早有准备，不慌不忙地说道："儿臣以为，这两人虽然争得不可开交，却都是为了皇上，为了差事，从根子上来说，心地都是好的。不如将这其中一人调离岗位，让他们分开办差，再各自给他们赏赐一些宫里的小把件儿，让他们深念君恩，继续努力办差也就是了。至于如何修复，他们两个说的都有道理，书画一事，本归六艺之末，却也没来由寻根问底。"

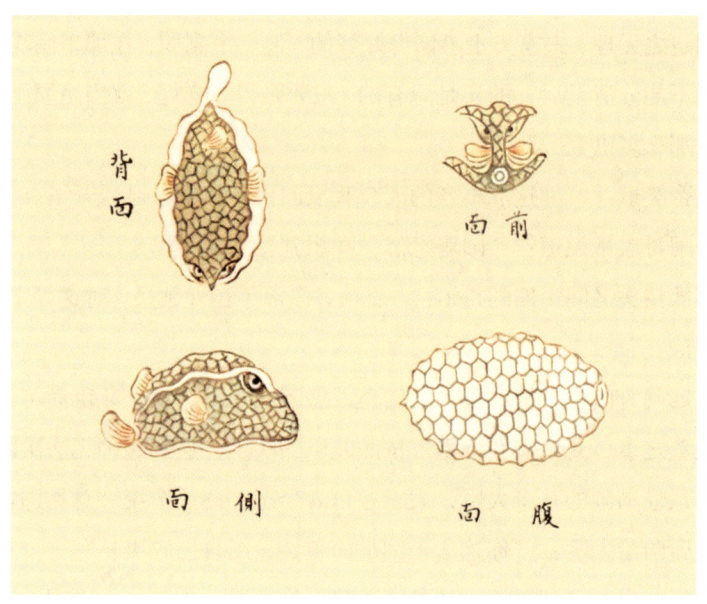

清 聂璜《海错图》中的"夹甲鱼"

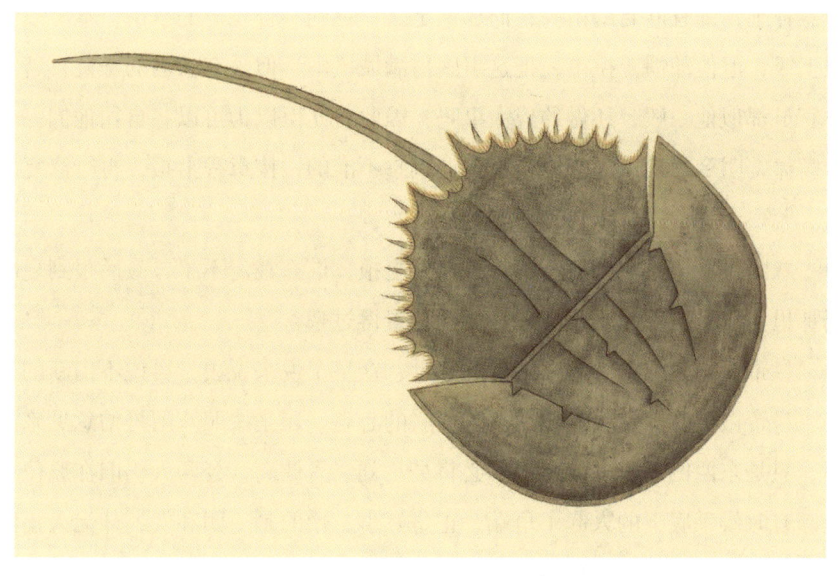

清 聂璜《海错图》中的"鲎"

康熙听了，正待说话，却听得十阿哥胤䄉大刺刺地说道："儿臣觉得，是这刘定之无理，人家吴主事修得好好的，他一个副职，在那里聒噪挑刺儿，甭管能不能分清是后补的还是原有的，只要画得一样好，就当是原画的算了，哪儿来那么多讲究？"

皇帝笑道："你这混不吝的人，我没问你，你倒自己说开了。"

十阿哥胤䄉说道："阿玛息怒，我想到什么便说出来了。"

康熙扭头又问十四阿哥道："胤祯，你常年在外领兵，对这等文艺之事，有何想法？"

十四阿哥向皇帝抱拳道："父皇，您若问儿臣兵事，儿臣尚可说一说，这等文墨之事，儿臣实在不懂。按照儿臣的法子，遇到这种无法决断的事，只叫来最懂书画的几个大臣，大家各自表个态，商议个统一意见即可。"

皇帝哈哈大笑："你这法子倒是简单，只图自己省事！"

最后，皇帝又问胤禛："老四，若让你处置，你该怎么做呢？"

胤禛皱着眉想了想，一板一眼地说道："儿臣以为，这吴、刘二人各有失当之处。吴墨林存了炫技的心思，以为自己有本事，没有向上请示，就敢肆意补画，确有欺君的苗头；而那刘定之，见到不合规矩的事情，本可以密报上级，但他却惯于挑事，把这事闹得满城风雨，似乎有求名的嫌疑，若天下官员都似他一般，还做的成大事吗？因此，儿臣以为可以各自罚他们一个月薪俸，明令二人以后小心行事，遇到拿不准的，按章程上报，再行修复之事。"

八阿哥笑道："如此小事，若件件上报，谁都裁定不了，最后报到皇阿玛那里，成千上万，案牍劳形，哪里处置得过来？"

皇帝又问三阿哥、十三阿哥的意见，众皇子说来说去，再说不出新的见解。皇帝微笑着点点头，说道："依朕的心思，还是按照八阿哥的意见来办罢，只是东西倒不必赏赐，也不必将吴、刘二人调离，令两人仍旧在原位办差。有时候手底下的人起了争端，正是好事，怕的是一团和气，却无人正经办差。何况这种差事与钱粮税赋不同，文艺之事最是模棱两可，不能钻入牛角尖儿争个对错出来。《早春图》既然补到一半有了争议，那就停下来好了，收回宫里好好存放,此事就到此为止。告诉吴、刘二人,若是以后再遇到类似情况,得依据实际而定,既不能补得太过,也不能丝毫不补,补得顺眼即可。"

八阿哥心中暗喜,康熙晚年对官员甚是宽厚,看来自己今日的意见,正合了他的心思。老四胤禛一向刻薄寡恩,他那各打五十大板的处置,不似仁君所为。至于太子的意见,唯唯诺诺,毫无气度,不值一提。

酒席散后,阿哥们各自回到各自的住处。四阿哥胤禛回到卧房,闷闷不乐。他叫来自己的郡王府总管李卫,将席间发生的事情讲了出来。

李卫弱冠之年,虽然不学无术,胸无点墨,但对人情世故了然通达。他细细想了想,对胤禛说道:"主子也不必忧虑,皇上虽然大体上按照了八阿哥的意见处置,但他倒未必看低了主子的建议。"

胤禛说道:"你何出此言?"

李卫说道:"当今圣上英明神武,早年间擒鳌拜、平台湾、定三藩之乱,到了现如今,岁数大了,自然以宽为政,遇到麻烦事,就爱和稀泥,为的是博取一个宽厚君主的美名。但这样的做法,却容易使手下人逐渐散漫,甚至枉法。现如今各地藩台府库亏空渐渐增多,官员贪污腐败的风气也越来越猖獗,咱们皇上不是看不到,而是不想管得太厉害,损害了他仁君的美名。但若他要找个接班人,一定会找一个能矫正这时弊的人。"

胤禛听了,稍稍安慰,但他依旧佯板着脸道:"放肆,圣心岂容你随意揣测……"

却说八阿哥胤禩回到内务府,将吴墨林和刘定之叫到一处,先是抚慰一番,传达了皇上对两人尽忠职守的口头嘉奖,令二人今后仍旧勤勉办差,再遇此类修复状况,既不能不补,也不能补得看不出痕迹,此中微妙之处,只能自己领会。刘定之听说皇帝褒奖自己勤勉忠诚,心中甚是激动,口呼万岁,跪下对着乾清宫的方向磕了三个响头。吴墨林见刘定之跪下磕头,自己也跟着做做样子,心中暗自庆幸没有遭受什么惩罚。

转过年来,金农北上京城来寻吴墨林。吴墨林盛情接待,让金农直接住到家中,并取出自己办差以来临摹的十几件古书画。金农接连十几天似魔怔了一样品赏那些摹本。

金农力劝吴墨林继续待在这图籍司好好办差，借着修复的便利，摹个一二十年，将内府精品都描摹下来。吴墨林算了算，一件假画按照三百两银子计，五百件就是十五万两，自己临它十年八载，不仅欣赏了名作，也赚了大钱，于是心中也涌起豪情壮志。

金农自此之后，每隔一年半载便北上京城，到吴墨林家中观览古画。吴墨林则继续静伏于图籍司，每摹一件画作，都好似腰包里多了几百两银子。他在北京城没什么熟人，更没有靠山，只认识一个魏珠，于是就时不时地托人往宫里给魏珠送一些古玩字画，虽然其中假货居多，却也哄得魏珠十分高兴。

吴墨林的副手刘定之虽然难以相处，但自从上次《早春图》事件以后消停了许多。刘定之渐渐也绝了在仕途上更进一步的念头，只将全部心血倾注于书画上，将其过目的古书画全部编著目录、考订题跋，费尽心血，誓要写出一部前无古人的画论著作。

三、遗诏上的污渍

大行皇帝甍前留诏，小道高人夜半遭胁

寒来暑往，秋收冬藏，十多年慢慢过去，吴墨林已经年近不惑。这十几年间，他不娶妻，不交友，全部精力几乎都倾注在书画上面。他临摹的古画越来越多，临摹的功夫也越来越强，手中的毛笔如同自己身体的一部分，早已达到随心所欲、出神入化之境地。

却说那康熙皇帝，自八岁登基，做了整整一个甲子的皇帝，到如今已是古稀之年。他的儿子们在十多年间为了太子之位，争得你死我活。这期间康熙两度废立太子，后来竟然将太子之位空置着，只等自己宾天之时，最后再作定夺。

康熙六十一年的冬天比以往更加寒冷。西北风卷着雪花漫天洒落，京城大街上人烟稀薄。内廷里传出消息，说是康熙身子骨越来越差，甚至时有昏厥。此时的康熙住在畅春园内，暂不接见请安的官员，只有张廷玉、马齐等几个上书房大臣可以进出。畅春园外的旅店、驿站内挤满了六部郎官和外省回京述职的官员。又过了几天，上书房传出消息，发出的塘和上明确写着"圣体欠安"四字，大清上上下下立时便乱成一锅粥。

十一月十三日上午，内廷将康熙驾崩的消息颁诏天下，京师戒严，北京城里的各处寺庙道观鸣钟，全城尽是诵经吊唁之声。

随后四阿哥胤禛登基，取年号为"雍正"。

吴墨林在这个异常寒冷的冬天嗅出一丝天下即将大乱的迹象，但他只是个七品小官，无论哪个阿哥上台当了皇帝，于他而言，都不会有什么改变。他只管躲在自己的四合院里，藏在书画的世界中，外界即使天翻地覆，又与自己有何干系。

十一月十四日这一天夜里，吴墨林刚刚洗漱完毕，忽听得门外有人轻声敲门。他心里奇怪，忙披上外衣，来到大门口，拉开了门闩，只见门外站着四五个戈什哈，停着一辆马车，从车上走下一个身材魁梧的人，正是康熙皇帝的贴身太监——魏珠。

魏珠面带歉意，温和地对吴墨林说道："吴先生，上次您半夜被拉起来，应该是十几年前在扬州的事情了。而今又要麻烦您，还是有一件大事要托您帮忙。"

吴墨林满心疑惑，他正要仔细询问，却只见魏珠一挥手，几个戈什哈立刻架起他来，不由分说，只把他抬到马车的车厢内，魏珠随后跟入，车夫一抖鞭子，马车立即启动。

吴墨林心中惊骇，问道："魏公公，什么事情这么着急？"

魏珠不紧不慢地说："吴先生莫要多问，只要依着咱的吩咐办好差事，就保你一世的荣华富贵。"

吴墨林越来越不安，他左思右想，就算自己临摹内府书画的事情暴露，也不至于这样大动干戈。况且现如今康熙爷刚刚宾天，谁有闲工夫管自己这个图籍司主事的事情？

马车风驰电掣，吴墨林想要掀开车厢窗户前的布幔，看看外面的状况，竟发现这车厢上的布幔四周被钉在窗框上。大概半个时辰过后，马车终于停了下来，这时魏珠又取出一个黑色的头罩，套在吴墨林头上，说道："吴主事得罪了，此事实属机密，不让您看见，也是为您好。"

吴墨林戴着头套，眼前漆黑一片，被魏珠引下马车。随后魏珠竟弯腰背起吴墨林，疾步前行。大概一刻钟后，魏珠背着吴墨林进入一间房屋，将吴墨林的头罩取下。只见屋内烛光通明，一条大案摆放在屋子正中，案子上放着一件摊开的金黄色丝绸的卷轴，卷轴旁边摆放着修复古画的工具设备。魏珠挑起小指，指向卷中一处，说道："吴主事，你要做的，就是将这卷中涂抹污秽之处，修补完好。"

吴墨林探着脑袋仔细看那卷轴，只见黄绢周围绣着龙纹，绢上写着满汉两种文字。吴墨林不认得满文，只看了那汉文一眼，直吓得手脚发软，一时间脑袋嗡的一声，犹如五雷轰顶。

案子上放着的，正是康熙皇帝的传位遗诏。

遗诏上的字数并不多，前前后后不过一百来字，但见其中一段："皇■子■，人品贵重，深肖朕躬，必能克承大统，著继朕登基，即皇帝位……"这段话中关键的几个字，却不知为何被人用墨涂黑。吴墨林瞬间浑身打了一个激灵，大概猜到自己要做的事情是什么了。

魏珠指着那一段文字说道："吴主事，这被人涂黑的几个字，原本是'皇四子胤禛'，你要做的，便是施展自己的本事，把这涂黑的地方修复完好，补上缺失的那几个字。此卷中除了汉文，还有满文，两处污渍，都要修复。至于满文的字该怎么写，我也为你准备好了。"魏珠说罢取出一张纸片，上面用满文写着"皇四子胤禛"。

此遗诏是康熙皇帝死前不久亲笔所书，文字笔画中已见手摇心颤的迹象。吴墨林心中暗暗叫苦，明白自己已经被卷入一场天大的风波之中。他嗫嚅道："魏公公，此事干系实在太大，皇帝的字，小人哪敢擅自修复？这……可是掉脑袋的事情……"

魏珠紧紧盯住吴墨林，目光似乎能看透人心，他突然呵呵笑道："吴主事，你是个聪明人。你恐怕不是不敢修，而是怕惹上大祸。告诉你吧，大行皇帝撰写遗诏的时候，我正在他身边，我清清楚楚地看到皇帝写的是皇四子胤禛几个字。你如今所作之事，是一件送到你面前的泼天功劳呀！"

吴墨林小心翼翼地问道："敢问魏公公，究竟是谁把诏书涂黑了呢？"

魏珠板着脸："你的问题还真多，也罢，我就告诉你，也让你心中安稳一些。大行皇帝宾天以后，张廷玉便对皇子们和上书房大臣宣读了这道诏书，此后便将诏书封存在南书房里。但现如今政局动荡，竟有宵小之徒质疑张廷玉，说他并未按照诏书中所写的话去读，要求取出诏书，公示群臣。等到张廷玉再去南书房取这诏书，却发现只不过一夜的工夫，遗诏上最关键的那几个字被人涂黑。眼下四阿哥……不，新皇正在大行皇帝的祭典上脱不开身，只能把这千斤担子交给老奴，而当下能修好这遗诏的人，也只有你了……此事拖延不得，眼下的局势瞬息万变，我只能给你一晚的时间做成此事。"

吴墨林的心怦怦乱跳，到底是谁改了诏书？能自由出入南书房的人，俱为大清的肱骨重臣，掰着指头算，不过数人而已。况且魏珠所言也未必是真的。若是张廷玉矫读遗诏，那自己如今所作所为，岂不是滔天大罪？但看如今这形势，刀正架在脖子上，只能听从魏珠吩咐，否则恐怕性命难保。于是吴墨林朝魏珠拜了拜，说道："小人定当竭尽所能，忠于王事。只是一个晚上，要修好这绢上污渍，实在不是容易的事情，小人还需要一个助手协助。"

魏珠道："此事我立刻就去办，不知图籍司中哪一个人合适？"

吴墨林道："时间紧迫，哪个人住得近，就找哪个人，越快越好！除此之外，我还需要和此遗诏材质相同的一块绢料。"

魏珠说道："我那里正有京里官员的档案，这就去查。至于绢料，要找来也不难。吴主事，你这就开始动手吧。"这太监说罢起身便走，快步如风。

房间里除了吴墨林之外，还站着一个面无表情的侍卫，正紧紧盯着自己的一举一动。吴墨林心想自己若是有出格的举动，那侍卫说不定立即就会拔刀相向。也罢！是福不是祸，是祸躲不过！如今这形势，只能老老实实照人家说的去做了！

吴墨林抄起案子上一把磨得锋利的马蹄刀，小心翼翼地在黄绢中涂黑之处刮擦，他要做的第一步，就是先把这污损的黑色部分刮除。刮除墨渍之时，他发现墨汁已经深深沁入绢丝，这绝不像是近日污损的痕迹。他想起魏珠曾说遗诏是昨夜污损的，心中不免起疑。

遗诏所用的黄绢是大内贡绢，绢丝细密厚实，但被刮之处，薄且发白，已然与周围绢料的材质、厚度、颜色不同了。

吴墨林修画的时候，素来不习惯有人在场盯着自己，尤其是涉及紧要的技术细节。在那侍卫的灼灼目光之下，吴墨林浑身不自在，他偏了偏身子，故意挡住遗诏，背对侍卫，继续做活。岂料那侍卫缓缓踱步，竟绕到吴墨林前方，继续监视。吴墨林抬头看去，只见这侍卫年不过三十，身材魁梧。一脸粗豪，颧骨高耸，细眉细眼，像是蒙古人的长相。

正在这时，门口响起脚步声，吴墨林抬头看去，只见魏珠推门而入，说道："吴主事，你的助手找来了！"

魏珠后面跟着一人。吴墨林见到此人，心中不由得一紧。

来人正是图籍司副主事——刘定之。

四、皇四子胤禛

正副主事齐心协力，满汉文字失而复得

"你的家住在这附近？"吴墨林问道。

刘定之说道："吴主事，闲话少叙，魏公公已经将事情告知于我，要做什么，说给我听便是。"

只见刘定之毫无惊慌之色，反而神采奕奕，眼中闪着精光。吴墨林心想这位副主事在八品官位上蹉跎了二十多年，本来已经对仕途没什么期待，如今心中死灰复燃，老树逢春，恐怕是把这麻烦事儿当作千载难逢的立功机会了。

吴墨林也不多说什么，他赶忙交代刘定之具体的任务，让他先去烧开水，打糨糊。看着刘定之跑前跑后的殷勤样子，吴墨林心中有一丝得意。自从他当上图籍司主事以来，刘定之从来没有这么听话。

　　刘定之虽然是科举出身，但因差事的缘故，早就熟练掌握了修复古画的基本程序。技术虽不比吴墨林出神入化，但也算到了登堂入室的程度。他在吴墨林的指挥下，一会儿调稀了糨糊，一会儿研磨了墨汁，两人配合得颇为默契。

　　魏珠在一旁盯着看了一会儿，突然门外有人来报一件要事，魏珠急急忙忙又离开了。屋子里只剩那个年轻侍卫和吴、刘三人。

　　见魏珠离去，吴墨林悄声问刘定之："你家住在哪里？"

　　刘定之压低声音说道："你是想知道现在在哪里罢。你难道还觉察不出吗？此地正是当今皇上做阿哥时候的府邸——雍亲王府！"

　　吴墨林其实也大概猜到自己所在何处，他又说道："老刘，不是我要拖你下水，谁让你住的正好离这里最近呢？"

　　刘定之冷哼一声："此事是为国尽忠，替皇上分忧，岂是什么下水不下水的事情？"

　　吴墨林惨笑道："你现在还对我说那套官话……如今这局势，我们是一条绳子上的蚂蚱，我们俩其实危险得很啊！"

　　刘定之小声说道："那又能怎么办？当下只能全力以赴了！"

　　吴墨林又凑近了刘定之，细声问："你相信魏公公说的是真的？你确定张廷玉宣读遗诏时真的没有读错？"

　　刘定之皱起眉头："如今这情势，相信什么已不重要。"

　　吴墨林道："修复诏书这样机密的事情，对于新登基的皇上而言，实在是一件要命的事，如果我们两个做成了，新皇又想保密，难保不被斩草除根！飞鸟尽，良弓藏，狡兔死，走狗烹的道理你不会不懂吧！"

　　刘定之一边忙着手里的活计，一边压低声音说道："新君登基以前，查贪腐，补亏空，铁面无私，为了百姓做了无数事，得罪了无数人，新君定是明君，这是有目共睹的，他绝不会过河拆桥。"

吴墨林还要继续说时，门口的那个年轻侍卫突然说道："二位嘀嘀咕咕什么呢？请专心做活，莫要分心。"

两个人赶紧低下头，继续紧锣密鼓地忙着。吴墨林接下来开始补绢，只见他取出魏珠带来的那块绢料，用刀子裁出几小块，然后用糨糊小心地粘贴在之前刮过的空白之处。刘定之在一旁说道："补上之后，接缝处仍有痕迹啊……"

吴墨林道："寻常做法，自然是有痕迹的，但若是到我手中，却能让人瞧不出来。"说到此处，吴墨林扭头对刘定之促狭一笑："这时候你倒期望我修得没痕迹了？当初为了《早春图》，你那急赤白脸的样子哪里去了？"

刘定之心中窝火，却不好发作，哼了一声："这两件事怎可以相提并论？"

吴墨林懒得和刘定之争辩，他屏住呼吸，用马蹄刀将补绢的边缘刮出毛茬，再用一根细针，将绢丝一根根挑出，与诏书上的绢丝逐一接续起来。刘定之撇了撇嘴："也并无什么神秘之处，不过是下些死功夫罢了。"

吴墨林道："你倒是说得轻巧。这补绢的每根丝线都要接到原绢上去，需得手稳心定，靠的是针尖上的功夫。"

这道工序最是烦琐漫长，大概过了一个时辰，终于将空白处补全。接下来是补字，吴墨林正要落笔，一旁的刘定之拦住他："千万小心！想好了再动笔！最好找张纸先练一下。"

吴墨林也不搭理刘定之，提起毛笔，凝神便写。他其实早就模仿过康熙的字迹。康熙的书法学自明代末期的董其昌，虽中规中矩，但秀润不足，而且康熙晚年书法的个别笔画已显出疲软之势。几年前吴墨林一时兴起，私下里模仿过康熙皇帝的书法写了一个扇面，但他只能自己藏起来，不敢示与他人。

吴墨林屏气凝神，一鼓作气，将"皇四子胤禛"几个字补写完整。

刘定之眼瞅着吴墨林写完那几个字，心中忽觉一阵悲凉。中国历代学问家皆言书道如何高深，更有那些理学家，说什么书品即人品。如今看这吴墨林，不过是个市井出身的工匠，善于钻营，也无甚修养，竟然能随意模仿前贤文字。上至帝王之书，下至小儿涂鸦，只要是字，没有吴墨林模仿不了的。

康熙皇帝所书对联

刘定之不禁觉得心中对书法道统的信仰在渐渐崩塌。十几年前，当他看到吴墨林全补《早春图》的时候，就感到气愤莫名，现在细细回味，当时的愤怒实际上夹杂着一种恐惧——那是他对自己信念的动摇产生的恐惧。

吴墨林在一旁催道："老刘，别发呆。赶快去裁绢，还有满文那块儿要补！"

二人又开始忙活，着手修补满文处的污损。但当吴墨林开始补写满文的时候，却有些迟疑了。吴墨林需要根据魏珠准备好的满文书写得"皇四子胤禛"四字，写出康熙皇帝的风格来。但满文和汉字不同，吴墨林根本领会不到康熙满文书法的风格特点。他试着在一张空白宣纸上写了几次满文"皇四子胤禛"，都拿不准是否和康熙的书写风格匹配。

门口的侍卫不知何时走到近前，突然说道："你写的满文已经很像先帝了，但还得更加紧凑一些。而且先帝的满文横画写得更加短粗，你写得略显狭长。"

吴墨林心中感激，说道："这位小兄弟，多亏了你，帮了我们大忙了。如今这年岁，懂满文的满人不多见了，您满汉兼修，前途不可限量啊。"

那侍卫眯起细长的眼睛，呵呵笑道："我不是满人，我是蒙古人。"

吴墨林与刘定之都吃了一惊，吴墨林说道："那兄弟你精通汉文、蒙文、满文，如此青年才俊，幸会幸会！"

刘定之附和道："世间有此才能的人确实少见，小兄弟你将来可去理藩院，当大有可为。"

那侍卫却笑道："我其实并不懂满文，那遗诏上的满文我一个也不认识。"

吴墨林问道："小兄弟莫说笑，就您刚刚的指点来看，您怎么可能不懂满文呢？"

年轻的侍卫解释说："二位有所不知，满文本来就是太祖努尔哈赤命人根据蒙古文创制的。其字写法类似，但意思却绝不相同。我本是蒙古人，会写蒙古文字，所以能看出先帝书法的特点，但写的究竟是什么意思，我却不知道。"

吴墨林与刘定之方才恍然大悟。吴墨林觉得这侍卫心地纯良，自己当下

"胤禛"二字的满文

又陷此境地，便有意结交。他向侍卫抱了抱拳，说道："鄙人吴墨林，图籍司主事，敢问兄弟您的名讳台甫？"

那侍卫说道："我叫巴特尔，很小就被选入雍亲王手下当差。"

刘定之也向巴特尔介绍了自己。巴特尔却说："二位先生，咱们就不要在这里多说什么了，还是差事要紧。"

吴、刘二人连忙点头称是。此时吴墨林已经练好了那几个满文字，刘定之正在一边刮除污渍。吴墨林凑过去帮忙，这时他突然发现那被涂黑的几个字中的最后两字，没有被污迹完全覆盖住，微微露出些许痕迹。从那点微弱的痕迹似乎可以辨别出这两个满文字正是自己要写的那"胤禛"二字，他扭头看向刘定之，刘定之不动声色地点了点头。吴墨林恍然明白，原来康熙果真将帝位传给了皇四子胤禛。

将污渍刮除干净之后，吴墨林定了定神，搦管而书，将缺失的满文补全。

此时距离日出尚有半个时辰。巴特尔见遗诏已经修好，欣喜地卷起诏书，出门而去，临走时对吴、刘二人说道："两位大师暂时留在屋中，门外有守卫，有何需求，跟他们提便是。"

吴、刘二人连忙点头。待巴特尔出门以后，刘定之双眼放光，有些激动地说道："老吴，你也注意到了吧，那被污渍掩盖的最后几个满文，正是魏珠让我写的那最后两个字——'胤禛'。由此可见，你我今日所行之事，实为正大光明之事！"

吴墨林却仍皱着眉头，他总觉得哪里有些不对，但又说不出什么。他突然问刘定之道："老刘，这蒙古文和满文，每一个字是表意还是表音的？"

刘定之认真答道："据我所知，满文与汉文不同，汉字表意，蒙古、西藏、满文、梵文却都是表音的，每一个字，即一个音，并没有具体的意思，只有连起来读，意思才能显现出来……"说到这里，他嘴巴突然大张，脸色倏变，停了片刻，说道："我明白你的意思了……不会的，不会的！"

吴墨林紧锁眉头，他喃喃自语道："四阿哥叫'胤禛'，十四阿哥叫'胤禵'，他们名字的读音一模一样……那么这两个人的满文，写起来也应该是一样的啊……"

五、机密差事

赐对联胤禛示嘉奖，表忠心吴刘领新差

巴特尔一去不回，吴墨林和刘定之两人在小屋内开始漫长的等待。

这间屋子原本是伙房，临时腾空以作修复之用。屋子里除了一张案子，两把椅子和林林总总的修复工具，再没有其他物件儿。吴墨林和刘定之在这屋子里，什么也干不了。

吴墨林初时还跟刘定之说几句话，到后来实在没什么话题可聊。刘定之半躺在椅子上，闭着眼睛，嘴里叽里咕噜默念着什么。吴墨林则拿着马蹄刀在一方端砚上磨来磨去，心里冒出无数个念头——外头发生了什么？修复的诏书被皇帝传视于群臣了吗？十四阿哥现在的处境如何？

日头渐渐升起，爬高，又渐渐落下，夜幕再次降临。两个人等得快疯了。正当此时，房门吱呀一声被人推开，魏珠走了进来。吴墨林和刘定之看到魏珠脸上的笑容，知道事情还算顺利，总算松了口气。但吴墨林心中仍然惶恐忐忑，他拉住太监的衣袖，央求道："魏公公，在这北京城里，我只认识你……，我也只能仰仗你！求求你，求求你……帮忙保住我们的性命。"

魏珠死死盯着吴墨林，说道："吴先生，你这是什么意思？难道这不是大功一件吗？皇上赏你还来不及，有什么好害怕的？"

吴墨林哪里敢将修复遗诏之时碰到的疑点都讲出来。他额头冷汗直冒，嘴里翻来覆去地只是说道："求求魏公公，求求你……"

魏珠将嘴巴慢慢凑近吴墨林的耳边："这些年你送我的那些字画，我都记在心里呢。你如果想活着，接下来的事，千万一定要记住，不要多嘴。不要向皇上索要什么，相反，你要求着皇上，求皇上再次赐予你为他尽忠的机会！"魏珠说话时呼出的气犹如一阵阴风钻入吴墨林的脑袋，令他浑身战栗不已。吴墨林再次拉住魏珠的衣袖，央求道："魏公公，当初是你找我来修

复这件遗诏的吧？您不能害我丢了性命呀！再说我们之间也有十多年交情了，求求你，一定要帮我活下去！"

魏珠神色复杂地抿了抿嘴，又认真思索了一会儿，叹了口气道："找你们来，虽然不是我的主意，但我总会帮你的。一会儿到了新君那里，我会尽全力想法子。行了，接下来，你们跟我去面见新君吧。"魏珠深吸一口气，转身招呼刘定之，又取出两个头套，"劳驾二位，还得把这两个套子戴上。"

两个人被魏珠引着，经过一段七拐八绕的路，被带入一间房内，有人摘掉了他们的头套。这是一间书房，当今的皇上、曾经的四阿哥胤禛，端坐在上首，魏珠和巴特尔立在一边。

魏珠喝道："还不向皇上下跪！"两个人于是慌忙下跪磕头。

胤禛即位时已经改年号为雍正，他已经成为大清历史上的第五位皇帝——雍正皇帝。

皇帝看了一眼座下两人，说道："你们起来吧。朕知道你们等得心急。你们做的事情朕都看在眼中，记在心里！"

吴、刘两人连忙再次磕头，口中连呼"万岁"。

皇帝的眼圈发黑，显然这几天都未曾好好休息，他阴沉地笑了笑："有人在遗诏上做文章，想借此搅浑水。但他们也不想想，先帝将皇位传给朕，朕才是名正言顺的皇帝！你们两个人，就是天命之兆！朕本来是要好好赏你们的。但眼下局势不稳，朕的敌人们仍然躲在暗处，所以此事仍需保密。为了稳妥起见，也为了你们两个人的安全，对你们的奖赏，不宜大张旗鼓。"

吴墨林暗想：皇上若是不愿大张旗鼓地赏官赐爵，大可以偷偷赏钱。大清皇帝总不至于连赏钱也拿不出来吧？但转念又记起和魏珠的对话——如今还是保命要紧，赏赐什么的，倒是无所谓了。

吴墨林正在惴惴不安，却只听得身侧的刘定之声如洪钟，又带着一点哽咽的哭腔道："臣，草莽寒门，鸠群鸦属之中，岂意得征天命之运兆。今日臣之际遇，实在是上赐天恩，下昭祖德。圣上启天地生物之德，垂古今未有之旷恩，虽肝脑涂地，臣子岂能得报于万一！"

吴墨林突然想起之前被关在屋子里，刘定之呆坐在椅子上叽里咕噜念念叨叨的情景，敢情这副主事早就提前打好了腹稿！

刘定之哽咽了一下，接着又说道："皇上，臣惟朝乾夕惕，忠于厥职外，愿我君万寿千秋，乃天下苍生之同幸也！"

吴墨林偷眼观瞧，只见皇上不为所动，依旧面无表情，眉宇之间甚至蒙上一层森重的阴气。吴墨林心中的阴影越来越大，不自觉间已经两股战战，此时此刻，他只能祈祷皇帝认为自己仍有利用价值，不会卸磨杀驴。他记起魏珠的话，于是伏身叩首道："臣只觉为圣上分忧太少，请皇上交臣更多的差事，臣一定尽心竭力，万死不辞！"

刘定之在一旁忙不迭跟腔道："臣也作如此想！"

胤禛仍旧目光阴沉，一言不发。魏珠凑到皇帝身边，一阵儿耳语过后，胤禛先是皱起眉头，然后微微点了点头，说道："你们这么一说，我还真的想起一件差事，这差事非你们二人莫属。"他吩咐巴特尔去柜子中取出一个蓝布函套，语气变得温和了一些："这函套中有一张烂掉的画，此画对朕至为重要，需要你们两人合力将其修复如初。此事甚为机密，你们两人私下修好之后，再找巴特尔接洽。"

吴墨林从心底感谢魏珠，刚才一定是魏珠向皇上建议，交给他和刘定之新的差事。皇上既然还让他们两人做事，大概就不会急着杀了他们灭口。刘定之则眼带泪痕，胸脯激动的一起一伏，颤抖着双手接过蓝布函套。

胤禛对两人的反应还算满意，他又想起了什么，说道："眼下朕虽然不能明着赏你们什么官职，但多多少少也要表示些恩惠。巴特尔，去把那两幅字取来。"

巴特尔取来两卷挂轴，皇帝将两个轴打开，原来是一副对联，上联是：俯仰不愧天地，下联是：褒贬自有春秋。

胤禛道："此联乃朕亲笔所书，上联赐给吴墨林，下联赐给刘定之，朕做阿哥的时候，就听说过你们两个人的名号，你们都是人才，才能高了，眼里自然容不下别人。朕将对联分给你们，就是希望你们把力气拧在一处，为朕尽心尽力，公忠体国，朕也不会忘了你们！"

二人忙磕头谢恩，刘定之激动地流出了眼泪。皇帝赐御笔书法，这是何

48 | 纸上烟云

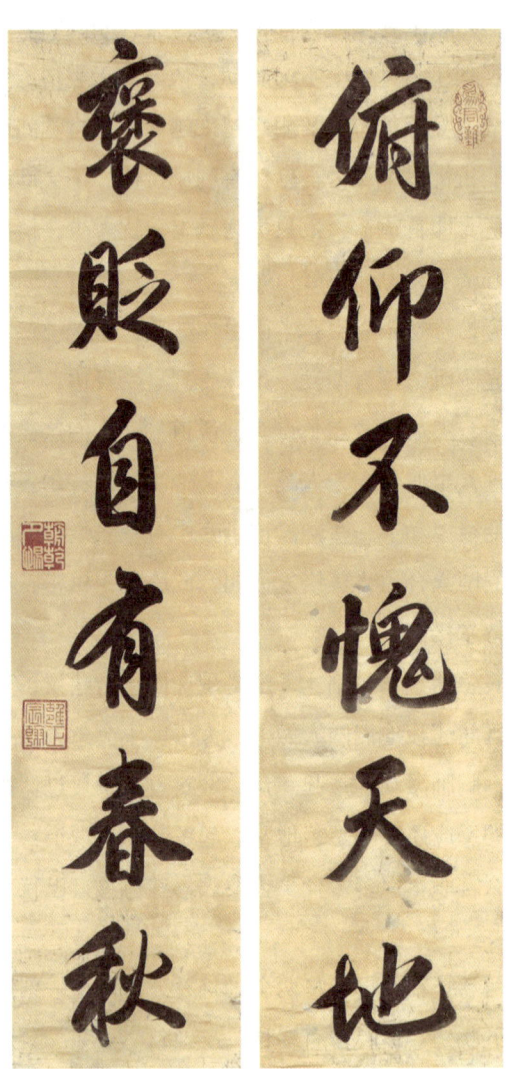

胤禛所书对联

等的荣耀！更何况他本来就是学儒出身，一生总想着青史留名，看着自己那条"褒贬自有春秋"的下联，觉得自己的事迹似乎已经能够在史书中留下一笔了。但吴墨林在心中却直骂胤禛抠门，赏赐这件御笔书法，他还不敢拿出去卖钱，赏了等于白赏。

胤禛那犹如鹰隼一般的目光在刘定之和吴墨林两人身上来回逡巡，他似乎看出了二人表情的差异，说道："刘定之，你是科举出身，听你说话，就知道你是个有学究气的人。"胤禛又对吴墨林道："吴墨林，你虽然技艺精湛，但需记得德在艺前，平时也要多多读书养性，须知能力倒在其次，重要的是对你的主子的心，要诚，要忠！"

"你们退下吧，朕还有要事。"胤禛终于下了逐客令，巴特尔再次为二人戴上头套。又听胤禛冷冷说道："在这里发生的事，你们一丁点也不许泄露出去！给你们戴头套，不是为了防着你们，是为了防着别人知道你们来过朕这里。"

吴、刘二人退出后，胤禛疲惫地闭上了双目。这两天发生的事情，走马灯似的在眼前闪过。

胤禛还记得父皇去世时苍白的面容，先帝爷至死也没有亲口说出传位的人选。先帝宾天后，张廷玉宣读遗诏，他兴奋地难以言表。这之后的十一月十三日，国丧之礼紧锣密鼓地在宫中举行。其间他已经觉察出其他阿哥们异动的迹象，赶紧悄悄令手下人先去京郊丰台大营执掌兵权。谁知军队并未出事，倒是那十阿哥胤䄉竟敢公然放言质疑张廷玉矫读遗诏，张廷玉去取诏书对质，没想到遗诏竟被污损，于是胤禛只能以祭典大礼尚在进行为由，将此事尽量拖延。当天夜里，胤禛和魏珠、李卫等几个心腹商议对策，李卫向他献计寻吴墨林修复遗诏，于是才有后面的事情发生。遗诏修好之后，已经是十一月十五日凌晨，张廷玉再次将遗诏取出，向众位阿哥公示，这次众人终于不再作声。

遗诏到底是谁污损的？胤禛怀疑每一位兄弟。老十只是个莽夫，大概只是被人当枪使唤了，并非是背后主事之人。三阿哥、八阿哥都有可能是幕后主使。十四阿哥此时远在青海带兵，此事应该与他无涉。但满文被污损之处，却偏偏能隐隐约约看出与他有所关联。难道是十四阿哥在京城的党羽所为？胤禛又想到十阿哥闹事时，八阿哥、三阿哥、九阿哥等人看热闹的样子，直恨得咬牙切齿，他此时觉得这些阿哥们没一个是省油的灯，没一个值得信任，于是暗暗下了决心，等自己站稳了脚跟，决不让他们的日子好过！

第三章
西湖画册藏玄机

一、拼碎图

廉亲王府中发感慨，刘定之居家拼碎图

修复完好的遗诏很快就被胤禛向群臣公示，这场风波暂时平息了下去。

廉亲王府中西花厅内，八阿哥胤禩、九阿哥胤禟、十阿哥胤䄉聚在一处。

胤禩叹了口气，说道："老九，老十，你们知道我现在想的是什么吗？我想的是皇阿玛为何不在活着的时候亲自对群臣宣读传位诏书，他为什么非要等自己死了之后，让一个汉臣宣诏？"

九阿哥和十阿哥摇了摇头。

胤禩红着眼圈说道："我现在多少有一点儿想明白了，因为皇阿玛心中觉得对不起我、十四弟和三弟，他一直犹疑不决。他不愿在活着的时候，面对我们失望的眼神！皇阿玛一辈子英明神武，杀人无算，但到了晚年，心竟越来越软，他到死还希冀保留着父子亲情，他想有一个和和气气的结局，哈哈哈……"

九阿哥与十阿哥在一旁神色黯然。

胤禩几声大笑之后，又戛然而止，恨恨地说道："我现在回想皇阿玛最近十几年的所作所为，真可谓是宽和仁厚。世人皆称我为'八贤王'，我的秉性与皇阿玛何其相似！我本来以为自己得了他的青睐，实际上阿玛晚年施行宽政，积弊甚多，他老人家最终想要的是能够革除积弊的人。所以他才选了四阿哥，选了世人称之为'铁面王爷'的胤禛！先帝这么做，其实终究是为了大清……"

九阿哥和十阿哥一时间也不知道该说什么好。九阿哥安慰道："八哥，皇阿玛未必考虑的那么清楚，他一直允许每个阿哥都开府建牙，培植各自的势力，这说明他其实一直未曾确定继承大统的人选。四阿哥最后能被选中，大概也只是先帝一时的想法，若阿玛再活一个月，说不定想法又会变化，当初他两次废立太子，已经证明他在继承人上犹疑不决。"

十阿哥点头称是："八哥，这个时候你可千万不要气馁。他老四要德行没德行，要才华没才华，只会到处抄家杀头得罪人，我看皇阿玛选了他，就是看走了眼！"

八阿哥苦笑道："我自然从心底里不服他。只有他老四懂得铁面无私？只有他老四懂得抄家查亏空？这又有什么难？我若当了皇帝，要宽即宽，要严处自然也能严！他老四能做到的，我为何做不到！你们放心，我胤禩还没到山穷水尽的时候……来人，我要拟一封密函，送给十四阿哥。"

胤禩写好了信，九阿哥和十阿哥传看一番。信中文字简短："昔日太子申生在内而危，重耳在外而安，弟何不效灵武即位，兄必陈酒相迎。"十阿哥看罢有些不明所以，九阿哥却读懂了其中的意思，笑道："八哥寥寥数语，定将十四弟撩拨得心急如焚……十四弟怕是要带兵回京了。好！现下局势越乱，我们才越有机会！"

胤禩很快就将信件以火漆封缄，差心腹送出京城。

却说吴墨林与刘定之离开雍亲王府后，两个人开始商量如何修复蓝布函套中破画的事宜。吴墨林可不愿意招揽刘定之到自己家中，自己的隐私，他不愿让任何人看到。于是两个人约定一同到刘定之家中修画。

吴墨林跟随刘定之来到他的家中，刘家的宅子在雍亲王府附近，是一套两进的四合院，但这偌大的院子里面只住着刘定之一人。吴墨林猜测这大宅一定价值不菲，以刘定之每年四十五两的俸禄，必然买不起。刘定之一不造假，二不贪污，大概也没有其他来钱的渠道，因此这房子一定是他继承的祖产。他的家中很是冷清，没有僮仆，也不见妻子儿女，只有书架子上摞满的书籍。

刘定之早已经准备好修复的场地器具。两人打开蓝布函套，小心翼翼地取出了那一堆破碎不堪的画，平铺在桌案上。

这一堆碎画，看上去七零八落，四分五裂，残破得很，但其实只是碎裂，并未污损，也无虫咬鼠噬的痕迹。看上去更像是人为撕裂，而非自然残损。

刘定之说道："这第一步，应该先把碎片弄潮了展平吧。"

吴墨林点点头，嘻嘻一笑，说道："老刘，我今天给你露一手。寻常修画师傅把画弄潮湿，或者用鬃刷甩水，或者用湿毛巾捂湿，缺点都是受潮不均匀，我用嘴喷，比什么都强。"只见他含了一口水，鼓起腮帮子，用力一喷，说来奇怪，他喷出来的水，竟成均匀的雾状，弥散于碎画上，皱皱巴巴的碎画遇水慢慢伸展开来。

刘定之心里暗想，但凭你如何炫技，老子一个赞扬的字也不会说的！

这一番"口中喷水"的技术没引出刘定之一句肯定，吴墨林倒也自觉没趣儿。二人不再言语，开始用镊子慢慢展开潮湿的碎片，在碎片上又敷数层宣纸，宣纸上又盖上一块平整的木板，又取一方大砚，压在木板上。过了一个时辰，拿开木板，取下宣纸，只见碎画已然平整，皱皱巴巴的折痕全然不见踪迹。

接下来两个人就开始拼接碎片。吴墨林先捡出几块大的碎片，将它们的碎裂处拼合，再慢慢将小的碎片拼补上去，一会儿工夫，便拼出了一幅平远小景山水画。整体看上去，画风颇似明代吴门四家之一仇英的风格，近处几块巨大的石块以小斧劈皴法画成，坡岸则以方硬的披麻皴画出。中景的山坡上，几株小树枝叶繁茂，远处由淡墨渲染出起伏的山峦。

"这里有些奇怪，"刘定之指着山坡处几个小人，"这三个人围成三角

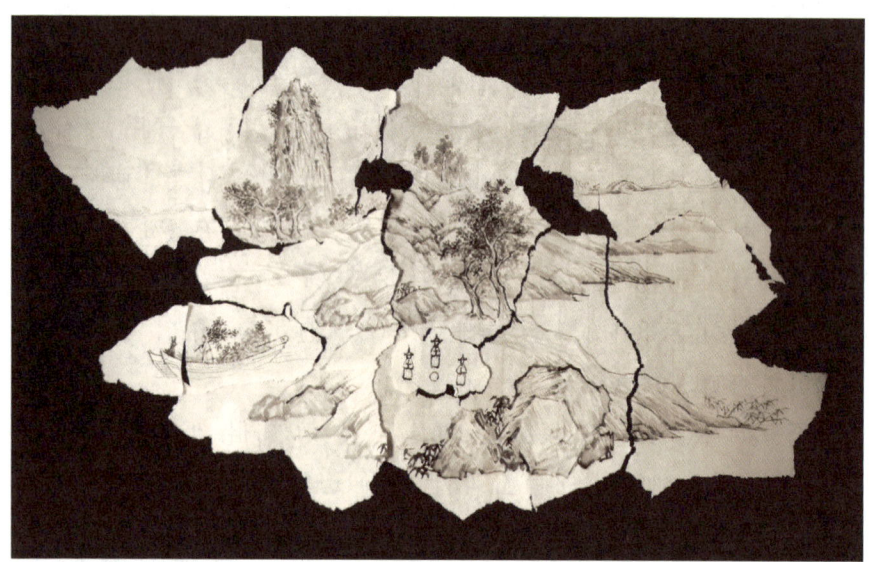

拼好的山水小景

画中的大石柱

画中的三个小人

画中的游船

形,头上戴的帽子也奇形怪状。三个人中间还有个圆圈,他们难道在踢蹴鞠吗?"

吴墨林仔细看去,也觉得画中呆呆立着的三个小人有些奇怪,疑道:"踢蹴鞠?这三个人直愣愣地站着,不像是踢蹴鞠的样子。若说奇怪,你看岸边上的大石头,形状也太突兀了吧。"

刘定之仔细看那岸边的大石头,那石头竟是一个圆柱形,上面稀稀拉拉长着一些杂草灌木。

"这里也令人起疑,"刘定之指着画面中的那艘小船,说道,"你看船上有个文士模样的人,肩上扛着一根树枝,船上还载着一些树的枝叶。他在干什么?船头还蹲着一条狗……奇怪,奇怪!"

吴墨林说道:"管他哪里奇怪,我们反正是已经拼完了,再打一盆糨糊,托裱一张命纸,皇上交代的差事,就算完成。"

刘定之却不说话,直勾勾地盯着那张画,琢磨许久,突然伸出手去,拾起那片画着三个小人的碎纸片,放在眼前盯了好久,口中喃喃道:"这若不是人呢?"

他灵光一闪,好似想起了什么,又打乱了拼好的碎片。吴墨林在一旁急道:"老刘,你干什么?刚刚才拼好的,你又弄乱做什么?"

只见刘定之重新开始拼接,这一次,他一反寻常的拼画路径,从小的碎片开始拼合。吴墨林越看越吃惊。刘定之竟然慢慢拼出了另一张画。

在这张画中,原本立在坡岸上的三个小人,却站在画面右上角的水面上了。

二、画中乾坤

养心殿内君臣奏对,西湖图中细辨毫厘

刘定之盯着那怪异的石头、三个竖直战立的小人以及小人中间的圆圈,

第二次拼好的山水小景

说道:"这张画,画的是西湖!杭州的西湖!那三个小人并不是真人,而是西湖小瀛洲岛旁边的'三潭映月',是三座石塔!至于岸边的那块石头,却不是石头,而是西湖边赫赫有名的雷峰塔!"

吴墨林是江南人,曾去过西湖,也见过雷峰塔和三潭映月之景。经刘定之一说,他立刻就明白过来,不禁暗暗佩服刘定之的机敏。

刘定之颇有些自得。从他们两个人修复遗诏开始,吴墨林便一直有意无意地炫技,他只能在一旁干瞪眼。如今终于轮到自己出彩一回。他虽然从未去过西湖,但几十年来在图籍司办差,阅览了无数古画,其中就有多件描绘西湖的山水画和舆图。年前他还为一件《西湖舆图》的拓片编著过目录档案,对西湖的景致已经非常熟悉。当他看到三个小人的时候,猛然间联想起有关三潭映月的绘画,于是才有了第二次的拼接。

吴墨林说道:"这些碎片既然能拼出两张画,咱们就得把这两种情形都告知皇上。"

刘定之兴奋地点点头:"我们这就去找巴特尔,让他将此事传给皇上!"

巴特尔接到了吴墨林和刘定之的奏告,丝毫不敢耽搁,立刻将消息转奏胤禛。胤禛对魏珠说道:"朕忧心钱粮缺乏之事,莫不是终于有了着落?"连忙令二人入宫面圣。这一次,吴墨林和刘定之面见胤禛,进的不再是雍王府,而是巍峨的皇宫。他们两人跟随巴特尔,从西华门递了牌子进了皇宫。

皇宫内一切装饰都严格依照皇帝丧仪布置,所有宫灯、布幔都换成素白色,除了金灿灿的琉璃瓦顶没办法涂白,其他一切仿佛都蒙上一层白纱。此时,康熙的棺椁仍然停放在乾清宫内,大殓之礼尚未结束。胤禛就住在乾清宫西侧的养心殿内。

吴、刘二人来到养心殿内,皇帝端坐在暖炕上,正在批阅奏折。屋内空间并不大,巴特尔、李卫和魏珠都在屋内的矮杌子上坐着。

吴墨林偷眼观瞧,只见奏折上隐隐约约都是蓝色的字迹。据说国丧期间,奏折中的朱批必须全部改成蓝批,今日终于亲眼得见。正想仔细端详那蓝色颜料究竟是花青还是石青的时候,胤禛将炕桌上的奏折推到一边,对吴、刘二人说道:"听说你们拼出了两幅画?朕好奇得很,巴特尔是个粗人,说不清楚，刘定之，你把详细经过说给朕听听。"

刘定之将修复的大概过程说了一遍，又从蓝布函套中取出那些碎片，在皇帝面前拼了起来。

胤禛一扫这几天的疲惫，饶有兴趣地看完了两次拼接的过程，一边的李卫、魏珠和巴特尔也都啧啧称奇。巴特尔甚至情不自禁地赞道："妙啊！这里面一定有什么蹊跷！"

胤禛扭头问道："李卫，你怎么看这件事？"

李卫原本是雍亲王府总领，现在胤禛做了皇帝，眼看着就要跟着主人鸡犬升天，飞黄腾达。他虽然没读什么书，但脑子极其灵活，听胤禛问自己的看法，说道："皇上，依奴才的见解，这第二次拼出来的西湖图，才是此画真正隐含的线索。吴墨林和刘定之的第一次拼接，是按照正常的思路拼起来的，先拼大的碎片，再拼小的；但第二次，却一反寻常思路，先拼小的，再拼大的，结果截然不同。这说明当初制作此图的人，故意将秘密隐藏在第二幅画中，只有行家里手，才能探出来。"

吴墨林和刘定之听得一头雾水，秘密？什么秘密？此画的制作者又是谁？这张画又是怎么到了皇帝手中？

胤禛点了点头，对吴墨林和刘定之说道："刘定之，你言之凿凿地说，拼出的第二张画是西湖，朕从未到过江南，更无缘游览西湖，那三潭映月和雷峰塔，果真如画中所绘？"

刘定之说道："皇上，臣在图籍司中当差二十载，过目大内所藏书画无数，皇上您的藏画中，便有描绘西湖景色的作品，可调阅出来，与此图相互参照，便可知臣的判断是正确的。"

胤禛起了兴致，他问道："不知内府藏画中，哪些画的是西湖的景色？"

刘定之如数家珍，娓娓道来："皇上可调阅南宋叶肖严的《西湖十景图》册页，其中即有雷峰塔与三潭映月。又如南宋李嵩的《西湖图卷》，描绘了西湖全景，也可调阅一看。"

吴墨林在一旁暗想：这刘定之倒像是宫里藏画真正的主人，胤禛对自己的藏品实际上一无所知，不过是个名义上的主人罢了。

第三章 西湖画册藏玄机 | 59

南宋 叶肖严
《西湖十景》之"雷峰夕照"

南宋 叶肖严
《西湖十景》之"三潭映月"

叶肖严的《西湖十景图》册页很快便被取来。皇帝兴致勃勃地翻看起来,他找到了册页中描绘雷峰塔与三潭映月的部分,端详良久,眉头渐渐皱起来,他指着描绘雷峰塔的那一开,说道:"这三潭映月倒还好说,雷峰塔为何与你所拼画中的石柱完全不同?"

刘定之不假思索地答道:"回皇上,这雷峰塔在明代就已经被烧毁了,现如今矗立在西湖边上的巨大石柱,正是宋代雷峰塔的遗迹。明以后画家所绘西湖景致中的雷峰塔,便都是石柱的样子了。"

"朕的藏画中,有明代以后的西湖图吗?"

"有!武英殿内有一套《江南胜景图》,是明末印刷的木版画,其中一叶所绘的'雷峰夕照'中的雷峰塔,便是一座不见棱角的废墟,上面还生着枯树,只隐约可见窗棂而已。"

胤禛又命令太监去武英殿取来这《江南胜景图》,仔细翻看,果如刘定之所言。

养心殿内众人都对刘定之的记忆力佩服不已。李卫道:"人家都说顶尖儿的读书人可以一目十行,过目不忘,刘主事的才能倒是在画这方面,看过的画,记得可真清楚!"

胤禛点头赞叹:"当真是过'图'不忘。"

听到皇帝和李卫的夸奖,刘定之赶忙自谦地拱手作揖。但他那抑制不住的笑容早就从嘴角绽开。吴墨林在一边看到刘定之难掩的喜色,暗自不服——他自信这本事也不输刘定之,忽然间他有些怀念康熙。一朝天子一朝臣,如今的皇帝,怕是再也不会如康熙那样青睐自己了。

胤禛又问:"朕还有不解之处——画中船上的文人为何肩上扛着枝条?船头的黑狗又有何意?"

刘定之摇了摇头:"这些臣就不知道了。"

胤禛道:"如此看来,这幅画倒真的有些许门道。刘定之、吴墨林,你们两个说不定又要为朕立下一件大功了!朕觉得你们两个倒像是朕的福星,前次遗诏之事,朕还没来得及赏赐你们,现在,你们俩说不定又能帮上大忙。"

吴墨林和刘定之听得一头雾水,拼接一张碎画能帮得上皇帝什么忙呢?

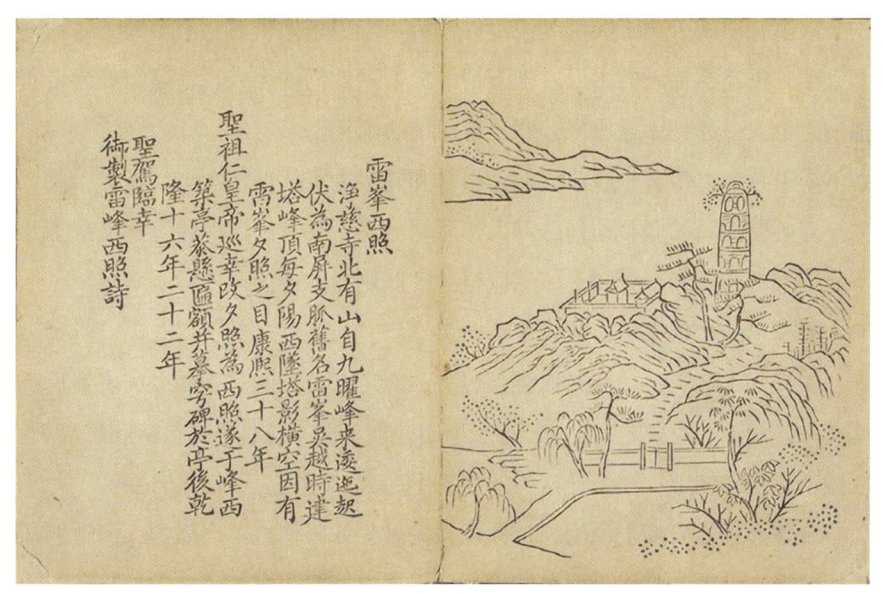

明《江南胜景图》中的雷峰塔

雷峯西照
淨慈寺北有山自九曜峯来逶迤起
伏為南屏支脈舊名雷峯吳越時建
塔峯頂每夕陽西墜塔影橫空因有
雷峯夕照之目康熙三十八年
聖祖仁皇帝巡幸改夕照為西照遂于峯西
築亭荅懸宸題區額并摹宸字碑于亭後乾
隆十六年二十二年
聖駕臨幸
御製雷峰西照詩

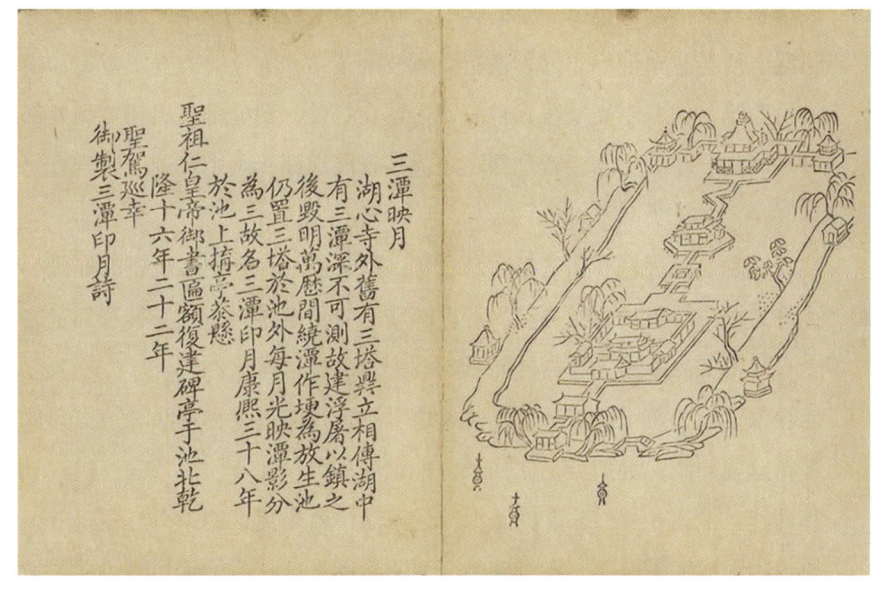

明《江南胜景图》中的"三潭映月"

三潭映月
湖心寺外舊有三塔輿立相傳湖中
有三潭深不可測故建浮屠以鎮之
後毀明萬曆間繞潭作埭為放生池
仍置三塔於池外每月光映潭影分
為三故名三潭印月康熙三十八年
聖祖仁皇帝御書區額復建碑亭于池北乾
隆十六年二十二年
聖駕巡幸
御製三潭印月詩

只听胤禛继续说道:"你们还不知道这些碎片的来历。说起来,这里面也有一个故事,但朕可没工夫细细说给你们听。李卫,你带着这两个人去一趟刑部大牢,去找这幅画的主人,把事情的原委跟他们两个人说清楚。然后带着他们三个人一起到朕这里来,朕还有事情吩咐!"

李卫领命,带着一脸茫然的吴墨林和刘定之去往刑部大牢。

养心殿内只剩胤禛与魏珠两人,胤禛伸展了一下困乏的腰身,又翻了几下小案上的《西湖十景图》,感慨道:"朕倒真的想去西湖看看啊!"

魏珠道:"皇上可仿效先帝爷,启驾南巡。"

胤禛叹了口气:"朕又何尝不想去江南走一遭呢?只是如今国事繁重,朕实在是脱不开身。老八、老三、老十四他们觊觎皇位,巴不得给朕添乱子。朕做了皇帝才知道,这千斤重担压在身上,哪如逍遥王爷活得自在?"

魏珠心想你只嘴上说说,让你现在去做王爷,你也不会做的,但嘴上却说:"皇上勤政,是天下万民的福分!但老奴可要跟皇上说一句掏心窝子的话,皇上要注意身子,千万不可过度操劳。"

胤禛指着桌上堆成小山一样的奏折,叹道:"朕刚刚登基,若政事上有一点错漏,便会惹来群小非议。遗诏的风波刚了结,如今北方发了雪灾,南方又有桃花汛,内务府又缺钱,青海那边还在打仗,到处都要用钱,到处都缺钱……朕如今左右支绌,若是刘定之他们真能在那碎画中找到线索,算是又帮了朕一个大忙了。"

缺钱,是胤禛现在面临的最大的难题。而吴墨林和刘定之所拼的那张小画,或许是解决眼下难题的关键。魏珠暗暗感叹世事难料:吴墨林和刘定之这两个小小的末品官员,竟真的能影响到大清的国运吗?

胤禛顿了顿,瞥了一眼魏珠,又说道:"记得当日是你在朕耳边推介他二人来拼这幅碎画,他们若是立功了,你也功不可没。"

魏珠连忙说道:"奴才能为圣上分忧解难,就是莫大的荣幸。"

胤禛呵呵冷笑了一声,声音陡然变得阴冷起来:"恐怕你当时还存了另外一个心思吧……你以为帮助他们要来了这么一个差事,朕就不会杀他们了?魏珠,你以为朕看不出来吗?"

魏珠扑通一声跪在地上，颤着声音说道："老奴不敢！老奴不敢！"

胤禛摆了摆手，说道："起来吧，朕不杀功臣。"

魏珠颤巍巍起身，用袖口擦了擦额头的汗珠。

三、狱中泄机密

刑部大牢兵痞诉往，隔音密室牢头窃听

一路上，李卫对吴墨林和刘定之简短地讲述了这些碎片的来历。

原来，这碎画原本的所有者叫作汪力塔。汪力塔是满人，本来是山西绿营驻军的一个千总。千总虽然只是一个正六品的武职，但他却在这个位置上大捞油水，且每天赌博、逛窑子、勒索、绑票，几乎恶事做尽。而且还不守道儿上的规矩——赌输了便砸赌场，绑票顺带着虐待肉票，逛窑子还经常赊账。

汪力塔进了大牢，却和上面这些罪行无关。他栽在"吃空饷"这条罪状上。吃空饷本来是康熙一朝军队贪污的常见行径，但汪力塔做的尤其过火——他虐待士兵，克扣军饷，手下的兵跑了一半，仍旧按照原数上报朝廷领了足额的军饷。康熙六十年，四阿哥胤禛领受皇命整顿军队，顺带着清查吃空饷的问题，第一个就拿山西驻军开刀。汪力塔正好成了杀鸡儆猴的典型。

被关入刑部大牢以后，他四处活动，到处打通关节，只求个从轻发落。康熙驾崩后，他本来指望着八阿哥上台，宽待罪员，大赦天下，岂料铁面王爷胤禛继位。汪力塔这下子慌了神，连忙上报朝廷，信誓旦旦地表示自己可以献出巨额财宝，其数目是他多年来冒领和克扣军饷的上千倍，足有几十万两之巨。这时候大清国国库空虚，到处都要用钱，胤禛一听汪力塔的奏报，半信半疑，马上就亲自接见了他。

谁知道这汪力塔献出来的，却是个破烂的蓝布函套，里面装着的正是那一堆碎画。

原来，汪力塔的太爷爷是满人入关时的一个总兵，清军南下之时，他的太爷爷在浙江沿海一带封锁港口，以防南明军民从海上外逃，结果抓到一个正要渡海的巨富，手下的士兵要奸淫那家的女眷，以此要挟那巨富将所有财宝全部交出来。

李卫说到此处，注意到吴墨林和刘定之眼中均有不忿之色。一百年前清军入关，屠城无数，在南方屠戮甚剧。吴墨林和刘定之虽然已是大清的官僚，但他们也是汉人，听到这里心中还是有些不忍和悲戚。

李卫道："当时情况复杂，汪力塔的太爷爷，就是在那时候获得了这些碎片。详细的情形，你们一会儿问他。"

这时候，李卫等三人已经来到了刑部大牢。李卫向牢头儿出示了腰牌和御旨，很快就在大牢内见到了汪力塔。牢头儿殷勤地安排了一间平常审讯犯人使用的隔音密室，将汪力塔带了进去。

汪力塔已经在牢里憋了一年有余，见有人专门来讯问自己，连忙起身相迎，低头哈腰，卑躬屈膝。李卫满脸冷峻，命他将他的太爷爷是如何获得碎片的详情说与吴墨林和刘定之。

汪力塔生着一张黑紫色的大脸，一双小眼睛滴溜溜直转。他说道："三位大人，且听小人慢慢说来，事情已经隔了一百年，我知道的也不算详细，但一定知无不言，言无不尽。"

"我的太爷爷叫作汪六水，他是当年跟着多铎南下的总兵，分了一个封守海港的差使，那时候从海路外逃的南明官僚富户很多，一时之间也抓捕不过来，我太爷爷只能挑那些巨富下手，他逮到最有钱的那家人正准备出海下南洋，结果那阵子正是八月份，浙江一带刮台风，那巨富一家就被困在海边，据太爷爷说，那家人姓项，祖籍嘉兴。"

吴墨林惊问："姓项？你说的可是那嘉兴南城的项守斌？他们家几代经营海商，可算得上是富可敌国了！"

"对对对！项守斌，就是他！我太爷爷手底下的兵截了他的海船，要征收钱财，作为军费。当时军队里面，粮饷也是不充足的嘛。但那项家人不老实，只交出一点金银财帛，根本就不像是个巨富的样子！后来有人告诉我太爷爷，说这个项守斌是个画家，他的书画很有名气，一张画就能卖三四两银子。我太爷爷一听，就把那项守斌囚禁在军营里，逼着他每日作画。项守斌也没办法，就只能照办，每天画个不停。"

刘定之点头说道："巨富之家，积累几代，必然要出文人种子的。项守斌的书画，雅逸超迈，到今天仍在江南享有盛名，可归于逸品一类。没想到被你太爷爷俘虏，强逼作画，真是斯文丧尽！"

汪力塔苦笑着继续道："项守斌被囚在军营里面，画了大概两三周，画出二三百张画儿来，我太爷爷一算，大概能值一千两银子，心里就很高兴。当时还有人嘲笑我太爷爷，说这都是一堆废纸，战争年代，书画哪儿有金子值钱。我太爷爷就说：'你们懂个屁，将来天下安定了，这就是真正的值钱玩意儿。'这时候恰逢我太爷爷上司要来嘉兴视察民情军纪，我太爷爷就准备挑几幅好画用来送礼。太爷爷是个粗人，看不懂书画，于是让那项守斌亲自挑选。项守斌说，还得把画装裱一下，弄得立整一些，送出去才显得体面。当时整个东南沿海被打得稀烂，哪里找得到装裱匠人？项守斌就说他的儿子懂装裱，不如把画交给他儿子装裱成轴。"

刘定之问道："如此巨富之家的儿子，怎么会学那工匠之事？"

"咱也不清楚，我太爷爷更是啥也不懂，也没细想，就让那项守斌的儿子来军营取画，顺便也让项家父子相见，叙叙父子亲情，好让项守斌继续安心画画。项家父子相见，免不了抱着哭一场。后来，项守斌的儿子拿了画，就要离开军营时，被我太爷爷拦住了。"

吴墨林问："为何拦住？"

"哎，此时正说在那节骨眼儿上。项家爷儿俩抱在一起哭的时候，我太爷爷就觉得那两人的哭声有些奇怪，吊着嗓子，像是唱戏装哭的腔调。他兴许是见惯了人哭，所以分得清吧。太爷爷就留了意，偷眼仔细观瞧，只见这两个人抱在一起的时候，项守斌偷偷往他儿子的衣襟里塞了什么东西。等他儿子要离开的时候，我太爷爷就拦住了他，要他把那衣襟里面的东西交出来。但那龟儿子倒是硬气得很，扭头就在军营里乱跑起来，他哪里跑得过士兵？很快就被抓到了，但那公子哥竟然烈性得很，抢了一把刀，四处乱砍，砍伤好几个人，我太爷爷一气之下，就把那小子杀了。后来在那小子身上搜出了一个纸包，纸包里面就是这些碎片。"

吴墨林和刘定之瞪大了双眼。

"不错，这碎片就是这么来的。"

吴墨林问："那么项守斌后来怎么样了？"

"哎！这老头子在屋里听到他儿子的惨叫声，就昏了过去。我太爷爷把他弄醒之后，就问他那些碎片到底是怎么回事？项守斌什么也不肯说，精神受了刺激，身体也垮了。项守斌的家势十分雄厚，没过几天，竟然有数十个汉人抢攻兵营，要劫回项守斌。但他们并非我太爷爷对手，一场战斗下来，这些汉人都被屠光了。至于那个项守斌，没过多久就在军营里面死掉了。"

吴墨林听到这里眯起了眼睛，死掉了？怎么死的？怕是被汪力塔的太爷爷拷打致死的吧。

汪力塔继续说道："我太爷爷差人打听过了，那项家在明代中期就发了家，做海商走私的行当，有两百多艘船，半个南洋的货物都经他们家的船队送到福建和琉球，积累到项守斌这一代人，家资巨万，家财至少也有几十万两银子，后来项守斌洗手不干了，把所有船只卖给别人，偌大的产业被折成了现钱。我太爷爷把项家搜了个底朝天，却只找到几千两现银，剩下的钱财，铁定是让项守斌藏起来了。我的太爷爷便料定财宝所藏之处，就在那碎纸片之中。但他到死那一天，也没有在碎纸片中找到什么线索。我太爷爷死前，就把这些碎纸片传给了我爷爷，我爷爷又传给我父亲，我父亲死前就把这东西传给了我。"

刘定之问道："这一百年来，你的父辈们就没请个明白人找一找这其中的线索吗？"

汪力塔谄笑道："这位大人问得好！我太爷爷本来想请个懂画的人看一看，但后来一想，这种事情可不能随便找个外人看，一旦人家知道了里面的线索，自己去把财宝找出来，那不是竹篮打水一场空吗？我太爷爷于是自学书画，但他实实在在不是那块料子，学了一辈子写字画画，只学了个鬼画符，到最后也没学明白。太爷爷临终前画了一幅绝笔画，一代代传到我手里，照我看,那水平实在太差劲了。"

他从怀中掏出一张古旧的小画,在众人面前打开。这幅画似乎承载着汪六水临死之时的意志,笔粗墨恶,上书几个大字"画中自有黄金屋",可惜直到一百年后,他的曾孙子还是没有找到这个虚幻缥缈的"黄金屋"。

刘定之点点头:"学画非名师传授,耳提面命不可,何况一介武夫,半路出家呢。"

"后来这些碎片传到我父亲手中,这时我们家已经败落了,我爹就把全部希望寄托在这些碎片上,苦苦研究了几十年,还是一无所获。他的路子和我太爷爷不同,他走遍各地,要去寻找和画中之景相同的山川地貌,结果仍然一无所获。等到这东西传到我手中,我自己也研究了一阵子,学过画画,也到处找过类似的地貌,后来也就放弃了。龙生龙凤生凤,老鼠的儿子会打洞,我们家压根就没有文艺这个根子。"

李卫说道:"你在山西干了那么多伤天害理的事情,若让你找到线索,岂不是老天爷瞎了眼?如今你既然把碎画献出来,戴罪立功,就不能再隐瞒任何线索,须知皇上对你网开一面,你自己可得感念皇恩!"

汪力塔连忙捣蒜一般磕头谢恩,挤出几滴眼泪,沙哑着嗓子说道:"回李大人,小人之所以在山西犯下那么多罪过,无非就是想攒下点钱来,等我自己的儿子出生了,给他请个好的教书先生,请个好的书画老师,让他从小学习,将来能解开这秘密。谁知道……"

李卫冷哼道:"行了,你闭嘴吧,赶紧换一套干净衣物,跟我回皇宫复命!"

四个人走出审讯室,找到牢头,让汪力塔换了一身干净的衣服,便离开大牢,再返皇宫。

却说那牢头,名唤李强,是廉亲王胤禩的秘党。他做了十几年牢头,在牢里的手段比谁都精明。汪力塔等人所在的密室墙根处早已埋了一根铜线,铜线穿墙而过,一直延伸到四五米之外的另一间密室,铜线的另一端接着个铁碗,李强把耳朵贴在铁碗口,将李卫等人的对话听了个明明白白。

四、兄弟离心

阎罗审案惊惧人心,青海接旨暂收叛意

却说李卫等人前去刑部大牢之后,皇帝摆弄了两下桌上的《西湖十景图》,突发奇想,他向魏珠问道:"你应该对内府藏画的规模相当熟悉,除了那些陶冶人心的山水、花鸟和道释人物,有没有那种警诫人心的画儿?"

魏珠问道:"老奴不太明白,皇上要用这种画来做什么?"

胤禛道:"唐张彦远有云,绘画之功用,首要者在于成教化,助人伦。朕想知道,宫里有没有这一类的画……只要拿出来给做官的看看,就能让他们收敛一点,起到警诫之用?"

魏珠道:"老奴先前陪着先帝爷赏画,倒也遇到几件此类画作,待老奴去内库搜查一番。"说罢他便带着几个小太监离去。不过一个时辰,便抱了几个卷轴回到养心殿。胤禛逐个打开画轴,心中满意,眉头舒展,连连点头:"甚是合适……甚是合适……这些画可做大用处!"

又过了一会儿,李卫带着吴、刘、汪三人回到养心殿。值殿的太监用猫儿一般柔软的动作挑起珠帘,让这几个人进去。

"你们来得正好,我刚刚看完一幅画,也给你们瞧瞧。"胤禛在看完的那一堆卷轴中翻出一个轴子,缓缓打开,说道,"刘定之,你最懂画,你来给他们几人介绍一下这张画吧。"

刘定之张口即来:"此画名为《地狱十王图之五七阎罗大王》,为元代陆仲渊所画。画中所描绘的是地狱中阎罗王审判亡灵的场景。这种画又叫作'水陆画',寺庙里的和尚们做法事、讲经的时候都会挂出来,其主要目的是为了警诫信众多行善事……"

"说得不错!"胤禛打断了刘定之的话,"这张画,画的正是阎罗王在地狱里审判亡灵的场景!你们看到案台左前方立着的一面大圆镜了吗?这面

元 陆仲渊《地狱十王图》之五七阎罗大王

镜子叫'业镜',能够照出亡灵生时的一切善恶行径。朕也希望有这么一面镜子,能照出百官的真实面目!"

说到这里,他冷冷地瞥向汪力塔,汪力塔被吓得一个激灵,忙不住磕头,紫红色的大脸淌下汗来,口中连声说:"皇上,奴才知错了,皇上的双眼就是业镜,早把罪臣看得一清二楚,求皇上饶臣一命!"

胤禛冷冷地一笑,又指着画中遭受各种酷刑的罪人,说道:"汪力塔,朕如今免了你的罪,是要你戴罪立功,协助吴墨林等人找出宝藏来。你要知道报恩,若你再有欺君罔上、贪赃枉法之行,你必像画中那些罪人一样,遭受刀山火海、千刀万剐的刑罚!"

汪力塔战战兢兢地看着画上的惨象,只见那锋利的尖刀从地面或岩石中升起,凶狠的狱卒正在驱赶亡灵行往刀山。亡灵赤身裸体,在刀山上或爬或卧,万剑穿身,惨不忍睹,痛苦万分而死。业风一吹又复活,再被驱往刀山,如此循环往复,永无出期。

吴、刘二人细看画中情景,也不寒而栗。胤禛面色稍稍缓和,接着说道:"朕今日起意赏画,特地让魏珠去挑了一些警示人心的古画,目的就是要告诫你们,为朕办事,为国效力,当尽忠职守,若有违者,朕定不饶恕!"

吴墨林、刘定之、汪力塔心中惧颤,齐膝下跪。胤禛满意地呼出一口气,缓缓道:"若你们为朕分忧解难,办成了差事,朕当然也不吝赏赐!"

吴墨林忍不住腹诽:我上一次替你修好了遗诏,算多大的功劳!可是你这抠门皇帝当时借时局不稳之由,只送了半副对联,还说什么以后还有大赏,结果拖到现在也没给什么实惠。但他嘴上却是一连串马屁:"皇上是当今圣主,能为主上分忧解难,是咱一辈子的荣耀!臣一定拼尽全力,继续去揭开那碎画中的所有秘密!"

刘定之在一边皱起眉头,心里暗想:之前的线索都是我想出来的,这吴墨林如此说辞,就好像之前的功劳是他的一样,当真是小人嘴脸,着实可恶!

胤禛对自己恩威并施产生的效果颇为满意,接着大声说道:"众人听旨!朕密令吴墨林、刘定之、汪力塔前往杭州,寻找那些碎片中的藏宝之地!此次行动,不宜声势过大,朕派巴特尔带着五六个戈什哈随行,万不可泄露消息。若你们找到宝藏，立即向朕通报，不得擅自处理！"

几个人连忙磕头领旨。胤禛才做了十几天皇帝，行为举止隐隐然已经有了雷厉风行、冷酷森严、杀伐决断的气象。魏珠与李卫侍立一旁，心中也不免感慨——新皇帝的作风和康熙大不一样。康熙晚年对臣子优渥宽容，绝不会说出上面那些狠厉之言。

却说刑部那管事的牢头儿李强自从得了这宝藏的消息，趁着夜色，来到廉亲王府。他是廉亲王府的熟人，守门的侍卫立刻就带着他踅进王府月洞门，沿抄手游廊转进西花厅。廉亲王胤禩得了下人的通告，忙不迭迎了出来。

李强于是将白天自己听到的事情，和盘托出。

胤禩沉吟道："价值几十万之巨的宝藏？这可不是个小数目……"

李强道："八爷，小人受您恩惠甚多，只有一片赤诚之心，小人把话撂开了说吧，这笔钱，是一笔飞来的横财，他胤禛能取，您自然也能取。这笔钱上难不成印了谁的名字吗？"

胤禩点了点头："天予不取，反受其咎。我既然得了消息，就断无白送机会的道理……"

李强向胤禩拜了拜："八爷，您说得太对了！您一向仗义疏财，这也是老天爷送给您的厚礼！"

胤禩捻了捻胡须，心中逐渐有了计较。当下这笔钱财，若让胤禛得了，必能充盈国库，填补亏空。胤禛高兴，他胤禩就不会快活。如今胤禛在明处，他在暗处，手中筹码依旧很多。自己的党羽遍布朝野，府中的能人亦不在少数，自己绝不能错失了这次机会！

他转念又想到了远在青海的十四弟，这位觊觎皇位已久的皇弟，是否也和自己一样，暗地里憋着一股子劲儿，非要让胤禛的皇帝之位坐得不顺当呢？

远在青海带兵的胤禵前几日才刚刚得到康熙驾崩的消息。京师相距青海几千里路，即便报丧的信使快马加鞭，一刻不停，但还是晚了十几天才将京城的消息传到青海。信使同时带来了新皇的旨令，令他轻车简从，速速回京城奔丧，同时立刻交接军权，将平叛之事交付其他将领。

胤禵恸哭一阵，涕泪横流，其中自有为父亲去世的悲恸，更有对父亲没将皇位传给自己的憎怨。就在几个月之前,他被康熙赐予"大将军王"的称号,授大将军印,天子剑,奉节出京,率兵到青海平叛阿拉布坦之乱,本来以为康熙将如此重要的军国大事交给自己,是传位于己的信号,却没想到,竟然等来了这样的结局。胤祯此时犹豫不决——究竟是把心一横,带兵造反,还是先回京城,伺机而动。过了一日,胤禩的密信也送到了十四阿哥手中,盯着信中那一句"弟何不效灵武即位,兄必陈酒相迎",胤祯心中更是翻江倒海,他不敢相信任何人,其中也包括胤禩。

在新皇信使的反复催促之下,胤祯最终还是决定依着新皇帝的旨意,千里迢迢返回京城。

五、南下西湖

养蠹虫欣慰得良种,买尿脬怕羞绘彩图

康熙皇帝的大丧之礼已过了二十多天。北京城的气氛已经不再像十几天以前那样萧寂肃杀。朝廷明令自康熙驾崩之日起,文武百官及所有百姓一百天之内不准作乐,但已经有人私下里饮酒听戏了。

吴墨林对康熙的逝去并无多少悲痛,他只是觉得先帝爷曾对自己垂顾有加,新皇帝似乎更看重刘定之那一类人,因此心中略有惋惜,况且自己已经渐渐厌倦了京城的生活。他十多年以来借着图籍司主事的便利,临摹了三百多件内廷古画,几乎囊括了康熙珍藏的古代书画珍品。这些古画已经深深地刻在他的记忆之中,就连晚上睡觉时,古画中的山山水水、花花草草都在他的梦中上下翻飞。

他一直惦念着当年和金农在扬州分别时许下的承诺。十多年过去,自己的目标已经完成,到了该去筹划"归隐山林"的时候,却又摊上了修复遗诏的事情。虽然目前来看性命无虞,但他总是感觉心里不踏实——修复遗诏的事情太过重大,自己身上牵扯的干系着实太多了。

他打定主意，等到了杭州找到碎片内隐藏的宝物，开了眼界，就找个时机"功成身退"，"卸甲归田"。这之后再伙同金农，将摹本当真迹打包卖了，从此隐迹江湖，做个逍遥的陶朱翁。

吴墨林费劲心力临摹出的三百多件"摹本"被他藏在家中第二进庭院的地窖内。这地窖是吴墨林亲自挖出来的，地窖内四壁涂抹了厚厚的一层高岭土，又遍涂黄檗汁，既能隔水保温，又能防虫咬鼠噬。地窖入口处是一块青砖，与周围地砖严丝合缝，外人根本看不出什么差异。

吴墨林的这几百件摹本不仅笔墨逼似原作，就连装裱材料和画上的污损之迹，也与原作几无二致。他做旧的技术五花八门，但最令他得意的是自己辛苦培育出的蠹虫。

古籍字画，存放日久，难免不被虫蛀。虫蛀的痕迹是很难模仿的。南方蠹虫的蛀洞往往是曲折婉转，而北方蠹虫则常常垂直打洞。吴墨林曾经试验过多种方法来模仿虫子的蛀洞，他试过用刀子切割，用燃香烧灼，但裁割出的虫洞边缘过于生硬，烧出的虫洞边缘则会发黑变脆。后来他干脆在西厢房中搭起十几个木箱，底部垫上木屑、麸皮、碎纸，养起了蠹虫。

他这一养，就养了十年。南北两种蠹虫代代繁衍，优胜劣汰，经过无数次交配选种，啃咬纸张的能力突飞猛进。而且新培育出的蠹虫只喜欢糯米浆的香气。只要吴墨林在古籍字画上用糯米浆画出规定好的印记，这蠹虫便会按照浆水的痕迹咬出特定的虫洞。普通蠹虫一天能咬一个洞，而吴墨林养的蠹虫一天能咬十个洞。

吴墨林南下杭州，心中最放不下的就是他养的那一屋子蠹虫。他在虫箱内铺上足够多的食物，为了防止蠹虫们繁殖过快以致爆箱，他又将公蠹虫和母蠹虫分隔饲养。但他仍觉得不放心，此去杭州，至少也要两个月，不知道这些蠹虫能不能挺过这么久的时间。思来想去，他为了防止家中的蠹虫遭遇不测断了种，最终决定随身携带十几只品种最为优良的蠹虫。

随身带蠹虫，总得有个容器装着。蝈蝈笼子网眼太大，蟋蟀葫芦过于笨重，都不太合适。吴墨林思来想去，灵光一闪，到市集买了一只牛尿脬（牛膀胱），这东西能伸能缩，吹了气进去就是一个气球，放了气还可折叠，在脬开口的地方拴一根皮筋儿扎好，蠹虫就跑不出去，只要一天开一次口，放一点新鲜空气进去，蠹虫就不会被憋死。

但牛尿脬过于扎眼，随身携带，让人见了，未免会遭到耻笑。尤其是那刘定之，必然有一番鄙夷嘲讽。于是吴墨林用赭石色颜料把乳黄色的尿脬染得古雅可人，又仿造元代倪瓒一江两岸的构图，在尿脬上点缀了一些山水画。一派清新飘逸的风致跃然而出，任谁也看不出这软塌塌的皮囊到底是什么东西。

家中的东西总得有人看守。吴墨林思来想去，提笔给金农写了封短信："弟近日因公差南下杭州，家中所养宠物，无人照料，虽足备粮水，亦恐其遭受冻馁，破家值万贯，劳兄速速北上，帮忙照料看顾。弟墨林谨拜。"

他料定金农应当了解信中的"宠物"和"万贯"究竟所指何物。于是将信封入一个竹邮筒之内，出门去找张司库。张司库虽是屁大一个小官，但狐朋狗友甚多，帮着吴墨林联系了车驾清吏司的一个送官信的小吏，借着往扬州驿站报送官信的便利，捎带着为吴墨林送信。吴墨林塞给张司库二两银子，两人一番客气之后，各自心满意足地离开了。

吴墨林到家之后，总觉心神不宁，他合上四合院大门，插上门闩，又顺着门缝向门外观瞧。他从小就总有一种被人偷窥的错觉，今日这种感觉尤其强烈。顺着门缝，他看到街东头有个算命的老头儿摆着卦摊子，西头有个卖炸糕的中年汉子，炸糕摊子旁边有个卖菜的妇人，街道上行人三三两两，与往日似乎无不同。吴墨林心神放松下来，嘘了口气。

吴墨林的直觉并没有错，他的确被人跟踪监视了。宵禁之前，街东头那算卦的老头儿步履蹒跚地离开，绕过几条胡同，避开打着梆子的打更人，慢慢直起腰，一把抹去脸上粘结的胡须，收起幡杆，改头换面，竟摇身变成一个面皮白净的年轻男人。街口早有人牵着马匹接应。只见这男人轻身一纵，跃上马背，疾驰而去。

廉亲王府邸之中，"八爷党"骨干——九阿哥胤禟、十阿哥胤䄉，与胤禩正聚在一处。三个人正在商量着如何与十四阿哥联手的事情，下人前来禀告，说是"陈先生回来了"。

胤禵笑道:"快让陈先生过来吧,他这几日四处奔波,忙得够呛。"

一会工夫,陈先生走进屋来,向九阿哥和十阿哥拜了两拜,两人也轻轻摆手还礼,原来这几人都相识。这陈先生不是别人,正是从吴墨林家附近离开的那个摆卦算命的老头儿。

第四章

江湖异士伺机劫宝

一、八爷府暗中行动

八爷党徒人才荟萃，江湖异士组队劫宝

这位陈先生，名叫陈青阳，他早已脱去乞丐服，换上一套灰府绸夹袍，袍子外面套了一件雪貂皮坎肩，手中拿着一把泥金面儿的檀香木折扇。只见他面如冠玉，鼻若腻脂，风神俊朗，三十岁上下的年纪，一举一动，恂恂然似无一丝尘俗之气，只是他的眼神中似乎总有一丝阴郁，眉心处总有一团化不开的阴云。

胤禩效法春秋时的信陵君，手下养了不少江湖上的异能之士，这些人叫作"清客"。在这些清客中，陈青阳最为出类拔萃。他是河间名士，会拳脚、懂词赋，就连卜筮、易容等旁门左道，也都比较擅长。他虽然刚过而立之年，但在江湖上已有了名声，人送外号"多面鬼才子"。

陈青阳对自己的能力也颇为自信，他投奔八阿哥，原本是觉得这位阿哥风头最盛，名声最好，想必会继承帝位。自己帮着未来的皇帝尽一份力，也能挣出来个从龙之功，没承想希望落空，满心沮丧。但八阿哥对他素来不薄，"君以国士待我，我必以国士报之"。更何况古来侠客，都要讲个"仁义信"，若半途换了主子，名声就臭掉了，还怎么继续在江湖上混下去？因此他也只能继续留在廉亲王府中。

十阿哥咳嗽了一声，笑着说："陈先生，听八哥说你又装作叫花子出去盯梢了？早听说陈先生有易容的能耐，不知道哪天我能有幸亲眼看一次啊……"

陈青阳向十阿哥拱了拱手："十爷过誉了。"

胤䄄问道："陈先生，你最近可有什么新的发现吗？"

陈青阳道："这几日，巴特尔、吴墨林等人似乎都在做远行出门的准备。我将盯梢的兄弟，分成四组，分别跟着吴墨林、刘定之、巴特尔和汪力塔。刘定之去了一趟他父亲的坟墓前，祭奠了一番，他似乎已经将此行视为飞黄腾达的机运；巴特尔去药店买了不少治疗跌打损伤的草药，又去御厩内挑了十几匹马，我猜测这伙人大概是要骑马出行。汪力塔则去了八大胡同，一连在妓院中住了两晚……"

八阿哥打断道："那还有个吴墨林，他去干什么了？"

"只有吴墨林最为奇怪，今日他到市集中买了一些奇奇怪怪的物件。"

"什么物件儿？"

陈青阳觉得"牛尿脬"这样的秽语说不出口，于是想了想才道："他买了牛的……'津液之府'。"

"那是什么？"十阿哥一头雾水。

八阿哥笑道："那是牛的膀胱，《黄帝内经》管膀胱就叫作'津液之府'，陈先生是文雅人，说的隐晦了。"

十阿哥拊掌大笑道："原来是牛尿脬啊，我又跟着你学了个新词儿！"

陈青阳道："在下适才实在是酸腐了……只是不知道吴墨林临行之际，买这牛尿脬做什么用。"

"这或许是关键之处……"九阿哥眯起眼睛，沉思起来，"牛的膀胱，究竟能做什么用？"

十阿哥道:"或许那吴墨林喜欢吃牛尿脬炒菜吧。"

陈青阳道:"吴墨林选购的时候,挑挑拣拣,花费了很多工夫,足足逛了半小时才选了一个合适的,看样子此物对他非常重要,不像是专门为了吃食。"

三个阿哥陷入沉思。许久之后,八阿哥叹了口气:"算了,咱们也别想了。这种异能之人,总是会干出让人理解不了的事情。无论怎样,我们至少现在已经可以确定,这伙人是要出发寻找宝藏了。"

八阿哥目光灼灼地望着陈青阳道:"陈先生,这一次,本王想请你出马,跟定他们。如果他们找到宝藏,便找个时机劫了他们!此事须得你这样文武兼修、谋略长远的人方能办妥。"

十阿哥说道:"此去路途遥远,还需为陈先生配几个能干的副手。我府中有个擅使飞镖的高手,叫作王老七,江湖诨号'咧嘴镖王'。因为他每次发镖,都要咧开嘴巴,吐出半个舌头,百发百中;若非如此,则投镖不准。这人名字虽然难听了一点儿,但武功着实了得,一定能帮着陈先生成事!"

九阿哥也说道:"本王府中也有一个能人,名叫李双双,可观人口型,辨其所讲,因此外号'观音二娘'。她虽是一介女流,但混迹江湖多年,此次跟着陈先生,也一定会派上用场。"

陈青阳向八阿哥和九阿哥抱拳道:"多谢二位王爷,'咧嘴镖王'王老七、'观音二娘'李双双的名号,在下素有耳闻,能与两位高手一同办事,实在是倍感荣幸!"

八阿哥一副感激的神色,对陈青阳说道:"我再为你们添七八个府中的练家子,陈先生一路上可随意使唤他们。我府中还有数只猎犬,乃是以前跟随先皇狩猎的时候,先皇亲自为我挑选的良种,宫里的洋画家还给这两条猎狗画过像,一只唤作'斑锦彪',一只唤作'雪爪卢'。陈先生也一并带去,用来追踪,再合适不过。陈先生若助我得此财宝,我胤禩发誓,亦不会辜负了陈先生。你在河间的老母,我立刻就着人日日看护,好生照料。陈先生只管放心去做!"

这话听着诚恳,其实暗暗夹带一层威胁。多派的几个帮手,也决不仅仅

清 郎世宁等《十犬图》之斑锦彪

清 郎世宁等《十犬图》之雪爪卢

是为了协助，更有牵制之用。但陈青阳却装作没听出来。只见他感激地抱抱拳，大声道："陈某定当竭心尽力，为八爷夺了这样东西！"

八阿哥这边紧锣密鼓，做好了一切部署。巴特尔、吴墨林等人也万事俱备，整装待发。巴特尔从宫中善扑营羽林军中挑选了五六个能手，作为一路上的护卫。

十二月初，吴墨林等人从京城出发，一队人骑着马出了城门，一路循着官道而行。为了避人耳目，所有人脱下卦袍官靴，羽林军人人腰中暗藏佩刀。这时节寒风刺骨，一路枯枝残雪，大有"风萧萧兮易水寒，壮士一去兮不复还"之感。

距离这队伍几里之外，由"多面鬼才子"陈青阳率领的另一支队伍悄悄跟进。陈青阳计划周密，带足了兵器干粮。他又随身准备了一套乞丐的服装，一套道士的衣裳，一套算卦的零碎物件儿，以备易装刺探之用。他向前方不断派出两个探哨，一路上交替传递前方人马的路线和消息。从八爷府中带出来的皇家御犬，循着吴墨林一行人的气息，迈着轻快的步子一路向前追。两条御犬的嗅觉十分灵敏，远远就闻到前面那队人马中有一股子牛尿脬的臊气，直把两条狗激动地尾巴乱颤。

就这样，两支队伍离开了京城，一路南下而去。

二、刘定之舟中作画

马上论画匠人受嘲，舟中写景文士遭讥

吴墨林担心牛尿脬里的蠹虫受冻着凉，于是将尿脬掖在上衣内，这使得他的袍子看起来鼓鼓囊囊，颇为臃肿。巴特尔观察半晌，驱马上前，与吴墨林并辔而行，努了努嘴道："吴先生，您袍子里是什么呢？不如拿出来，放在后面的走骡身上，也省得力气，前面的路还长着呢。"

吴墨林尴尬地笑了一下，说道："我袍子里装的是一个皮囊子，因为我

是南方人，没怎么骑过马，怕摔下来，所以用个鼓气儿的皮囊袋子拴在腰上，跌下去也好有个缓冲不是？"

巴特尔哈哈笑道："我自小骑马，从未见过这种防摔的招数。"

吴墨林笑道："咱老吴是个实在人，怎么安全怎么来，不会装腔拿势的那一套。"

一旁的刘定之瞥了一眼吴墨林，不知道为什么，他总觉得吴墨林说到"装腔拿势"的时候看了自己一眼。他本就讨厌吴墨林，不知道是否是心理作用，隐隐约约闻着吴墨林身上飘来一股子腥臊气。

马蹄嘚嘚，一路上甚是无趣。巴特尔终究是个年轻人，不甘寂寞，又拍马凑到吴墨林跟前，说道："吴先生，自从上次我见您修东西之后，就总也忘不掉那情景了。您的手艺，也真是绝了！"

吴墨林道："小英雄过奖，说到底，鄙人只是一个匠师而已。"

巴特尔道："我是真的佩服您。况且匠师又怎么了？工匠就比其他人低一等吗？大家都是凭本事吃饭。"

一边的刘定之冷哼一声，说道："说起来，这个问题古人自有定论。《管子》有云：士农工商，四民者。工、商在士、农之后，这都是沿用千年的定论了。"

巴特尔说道："咱没读过多少书，在我们蒙古人看来，做工的并没有什么低贱之处。"

刘定之道："先贤所云，俱合大道。譬如作画，也最忌匠气，非得读书明理，内心通达，画的意境才高妙。"

巴特尔指着吴墨林道："但是吴先生不怎么读书，不是一样什么画都能画，什么字都能写吗？"

吴墨林皱起眉头："我也是看过不少书的——古人那些画论，我是通读过的……"

刘定之却摇了摇头："老吴，我也曾想过你这匠人的临摹功夫为何这么厉害。后来我有了答案。"

"什么答案？"

"要做成这世上的任何难事，都有两种路数，一种是正道，一种是邪道。譬如治国平天下之术，既可遵循儒家大道，以仁义和德行约束百姓；也可如秦始皇那般施行暴政，匡合天下。要模仿书画，也可有两种路径，一种是以诗书滋养，修身为本，重在领悟，求的是画外的功夫；但吴主事的那套路子，却是一味在表面下功夫，全无内心的感悟，徒得形似，最终难免堕入魔道，实在是野狐禅之行径……"

吴墨林只觉得一口气堵在胸口，憋得难受万分，但一时间又想不出如何反驳他。

巴特尔却说道："好比驯马，有的牧人习惯用惩戒的蛮力，有的则用奖赏的方法，都能驯服马儿，但路数却不一样。"

刘定之笑道："你说得对，虽然你年纪尚小，但悟性却好。自古以来，学书作画，最忌讳用匠人的路子，古往今来的书画家，但凡和匠气沾边的，都是短寿。明代吴门四家，唯独仇英是匠人出身，且只有他活的时间最短。为何？匠人之道伤损心志，不合自然之理，短寿是必然的。"

这段话直把吴墨林气得七窍生烟，他使劲裹了裹袍子，双脚一夹马肚子，马儿吃痛，向前狂奔，一瞬间就远远离开刘定之，一溜小跑到队伍前头。自从那次修复遗诏的事件之后，他和刘定之成为同患难的"战友"，原本紧张的关系有所缓和，但两人脾气秉性毕竟水火不容，始终相处不到一起。

几里地开外的另一支队伍迎来了回返交班儿的探哨，这探哨正是胤禵手下的"观音二娘"李双双。陈青阳问道："可曾打探到什么消息吗？"

李双双拢了拢散开的发丝，摇摇头："没什么有用的信儿，倒是讨论了不少书画的事情，还说到什么士农工商、驯马之类的事。"

李双双带来的情报毫无用处，陈青阳只得令她休息一阵子，再去前方打探。

吴墨林一行人早在出发前就已经商定，行旅途中不再议论宝藏之事，怕的就是有人窃听消息。有此防范，"观音二娘"李双双当然一无所获。

两支队伍一前一后向南行进。官道上积着残雪败枝，一片肃杀之景。吴墨林等人不敢在官府的驿站居住，只能寻着民间的旅店打尖儿。陈青阳一伙人不敢进入同一家旅店，因此只能在附近另寻住处，有时候遇到特殊情况，找不到旅店，他们只能在荒野上风餐露宿。因此陈青阳等人被折磨得尘土满面，衣衫脏乱。只有两条御犬，依旧精神抖擞。

过了一个多月，吴墨林等人已经到了山东临清。越往南走，气温越高，就再也看不到冰雪了。临清是京杭大运河沿线的一座城市。巴特尔在临清的运河码头雇了一艘船，从此地坐船经运河南下，可直通杭州。

上船之后，众人都觉得舒适许多。尤其是吴墨林，一路骑马早就被颠得头昏脑涨，上船之后，全身终于舒坦起来。过了临清，水气渐多，刘定之等人觉得身上一片湿寒，而吴墨林是南方人，反觉得全身温润通透。

坐船比骑马快，而且还能休闲娱乐一番。汪力塔与几个皇家侍卫吆五喝六地在舱里赌博，巴特尔觉得无趣，呆坐船头，看着运河两岸的景致。吴墨林搂着自己的宝贝尿脬，闭目养神。只有刘定之，在船头的小桌上缓缓铺开一块毛毡，取出纸笔，竟在舟中作起画来。

巴特尔好奇，凑近了观瞧，只见刘定之在纸上圈圈点点，慢慢勾勒出一幅山水横卷，卷中烟霭漫布，林木萧疏，与此时运河两岸的景致，颇为相似。

巴特尔不禁赞叹道："好手笔！刘先生画的画真有意境，有一种说不出来的美！"

汪力塔离开赌桌，也凑过来看。汪力塔当年为了寻找碎纸片中的秘密，也在书画方面下过一番功夫，他看了一会儿，说道："刘先生的画，很有明代大画家董其昌的意韵！"

刘定之笑道："汪军门好眼力，我这张画，确实借鉴了思翁笔法。"

吴墨林远远斜眼瞥去，只见刘定之所画的山水，的确仿了董其昌的风格。虽然技法远不如自己，但也算精熟。一时间他也技痒起来。正在此时，巴特尔扭头对吴墨林说道："吴先生，你也来几笔吧，我也想看您的画。"

吴墨林哼了一声："我未带纸笔，这次出来办差，一心为公，哪有这等闲情逸致？"

巴特尔却道："反正现在没什么事情，吴先生就过来画几笔吧。"

刘定之道："巴特尔，你若真的想学画，就不能只是描摹古人的作品，

刘定之仿董其昌山水画

不知变通，否则只是一个画匠而已。"

巴特尔反问："但是你刚才不是说你这个风格仿的是明代的董其昌吗？"

刘定之气定神闲地说："我的模仿，是仿其大意，再加以自己的变化，和不知变通地模仿是不同的。"

吴墨林反唇相讥："向来有人画不出前代大师的精妙之处，只能以'略仿其大意'的话搪塞。巴特尔，你可得认清那些没什么能力还故作格调高雅的人！"

刘定之心中腾起一股火气，他平生最厌恶的就是别人说自己"装高雅"，刚想要反驳，只听吴墨林继续说道："其实就算是董其昌，也并非表面看上去那么不食人间烟火。史书记载，他鱼肉乡里，作恶甚多，最后房子都让乡民给烧了。仿画就是仿画，还要体会什么精神？难不成也想让自己的房子被烧了吗？"

董其昌是刘定之一生膜拜的偶像，听到这话，他执笔的手开始微微颤抖，一时间想不到如何争辩。

巴特尔见两人又开始互呛，哈哈一笑打起圆场："我觉得二位所言，都有道理，你们都没错！老汪！走，我跟你们去赌一局！"

三、三座石塔

修罗场中蠹虫成蛊，西湖水上二娘观音

不过十天左右，吴墨林等人便从临清到了扬州的运河码头，众人在舟中坐得久了，腰酸背痛，于是纷纷上岸消遣去了。吴墨林寻了一个时机，借口去买点东西，离开队伍，前往金农在扬州的住处。他尚不确定金农是否收到一个月前自己从京城发出的信函。

扬州的一切，与他十几年前离开时并未有什么翻天覆地的变化。他心中有些感伤，人生真如白驹过隙，不知不觉自己已经过了不惑之年，渐渐朝着知天命的年岁去了。好在十几年间已经描摹出几百张古画，也算没有白费光阴。

吴墨林很快就找到了金农住处。金农的宅子甚是气派，一道九尺多高的朱门高高耸立，飞檐雕甍，白墙灰瓦，一看就是大户人家。吴墨林不禁感慨，老朋友金农这十几年来着实混得不错，靠着卖画赚下好大一份家业。他心中暗想，金农要是没有到自己家中观摩古画摹本的经历，大概也无法取得这么高的成就。

吴墨林叩了叩大门上的兽首，立即有一个童仆开门。吴墨林道："我是你家老爷冬心先生的朋友，他可在家？"

童仆说道："我家老爷大概十天前接到一封通封书简，便急急忙忙北上去了。"吴墨林满意地点点头，话不多说，转身便离开了，心中觉得金农可真够朋友，十几年来的交情当真是坚若磐石。

却说金农，一路紧赶慢赶，风餐露宿，马不停蹄地到了北京城。金农寻到吴墨林的住处，只见吴墨林家的大门紧闭着。他想起吴墨林曾经说过，若有急事到他的家中，可从门口大槐树树根的裂缝中找到开锁的钥匙。金农为避人耳目，在吴墨林家门口徘徊了半个时辰，一直等到街道清净无人，才从树根的裂缝内抠出一把钥匙，开锁进门。

他对吴墨林家中的情形所知甚详，很快就来到饲养蠹虫的厢房门口，推门而入，奔向虫箱。几个虫箱内的蠹虫完好无损。只有一个虫箱奇怪得很，箱中竟只有一只体型硕大的蠹虫，半死不活地趴着，箱子中的食物一干二净。这只蠹虫比一般虫子大了一圈儿，足有指甲盖大小。金农奇怪，心道这只虫子难道格外金贵？如果真是个无比宝贵的蠹虫，为何箱子里不留下足够的食物呢？

原来，吴墨林临走的时候，为了避免蠹虫交配数目暴增，特地将虫箱中的雌虫与雄虫分隔开来。但他竟错把一只雌虫当作雄虫，混入雄虫的虫箱之内。结果在这个虫箱内上演了蠹虫历史上最为惨烈的配偶争夺战。上百只雄虫为了争抢一只雌虫，大打出手，雌虫也与数十只雄虫交配产卵。蠹虫一次产卵，多达千枚，很快，这一千多只小蠹虫迅速长大。虫箱内的食物本来就只够支撑一两个月，没多久就被蠹虫们吃的精光。蠹虫们饿得受不了，竟然开始撕咬同类。虫吃虫的惨剧在吴墨林家中上演，最终虫箱内只剩下这一只最为强壮的蠹虫。不久，这只蠹虫也吃光了箱子里所有的东西，甚至以残留的虫粪充饥，眼下已经断粮三四日，饿得就快要断气儿了。

金农往那只蠹虫箱中添加了几块馒头碎渣，那大蠹虫像疯了似的啃噬起来。金农笑道："真如饿死鬼脱胎。"他伸出手指，去玩弄那蠹虫，岂料这只蠹虫吃惯了肉食，见到有一大坨肉袭来，毫不犹豫张口就咬，直把金农咬的一跳蹦起三尺高，好不容易将蠹虫甩入箱中，只见食指已经被咬下一小块肉来。

金农气急败坏，骂道："他娘的，吴墨林这不是养宠物，这是在养蛊啊！他也不在信里说清楚！"

金农骂娘的时候，正是吴墨林一行人进入杭州城之时。远在千里之外的吴墨林压根没想到，他的宠物竟然经历了如此惨烈的生死淘汰战。众人进了城，在西湖边的玉皇山脚下找了一个僻静的旅店，整顿一日后，巴特尔、吴墨林、刘定之与汪力塔聚在旅店内的一间客房中，在桌子上展开随行携带的碎片，拼出了西湖图。

汪力塔怔怔地叹了口气："想我祖孙四代，只拼出第一张图，思来想去不知道那三个小人是什么东西。还有那棒槌一样的大石头，我爷爷差人到处打听哪里有这样的石头，从我曾祖到我这一代，一直打听了上百年啦！"

巴特尔问："那打听出来了吗，世上真有这样的山吗？"

汪力塔说："还真的有哩！我曾祖后来得知承德那儿就有一处棒槌石，我爹打听到岭南有一处阳元石，形状都跟画里的石头很像。后来千辛万苦到了承德和广西，找遍了石头上面的每一个犄角旮旯，屁也没发现。谁能想到这石柱子竟然是一座塔。"

巴特尔说道："眼下我们虽然知道这画中描绘的是西湖的景色，但西湖这么大，宝藏究竟埋在哪里？"

刘定之一边将案子上的碎画收拢起来，一边说道："我一路上都在想这个问题。这幅画的碎片每天都在我的脑子中回环往复，等明日我们去雷峰塔和西湖水面上的三潭映月实地考察一番，或许能有一些新的发现。"

第二天，众人从玉皇山脚下步行至西湖清波门附近，又经柳浪闻莺、钱王祠等处，一路向雷峰塔走去。此时的雷峰塔已然成了一个土疙瘩，远远望去，如同画中所绘的那般废墟之状，就跟一块斑驳嶙峋的石柱没什么区别。

但走进了观瞧，众人发现塔身上遗留不少孔洞。原来雷峰塔原本是砖石堆砌而成，塔身呈六面体，每一面开出一扇窗户。古塔被烧毁以后，木制的窗棂格栅化为焦土，只留下黑漆漆的孔洞。

众人又在湖边租了一艘乌篷船，付了船家三十个铜钱，扮作寻常游客，将船划到湖心三潭映月的三座石塔处。只见湖心的石塔，形状也与画中景物一一对应。

刘定之从船上站起身，向湖岸眺望，只见岸边栽种的树木郁郁葱葱，与碎画中的树木颇为相似。他问众人问道："这湖边的树，是什么品种？"

吴墨林道："桂花树，只是现在还没有到开花的季节。"

刘定之扭头看向湖心处的三座石塔，眼睛一亮："桂树？原来是桂树……我明白了！"

此时的杭州虽然处于冬季，但西湖上的游船画舫却也不少见。江南的冬天，树叶仍旧绿油油的，湖面飘起一层薄雾，别有一番景致。三十米开外的另一艘乌篷船上，"多面鬼才子"陈青阳、"观音二娘"李双双、"咧嘴镖王"王老七三人暗暗向吴墨林这边窥探。陈青阳问道："二娘，能看得清口型吗？"

李双双道："嘘！噤声！他们正说紧要关口！"

雾气朦胧中，一阵清风吹过，撩起二娘的鬓发，扬起的青丝刹那间搅乱了王老七的心。"咧嘴镖王"王老七看着李双双专注的神情，不知不觉咧开了大嘴，这或许是他平生第一次在没有投掷飞镖的情形下露出这个表情。

四、水底觅宝

船上折桂其来有自，水中探宝初试无功

看到刘定之恍然大悟的模样，所有人都兴奋起来。刘定之一脸笃定地说道："各位，还记得画中那艘游船吗？还记得船中装载的是什么吗？"

"记得记得，"巴特尔说道，"船里面装的是一堆树枝，画里面的岸上也长着这样的树。刘先生难道是说……船上的都是桂树枝？"

"不错。你们看岸边的桂树，其枝叶的形态，岂不是和画中船上的树枝一模一样？我记得宫中所藏的仇英山水画中也常见这种树木，大概画的也是桂树。"

巴特尔道："但船上为什么要装载桂树枝呢？"

刘定之嘴角扬起一丝笑意："你所问的，正是整张画的关键之处。"

巴特尔叹道："刘大人，您就别绕圈子了，直说吧，到底是怎么回事？"

刘定之道："你们别急，咱们一步一步来。还记得船上的那条狗吗？"

"记得。"众人答道。

刘定之道："我一直觉得那条狗画的有些走形儿，两耳过长，尾巴过短，其实那并不是狗，而是兔子。"

巴特尔扑哧一声笑道："又是桂树，又是兔子，刘大人，你到底要说什么？"

吴墨林却已经明白过来了，他脱口而出："我知道了！是……"

刘定之立刻接着说道："你们仔细想一想，船上那些折断的桂树枝条，正是'折桂'的意思。所谓'折桂'，除了西湖边的桂树上可以折下之外，还可以在哪里摘得？在月宫！'蟾宫折桂'，早已是烂大街的典故，我们怎么就想不到呢？而船上为什么要画一只兔子呢？兔子从哪里来？不也是从月宫中来吗？"

汪力塔眼睛瞪得溜圆，说道："虽然听起来似乎是胡说八道，但仔细一想，他娘的好像真的是这么回事。但我还有个疑问，月亮上的玉兔不是白色的吗？为什么画里面的兔子是黑的？"

刘定之答道："我仔细观察过兔子的颜色，那种黑不似墨染，倒像是铅白反黑。"

吴墨林恍然大悟，对一脸茫然的巴特尔和汪力塔解释道："古人用白颜料，大多用铅白或蛤粉，若是铅白，时间久了，经日晒风吹，便会由白变黑。唐宋时期不少壁画中的菩萨像用的就是铅白，过了百年之后，菩萨的面色越来越黑，不明所以者还以为是一种特殊的画法。铅白反黑之事，在我们这一行里也算常识，只是我却忽略了。"

刘定之打断道："我再接着说桂树……桂树的含义极其丰富，但总而言之，桂树象征着荣耀、功名和飞黄腾达。在这幅画中，桂枝很可能就是指项守斌藏匿的宝物！说到此处，各位难道还不明白嘛！船上的文人就是取宝者，桂枝和玉兔象征着宝藏，宝藏藏于月宫，月亮在哪里？画中早就画的清清楚楚了！在三座石塔的中心！在西湖的水中！"

巴特尔如醍醐灌顶，汪力塔心中万分感伤：我们家几辈子人都没找出来的谜底，如今难道就让一个八品芝麻官破解了！？

众人一阵激动，心神难以平静。吴墨林深吸一口气，说道："眼下湖中游客众多，不便行事，我们上岸准备一番，待到天黑，再去探个究竟！"

几个大内侍卫连忙划船靠岸。巴特尔上岸后跟船老大商定包夜租船。汪力塔双眼放光，兴奋得腿肚子直抽筋。

数十丈开外，另一艘乌篷船上，"观音二娘"李双双正在向陈青阳和王老七讲述她"观看"到的内容。李双双虽然有着看口型辨内容的能耐，但同样的口型，往往对应多种发音，因此她能分辨出来的内容只不过是原话的五六成，其他也只能连猜带蒙。即便如此，李双双还是分辨出"宝藏""水中""待到天黑"等关键信息。王老七笑道："双双妹子好神通！"他之前管李双双叫"二娘"，但现在已然称呼得更加亲切。陈青阳点了点头，说道："我们今夜就蹲守在三座石塔边上的小瀛洲岛中！"

陈青阳租了一条快船，又安排手下备好弓箭、刀枪、火把，藏匿于船舱内。他将船摇到小瀛洲岛上的隐蔽处，所有人养精蓄锐，专等天黑时吴墨林一伙人前来寻宝。

吴墨林等人回到旅店，商议起具体操作的措施和流程。因为宝藏很可能就在水中，因此需要有人潜入水底寻觅。巴特尔提议用绳子拴在人的腰上，再把人从船上放进水中。刘定之血脉偾张，表示自己可以第一个下水。其他人看他文文弱弱的样子，都对他没有信心。但刘定之坚持己见，认为自己既然是第一个发现宝藏地点的人，那也该由他把宝藏找到。众人知道，刘定之大概是存了争头功的心思，于是也都答应让刘定之第一个下水。

吴墨林见刘定之信心满满的样子，不觉好笑。杭州现在虽不如北京冷，但西湖水却比冰水暖和不了多少。吴墨林料定刘定之这个北方人，水性不会有多好，首次下水，九成要失败。

众人约定二更时分出发，此时杭州城宵禁，街道上一片冷清。这伙人偷偷离开旅店，到湖边找到白日里租好的乌篷船，解开缆绳，向湖中划去。

乌篷船静静地行到三座石塔中心处。刘定之在船上站起身，一脸冷峻严肃，深吸一口气，然后除去身上的外衣，只留一条睡裤。他在腰上绑紧了绳子，绳子另一端系在船头。巴特尔向他拱了拱手道："刘先生，多多留神，我们在船上等着你，你要是在水下遇到什么情况，抖一下绳子，我们就拉你上来！"

冷风阵阵袭来，湖面上的雾气滑过刘定之瘦削的肩胛骨。他浑身汗毛乍起，不禁打了一个寒战。但他既然早就放出话了，就决不能临场退缩，于是一咬牙，起脚便跳，只听扑通一声，刘定之在湖面上砸出一个大水花，然后没入水中。

进入水下，刘定之只觉得刺骨的寒冷，他的心脏和肺部就像被瞬间抽空一样，大脑一片空白。他不通水性，在水中乱划一通，终归不得要领，只能靠着自身的重力，慢慢向水底沉下去。岂料越是下沉，越觉寒冷刺骨，几欲昏厥。正当此时，水下的压力也逐渐增大，他的耳膜一阵刺痛，顿时慌了起来，本能地张了下嘴巴，湖水刹那间灌入肺部，在这一瞬间，刘定之觉得自己就要死掉了。他只能猛烈地抖动腰上的绳子，期望船上的人立刻把自己拉上去。

见绳子抖动，巴特尔慌忙猛拽绳索，片刻之间，就把刘定之拉了出来，刚一露头，刘定之就剧烈地咳嗽起来。众人把脸色惨白的刘定之拉上船，披上毯子。刘定之哆嗦着嘴唇，一个字也说不出来。

汪力塔安慰道："刘大人毕竟是个文官，身子骨弱，这种活儿还得我老汪出马。以后巴特尔兄弟到了皇上跟前儿讲起今天这个事儿，别忘了替咱老汪报个功劳！"

他是行伍出身，体格健壮，脱去外衣，系上绳子，咬着牙跳入水中。可是汪力塔空有一身力气，却也不熟水性，在水中沉了一会儿，被冻得龇牙咧嘴，耳朵也剧痛起来，只能摇绳上船。

见汪力塔也失败了，众人谁也不敢下水。这时吴墨林说道："大家都是北方人，骑得了马却不识水性，还是让我这个南方人来试试吧！"

五、暗处窥伺

吴墨林入水取金蛋，陈青阳潜身待时机

吴墨林脱去外衣，露出怀中的牛尿脬，然后快速在尿脬中吹气。吹气时，他并不将嘴里的气吸入肺中，而是含住一口气直接将其就鼓进尿脬中，直到吹出一个硕大的气球。尿脬一经膨胀，表面的颜料噼啪开裂，月光照耀在颜料剥落的尿脬表面的山水画上，泛起清幽的光。在众人惊愕的目光中，他在船上站起来，弯腰踢腿活动筋骨。随后他将鼓胀的牛尿脬系在睡裤的腰带上，又不知从哪里找来一块石头，绑到脚踝上。手中抓着一根长竹竿，最后在腰上缠住绳子，对众人说道："诸位，我这就下去了！"说完便带着一身七零八碎的物件儿跳入水中。

巴特尔奇道："吴大人的皮囊不是骑马的时候用来防摔的吗？怎么还能

吹成个气囊？他带着这气囊下去干什么？"披着毛毯的汪力塔哆嗦着嘴唇说道："这家伙原来早有准备……我猜这气囊是用来换气的，这样待在水中的时间就可以长一些了。早知道他准备这么充分，我就不下去了……"巴特尔向渐复平静的水面看了一眼，说道："刘大人一意打头阵，你抢着打第二阵，你们两个人抢功，倒也怪不得吴大人藏拙了。"蒙古汉子向来耿直，这席话说得汪力塔哑口无言。另一边的刘定之裹在毛毯中瑟瑟发抖，目光迷蒙，意识尚未清醒。

沉入水中的吴墨林感到寒气从脚底板直窜上来，浑时起了一层鸡皮疙瘩。牛尿脬虽然有浮力，但脚踝系的石头的力道更大，于是他便被石头拽着，慢慢下沉。水压越来越大，他捏住鼻子，使劲儿向两耳处鼓气，以此平衡内外气压，这是潜水的时候为防止耳膜疼痛的惯用方法，只不过刘定之那些北方人没有学过罢了。

西湖并不深，很快他就沉到湖底，周围漆黑一片。湖底满是淤泥和水草。他用长竹竿向淤泥里戳去，淤泥软烂，能捅进去四尺多深，于是慢慢用竹竿在淤泥中排查。不一会就感到胸闷气短，他取下腰上的牛尿脬，打开猛吸一口气，然后用牙叼住。之前他吹进尿脬中的空气并未过肺，因此可以供他在水底换气，延长停留的时间。

尿脬中的蠹虫早就被吴墨林取了出来，放在旅店客房中的一个大海碗内。他在碗口处蒙上笊篱，为这些蠹虫临时搭建了一个小窝。吴墨林此时呼吸着牛尿脬中的空气，只觉得腥臊中混着虫屎的臭气，实在是令人作呕。

突然，竹竿触到一个坚硬之物，他心中一喜，连忙用手挖开淤泥，将这个东西挖了出来，黑暗中看不清楚，用手去摸，只觉得是一个椭圆形的蛋，足有一尺半长，摸起来滑不溜丢，又坚硬无比。他在水中掂了掂这只巨蛋的重量，觉得并不十分沉重，恐怕不是金属制成的。心下猜想这只蛋究竟是什么材料。

他突然想到，如果把这枚巨蛋裹进牛尿脬中，带出水面，装作一无所获的样子，有夜色作掩护，应该无人注意。这念头就像他饲养的蠹虫啃咬纸张似的，侵蚀他的内心。他在水底犹犹豫豫，最终还是不敢昧了这件东西。只好在水中叹口气，吐出一串气泡，麻利地解开脚踝上的石头，手中抓紧了巨蛋和牛尿脬，使劲儿一拽腰间的绳索，船上的巴特尔早已等候多时，连忙奋力拽起绳子，将吴墨林拉出水面。

巴特尔见到吴墨林手里竟举着一个大蛋，眼睛都直了。众人七手八脚把吴墨林拉进船舱，裹上毯子，紧挨着刘定之和汪力塔坐定。船舱里的刘定之神智刚刚恢复了一些，见此情形，心知头功算是被抢去了，心中大失所望，差一点又昏了过去。

侍卫们都聚过来要看这宝物，巴特尔忙说："各位噤声！待回客店慢慢观瞧不急！"可他自己却凑近了吴墨林，巴不得看个仔细。汪力塔性急，用毛毯在巨蛋上使劲儿擦了擦，揩去淤泥，露出一抹金色。

"金蛋？"吴墨林奇道，"不可能是金子，否则怎么可能这么轻呢？"

刘定之伸出哆哆嗦嗦的手指，在蛋上叩了一下，声音清脆。他有气无力地说道："不是实心儿的，自然不重了。"

汪力塔有些失望："就这么个蛋，能值几十万两银子吗？"

吴墨林双眼紧紧盯着金蛋，咕叽一声咽了口唾沫，说道："蛋里一定有东西，我们快回旅店，回去之后，再好好探个究竟！"

湖面升腾起一阵薄雾，在月光的照耀下，一切都显得虚幻迷离。藏在小瀛洲岛中的陈青阳将吴墨林等人的对话听得一清二楚，他揉了揉眼睛，打了个哈欠。一边的王老七问道："陈兄，我们就这样看着他们离开？"

陈青阳望着吴墨林那伙人的小船渐行渐远，逐渐消失在雾气之中。他敲了敲酸痛的脖子，低声说道："那个蛋恐怕不值几十万两银子，纵横一百多年的海商世家积累的财富，岂是一个金蛋装得下的？"

"观音二娘"李双双问道："陈大哥的意思是……他们找到的不是全部的宝藏？"

陈青阳阴阴地笑道："二娘不要着急，明日继续跟踪，观其颜色，察其言语，我们在暗，他们在明，若要出手，也要确认他们把宝藏全部找齐了再说。"

陈青阳气定神闲的样子令王老七和李双双心里安稳下来。说来奇怪，这陈青阳虽然一副云淡风轻的样子，但只要由他做出的决定，总是那么让人信服。王老七扭了扭酸麻的脖子，抱怨道："这一晚猫在小瀛洲岛中，一动也不敢动，实在累得够呛。我最不愿干的就是这种活儿了。"

陈青阳道："我与老七恰恰相反，最喜欢在暗处窥伺敌人的动静，如此良夜，在这小瀛洲岛中看着吴墨林那些人接二连三入水取宝，其动作、神情、言语尽收眼底，人与人之间钩心斗角的小心思，尽可把玩品味。这实在是一种专属于窥探者的莫大的乐趣。"

王老七心里嘀咕：这不就是心里有病吗？但他没有说出口。李双双却觉得陈青阳是在开玩笑。几个人回到住处，陈青阳突然起了画画的冲动，取来算卦摊子用的毛笔，随意研了点墨，草草而成，漫图一纸。画完之后，阴阴一笑，又用桌上的蜡烛将这张画点着，看着这张画慢慢烧成灰烬……

第五章
《兰亭序》与山水画

一、萧翼与辩才

阴刻线画秘藏典故，千年神迹重现江湖

清晨的第一缕光刚刚穿透云层，玉皇山中渐次响起清脆的鸟鸣声，吴墨林一伙人折腾了一宿，总算回到了客店，但众人却丝毫没有困意。巴特尔把好奇的侍卫们赶回他们的房间，与汪力塔、吴墨林和刘定之聚在一间房内。四人盯着桌案上巨大的金蛋，心跳加快，呼吸急促。

金蛋上的淤泥早被擦净，露出沉稳厚重的金色。蛋的表面雕刻着一幅阴刻图画，刀工精湛，线条流畅。只见图画中的两个人相对而坐，右侧的人物头戴襆头，宽袍大袖，似乎正在比划着什么；左侧是个和尚，端坐在椅子中，皱着眉头，露出不满的神色。

吴墨林观看良久，说道："一个是文人，一个是和尚，看那文人的短脚襆头，正是唐代的打扮，但不知道画的是哪一段典故？"

这种问题，只有刘定之最有发言权。巴特尔和汪力塔齐齐看向刘定之，却见刘定之双目陡然瞪得溜圆，脸色煞白，呼吸沉重，嘴里呢喃着："怎么可能……"

汪力塔急得抓耳挠腮，大声问："我说刘大师，您就别卖关子了，到底是啥？"

刘定之就像是没有听到任何声音一样，双手颤抖，捧起那金蛋，贴到眼前，翻来覆去看了好一会儿，突然叫道："快取一把小锯子来！"

巴特尔忙跑出屋外寻锯子去了。

吴墨林还是头一次看到刘定之如此紧张和失态，忍不住问道："要锯子干吗？难不成你想用锯子把金蛋锯开？"

刘定之像是从嗓子眼儿里面挤出话来，声音中还带着一丝丝颤动："你……你好好看看，这金蛋中间接缝的地方，到底是不是金子？"

吴墨林与汪力塔凑近了金蛋，只见在那和尚和文人中间有一条隐隐约约的暗线，虽然是金色的，但却没有金属的光泽。吴墨林用指甲刮了一下，恍然道："是大漆！"

"不错！"刘定之说道，"这金蛋本来是分开铸造，后来用大漆接起来的，再刷上金粉，所以看上去并不十分明显。只要从大漆处锯开，金蛋便可一分为二。"

吴墨林撇了撇嘴，说道："这也不算什么惊人的发现，你至于这么激动吗？"

刘定之鄙夷地看了吴墨林一眼，说道："我之所以激动，不是因为发现了大漆，而是因为蛋上的线刻画。"

"线刻画又怎么了？"

"你再好好想想，凭你吴主事的头脑，怎么可能想不到画上的典故呢？"

"别卖关子行不行？"

"你不再继续琢磨琢磨？也罢，恐怕以你的见识，也瞧不出什么所以然来。那我可就说了……如果我没有猜错，右边的这个文士是萧翼，左边的是辩才。内府里有数件《萧翼赚兰亭图》，其图样已成定式，所画内容与此几无二致。"

第五章 《兰亭序》与山水画 | 99

宋 佚名《萧翼赚兰亭图》

听到"萧翼"和"辩才"这两个名字，吴墨林震惊得说不出话来，呆若木鸡，好半天才低声自语道："这该不会是……"

一旁的汪力塔急得像热锅上的蚂蚁，他没读过什么书，哪里晓得萧翼和辩才是谁？这时候巴特尔推门而入，手中拿着一个小钢锯，眉飞色舞道："我刚从客店老板那里借来的，刘先生，您看合适吗？"他转眼看到吴墨林呆愣的样子，问道："吴主事，你这是怎么了？"

汪力塔气急败坏："又是什么'扁菜'，又是什么'小衣'，两个人这会儿都像是魔怔了似的，就欺负我这大老粗听不懂！"

"一会儿你就懂了！"刘定之接过小钢锯，对准了大漆锯了起来。一时间尘沫飞扬，吱呀作响。大漆足有半寸厚，紧紧粘合在金蛋中。刘定之一边锯，一边旋转金蛋。大漆的尘沫带着一股特殊的酸香味，令人兴奋迷狂。足足一炷香的工夫过后，金蛋终于被锯为两半儿，刘定之将蛋壳分离。只见金蛋中露出一个装裱完好的卷轴，虽只不过一尺多高，但卷轴的轴头却是用金丝楠木制成的，卷轴的包首则是一段鲜艳的蜀锦，上面织着缠枝牡丹纹。包首上的别子则是用汉白玉磨制而成，温润雅致。

这段蜀锦经过精心修复，绢丝凹凸之间，显出精细的花纹。吴墨林和刘定之一看那蜀锦的花纹，便知是宋代以前的古物。刘定之哆哆嗦嗦缓缓打开手卷，一段墨迹随着手卷的展开，出现在众人眼前。

"永和九年，岁在癸丑，暮春之初，会于会稽山阴之兰亭……"

"《兰亭序》！王羲之的《兰亭序》！天下第一行书的《兰亭序》！惊若翩鸿，婉若游龙，天下第一，天下第一啊！"刘定之结结巴巴地从喉咙里挤出这些话，两行清泪从他的脸颊滑落。

吴墨林也死死盯住卷轴，卷中书法风神俊朗，笔墨飘逸，点画顿挫使转之间似有神明助力。他用手指摸了摸卷轴的纸张，大张着嘴巴，一时间说不出话来。

巴特尔和汪力塔一会儿看看卷轴，一会儿看看吴墨林和刘定之。汪力塔迟疑了半晌，小声道："不知《兰亭序》和你们先前说的'扁菜''小衣'有何关系？"

第五章 《兰亭序》与山水画 | 101

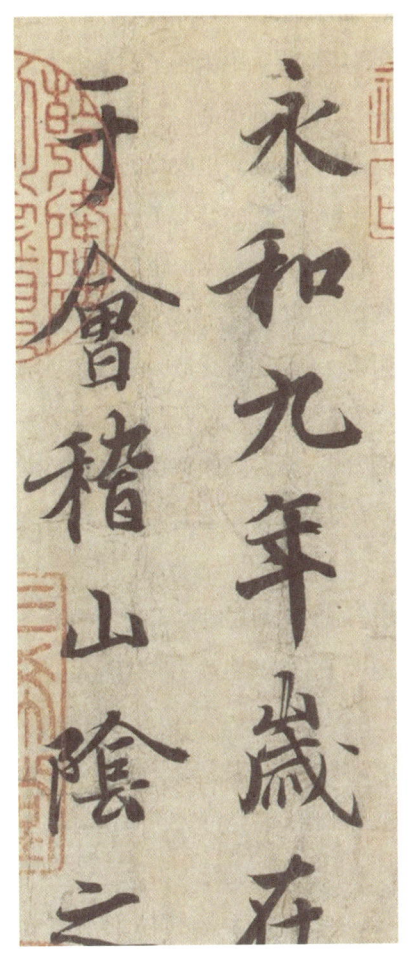

神龙本《兰亭序》局部

定武本《兰亭序》局部

刘定之正沉浸在王羲之的书法世界中，根本没听到汪力塔说话。吴墨林好不容易回过神来，清了清嗓子说道："《兰亭序》在唐代被王羲之的第七代孙辩才和尚收藏。但这个辩才和尚从不肯将此神作轻易示人。唐太宗为了得到这件宝物，几次派人去找辩才商谈，要买下此帖。但辩才却推说自己没有，唐太宗也不好硬取，后来就派监察御史萧翼从辩才手中骗到了这件宝物。"

听到这里，汪力塔来了精神："萧翼是怎么骗到手的？"

吴墨林接着说道："萧翼装扮成书生模样，带着宫里收藏的几件王羲之书法杂帖，来拜见辩才和尚。萧翼对书法很有研究，一会儿工夫就和辩才和尚谈得很投机，让辩才有相见恨晚之感。过几日，萧翼觉得时机成熟，便拿出那几件王羲之的书法给辩才和尚欣赏。辩才和尚看后，不以为然地说：'真倒是真的，但不是最好的，我有一本真迹倒不差。'萧翼追问是什么，辩才和尚神秘地告诉他是《兰亭序》。萧翼故意装作不信，说此帖已失踪多年。辩才和尚于是从屋梁上取下《兰亭序》，萧翼一看，果然是真迹，随即拿出唐太宗的诏书，带着《兰亭序》走了。辩才和尚这才知道上了当，可悔之已晚，不久便积郁成疾，一命呜呼。"

汪力塔这才知道，金蛋上的图画，描绘的正是萧翼哄骗辩才的情景。他忍不住又低声问道："你们两个能确定这是真的吗？这一件会不会也是摹本？"

刘定之语气肯定："摹本的一笔一画皆是勾描而来，牵丝映带之处做不到如此生动自然。况且此卷水平如此高超，明眼人一见可知，非是王羲之，谁能为之？"

吴墨林却摇了摇头："要说是不是真迹，还得看纸张材料，你们看这纸表面的纤维，完全与唐代以后的纸张不同。而且笔法雄健，贼毫分明，与普通兔毫、狼毫笔写出的字都不太一样，世人皆传《兰亭序》是王羲之用蚕茧纸和鼠须笔写成，这纸张摸起来细腻古厚，纸上白丝若隐若现，极有可能真的是蚕茧纸。"

汪力塔眼睛放光，吞了口唾沫："这么说，这件东西一定很值钱啦？"

"能值多少钱？"巴特尔也一脸好奇地问，"能值几十万两银子吗？"

刘定之猛地抬头看向两个人，把两个武夫吓了一跳。他仿佛受到了侮辱，眼睛里要冒出火来，一字一顿地说道："你们两个鄙陋至极！王羲之已经没有确凿无疑的真迹流传于世。就连皇宫里那一件《中秋帖》，也极有可能是宋代米芾仿造的。你可知道这件《兰亭序》对天下学书之人意味着什么吗？这件宝物意味着学书之津梁密钥，乃书圣神迹，是无价之宝啊！我今日才知道，原来王羲之的《兰亭序》真迹是这个模样！什么神龙摹本，什么定武宋拓，要么失之柔靡，要么过于粗粝，与真迹一比，都是渣滓！"

巴特尔有些吃惊，转头问吴墨林："吴主事，您能仿得一模一样吗？"

吴墨林本来想说自己努努力似乎可以做到，但他看了一眼刘定之近乎迷狂的表情，犹豫着说道："旁人的书法倒是可以仿一仿的，只这一件，实在是够呛。"

二、夹层中的山水画

烟云障眼字中藏字。魔高一丈人外有人

手卷随展随收，到卷尾处出现了一段跋文，落款是"嘉兴项守斌"，刘定之缓缓读出这一长段跋文：

"金石书画，裒集甚难，而神物命运多蹇，或厄于水火，或遭于兵乱，或败坏于不肖子孙，或攘夺于有力势豪，以四海之物力，毕世之精神，而一旦澌灭，无复孑遗。岂成败自有数耶？抑亦造物之所忌耶？千载之下，尤且扼腕。今吾散尽家财，密购唐宋名迹。明知尤物聚极必散之理，仍知其不可而为之。此兰亭真迹，为吾毕生所藏之佼佼者。为避兵乱，暂密藏西子湖中。此书家瑰宝，百代标程，为传后世，暂屈泥水之中，然其必有重生之日也。嘉兴项守斌。"

汪力塔和巴特尔皱着眉，好不容易读了一遍这段文字，仍不明所以。刘定之重重地叹了口气，说道："项守斌这一段跋文，透漏出三个关键信息，第一，这《兰亭序》确实是真迹；第二，他不知道从什么渠道买下《兰亭序》，为了躲避明末兵祸，暂将此物藏于西湖水底；第三，……这《兰亭序》是他所藏书画中的'佼佼者'，'佼佼者'这种措辞，着实耐人寻味啊。"

汪力塔问道："'佼佼者'，不就是好东西的意思吗？难道有什么问题？"

吴墨林道："像《兰亭序》这样的神物，不该用'佼佼者'来评价。说它是传世书画之甲冠，也不为过。还有什么东西会比《兰亭序》更加宝贵？这个词儿听起来……意思好像是说，项守斌还收藏了其他可以与《兰亭序》比肩的东西。"

"你这话说的倒是不错，"刘定之点点头，"项守斌实在是太令人出乎意料了，他究竟还藏着什么呢？"

众人再次将目光聚集在项守斌的跋文上。吴墨林"咦"了一声，用手摸了摸跋文，说道："这段跋文处，为何会比此卷的其他地方厚实许多？"

刘定之也伸手摸了摸，奇道："确实要厚一些，手卷装裱，首要者在于厚薄均匀，方能收卷自如，平整顺滑，此处却为何如此厚实？"

汪力塔说道："用刀子划开看看，不就知道了？"说着就从腰间解下一只匕首，递给吴墨林。

吴墨林接过匕首，轻轻在项守斌题跋文字的下方一划，将最外层的那张纸割出一道裂缝，又将食指与中指探入裂缝。他的手指细长灵巧，轻巧地夹出一张纸来。

这是一幅山水画，但与寻常山水画不同的是，此画中的景物全部以复杂奇诡的山石组成，整张画中没有一棵树。画中山石大多形态尖利，向上生长，山路崎岖，错综复杂。画中右上角有一首小诗，诗云：

渺渺烟云匿此间，霜冷溪岸野鸠鸣。
天命未完寸心在，清风泠泠与同行。

汪力塔两手一摊，说道："难不成这又是一幅藏宝图？"

刘定之的双眼紧紧盯着这幅奇异的山水画，说道："项守斌既然说《兰

第五章 《兰亭序》与山水画 | 105

夹层中的山水画

亭序》是他藏品中的佼佼者,那么他很可能还收藏了其他贵重之物。这幅山水画又是这么奇怪,大概正隐藏着另一处宝藏的线索。"

巴特尔哈哈一笑:"有意思!有意思!刘先生,吴先生,你们先别说出来,我看看我能不能发现什么线索。"说罢他凑近了那张画,看过来看过去,又默念了几遍画上题诗,最后说道:"咱不懂诗词,从诗里面看不出什么门道,但是这画我却看出一点儿门道来!你们仔细看那些碎石头,都是尖尖的,天底下这样的石头可不多见,只要我们多去打听打听,总会有线索的!"

汪力塔呵呵笑道:"我当你发现了什么了不起的线索,这不是和我太爷爷当初找棒槌石头的想法一样吗?天底下奇形怪状的石头多了去了!"

巴特尔有些泄气,却见刘定之笑道:"画中的山石确实奇特,我现在也看不出什么线索,倒是那首诗,却蹊跷得很……"说罢他瞥向吴墨林,哼了一声道:"吴主事,你应该也看出来了吧。"

吴墨林心道:你刘定之这是在当众考我呀。他其实也早就看出题诗的蹊跷之处,胸有成竹地说道:"那我就说说看,不对之处,还请刘大人指正。"说完他便指着题诗,说道:"这首诗的书风,整体看来,是学北宋书法大家黄庭坚。黄庭坚的字有一个特点,总喜欢在一笔之中做震颤之状,风格奇特,很容易辨识。只是在这几十个字中,有极个别的几个字的偏旁部首,没有延续黄庭坚长枪大戟、细瘦震颤的书法风格,而是肥厚温润,侧锋居多,这几个偏旁的书风,源于北宋另一个书法大师——苏东坡。"

刘定之暗暗点头,只听吴墨林继续说道:"黄庭坚和苏东坡本来是亦师亦友的关系,但两个人都瞧不上对方的书法,苏东坡讥笑黄庭坚的字为'死蛇挂树',黄庭坚则讥笑苏轼的字是'石压蛤蟆'。这首诗的书风虽然以黄庭坚为主,但其中夹杂的苏轼的风格,也是非常醒目的。"

巴特尔和汪力塔连忙凑近了那首题诗。经过吴墨林的提示,两人方才发现这段文字中果然有几个字的部首与整体的格调不太和谐,巴特尔轻声念出这几个部首:"奚、鸟、完、寸、水、同,吴先生,是这几个吗?"

吴墨林点点头:"你说的基本正确,但有个小小的遗漏,你看那'完'字最上面的一点,与上一个字牵丝连带,明显是黄庭坚的风格,所以正确来说，应该是奚、鸟、寸、水、同，以及完字去掉顶上一点的剩余部分。"

巴特尔道："汉人的书法当真是博大精深，小子自南行以来，受两位熏陶，大长见识。只是我们现在虽然看出了这些偏旁部首的奇怪之处，却能得出什么结论呢？"

吴墨林捻了捻他的那一小撮山羊胡子，笑道："这五个字看似毫无关系，但若组合起来，却也是一个地名。奚与鸟合起来是一个'鸡'字，完去了点，与寸合起来是个'冠'字，水与同合起来则是个'洞'字，连起来，就是鸡冠洞！刘大人，不知道我说的对否？"

刘定之暗暗点头，却不动声色道："你还没看出这首诗的另一个猫腻之处。"

"那你来说说看？"

刘定之道："你们看，此诗一共有四句，但只有后三句里面，才有线索，唯独第一句'渺渺云烟匿此间'，似乎并没有什么深意，但你们若是对文史有一点了解，读过一点书，就会知道，'云烟'二字，亦指称书画。南宋周密写过一本《云烟过眼录》，其实就是一本书画著录。"

吴墨林点了点头："如此说来，此诗的第一句，便指明了下一处的宝藏应该还是书画一类的东西。"

"不错，"刘定之道，"你们还记得之前的西湖图碎片吗？船上文人肩膀上扛着的是桂枝，当时我就怀疑，桂枝是高雅之物，指代财宝，似乎有些不妥当，若是指代书画，则正好相合。看来这项守斌，应该是变卖所有家财，全部用于购买书画，并将之藏起来了。"

汪力塔兴奋不已，说道："西湖水里的《兰亭序》，已经是价值连城的宝贝了。鸡冠洞里的这件东西，应该也是一件'尤物'，咱们干脆这就去鸡冠洞，把那宝贝也找出来吧。"他正兴奋的时候，猛然间想到：本来这一切宝物，其实都应该是他汪力塔的，只怪自己祖孙四代没一个有见识，不然何至于此。想到此处，汪力塔心里颇感苦楚。

三、道士指路鸡冠洞

陈青阳变装扮道士，巴特尔问路买药膏

汪力塔建议直接去找鸡冠洞，得到了吴墨林和刘定之的赞同。巴特尔却有些犹疑不决，他在考虑是不是应该立刻将王羲之的《兰亭序》真迹护送回京，毕竟这是稀世之宝，长时间带在身边，唯恐有个闪失。

吴墨林见巴特尔尚在迟疑，说道："《兰亭序》是一件至宝，不容有失，得尽快交给皇上，但鸡冠洞里面藏着的东西，怕也是一件价值连城的宝物。若是这鸡冠洞所在之处，恰好位于我们北上京城的路途之中，那便可以顺路去把这宝贝取了，倒也不会浪费多少时间。"

吴墨林这一番话说的很在理，众人都点了点头。刘定之道："当下最要紧的事情，是要查清这个鸡冠洞到底在哪里。我少时读过《读史方舆纪要》，各种游记杂闻也读过不少，却从未听说有这么个地方。"

汪力塔点点头，深有感触地说道："这天下大着呢，书里面毕竟记载得少。我曾祖父当年跑遍大江南北寻找那个石柱子，去过无数名不见经传的穷山恶水之地，很多地名、山名、水名并没有记到书里面。"

吴墨林摇了摇头："既然项守斌留下这条线索，就不会是一条死线。我们几个人长时间窝在京城里面，对各地山川地名所知甚少，不如让侍卫们出门打听，多去问问那些走南闯北的商人，说不定有人知道鸡冠洞的所在。"

巴特尔于是命令五六个侍卫散在街头，四处打听鸡冠洞究竟在哪儿。可惜几个侍卫问了半天，也没几个杭州人愿意理睬，实际上，大多杭州人也并不知道鸡冠洞在何处。

却说陈青阳、李双双与王老七正在暗处窥探。巴特尔等人从京城出发到杭州，一路上慢慢放松了警惕，何况在闹市之中，哪里觉察到有人盯梢？街上的侍卫们不知保守秘密，随便逮到个人就询问起鸡冠洞之事。陈青阳等人听了个一清二楚。那王老七原本是镖局的当家镖师，走南闯北去过不少地方，对各地山川地理颇为熟悉。他对巴特尔等人的做法嗤之以鼻："这些笨蛋，

在大街上询问，能有什么结果？须得去杭州走镖的镖局询问镖师才行。"

陈青阳便道："老七，你认得杭州镖局的人吗？可否去镖局打探一番？"王老七拍着胸脯说道："我做过十年镖师，也算走镖行当中有名头的人物，此事包在我身上。"说罢便起身去杭州几个镖局中打探了。

李双双有些不解，问陈青阳道："陈大哥，咱们知道了鸡冠洞在哪里，难道要前去寻宝吗？"

陈青阳呵呵一笑："咱们自然不必费这个功夫，且等老七的消息再说。"不消半个时辰，王老七归来，嘴角带着笑，走路带着风，说道："打探到了，镖局的朋友还算给面子。一个常走中原的朋友告诉我，鸡冠洞在河南栾川。"

陈青阳点点头，王老七问道："接下来我们要做什么？"

陈青阳沉吟："巴特尔若是这么一直询问下去，迟早也会知道鸡冠洞在哪里。不如我们告诉他，也省得他们浪费时间，顺便还可以摆他一道……"他心中生出一个计策，低声道："咱们南下这一路，追踪地太过辛苦，正好借着这个机会，咱们在他们的身上留下一点东西，以后追踪，也会省去许多麻烦。"于是交代王老七一番，自己却急忙赶回住处，取出包裹，乔装打扮起来。

一个时辰以后，巴特尔蹲坐在路边，等着侍卫们传回消息，这时只见一个穿着粗布衣裳的汉子主动上前搭话。此人方面大口，猿臂狼腰，说话间大嘴时不时向脸颊边一咧，正是王老七假扮的。汉子操着一口蹩脚的杭州口音道："我见你们仄（这）些人四处询问要找什么鸡冠洞？否（我）在前面城隍庙旁边看到一个算命道士的哩……那道士自称是个云游四方的野仙儿，走南闯北去过不少地方，不滋（知）他滋不滋道你们要找的那个鸡冠洞。"巴特尔谢过汉子，立即去前面的城隍庙探看，果然见到一个长髯道士摆着一个算卦摊子。那道士正是陈青阳假扮的。

陈青阳头戴乌纱抹眉头巾，穿一领皂沿边白绢道服，腰系一条杂彩吕公绦，脚着一双方头青布履。又在下颌上粘了几缕长须，眉毛中间粘了几撮山羊毛。他盘膝坐在一个蒲团垫子上，身前的卦摊上摆着赛黄金熟铜铃杵，一个铁算子，一筒卦签，几枚摇卦用的铜钱。陈青阳本来长得清秀，这么一打扮，还真有仙风道骨的道家神采。

陈青阳看到巴特尔赶来，摇了摇铃杵，口中念道："天生与汝有因缘，今日相逢岂偶然。先生可要卜上一卦？"巴特尔向陈青阳施了一礼，陈青阳微微欠身答礼，问道："先生要卜问前程还是姻缘？"

巴特尔问道："不知这位道士，贵乡何处，尊姓高名？"

陈青阳答道："小生姓贾，祖籍山东人氏，本是个云游四方的求道之人，如今落脚在此地。先生若要算卦，可先付卦金半两。"

巴特尔见他游历广博，便从怀中取出一两银子，放在卦摊上，说道："我倒不算卦，只想问问先生——您既然游历四方，知不知道鸡冠洞这个地方？若是先生能答出来，这一两银子，就当是卦资了。"

陈青阳哈哈一笑，说道："这位壮士算是问对了人，小生对各地有名的洞窟都比较熟悉。什么三十六小洞天，七十二福地，向来是求仙问道之人热衷向往的所在，小生也多有探访。你说的这个鸡冠洞，小生也是略知一二的。那鸡冠洞正在河南栾川县境内。只要到了栾川县城，一问便可知晓。"

巴特尔喜出望外，连忙鞠了一躬，说道："多谢先生！"说罢便要起身离开。

却见陈青阳从卦摊上的箱子内取出几个瓷瓶，说道："壮士且留步，贫道还有几句话要说。这鸡冠洞蛇虫鼠蚁甚多，又有瘴气聚集。贫道我这里正好有上佳的防虫药膏，只要随身携带，保管一般蛇虫近身不得。"

巴特尔心情正好，听了便哈哈笑道："你这道士，不仅会算卦，还卖狗皮膏药。方外之人，也掉钱眼儿里去了吗？好吧好吧，这些正好是我所需的药物，你这里有多少，我全都要了！"

陈青阳取出十几瓶药膏，交给巴特尔，说道："这瓶子口儿是用厚纱布堵上的，膏药的气味可从纱布口缓缓散发，经久不散。只因此药是薄荷、艾草，还有雄黄等珍贵药材调配而成，颇费我一番心血……因此每瓶二两银子，其实也算不得昂贵，这十二瓶全部卖给你，我看咱们有缘，只收你二十两银子，你看可好？"

巴特尔从腰上的囊袋里取出二十两左右的碎银子，交给陈青阳，将十二瓶药膏装进怀里。

巴特尔正要起身离开，陈青阳又笑眯眯地说道："这位壮士，贫道观你气色刚正，头顶一道白气，直冲天灵盖，最近运势正盛。但今后气运，却有些模糊。您可得多加留神，害人之心不可有，防人之心不可无，小心驶得万年船呀……这样吧，小道再免费为你提供一次摇签的机会。"陈青阳又取出卦签筒，交给巴特尔。

巴特尔哈哈一笑，随意摇出一个竹签，只见上面写着"事急从缓，按部就班。循序渐进，不可突冒。"

陈青阳道："壮士，您接下来的行程要留神一些，这卦签上写得明白。一路行走忌讳忽快忽慢，须得有条不紊，保持个恒定的脚力。"

巴特尔哈哈一笑，拱了拱手道："多谢贾道士的提醒，此番多谢你了！"说罢他抱了抱拳，起身便走。蒙古汉子爽直天真，心中丝毫未曾起疑。

四、真假《兰亭序》

鬼才子筹谋定计策，摹书人施展向拓法

陈青阳志得意满，回到住处，与王老七、李双双讲起之前的经过，言语之间颇为得意。李双双钦佩地说道："有陈大哥运筹，我们以后的追踪，就可以免得像之前来杭州似的紧赶慢赶，风餐露宿。只是还不知巴特尔等人在西湖水底到底找到什么宝贝，真令人好奇。"

王老七道："双双妹子正说到我心坎上，我也正好奇着呢。"

陈青阳瞥了他一眼，悠悠然道："那蒙古人心眼儿爽直，我一看他的气色神采，便知道他一定是立了功，等着回去领赏。你们也不必过于心急，咱们慢慢跟踪窥探，按部就班，抽丝剥茧，缓缓收网。"

王老七道："陈先生放心，我与双双妹子一定尽心竭力，助你做成这件大事！"

李双双脸色微红。不知什么时候，王老七说话总是喜欢捎上自己，"双双妹子"叫得越发亲切熟络了。李双双容貌姣好，从来不乏男人追求。但她眼光极高，自己看上的男子看不上自己，看上自己的男子，又都是些江湖上的糙汉，没一个入得了眼，如此这般，蹉跎到二十多岁，眼看着成了一个老姑娘。夜半醒来，衾枕凄寒，难免心生寂寞。其实这个王老七对自己确是真心实意，除了嘴大了一些，倒也没什么毛病。若是这糙汉如陈大哥这般才华横溢，那该多好。正在思绪万千之际，却听陈青阳道："我们从现在开始兵分两路，双双，你与老七继续跟着巴特尔这伙人。我带几个跟班，先去栾川的鸡冠洞提前做好准备。等你们到了栾川，自有人在城门口接应你们。"

王老七听了大喜过望，拍着胸脯说道："陈大哥放一百个心，我与双双姑娘一定会跟定这伙人。"

陈青阳笑着点点头："尤其要多多留意吴墨林和汪力塔，那伙人里面，就这两个人计谋最多……"

却说那巴特尔既得知鸡冠洞位于栾川县城附近，便高高兴兴回到客店通知其他人。众人商定，在杭州休整几日以后，便启程北上，先走运河水路，再转道黄河西行，至洛阳上岸后走旱路。算下来需要一个多月。巴特尔提议由一个侍卫携《兰亭序》先回北京交给皇帝，却遭到吴墨林的极力反对。

"绝不能差人把《兰亭序》送到京城，"吴墨林紧皱眉头，伸出两根手指头说道，"第一，侍卫孤身一人带着《兰亭序》从杭州到北京，一旦出了事情怎么办？此事风险太大；第二，说不定这件《兰亭序》里面还隐藏着什么线索未被发现，我们还得继续拿在手里研究。"

汪力塔也随声附和："吴主事说的对，我看差人回北京报信儿是应该的，但为安全起见，《兰亭序》还得留在我们身边。"

巴特尔于是挑了一个脚力极好的侍卫，差他速速回京城向皇帝禀报找到《兰亭序》的经过。皇上若有新的旨意和安排，便在河南栾川县会合。巴特尔拍了拍侍卫的肩膀，说道："你需得日夜兼程，加紧赶路，我们在栾川等你。你到了栾川，就在当地县城的官署驿站与我们会合。"

那侍卫领了巴特尔的命令，雇了一艘快船，即刻动身北上。

巴特尔将王羲之的《兰亭序》真迹装在一个锦囊中，时时刻刻揣在怀里。他怕《兰亭序》出事，只能忍着寂寞，安安静静待在房中。正觉百无聊赖之际，听到有人轻叩房门，他起身开门，只见吴墨林闪身而入，转身就把房门掩上，一副神神秘秘的模样。吴墨林煞有介事地低声说道："切莫声张，我有一事，要与你商量。"

"怎么鬼鬼祟祟的？"巴特尔笑道，"吴主事有何事？"

吴墨林嘿嘿笑道："我刚刚看到汪力塔和侍卫们出门到杭州城里烟花巷中逍遥快活去了。小英雄独自闷坐屋中，想来是为了《兰亭序》的安全着想。但过几天咱们就要长途跋涉，在外面风餐露宿一个多月，如何能够保证《兰亭序》万无一失？待到路上再出一伙剪径的强盗，却如何是好？侍卫中若有人起了歹念，又该如何？人心隔肚皮，不可不防啊！"

巴特尔皱眉道："吴主事所言甚是，不知道你可有什么办法？"

吴墨林捻着他的山羊胡子，笑道："我可以做一件《兰亭序》的摹本，寻常人看来，必然分不清原作和摹本的区别。你可将摹本放在身上显眼的地方，将真迹贴身秘藏起来。真要是有人抢了去，抢的也是个摹本而已。"

巴特尔觉得吴墨林说的十分有理，但总觉得哪里有些不妥。吴墨林平时也不像是个主动为了公家差事献殷勤的角色，不知今日为何如此热忱。但想来想去，多一件摹本，总归更加安全，于是就答应了吴墨林的提议。

于是吴墨林在巴特尔房中制起摹本来。他早就在杭州的文房商店中买齐了工具材料。巴特尔还从未见过摹本的制作过程，兴致盎然地在一边观看。只见吴墨林先取出几支蜡烛，点燃后固定在桌子上，然后将《兰亭序》展开，放在离烛火几寸处，竖立固定，又取来一张新纸，蒙在一个木框上，隔着《兰亭序》放好。在烛火的照耀下，《兰亭序》墨迹的影子映照在纸张上，形成清晰的黑影。

巴特尔瞪大了双眼，就像是儿童看民间艺人变戏法一般。吴墨林取来一支紫毫小笔，照着墨迹的阴影，将轮廓细细勾勒下来。他屏气凝神，轻轻勾摹，笔迹若春蚕吐丝，缓缓勾下《兰亭序》中每一个字的轮廓，遇到飞白，更加小心谨慎。

整整两个时辰之后，吴墨林就将《兰亭序》中的全部文字，连同项守斌的跋文全部勾描下来。勾下轮廓之后，吴墨林便在双勾的轮廓中涂墨，边缘的墨线随即隐去不见，整个字犹如一气呵成写出的一般。至于卷中印章，则用一根细牙签儿蘸了朱砂，仔细地点了出来。直看得巴特尔连声喝彩，拍手叫好。

吴墨林嘿嘿一笑道："我这一手绝活儿，普天之下也只有你见过。这种制作摹本的方法是唐代人遗留下来的，原叫作'向拓'法。宫里藏的那一件神龙本《兰亭序》，正是唐代的冯承素用'向拓'之法制作成的。可惜与这件《兰亭序》原迹相比，锋芒太露，笔迹不够自然。我做的摹本，自以为是要超过冯承素的。"

巴特尔一脸崇拜地看向吴墨林，说道："吴主事上一回修遗诏，就已经把我惊到了，这一回我更是佩服得五体投地。若有机会，还请吴主事教教我这门技术，这可远比舞刀弄枪有趣多了。"

吴墨林打着哈哈笑道："小英雄说什么笑话，这只是工匠之术罢了。"心中暗想：我这绝学哪儿能那么轻易传给你？今天让你看了一遍，已经是我下了大本钱了！

此时天色已晚，吴墨林跟巴特尔说轮廓已经勾好，接下来他可以回自己房间慢慢涂墨修饰，于是将真迹交还给巴特尔，带着制作一半的摹本回到自己房中。吴墨林回到自己房间后，却取出另一套制作摹本的工具来，将白日里做到一半的摹本作为母本，又开始从头制作一件新的摹本。

五、武夫习画

武夫拜师移情艺事，文士纳徒剖讲画学

吴墨林离开以后，巴特尔独自在屋中盯着《兰亭序》发愣，心中深深为吴墨林的勾摹技艺折服。他在烛灯下伸出长满硬茧的巴掌，看了看十根粗壮

肥厚的手指，心中叹息：自己这样天生的糙汉，恐怕永远也写不好字，画不了画儿。转念又想，那吴墨林曾经说过，写字画画，使得是巧劲儿。甭管自己的手脚生的如何粗壮，只要会了那股子巧劲儿，说不定也能笔走龙蛇。这就好比骑马拨镫，射箭投壶，只有一股子蛮力是万万不行的。

他心中起了写字作画的念头，想找一支毛笔，画几笔试一试。但手边并无纸笔，于是起身出了房门，来到吴墨林房间门口，欲敲门借纸笔一用。隔着窗户纸，只见屋内烛火闪耀，人影晃动，心想吴墨林大概仍在忙着修饰那件摹本，自己不便打扰，于是转身走到刘定之的房间门口，敲了敲门。

刘定之恰好也在作画。他随身带了笔墨纸砚，空闲之时便以书画自娱，这已经是他数十年来养成的习惯。见巴特尔来访，刘定之将其请进房间，他素来对巴特尔颇有好感，只觉得这个小兄弟心性淳朴良善，是个忠勇之人。

巴特尔见刘定之正在屋中习画，兴奋地说道："刘大人，我夜间无事，心血来潮想画上几笔，您这里正好有笔墨纸砚，可否让我试试？也请刘大人指点指点。"

刘定之见巴特尔要学画画，不去找吴墨林而来找自己，心中不免有些得意。看来这个小兄弟刚刚走上艺术的道路，就选择了正确的取法对象。他笑眯眯地为巴特尔展平宣纸，摆出一个君请自便的手势。

巴特尔拾起毛笔，蘸了点墨汁，面对一张白纸，不知要画些什么。刘定之鼓励道："作画贵在立意，立意贵在初心，你心里想画什么，尽管涂抹出来就是。"

巴特尔把心一横，学着之前刘定之在船上作画的架势，一鼓作气地涂抹起来。他是蒙古人，自小就喜欢骑马，若说自己最想画的，正是草原上奔腾的骏马。只是他从未学习过鞍马绘画，只能凭着自己的想象和记忆胡乱画上几笔。少顷，一匹马便被他画了出来。

巴特尔吐了吐舌头，笑道："刘大人，你看我这笨手笨脚的，画的是个什么东西！"巴特尔所画的这匹马的确是拙劣不堪。马的屁股画得过大，后腿极不自然地伸展着，尾巴高高撅起。巴特尔本想画出骏马奔驰的身姿，没想到却画出这样难看的动作。索性在马屁股后面画出一连串马粪，将毛笔搁在笔架上，叹道："看来我当真不是这块料子。连日日亲近的马匹都画不好，提起笔来，就什么都忘记了。"

刘定之笑道："非也非也。《韩非子》有云：画鬼神易，画犬马难。只因为鬼神是虚幻之物，画得像不像，谁也无法评判，但犬马却是日常所见，画得不像，一眼就能看出来的。所以要画好日常所见之物，尤其难得。"

巴特尔点了点头，觉得颇有道理，笑道："刘大人，你看我像个可造之才吗？"

刘定之道："你的用笔虽然稚拙，但落墨果敢，天生就有一种冲然之气，这是非常难得的。至于画得像不像，其实并不重要。只要笔墨走对了路子，追求形似并不难。苏东坡云：论画以形似，见与儿童邻。学文人画，不必拘泥于形体。"

巴特尔心直口快道："苏东坡是不是没有画得像的本事，故意找这样的借口？文人的花花肠子最多了。"

刘定之心中有一丝不满，但想到巴特尔在吴墨林和他之间选择了自己做老师，这点儿不满也就消散了。他认真地回答道："巴特尔，我的画就是纯正的文人画路数，文人作画，并非不能画得像，而是根本不在乎画得像不像。你要是心中有所质疑，我现在就给你演示一番文人画的鞍马。"说罢他便提笔作画。他行笔之时自有一种闲雅悠然的气质，笔走龙神之间，一匹骏马跃然纸上，看得巴特尔如痴如醉。刘定之见巴特尔一脸钦佩的样子，心中越发喜欢巴特尔，甚至不知不觉中想要取悦一下这个蒙古学生。于是便依照巴特尔那"马拉粪"的图画，在自己绘制的马儿屁股后面，也加上一串儿粪便。

巴特尔捂嘴笑道："文人作画，也可以画马儿拉粪吗？"

刘定之微笑道："文人作画，自然也是可以画马拉粪的，只是画出的马粪，也需显得雅致清新。内府藏了一件元代大画家赵孟頫的《浴马图》，里面就画了一匹拉粪的马，那马粪原是红褐色的，而落入水中则颜色略淡，既写实，又有文人的雅气。所以说文人画包罗万象，它可以画得很像，也可以画得不像，其中最重要的是笔墨间流淌的文人气韵。"

刘定之又指着自己所画的马儿的前腿道："马的前腿内侧有一块黑斑，

元 赵孟頫《浴马图》局部

《浴马图》中正在拉屎的马

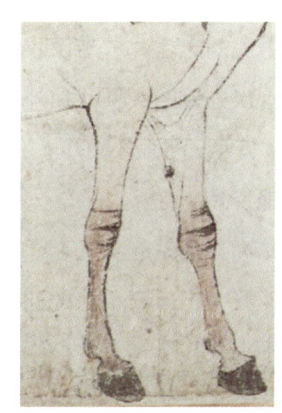

北宋 李公麟《五马图》中的"小夜眼"

很多画家画马，都未曾画出。这块斑叫作'小夜眼'。古人以为马走夜路，靠的就是这一对小夜眼。宋元时期，李公麟、赵孟頫这样的一流文人画大家的鞍马画，都画出了这一块黑斑，你能说他们的画画得不像吗？简直细致到了极处！可他们又是一代文豪，不同于寻常画匠。可见像或不像，并非是区别士夫画与工匠画的标准。"

巴特尔听得如痴如醉。他向刘定之所画的马儿看去，确实觉得清新淡雅，即便是马粪，也珠圆玉润，可爱至极。巴特尔把心一横，撩起袍子，单膝跪在地上，双手抱拳说道："刘大人，可否收了我做徒弟？我虽然是个武夫，但自从那次修遗诏的事情以后，便对书画越来越着迷。您就收了我罢！"

刘定之故作犹豫之态："吴主事也通绘事，你何不拜他？"

巴特尔心想我这不是赶巧儿进了你的屋子了吗，但这种话他实在说不出口，于是只能含含糊糊地说道："您不是说过，吴主事那个路子是什么野狐禅，歪门邪道，按照那个路子画画会短寿的……"

刘定之大喜，连忙扶起巴特尔，哈哈笑道："巴特尔，你是个悟性极高的好苗子。我刘定之一辈子没收过徒弟，今日就破了例，收你做徒弟。只是你是我们这次办差的头领，在外人面前，不适合以师徒相称，以免落了你的威信，误了差事，可就不好了。我们可暗地里互称师徒，我定会将毕生所学，毫无保留地传授于你！"

巴特尔高兴地站起身，哈哈笑道："没想到我巴特尔是个画画的好苗子，师父放心，我一定不辜负您的期待！等我们找到宝藏，回了京城，我再正式搞一个拜师仪式！"

刘定之点了点头："行行行，一切都依你！"

第六章

毒蛇洞惊魂

一、高人指点

沮丧军门大闹青楼，憨直侍卫两拜师父

汪力塔颇有些舍不得杭州城这烟花胜地。离开杭州前一日，他喝醉了酒，闯进一个妓院，非要让一个小娘陪他睡觉，老鸨见他是个生客，便和和气气地让他先把银子交了再挑姑娘。但汪力塔拿不出钱，于是借着酒劲儿在妓院中撒起野来，先是摔碎了几个花瓶，又打碎了一个茶碗。老鸨发了泼，非说汪力塔打碎的是宋代的钧瓷，要他赔一千两银子。汪力塔一个巴掌打得老鸨半张脸红肿起来。妓院中的龟奴见状大怒，撸起袖子要跟他拼命。随行的皇家侍卫见状不妙，凑了几十两银子塞到老鸨怀里，好说歹说才算了事，然后连拖带拉，把汪力塔架回客栈。汪力塔初时破口大骂，指着老鸨和龟奴的鼻子叫嚣：" 莫要瞧不起老子！老子今日就是要白嫖！"等到回了客栈，却又呜呜呜哭起来，紫红色的大脸上涕泪横流，口中喃喃说道："我本有泼天的富贵，那《兰亭序》，原本就是我的……呜呜呜……如今连逛窑子的钱都没有，呜呜呜呜呜……"

巴特尔正在屋里画画，听到一阵嘈杂之声，出门询问，方知汪力塔大闹妓院一事。他冷着脸地对汪力塔说道："皇上叮嘱过，我们这次办差要秘密行动，你这么引人注目，是要违抗圣旨吗？"汪力塔的醉意被吓醒了一半，耷拉着脑袋一声不吭。吴墨林见状扑哧一笑，打趣道："杭州城的青楼和山西的窑子不同，我早就听说了，人家青楼女子，要么爱你的钱，要么爱你的才华。汪军门你没钱不要紧，你不是也学过画画吗？在青楼姑娘面前画上几笔，或许还可能引几个姑娘垂青。"

汪力塔垂头丧气道："吴主事你也嘲讽我不成？你倒是会画画，也不见你去青楼卖弄。"

吴墨林尴尬地笑了笑，却听巴特尔说道："书画这样高雅的事情，比女人有意思多了，像吴大人、刘大人这样的高人，已经在笔墨中得到最大的乐趣喽。"

吴墨林听了这话，略觉惊讶：他一直以为自己对书画的痴情是寻常武夫无法理解的，巴特尔什么时候变得这么了解自己？这几天他常去巴特尔房间，只见巴特尔的案上也摆了笔墨纸砚，涂涂抹抹，倒还真有一些架势。莫非这蒙古人迷上了汉人的书画？

汪力塔大闹妓院的第二日，众人便启程沿运河北上。巴特尔雇了一艘大船，他将自己和刘定之安排到中舱居住。吴墨林住在相邻的后舱，夜半时分，吴墨林听到隔壁隐隐约约有交谈之声，时不时还能听到巴特尔粗犷的笑声。他心下怀疑，觉得巴特尔和刘定之近几日神神秘秘，总是交头接耳，嘀嘀咕咕些什么。他还发现巴特尔看刘定之的目光中竟然多了几分温情脉脉。难道刘定之这个道貌岸然的家伙有什么断袖之癖？一想到此处，他不禁寒毛直竖。不会的，巴特尔这样的少年英雄，怎么会瞎了眼看上刘定之？

他心中好奇不已，将耳朵贴在隔板上仔细聆听。但中舱与后舱之间还隔了一间储物室，声音模模糊糊，听着不清不楚，于是也就作罢。半夜时分，吴墨林到船尾小解，回舱的时候发现巴特尔的中舱仍然亮着烛火，人影绰绰。他凑近了些，向中舱的窗棂走去，窗户纸上映出两个人影，其中一个瘦削一些的影子似乎正趴伏在另一个影子的后背上。隐约听到刘定之说道："你不要用蛮力，要用巧劲儿……要顶住……保持摩擦感……"吴墨林不由自主地凑到窗棂前。巴特尔舱室的窗户恰好没有关严实，吴墨林透过一指宽的窗缝向屋内看去，只见巴特尔端正着身子坐在桌案前，手中握着毛笔，身后站着刘定之。刘定之俯下身去，一手抓住巴特尔握笔的手，口中说道："这一笔应该这样画出来……古人说的'力透纸背'，其实并非真的用蛮劲儿，那岂不把纸戳破？要像这样，用笔顶住纸……感受纸张与毛笔之间的摩擦感……"巴特尔聚精会神，一边慢慢运笔，一边说道："师父指教的是，这一笔横画的结尾处，我总发不出力来，你这手把手地一教，我便知道其中的要义了。"

吴墨林恍然大悟，难怪这段时间总觉两人过从甚密，敢情巴特尔已经拜刘定之为师了。想到此处，吴墨林心生醋意。他一向认为在巴特尔眼里自己的书画水平远超刘定之，不知道巴特尔受了刘定之什么蛊惑，竟然拜了他做师父。转念又一想，等办完差事回到京城，巴特尔向皇上报功的时候，一定会偏向自己的师父，到时候自己不就吃亏了吗？早知如此，当初自己在巴特尔屋子里摹《兰亭序》的时候，就应该主动收了他做徒弟。

这一日天朗气清，巴特尔在船头摆了一个小案子，铺上毛毡，研好墨，展开纸，对着两岸的山石树木开始写生。吴墨林出了船舱，准备活动筋骨，正好看到巴特尔作画的情景。此时侍卫们和刘定之都在舱内歇息，船上安静无声，只有船老大缓缓摇橹，发出均匀而有节奏感的击水之声。巴特尔沉溺在笔墨的世界中，忽听得身边有人笑道："小英雄这是在对景写生吗？"

巴特尔抬头，见是吴墨林，说道："吴主事，我这叫作'外师造化，中得心源'。"

吴墨林呵呵笑道："你这句话文绉绉的，说得真好，莫非是哪个高人教的？"

巴特尔并不直接回答："吴主事看我画得如何？可有什么指教？"

"我看你虽然初学绘画，但笔法刚劲有力，劲利处如金刚杵，敦厚处如印印泥，迅捷处如锥画沙，迟涩处如屋漏痕。笔下气韵厚重平实，隐隐然有大将军挥斥天下的气概。若有明眼人指点，前途真的是不可限量啊……"

巴特尔有些脸红，他性情淳朴，以为自己的天赋当真超拔脱俗。大凡初学书画者，都禁不住这样的夸赞。他心中飘飘然起来，说道："吴主事过奖了，我这点成绩，多亏了刘大人的指点。"

吴墨林装作欲言又止的样子，表情凝重，吞吞吐吐地说道："原来刘定之指点过你啊……这样啊……好吧，唉，既然如此，我就不说什么了。"

巴特尔好奇道："吴大人直言无妨。"

"唉，怎么说好呢，刘大人的书画路子，虽然符合正统的文人画的调子，但却过于狭隘。你想啊，他一贯画的那些山水，都是明末董其昌的路数，你跟他学，只能学董其昌那一路，与你的豪迈之气不甚相合。初学者应当广收博取，各种风格都涉猎一点，最后才知道哪种最适合自己。"

"吴主事说的有道理。"

"我说的是万古不变之理。就好比说我吧，各家各派的书画风格，都烂熟于心，若是我教你，必然能让你把眼界打开，路子拓宽，如此方能寻到合乎自己的画风。"说完吴墨林期待地看着巴特尔。

"既如此，还请吴主事今后多多指教。"

"嗯，你是可造之才，是天生的画家，遇到你这样的苗子，也是我的幸运。只不过你既然已经拜过刘定之，再拜我，就不太好。刘定之这个人嘛，心眼儿有些小，你拜我为师，不必让他知道，偷偷跟我学就行了。"

巴特尔也没多想，高高兴兴一口答应下来。

从此之后，巴特尔便背着刘定之，常常进入吴墨林舱中学画。但吴墨林的很多理念和刘定之并不相同。两种不同的观点常常在巴特尔的脑袋中打架，搞得他越来越迷惑。比如刘定之让巴特尔先专门吃透一家画法，吴墨林却让他先遍涉古人画风；刘定之让巴特尔在画外下功夫，常常让他读诗词，学音律，吴墨林却说书画的技法一辈子都学不完，哪有时间搞些其他的东西？刘定之让巴特尔作画时要一气呵成，吴墨林却总是将一些用笔和墨法分解成复杂的步骤，让巴特尔分步练习。

巴特尔越来越糊涂，时常在刘定之面前露出迟疑的神色。一日在刘定之面前作画时，忍不住问道："师父，如果一个人不读诗词文史，不去练画外的功夫，就画不好画了吗？你看吴主事，他没有您那么博学，不也画得很好吗？"

刘定之皱起眉头："你跟我说实话，是不是吴墨林跟你说了什么？我看你这几日脑子越来越乱，怕不是受了他的蛊惑吧。"

巴特尔不擅长撒谎，又不知道如何应答，一时间沉默不语。刘定之叹了口气，心想那个无耻的工匠，莫非真的与自己抢起了徒弟不成？他语重心长地对巴特尔说道："吴墨林虽然画得倒还像是那么回事儿，但从根子上来说是不对的。这么说吧，吴墨林作画，只求外表的花架子，而没有修炼文人的内核。他是不了解画理的，即便把古人的画作临摹得再逼真，也只是工匠的行径，没有自己的理解和感悟。"

他见巴特尔仍有些迟疑，便说道："《兰亭序》夹层里的那张画，其实有很多不合画理之处，若不是通晓画理、穷究物性的画家，是觉察不到的。那张画的不合理之处，或许隐藏着不少关于宝藏的线索，我本来想等着到了栾川再说出来，现如今正好拿这张画做个例子，向你证明一下工匠和文人的区别！你去把吴墨林找过来，我要当着你的面，问问他能不能看出那张画里不合画理之处！"

巴特尔看热闹不嫌事儿大，乐颠颠找来了吴墨林。吴墨林见刘定之铁青着一张脸，心知自己指导巴特尔的事情露了馅，但他也并不慌张，笑嘻嘻抱拳说道："刘大人可有什么指教？"

二、文士妙解画中卦

论画理画里藏乾坤，谈卦象卦像水中石

刘定之一脸促狭道："我哪里敢指教吴主事，只不过近几日觉得《兰亭序》夹层中的那张画有许多可疑之处，许多细节不合画理，必是项守斌故意留下的线索，如果不是真正懂画的人，是看不出来的。于是我想叫吴主事来，我们再探讨一番。"

桌子上摊开着那幅用笔繁密，构图奇特的画。吴墨林料定刘定之是要在巴特尔面前考较自己，他气定神闲道："好，刘大人，我们就来探讨一番。这样吧，你我轮流说出画中可疑的地方，如何？"

刘定之与吴墨林对视，淡淡说道："没问题，吴主事先请。"

虽然吴墨林和刘定之都摆出一副云淡风轻、漫不经心的笑脸，但巴特尔却能察觉到两人的笑容都是非常僵硬的，屋里的气氛也逐渐紧张起来。这令巴特尔回忆起蒙古勇士捉对摔跤前转着圈子互相威吓的样子，其目的是要在气势上先压倒对方。但这俩人之间的对峙，却是在表面的风平浪静下蓄力，脸上还要装作不在意，当真别有一种风情。巴特尔兴奋起来，眼前这情形，简直比看蒙古人摔跤还有意思。

吴墨林手指着整张画道："我先说第一点可疑之处。整张画中所画的山石，形状大多尖利笔挺。一般山水画的底部总会有水潭聚集，山间有云气流通，但这幅画却一概没有表现出来，而且画中只有山石，并无树木，所以我猜测，这幅画中所绘的并非是露天之山，而是山中之山，是鸡冠洞内部的构造。"

巴特尔问道："我也去过山洞，里面的石头也不是这样的呀。"

"山洞也分很多种，南方不少水洞，内有溪流暗河，岩洞内遍布石笋，都是尖利笔直的样子。你在北方，没见过这样的石洞，也算正常。"

巴特尔信服地点点头："有道理，有道理。"

接下来到刘定之了，他指着画面中山间的一团云气，说道："那我就说第二处不合画理的地方吧。你们且看画面中段那一团云气，这云气只有一团，郁结在山石中央，气息颇为阻塞。山水画讲究气息贯通，画中云气水流，需得是有出有进。项守斌这样的大师，怎么会无端由地犯下这个错误？所以这团云定有蹊跷。"

巴特尔道："难道宝藏隐藏在云中？"

刘定之摇摇头："不知道，只能进了鸡冠洞再证实了。"说罢他又看向吴墨林，示意他接着说下去。

吴墨林道:"好吧,我来说第三处。画底部石笋上缠绕的老藤也是一处疑点。首先,山洞内不见阳光,怎会长出如此密集的老藤?其次,老藤的画法并非这样软滑,画藤的用笔多转折变化,不会似此画这般柔顺绵软。"

此时已经说出画中三处疑点了,吴墨林心中有些紧张,因为他并未看出第四处疑点在哪里,刘定之不慌不忙继续说道:"前三处疑点,倒不难看出,我料吴兄必定能指出来,这第四处略有难度,不知吴兄看出了没有?"

吴墨林沉默半晌,仔仔细细又看了一遍画,好不容易挤出一句话:"还请刘大人指教。"

刘定之呵呵一笑,手指着画面上几处水口,说道:"吴主事不觉得画中几条溪流有些奇怪吗?"

吴墨林疑道:"有什么奇怪的?"

刘定之说道:"你仔细看,整张画中这一座大山的中部分出三个支流,通向山顶,如果画中景象对应着实景,那么鸡冠洞中必定也会有三条溪流,洞中溪流穿行之处,往往就会有路可走。那么这三条溪流,我们应该循着哪一条上行呢?"

吴墨林和巴特尔摇了摇头。

"你们仔细看水口之处,黄公望曾说:画山水,唯水口最难画。此画中的三条溪流的水口条石错杂,画得颇为烦琐,吴大人莫非还没看出端倪?"

吴墨林涨红了脸,说道:"你快说吧!"

"水口乱石,全部都为横状的长石,三条溪流的水口,均有六层横断石块,世上的山水哪有如此巧合的布置?这些石头其实摆出了三个八卦的卦象!吴主事,您只知道绘事,却不通八卦五行,对易学更一无所知,当然看不出来了。"

吴墨林气哼哼道:"八卦是算命的,和画画本来就没有什么关系!"

刘定之一副惊讶的表情:"怎么会没关系?伏羲制八卦,文王演周易。河图洛书,书画同源。八卦之形,本来就是绘画之源,文字之根,吴大人不会连这个都不懂吧。"

吴墨林气得说不出话,巴特尔连忙打圆场:"师父,您接着说,那三个

夹层中的山水画中的水口

水口分别是什么卦象？有什么含义吗？"

刘定之说道："这第一个水口的卦象叫作蒙，上卦为艮，艮为山，下卦为坎，坎为险，山下有险是蒙卦之象。艮义为止，因而又有遇险而止的意思。因此我觉得第一条路，是凶险难行的。"

"咱们再看第二个水口，卦名是蹇。蹇，难也，险在前也。见险而能止，是此卦之意。因此第二条水路，也走不通。"

"第三个水口的卦象是益，卦书上说，益，利有攸往，利涉大川。此卦是个吉利的征兆，这一条路，才是我们应该选择的正路。"

这一段分析直把吴墨林说得哑口无言。他心中憋闷，找个由头就离开了中舱。巴特尔将他送出舱外，吴墨林恨恨地对巴特尔说道："刘定之心胸太窄，他以他的长处，攻我的短处。八卦这种东西，算什么画理？学了八卦是不是还要学风水堪舆？画画的就是画画的，扯这些乱七八糟的有什么用？"

巴特尔知道吴墨林心中难受，只好劝他："吴师父，您大可不必生气，人各有所长，我心里知道您的长处，也是刘大人无法比拟的。"

吴墨林敷衍地笑了笑，仍怏怏不乐。

又过了几日，船行至运河与黄河的交汇处，由此西行，逆水而上，再有半旬，便可抵达洛阳。

远在千里之外的紫禁城养心殿内，胤禛闷坐在暖炕上，批阅了几份奏折之后，越发不耐烦起来。当下的时局动荡不安，自从十四弟回京以后，京城里又传出各种流言蜚语。甚至还有传说说是胤禛改了诏书，将"传位十四子"改为"传位于四子"。那些市井中的愚民根本不知道诏书有满汉两种文字，更不知道诏书中根本就没有这一句话。胤禛大怒，下令彻查谣言出处，结果有个御史，似乎是八爷党的成员，竟公然上了道奏书，说什么"谣言皆天籁自鸣，直抒己志，如风行水上，自然成文，言有尽而意无穷，可以达下情而宣德。"直把胤禛气个半死。

就在这个时候，巴特尔派出的侍卫赶到了北京，向胤禛详细报告了《兰亭序》被找到的经过。胤禛思索良久，亲笔写了一封信，放入竹筒，用火漆封好，交给侍卫，命他到河南后亲手交给巴特尔，强调定要巴特尔亲自秘启此信。

等侍卫赶到河南栾川的时候，巴特尔一行人已经在此地的驿站中休整了两三日。正准备一探鸡冠洞之时，巴特尔收到侍卫送来的皇帝密信。他展信读过，脑中轰的一声响，不敢相信自己的眼睛。接连看了几遍，唉声叹气不已。这天夜里，他平生第一次失眠了。

陈青阳与王老七、李双双等人也在栾川会合，聚拢到一处。陈青阳私底下问王老七："老七，我独自来栾川，一是为了提早安排布置，二是为了让你和双双单独在一起的时间长一些，你可有什么进展？"

王老七吃惊地看着陈青阳，心想这个鬼才子窥探人心的本事真是一流。但即便如此，又有什么用呢？他心中苦涩，神色凄然，叹了口气道："毫无成果，一筹莫展。双双看我的眼神，就跟看身边那些王府侍卫没什么不同……"

三、鸡冠洞涉险

鸡冠洞白蛇遭剥皮，分岔口条石现六爻

出了栾川县城，东去二十余里，便到鸡冠山。远远看去，这座小山就像一个直耸的鸡冠子，大概"鸡冠洞"之名，也因此得来。鸡冠洞就在鸡冠山的半山腰上。此地林木繁茂，丘陵起伏，虽然地处中原，却额外潮湿。鸡冠洞方圆几里之内人烟稀薄，皇宫侍卫们跟当地人打听后，方知这一带蛇虫过多，湿气太重，而且平地稀少，难以耕种，所以少有人家居住于此。听说有人要探鸡冠洞，当地人都摇摇头，纷纷劝阻。一个白发老者好言劝道："听说人走了进去，很容易迷路，以前很多人进洞，就再也没出来过。"

吴墨林等人心生畏惧，但皇命在身，不容退缩。巴特尔挑了个天朗气清的日子，集齐众人，带上火折子、火把、防身的武器和应急的药品，便向鸡冠洞进发。此时正值四月初，寒气已退，天气渐暖，山间湿气弥漫，草木已经吐出嫩芽，虫蚁也爬出巢穴，倒也呈现出一番欣欣向荣的景象。

巴特尔这几天面色阴沉，魂不守舍。在山间行走之时竟被石头绊倒了两三次。刘定之拍了拍他的肩膀，关心地问道："小巴，你这几天怎么了？可是生病了吗？怎么一副'行迈靡靡，中心摇摇'的样子？"

巴特尔目光躲闪，说道："我大概水土不服，过一阵子就好了，没事，您多心了。"

众人走到鸡冠洞洞口，洞口有一人多高，颇狭窄，只容得一个人侧身通过。进了山洞之后，越走越宽，众人点起火把，照亮洞壁。不过走了几十步，洞内空间就大如堂屋。刘定之感叹道："晋陶渊明有《桃花源记》，其中云：初极狭，才通人，复行数十步，豁然开朗。正与此地一般无二。"众人不住点头，却见巴特尔仍然心思沉重，毫无反应，刘定之又踅到巴特尔身边，说道："明初画家王履擅画华山，他曾有一句名言：吾师心，心师目，目师华山。自古以来，画家外师造化，方能中得心源。你看这洞内石块，真如《兰亭序》中藏画上面的石笋一模一样。石块堆叠繁复，纹路奇特，又与明末画家吴彬的山水画如出一辙……"

刘定之一番引经据典，对巴特尔循循善诱，巴特尔虽然口中连连称是，神色却依然黯淡阴郁。刘定之见他如此消沉，心下奇怪，却也不再说些什么了。

众人循路前进，忽听得前面一阵嘈杂纷乱之声，正惊惧之时，从洞内深处飞来一群蝙蝠，扑扑作响，掠过头顶。

众人惊魂甫定，继续前行。走了几十丈，又听得前面开路的侍卫"啊——"的一声惊叫。众人慌忙抽出短刀，向那大叫的侍卫奔去，围拢在那侍卫周围，只见一条小臂粗的大蛇正从洞顶的石笋上垂下身子，正冲着那个侍卫吐着信子。

巴特尔慌忙问道："你被咬了吗？"侍卫脸色惨白，说道："我没事，它并没有咬我，只是刚刚突然从洞顶垂下来，我被吓了一跳，所以才叫出声来。"汪力塔松了口气："一惊一乍的夯货！"众人举起火把环顾四周，不禁倒吸一口凉气。只见周围石笋遍布，无数条大大小小的蛇盘绕在石笋之上。这些蛇似乎刚刚从冬眠中苏醒过来，并不十分活跃。蛇的身子是银白色的，鳞片闪着亮光，在火光的照耀下熠熠生辉，蛇的眼睛却灰蒙蒙的，似乎不能

明 吴彬《方壶图》

视物。

吴墨林恍然道:"我明白了。原来那张画上底部缠绕着的藤蔓其实是绕在石笋上的白蛇。想想也是,洞里面怎么会长藤呢?"

刘定之盯着这些白蛇,惊叹道:"《史记》中记载汉高祖刘邦在芒砀山斩白蛇起义,我读到此处尚且疑惑世上哪里有白蛇?没想到在此处竟然碰到了。看来史家所言,并非虚构。"

汪力塔竖起大拇指:"秀才不出门,便知天下事。刘大人,我真佩服你。但我现在就想知道一件事儿,这种蛇值钱吗?"

刘定之道:"这种银白色的大蛇世所罕见,蛇皮应该价值不菲。"

汪力塔的精神顿时振奋起来,擎起长刀,朝附近一条大蛇的蛇头砍去。那些蛇一辈子生活在洞窟之中,平日只是捕食过往的蝙蝠,何曾遇到汪力塔这样的凶神?不消片刻,汪力塔便剁下了几条大蛇的蛇头,将这些无头蛇挂在脖子上,喜滋滋地说道:"这次俺老汪也不会空手而归了,哈哈!"

侍卫们觉得汪力塔说的有道理,又看到这些白蛇不甚凶恶,动了杀心。手起刀落之间,又杀了十几条蛇。侍卫们把一条条死蛇挂在脖子上,无比兴奋激动。刘定之面露戚色,心中不忍,后悔说蛇皮值钱,引得这些武夫大开杀戒,于是连忙敦促侍卫:"别耽误正事,各位还请继续前行!差事要紧!"

又向前走了几十丈,闻得潺潺流水之声,一股水气扑面而来。随即一条暗河赫然出现在眼前。这条河从地底涌出,在洞窟内分出三条支流。每条支流的水口处有几块条石阻隔,激起阵阵浪花。刘定之等人凑近了仔细观察,果然发现条石有人工雕凿的痕迹。每处水口的条石均有六层,每层条石或劈成两半,或完整无缺,正如画中所绘,显现出三种卦象。在此处山洞也分出三条岔路。

刘定之笃定地说道:"按照我们之前的推测,应该走最右边的岔路。"

"走了许久,我们都累了,"汪力塔气喘吁吁,他的脖子上挂着几十斤蛇,此时觉得是个累赘,"咱们在这个岔路口歇息一会儿,正好趁着这时候把蛇皮剥下来。时间长了,蛇皮肉粘连,就很难剥下皮了。"

于是众人席地而坐。汪力塔和侍卫们开始剥蛇皮。只见汪力塔在蛇颈处用刀割一圈，使皮离肉，再用双手指尖各捏一边，向下一拉，就如脱裤一般，完整脱下蛇皮。五六个侍卫有样儿学样儿，一个个变成屠夫，很快就将蛇皮剥下来。地上堆着血淋淋的蛇肉，一片狼藉，空气中充满了血腥的气味儿。

或许是受不了这样血腥的场面，刘定之站起身，再次敦促众人前进。众人听命，继续前进。汪力塔只觉得白蛇皮肉分离之后，重量顿时减轻了十之八九，心想一张蛇皮若能卖出二两银子，十张也有二十两，以后去妓院，再也不会被轰走了。

越往前，洞内的空间越发狭窄，温度也渐渐升高。"我们似乎是在走下坡路，"吴墨林道，"水流一直向前奔涌，这说明地势其实是不断降低的。"

刘定之点了点头："我为何觉得越来越憋闷？"

其他人也渐渐觉得空气中似乎多了一种奇怪的气味，与火药燃烧时散发的气味有些相似。吴墨林渐觉得头晕目眩，心中觉得不妙，忙喊道："各位，这空气中有毒，大家快往回撤退！"

汪力塔扭头就跑，众人追随其后，跑出几十丈后，终于觉得空气清新许多。汪力塔大口喘气，骂道："他妈的这洞到底是怎么回事？这是要把命送在这里呀！"

巴特尔神情懊丧，垂着头，说道："不然我们就撤了吧，回去准备好了，改日再进此洞。"

刘定之盯着侍卫们脖子上的蛇皮，灵机一动："我有办法了！"

四、雍正过河拆桥

闯毒气吴墨林施救，得皇命巴特尔自残

刘定之指着侍卫们脖子上缠绕的银白色蛇皮说道："诸位可以往蛇皮中鼓入空气，做成一个气囊，然后将蛇皮囊的开口处含在口中，这样就可不吸入那毒气了！"

吴墨林暗中偷笑，刘定之用蛇皮袋子换气的方法，不就是来源于自己在西湖水底用牛尿脖换气的法子吗？真没想到刘定之脑子还挺灵活，居然懂得举一反三。这些大蛇足有碗口粗细，长约六七尺，鼓满气后，足够一个成年人坚持一刻钟了。

汪力塔有些担心地问道："如果蛇皮里的气不够用，撑不过去又该如何？"

刘定之道："从画中描绘的情形来看，那团堵塞的云气应该就是洞里的毒气。云雾堵塞则成瘴气，瘴气聚拢日久，渐有毒性。从画面来看，毒气占据的空间并不算多，我估摸着半刻钟便能走过去。但为以防万一，每人可准备两个充气的蛇皮囊，如果吸完一个蛇皮的气，仍然走不出这片毒气，那也只能换上另一个蛇皮囊原路返回了。"

汪力塔听了点点头。他从脖子上取下一条蛇皮，两手掐住蛇皮裂口之处，向空中迅速一抖，将空气鼓入蛇皮囊，随后在蛇皮开口的一端打了一个结。一个鼓鼓涨涨的蛇皮袋子便制作完成。众人纷纷仿照此法，每人准备了两个鼓满空气的蛇皮囊。巴特尔、刘定之、吴墨林没有蛇皮，于是汪力塔将自己脖子上的蛇皮分给三人，口中念叨着："用完了需记得还我！"

刘定之和巴特尔欣然接受，吴墨林却谢绝了汪力塔递来的蛇皮。他身上带着牛尿脖，倒是无需使用蛇皮袋子。那蛇皮内挂着血淋淋的蛇血，气味异常腥臭。牛尿脖内中正装着蠱虫，满是虫粪的臭气。但两相比较，吴墨林更愿意忍受虫粪的气味。众人嘴上叼住蛇皮，再次向毒气聚集的区域进发。

吴墨林向四周看去，只觉得眼前的场景太过诡异。每个人嘴里都伸出一条白蛇，在火把的照耀下，像是一群吐着舌头的白无常行走在地狱之中。

走了几十丈，又到了毒气的范围。这一回有了蛇皮中的空气，众人心中安定许多。又前行了数十丈，巴特尔等人突然觉得心悸头晕，胸口发紧，肺部像是灌了水，呼吸困难。只有吴墨林神色如常，丝毫不觉得难受。又过了一阵子，众人越发头晕目眩，步履踉跄，侍卫们接二连三倒在地上，再也无法前行。就连健壮如牛的巴特尔和汪力塔也迈不动步伐。刘定之早就瘫坐在地上，目光涣散。

吴墨林见身边的人一个个倒下去，又是惊讶，又是奇怪。为何众人都被毒倒了，自己却活蹦乱跳？他蹙眉沉思片刻，猛然间想到——莫非这些白蛇的皮肉血液中含有毒素，这些人的唾液接触了刚刚剥掉的蛇皮，中了蛇毒？他停下脚步，看着周围横七竖八倒卧的同伴，脑中突然生出一个可怕的念头：何不趁此时机逃出毒气，找到宝藏，然后逃之夭夭？他被这个可怕的想法吓呆了，自己怎么会如此狠毒？这是八九条人命啊！岂能不管不顾？如果此时逃走，那就与禽兽无异，不配做人。

他迟疑了片刻，俯下身去，搀起刘定之和巴特尔。巴特尔脚底发软，但勉强还能在吴墨林的搀扶下行走。刘定之此时却像个死尸一般，完全失去了知觉。所幸刘定之瘦骨嶙峋，身子不算沉重。吴墨林扔掉火把，咬紧了后牙槽，口中叼着牛尿脬，两只胳膊用尽全力架起巴特尔和刘定之，一步步向前走去。尿脬中的一只蛊虫爬到吴墨林唇边，直把吴墨林痒得难受万分，但此时他只能不管不顾，拼尽全力挪动步伐。

接下来的路是一段上坡，又走了几十丈，吴墨林实在走不动了，放下巴特尔和刘定之，取下牛尿脬，小心翼翼地吸了口气，只觉得空气清新，心神为之一振。巴特尔的神志此时渐渐恢复，手脚仍然麻木无力。刘定之也缓缓睁开了双眼，他的嘴唇哆哆嗦嗦，似乎要说什么，却说不出来。

吴墨林松了口气，想到毒气中还有汪力塔和几个侍卫，把心一横，叼起牛尿脬再次返回毒气之中。他心中不免苦笑：吴墨林啊吴墨林，你平生遇事儿就躲，如今却救起人来了。

毒气中的侍卫们倒在地上一动不动，吴墨林用手试探了一下侍卫们的鼻息，发现他们都已经气绝身亡，只有汪力塔身子强壮，犹有一丝知觉，身子时不时抽搐一两下。吴墨林拼尽全力，背起汪力塔，又抄起地上一支燃烧着的火把，一步步走出毒气区域。一直走到刘定之和巴特尔躺卧之处，吴墨林一屁股坐在地上，大口喘着粗气。

洞中一片死寂，只听到四个人粗重的喘息声。许久之后，刘定之抬起头，问道："那些侍卫呢？"

"都死了。救不过来，只带出你们三个。"

"为什么只有你没事？"

"因为蛇皮有毒。"

刘定之的面色刹那间煞白如纸,喉咙里咕噜了一声:"是我害了他们……"

吴墨林安慰他道:"你无需自责,他们若不砍蛇剥皮,也落不到现在的地步。"他转头又拍了拍巴特尔的肩膀,问道:"小巴,你怎么样?缓过来了吗?"

突然,巴特尔发出一声凄厉的哀嚎,响彻洞窟,仿佛一只受伤的棕熊在嘶吼。哀嚎之后,他抽泣起来,越哭越厉害,一张大脸涨得通红,鼻涕眼泪混在一起,滴滴答答落在地上。

吴墨林叹了口气:"巴特尔,你也不必伤心了。生死有命,富贵在天,这是那些侍卫的命。"

巴特尔抹了抹眼泪,从怀中掏出一封信,哽咽着说道:"我该死……我应该和侍卫们死在一起的……呜呜呜,你们看看这封信。这是两天前从京城回来的侍卫交给我的,说是皇上的亲笔信,要我秘密开启。吴大人,刘大人,你们看了信,就什么都知道了。"

吴墨林举起火把,与刘定之一同读起信来。信上钤着胤禛的私印,书风略似赵孟頫,正是胤禛亲笔所书,信中内容简短,读下来却令人毛骨悚然,惊心动魄:"巴特尔,朕密令你寻到宝藏后,立即除掉吴墨林与刘定之,此二人参与遗诏修复之事,恐遭人利用,如今京城谣言四起,为免后患,不可不除。"

吴墨林大怒,啪的一声将信摔在地上,恨恨说道:"他妈的狗皇帝,我们帮他做了那么大的事儿,他只给了半副对联报答我。如今竟然想杀了我们!操他奶奶的狗皇帝。"

吴墨林兀自骂不绝口,刘定之却瞪大了双眼,呆呆坐在地上。他沙哑着嗓子,问道:"巴特尔,信真的是皇上写的吗?"

"是皇上亲笔写的。"

刘定之摇摇头:"我不信。皇上是明君,怎么会做出这种事?"

吴墨林破口大骂:"你这书读傻了的呆子!胤禛刚愎狠毒,抄家时说砍头就砍头,对臣子毫无怜悯之心!他做出这样的事情,有什么奇怪的吗?一定是京城里起了谣言，说是皇上私自改了遗诏。皇上索性就要杀了我们，永绝后患！"

"你胡说！我们修复了遗诏，是正大光明之举。"

"你这傻瓜，满文的'胤禛'模模糊糊，既可以是皇上的'胤禛'，也可以是十四阿哥的'胤祯'。当初修复遗诏时，我还注意到墨渍早已浸入绢丝之中，并非当时污损的。关于遗诏，奇怪的地方实在太多，那都不是我们可以往外说的事情！当时得亏魏珠发了善心，帮助我们在皇上那儿挣到新的差事，否则你我就等着被砍头吧！"

刘定之猛地扭头死死盯住吴墨林："皇上绝不会过河拆桥！你说！这封信是不是你仿造的？你不是能造假吗？这是不是你亲自造的假信？"

"刘定之，你是疯了吗？你这是愚忠！"

"皇上，皇上怎么会这么对我？我是有功之臣，我是一片忠心啊……呜呜呜呜呜。"刘定之丧魂落魄，哭泣起来。他眼神空洞，咧着嘴，呜咽声渐渐变为嚎哭，直哭得上气不接下气。

巴特尔也哭着说道："我自小便深受皇恩，是皇上把我带大的，皇上将我从守门的侍卫一路擢升到统领之位，我愧对皇上……但一路上我又与你们两位朝夕相处，甚至以师徒相称，要对你们下手，我还是人吗？"

刘定之想起这几日巴特尔魂不守舍的样子，方才明白这个蒙古汉子其实从接到皇上指令开始，内心就已经翻江倒海，挣扎不宁了。

巴特尔又擦了擦眼泪，哽咽着说道："皇上信任我，对我一直不薄，但这一次我从心底里觉得皇上做的是一件错事！你们是好人，一路教我画画，我心里感激得很，刚刚吴大人又救了我的性命，我怎可害你们性命？可我也负了皇上的恩典，跟着我的侍卫也死光了，我实在是个不忠不义之人！"他心中纠结苦闷，便用脑袋连续撞向洞窟的石壁，一时间石屑横飞，鲜血四溅。

此时只听"啪"一声，巴特尔脸上挨了一个重重的耳光。汪力塔坐起身来，甩了甩巴掌，又活动了几下筋骨，嘿嘿冷笑道："巴特尔，你真是个孬种！"

五、拜师

别庙堂忠义成泡影，拜师父血书表诚心

巴特尔怔怔地看着汪力塔。

汪力塔狠狠啐了口唾沫，一脸鄙夷地说道："什么皇恩浩荡，哼！皇上升你的官职，目的不还是要你为他做事吗？皇上给你钱，给你地位，你替皇上办了这么多年差事，早就两相抵过，谁也不欠谁的了。"

吴墨林觉得汪力塔这话说的十分在理，随声附和道："汪军门话糙理不糙。你们仔细想想，皇上其实就和作坊里的工头儿没有什么区别。胤禛整天说什么'事君如事父'，他没生养我们，又和我们没半点儿血缘关系，凭什么'事君如事父'？今日我老吴也把话挑明了！他胤禛也不过是个凡夫俗子，走了大运才当了皇上，我们替他办一份差，就领一份工钱。如今看他不顺眼，大不了撂挑子跑路！哪里有什么丢脸的？"

"跑路……往哪里跑？"刘定之目光呆滞迷离，"我刘定之一生所求，就是要辅佐明君，求个忠义之名，做一番留名史书的大事业。如今你要我逃，我往哪里逃啊……"他此时此刻只觉得内心空落落的，似乎已经成了一片虚无缥缈的黑洞，身子和精神都被掏空一般。

巴特尔抹了抹眼泪，说道："是啊，我也不知道以后能逃到哪里，逃了之后又能干什么……"

"你们实在是太可悲了！"吴墨林瞪圆了双眼，怒道，"难道你们非要当别人的奴才方能舒坦？刘定之！你不是嗜好书画，一直想要著书立说吗？巴特尔！你不是对书画感兴趣，要做个画家吗？难道离开了皇帝，你们就写不了书，做不成画家了吗？荒谬！荒谬！巴特尔尚且年轻，我就不说什么了，刘定之你活了四十多岁，竟然还这么愚蠢！书读了这么多，道理还没我这个工匠想的明白！"

吴墨林越说越起劲儿："一路上你就叨叨来叨叨去，整日里拿着文人的身份来压着我！成天觉得自己是个科举进士，把尾巴翘到天上去了！你也有今天！原来你读的书只是在皇帝身边当奴才的时候才有用，离了皇上，你就不知道干什么了，读过的书就成了狗屁，一文不值！"

刘定之本来失魂落魄，被大骂一通，脸色反而渐渐红润起来，他捡起地上的信，从头到尾又重新读了一遍。信中每一个字，都好似一把刺向心窝的匕首。他猛地一抬头，死死盯着吴墨林，咬牙切齿道："闭上你的臭嘴！你侮辱我没什么关系，但你若说读书是狗屁，便是要羞辱天下的读书人！你只懂得一点雕虫小技，便狂妄如此，实在可恶至极！"

他越说越激动，涨红了脸："离开皇帝，离开庙堂，读书人一样是读书人，岂能让你这等工匠瞧不起？"

汪力塔哈哈笑道："刚才刘大人像是失了魂魄，现在看来好多了。咱们都是自己人，先不要争论，如今眼前这事情如何处置，下一步怎么走，还得一起商量出个对策。我先说自己的看法吧。现在侍卫们都死了，只剩下我们四个人。以后咱们若是找到了宝藏，甭管是书画还是钱财，得到的东西四人均分，你们以为如何？"

吴墨林说道："汪军门快人快语，我赞同他的意见。只是《兰亭序》这样的东西，恐怕不好出手。短时间怕是卖不上好价钱。"

刘定之愣了愣，点头赞同："如若是要卖，也必须卖给一个能保管好如此神物的人。我们倒不必急着出手。"

汪力塔心想你们不急我急，人一辈子只有几十年，及时行乐才是正经事，他问巴特尔："老弟，你是什么意见？"

巴特尔向刘定之和吴墨林鞠了一躬，诚恳地说道："我是刘先生和吴先生的弟子，所以我要将自己的一份再分为三份，一份给刘师父，一份给吴师父，就当作学费吧，剩下的最后一份留给我自己就好。"

这是巴特尔第一次在众人面前公开宣布自己是吴墨林和刘定之的弟子。刘定之听了有些不高兴，说道："自古以来哪有一个徒弟同时拜两个师父的？"

吴墨林想到自己所得的宝物又多了一份，心中欣喜，连忙说道："自古以来也没有修复师傅被皇上'卸磨杀驴'的事例。天下新奇的事多了，我看巴特尔同时拜两个老师，并无不妥。"

刘定之皱眉道："即便是拜两个老师，也要分出一个高低次序。"

吴墨林见刘定之到了这个节骨眼儿，仍然在计较儒家那一套"长幼尊卑"的啰唆秩序，只能哂笑道："好好好，你作大师父，我作二师父，这总可以了吧！"

刘定之板着脸说道："既然如此，我们便在此地正儿八经地举行一个拜师仪式。巴特尔，你跪下来，对我和吴墨林每人磕三个头。"

巴特尔一脸虔诚地跪地磕头。对刘定之喊了声"大师父"，对吴墨林喊了声"二师父"。吴墨林瞬间有些后悔，要是巴特尔从今往后总是喊自己"二师父"，自己岂不是永远比刘定之低了一头？

刘定之向巴特尔要来佩刀，往袖子上一割，裁下一块布，又翻转刀刃，在食指上划了一道，鲜血顿时渗出来。这举动吓了其他人一跳。只见他神情肃穆，用食指上的鲜血在布上写了一个刘字，然后把刀递给吴墨林，说道："你在'刘'字旁边用血写个'吴'字！"

吴墨林心里一万个不情愿，说道："我看这种流于表面的形式就免了罢。"

刘定之冷哼道："师徒如父子，不用血书，怎见一片诚心？你若不愿收徒，也不必如此费事。"

吴墨林心想自己不能在巴特尔面前丢脸，于是只好把手指割破。他本来强忍着要装出一副满不在乎的样子，但手指被刺破之时，仍然忍不住龇牙咧嘴，总算挤出一点鲜血，在"刘"字旁边写了一个"吴"字。刘定之拿过刀，又递给巴特尔，说道："该你了。在'刘'字和'吴'字的下方，用血写自己的名字。"

巴特尔依着刘定之的话，写完了自己的名字。刘定之将这块布折好，揣进怀中，对巴特尔说道："师父师父，师者如父，从今以后，你便是我和吴墨林的徒弟，我会把毕生所学传授给你。这块布就是你拜师的见证，此后你要是收了徒弟，也要依照此举行收徒仪式。"

吴墨林突然想起祭祀祖先的宗谱，他和刘定之两个人就像宗谱最上方一男一女两位祖先牌位，可恨的是自己的姓氏位于右侧，那是女人的位置。吴墨林于是哼了一声道："小巴，咱俩不用这一套，你叫我师父也行，叫我大哥也无所谓，以后有什么要问的尽管问我便是。"

巴特尔连忙抱拳道："不敢不敢，我还是叫您二师父显得更加庄重，咱既然诚心拜师，礼数就不能乱。"

吴墨林暗叹："二师父"这个名字，算是没法儿改了，也罢也罢，随它去好了。

一旁的汪力塔不耐烦地说道："行啦行啦，你们师徒三人有完没完？要不要再歃血为盟？这火把都快烧没了，咱们该赶紧继续找宝藏啦！"

第七章
六合锦函藏玄机

一、画圣神迹终现

鸡冠洞中两次砸石，长卷轴里二美争辉

几个人站起身，举着火把，打足精神继续前行。一路回环曲折，时而上爬，时而下行，不知走了多远，一个巨大的洞窟豁然出现。此处空间极为宽敞，足足能站满三四百人。洞顶距离地面有四五丈高。巨大的石笋从地面升起，与洞顶下悬的石笋相对。几个人沿着洞内四壁走了一圈儿，发现这个洞窟再无出口——这是一条死路。

刘定之打开那张鸡冠洞的地图，指着最顶端的一排巨大的石柱说道："画中此处描绘的场景，应当就是我们所在的位置。咱们已经走到这个洞窟的最深处了。"

汪力塔有些沮丧："你们不是说宝藏在这条路上吗？为何我们走到头儿也一无所获？"

吴墨林给众人打气道："好事多磨，咱们别灰心，再耐心找一找。"他一边说，一边在巨大的石笋之间行走穿梭，这里叩一叩，那里摸一摸，四处寻找有没有什么蛛丝马迹。

吴墨林转悠了一圈儿，仍旧一无所获。他悻悻地走到刘定之身边，再将那幅山水画展开。巴特尔和汪力塔也围拢过来，四个人盯着那张风格酷似吴彬的图画，试图从中再找出些什么线索。

"我有一种强烈的预感，宝物一定就在咱们眼下所处的大洞窟之中。"刘定之的语气笃定，言语间带着一种不容置疑的自信，"项守斌设置了重重障碍，就是想让寻宝的人费尽千辛万苦，最终才能修得正果。因此我猜测，宝物一定在这一段行程的终点。"

画面上端描绘的几根巨大的石柱的形状正好与洞窟中的巨大石笋一一对应。刘定之看一眼画上的石柱，又看一眼洞窟中的石笋，念念叨叨，脑中闪过一个又一个念头。画中究竟还有什么疑点呢？自己究竟漏掉了什么地方？

他举起这张画，倒转过来看了一阵子，又从侧面斜着看，对着火把看，翻来覆去看了许久，猛然间笑道："哈哈哈哈！我明白了！我明白了！"

其他三个人也跟着兴奋起来。巴特尔急不可待地问道："大师父，快说吧，在哪里？"

"就在鸡冠洞里！"

汪力塔急得跟热锅上的蚂蚁似的："谁不知道在鸡冠洞里啊！鸡冠洞那么大，具体在哪个位置呢？"

刘定之嘿嘿笑道："鸡冠洞说大也大，说不大，也不大。"

吴墨林心知这个臭文人又开始卖关子了，他故意使了个激将法："罢了罢了，刘兄看来是受了皇上那封信的刺激，精神出问题了。"

刘定之瞥了一眼吴墨林，慢悠悠地说道："怎么，吴主事向来自诩神乎其艺，竟然还没看出来什么端倪？"

吴墨林两手一摊，无奈地说道："我已经不是什么主事了，也当不成你的上司。这一次又没看出线索来，落了下风，比不过你，总行了吧……你就别再摆那酸腐文人的臭架子了，有话快说，有屁快放，宝物到底藏在哪里？"

刘定之不再墨迹，定了定心神说道："你们再看这首诗，第一句是'渺渺云烟匿此间'，之前我就说过，'云烟'其实就是书画。第一句的意思就是说，书画就藏在此间——此间是什么？后面三句给出了答案，此间就是鸡冠洞。这整张画所描绘的山山水水，其实正是鸡冠洞内部的场景。现在各位仔细看画顶端正当中的那个石笋，请记住它的形状，然后眯起眼睛，退几步，再看整张画……"

吴墨林等人依着他说的，眯起眼睛后退几步，看向整张画，神奇的事情发生了。那个石柱的形状，正与画中大山的轮廓一模一样。就连石柱中的纹理，也和整幅画的沟壑水流暗暗契合。

刘定之接着说道："你们想到了吧！当中的这个石柱，其实就是鸡冠洞全景的浓缩，是一个缩小的鸡冠洞！项守斌已经在诗里面说得清清楚楚，宝藏就在鸡冠洞，而那根石柱，其实就代表着鸡冠洞。妙，妙啊……"

其他三人不再听他的啰嗦，连巴特尔也一脸兴奋地奔向洞窟当中那个巨大的石笋下。

"这个石笋被人工雕凿修饰过！"吴墨林兴奋地说道，"你们看这些刀砍斧凿的痕迹，分明是故意将整个石笋砍凿得与画中地图的山形吻合！如果不出意料，宝物就在石笋内部！"

汪力塔拾起一块石头，围着石笋敲击起来。他一边敲击一边用心分辨着声音，直到听到空洞清脆的一声，心中大喜，连忙用长刀挥砍起来。巴特尔也取出匕首，帮忙凿石。一时间金铁交击，火星四溅。吴墨林和刘定之在一边紧张地观看。刘定之一脸担心地说道："你们下手轻一点！千万不要伤了里面的东西！"

汪力塔兴奋地说道："此处的石头不是天然生成的，而是用碎石掺杂泥浆封固成的，可见里面一定装了东西。"

在两个壮汉的轮番敲击之下，石笋很快就被凿出一个洞。巴特尔伸手便摸，在众人紧张的目光中，巴特尔缓缓掏出了一个乌木盒子，他颤抖着打开盒子，只见盒中摆放着一个包锦的函套。

打开函套，又见一个册页，册页共有四开，描绘楼阁殿宇，人物树石。刘定之手指哆嗦着，指着册页上的题签，说不出话来。只见题签上赫然写着

册页中的园林山水

"唐吴道子墨迹神品"。巴特尔不由得惊喜地叫道："吴道子！竟然是画圣吴道子！"纵然巴特尔是个老粗，也知道吴道子的名号。真要论起来，这位唐代"画圣"在画史中的地位，并不次于王羲之在书法史中的地位。

汪力塔的紫色大脸笑开了花，他急吼吼地问道："既然这是画圣的作品，那是不是比《兰亭序》还值钱？"

然而，吴墨林与刘定之翻开册页之后，越看越是失望。吴墨林瘪着嘴合上册页，沉声说道："这套册页是伪作。"

汪力塔一听就急了："什么？为什么说是伪作？你说假的就是假的？你怎么那么神？你的眼睛开过光吗？你有何证据？"

吴墨林说道："唐代大多用的是皮料纸。皮料纸是用桑树皮或构树皮做成的，但这套册页的纸张纤维细腻薄脆，显然是掺了竹料，用竹子造纸，是宋代才开始慢慢流行的。而且唐人作画，几乎是不用纸的，而是用绢。"

刘定之接着说道："你们看画中人物的相貌，清隽秀雅，并无盛唐时期人物的雄浑强健之气。人物的服饰姿态也更像是明代的风格。因此这幅画应该是一件极晚的作品。"

巴特尔和汪力塔大失所望。汪力塔仍不甘心，说道："我们就当假的卖，估摸着也能卖个好价钱，毕竟不是谁都懂得分辨真假。"

刘定之道："你以为有钱人都是傻瓜吗？这么明显的伪作，岂是那么容易便蒙混过关的？"

汪力塔顿时垂头丧气，一脚踢向石柱，口中骂骂咧咧："他娘的！我们费尽心思，死了那么多人，结果找到一件赝品！"

"莫非这件伪作只是个幌子？"刘定之嘴里叽叽咕咕念叨着，围着石柱转了几圈，又抬头看向石柱的顶端，皱起了眉头。他先是后退几步反复打量，又靠近几步仔细观察，而后倒抽一口凉气，说道："你们看石笋顶部的那几根尖石块。仔细看中间那石块的形状，模仿的似乎正是地图顶端的几根石柱。如此说来……石柱上顶端的那根小石柱，岂非正是浓缩版鸡冠洞中的浓缩版。宝物莫非藏在那里？"

吴墨林点了点头："有道理！原来这个大石柱竟然只是第二层'鸡冠洞'！

它顶上的小石柱是第三层'鸡冠洞'！巴特尔，你攀上去敲击一下，看看是不是空的。"

巴特尔重新燃起希望，就像个敏捷的大猩猩，攀援而上，用匕首敲击大石柱顶端中间的小石柱，只听得一声清脆而空洞的声响回荡在洞窟之内，此声在众人耳中真如仙乐一般。巴特尔连忙用匕首捣碎小石柱，伸进胳膊，掏出一个木盒。

这木盒闪着冷金色，纹路如水波荡漾，耀人眼目。吴墨林叹道："这是上好的金丝楠木所制，单看此盒，便知价值不菲！"他打开盒盖，取出一个手卷，慢慢展开，只见是一幅绢本水墨山水长卷。看着卷中恣肆的笔墨，吴墨林和刘定之的眼神中流露出不可抑制的贪婪。刘定之喃喃道："宋代以后，绝无此法。这是我平生未曾见过的一种水墨山水画法！"

巴特尔问："何以见得？我怎么看不出来？"

刘定之感慨道："你细看，此画纯用墨笔勾勒，稍加渍染即浑然天成，笔势古朴雄浑之中透着大气磅礴，可称神品。非唐人不能为也，非画圣不能为也！"

刘定之继续展开画卷，一段水墨山水画之后，出现了一段金碧设色的山水画。画中色彩绚烂，山体用石绿厚涂，山根以泥金渲染，虽然绢丝古旧，但矿石颜料历经千年仍然熠熠生辉。刘定之喟然道："这是唐人的金碧山水，世所罕见，品相如此完好者，实在是绝世珍宝！"

随着手卷的缓慢展开，卷后的一段文字映入众人眼帘。吴墨林的声音有些颤抖："这是唐玄宗的字，记得宫中有一件玄宗的《鹡鸰颂》，用笔结体与此一般无二！"

刘定之缓缓念出唐玄宗写下的文字："余令吴道子、李思训二人合绘嘉陵江山色于一纸之内，可盛于囊匣，时时把玩也。李思训数月之功，吴道玄一日之迹，皆极其妙也。余又令二人图画于大同殿壁上，水墨纵肆，丹青凝练，宫中观者如云，实为千古绝品也。"

这段文字之后，紧接着出现了几个唐代名臣的观款。刘定之看到此处，再也控制不住自己，竟然低声抽泣起来。就连吴墨林的眼眶也湿润了。玄宗的题跋说得很清楚，这件手卷正是唐代画圣吴道子和宫廷画师李思训合绘的嘉陵江景色。早至宋末之时，吴道子和李思训的遗迹就已湮没殆尽，世人只能依靠画史的记载想象两位唐代先贤的风韵，谁能料到一千年后的几个清代人，竟然在中原鸡冠洞内的石柱中砸出这样一件稀世珍宝！

二、逃出生天又遇险

六合锦函又藏玄机，毒气之内惨遭调戏

巴特尔和汪力塔对古书画的认识尚浅，见吴墨林与刘定之激动地落泪，颇为吃惊。巴特尔指着画中的山水，说道："大师父，二师父，这张画真的有那么好吗？我看画得比你们也没好到哪里去呀？"

刘定之哭笑不得："小巴啊，你能说出这种话，只能说明你的鉴赏水准尚处于十分浅薄和幼稚的层次。你仔细看吴道子的山水画，用笔虽然简省，但并不简单，笔笔生发，变幻无穷，笔笔不同，内藏乾坤。你这样的初学者自然是体会不到的。"

汪力塔拍了拍巴特尔的肩膀，说道："巴老弟，你也不必对自己的鉴赏眼光失望。就连我这种继承了几代家学，钻研了半辈子书画的人，不也没看出好在哪里吗？"

刘定之毫不客气地说道："你那叫什么家学？你那种家学，还不如不学。一旦对书画形成了错误的认知，要纠正便是万难。这世上真正懂得鉴赏书画的人，实际上凤毛麟角……"

"得，您就是那凤毛麟角，总行了吧？"汪力塔一脸不高兴，"其实我也并不在乎自己懂不懂书法绘画那些高雅玩意儿，我只想知道这画能卖出多少钱。"

刘定之此时的注意力全在手卷上，压根懒得搭理汪力塔这种俗人，他继续展开手卷，在唐代十几个名臣的观款之后，赫然出现了一段项守斌的题跋，

刘定之轻声念了出来："吴道子、李思训俱为唐时巨擘。余得此卷，合二人神迹于一卷，又有玄宗审定文字，真旷世神物。千载寂寥，披图可见。无限玄机，尽在六合。笔墨玄妙，如金刚杵、印印泥。此卷传于我手，盖有神明护佑，何其幸也。可奉为六法楷模，为吾家藏数件铭心绝品之一。嘉兴项守斌。"

吴墨林欣喜地说道："项守斌既然称这件手卷为'数件铭心绝品之一'，说明这件东西或许还算不上是他最为珍贵的宝物。这不就和上次题跋《兰亭序》时用的'佼佼者'是一个意思吗？这说明了什么？这说明……"他一边说，一边伸出瘦削细长的手指，摸向项守斌的题跋之处，轻轻摩挲了几下，似乎里面并没什么东西。

巴特尔忙不迭递上匕首。吴墨林轻轻划开题跋处的纸张，探进两指，摸索一阵，仍旧空无一物。他奇怪道："难道这次和《兰亭序》不同，线索不在卷轴夹层里？"

刘定之再次细读项守斌的题跋，反反复复嘀咕着其中一句："无限玄机，尽在六合。"他眼睛一亮，说道："六合本来是指上下和四方，泛指天地或宇宙。但在此处，或许还有一层意思。"

他指着巴特尔第一次砸开石柱取出的包锦函套，说道："这函套其实又名为'六合套'，'六合套'的'六合'即六面全部包裹之意。项守斌的题跋一语双关，其实是说下一处的宝藏线索，正是这六合套中的伪作。"

众人恍然大悟，汪力塔嘿嘿笑道："敢情又是一道谜题！对刘大师和吴大师来说，这个谜题根本就不算什么事儿！来来来！又到了你们两个大展身手的时候啦！"

吴墨林与刘定之打开六合套中的册页，盯着那几张园林山水，琢磨了半晌，仍不得要领。汪力塔见二人不言不语，心中顿时有些泄气。巴特尔却说道："越是难解的谜，越说明宝物贵重。两位师父莫要心急，等出了洞慢慢研究也不迟。"

汪力塔见巴特尔一口一个师父叫的勤快，心中渐觉不妙。吴、刘、巴三人是师徒关系，如今只有自己是一个外人，以后要是把自己踢出局了可怎么办？眼下只能跟三人再套套近乎了，于是他一脸诚恳地说道："巴老弟说的没错，等出了洞再研究不迟。说起来，咱四个算是共患难的交情了，彼此之间更应开诚布公。我提议咱们在此处立个誓言，互相帮扶支撑，永不背叛！"

于是四人对天发誓一番，汪力塔尤其义薄云天，信誓旦旦。发了誓之后，汪力塔咳嗽了一声，说道："众位哥哥，我提议，将这些宝贝交予一人保管比较妥当。此人须得身强力壮，武艺出众，又老成干练，我老汪不是自吹，咱们四个里，我是最有这个资格的。几位兄弟意下如何？"

见其他三人沉默不语，汪力塔有些着急："你们难不成信不过我老汪？"

吴墨林说道："不是信不过，只是一直以来都是巴特尔保管这些书画，他有经验，突然间换了你，怕你不适应，咱们还是按照老办法比较稳妥。"

汪力塔无法，只得收拾好东西，随众人踏上回程的路。巴特尔一边走，一边对其他三人说道："我心中有一个疑惑：这项守斌为什么耗费这么多精力，将书画分散藏在各处？他为什么不把宝藏的地点提早告诉他的儿子？"

汪力塔说道："你这个问题我也想过。可能在那个项老头的心里面，这些宝藏比他儿子的命还重要。他没有把藏宝的地点告知任何人，独自守着秘密，大概是连自己的儿子也信不过。后来实在没有办法，总不能带着这个秘密死在兵营里，所以才想了这个碎画的办法。"

吴墨林皱眉道："这都是你以己度人，内情究竟如何，我们现在又哪里知晓呢？不过我现在总觉得，项守斌留下的线索，似乎是为专门的人准备的。"

汪力塔道："你为什么这么说？"

吴墨林慢条斯理地分析道："你们想呀，要得到《兰亭序》的线索，得是通晓历代西湖绘画的人才做得到，同时还得懂得一些装裱修复的门道；至于鸡冠洞的线索，非得对山水画的画理及诗词、书法，乃至八卦相当熟稔才行。项守斌留下的这些线索，只有古书画造诣极高的人才解得开。换句话说，项守斌大概是希望把他的宝藏交付给真正懂书画的人。"

汪力塔叹了口气："吴老哥说的有道理。项守斌穷尽毕生心血收藏了这些古代书画，当然不希望这些东西落到不懂书画的人手里。哎！我们家祖孙四代连一根毛儿都没找到，想想也在情理之中呀。"

几个人一边说着，一边行路，渐渐临近毒气的区域。吴墨林将牛尿脬鼓满了气，对众人说道："各位，咱们现在要穿过毒气，只能用这个尿脬了。我们一次两人结伴走过去，每个人轮换使用尿脬袋子，等穿过毒气后，再由一人返回，携另一人走过去，如此往返三次，便可全部穿过毒气了。"

　　这方法虽然烦琐，但目前也别无他法，众人只能照办。每次穿行毒气，都由吴墨林往返带人。他声称自己未曾沾染毒气，眼下体力最为强健，因此应该由他往返带人。其实这匠人只是卖个人情给其他三人，他担心的是自己的尿脬袋子里的蠱虫露馅。携人穿行毒气的时候，他总是要把尿脬袋子抖一抖再交付给另外一人，怕的就是虫子爬到别人的嘴里。

　　汪力塔唯恐吴墨林等人穿过毒气以后落下自己，抢着要跟吴墨林率先穿过毒气。吴墨林带着汪力塔过了毒气以后，又回来拉上巴特尔。等到与刘定之同行的时候，他故意不抖尿脬袋子，且提前嘱咐刘定之："在毒气中无论发生什么，万万不可松口，一定要含住尿脬。没有我的指示，不可将袋子取下！"

　　刘定之只道是吴墨林好意提醒，心里奇怪这个工匠何时如此热心。待进到毒气之中，接过吴墨林稳稳递来的尿脬袋子，用嘴含上，顿时一股酸臭气窜入口腔。为了保住性命，他好歹强忍住了。但片刻之后，一只活物慢腾腾爬进他的嘴巴，在他的舌头上打了几个转。刘定之几欲作呕，青筋暴起，冷汗直冒，他想自己一定是出现了幻觉。吴墨林在一边瞧得仔细，强憋住笑，见刘定之实在支撑不住，便从他口中取下尿脬袋子，手指捏紧口沿，装作不经意地抖了几抖，然后才放进自己的嘴里。

　　刘定之的舌头死死顶住上牙膛，腮帮子鼓得圆圆的，那只蠱虫还在他的嘴里打转。他的脸色由红转紫，在淡绿色的毒气中显得尤其诡异。吴墨林看了不免有些发慌，这次怕是玩儿的有些过分了。刘定之就快支撑不住的时候，两个人终于走出了毒气区域。刘定之见到巴特尔与汪力塔，再也忍受不住，"呸呸呸"张嘴就吐。嘴里的蠱虫刹那间被他吐飞，不见了踪影。

　　吴墨林心疼那只蠱虫，面上却装作一副吃惊的样子："刘大人，你怎么了？"

巴特尔也颇为关心："大师父！你没事吧？"

刘定之有气无力地看着其他三人："那皮囊是啥做的啊？你们含住皮囊的时候，没觉得有什么异样的感觉？"

汪力塔皱眉道："就是有些酸臭味，其他倒没什么？刘老哥是读书人，受不住这个味道，也算正常。"

刘定之满心疑窦，只好随众人继续行路。走过溪流，经过水口，路过蛇群，他们终于出了洞口，重见天日。几个人疲累至极，纷纷跌坐在地上，大口呼吸着新鲜的空气。刘定之一连淬了几口唾沫，终于觉得嘴里干净了一些。

汪力塔突然哈哈笑道："兄弟们，大难不死，必有后福。咱们虽然折了几个侍卫，但从此以后再也没有枷锁绊着，去他娘的皇帝老儿！咱要为自己挣个富贵！后面的宝藏还等着咱们呢！"

突然之间，有一个陌生的声音在汪力塔身后响起："呵呵，这宝贝到底归谁，还是未知呢！"

四个人被吓得一蹦而起。只见身后的树丛中钻出一伙蒙面的强盗。为首的一个身材修长，双目如电，下半张脸用黑布遮住，手中提着一把长剑。另有十几个壮汉，全部蒙着脸，举着弓弩，齐刷刷对准吴墨林等人。

三、巴特尔怒烧《兰亭序》

扮土匪老七显身手，装疯癫小巴烧伪书

陈青阳早就打探清楚，当地的土匪装束与河北强盗、山东响马及关外的毛子都不大一样，中原一带的土匪普遍喜欢穿一些花花绿绿的衣裳，于是他找来一些色彩鲜艳的袍衫褂袖，穿上身以后，俨然是个浮浪的江洋大盗。

他操着一口河南方言，恶狠狠地对吴墨林等人说道："恁这些不知道天高地厚的混球，到了老子地盘，也不打个招呼。如今这般没有个礼数，甭怪俺们不客气！识相的把值钱的东西都交出来，老子高兴了或许饶恁们一命！"

说话间，身边的"斑锦彪"与"雪爪卢"狂吠两声，然后发出低吼，龇牙咧嘴，也摆出一副凶相。

巴特尔听了这话，心道奇怪。他来鸡冠洞之前本已经打听过，附近并无匪患，这一拨花花绿绿的歹徒究竟是哪里冒出来的？蒙古汉子噌的一声拔出腰间短刀，喝道："钱可以给你们，我这里有五百两银票和一些碎银子，你拿去便是，若再有贪图，老子和你们拼命！"

王老七早有心在李双双面前显显身手，见巴特尔不服不忿，从腰间囊袋中摸出一块圆形卵石，怒喝道："恁个龟孙，害敢拔刀？"随后咧嘴大喝一声："中——"，伴随着浓重的河南腔调，这块石子被他用尽力气甩出，不偏不斜正砸在巴特尔的手腕上。巴特尔一阵剧痛，短刀"当啷"一声落地。陈青阳这伙人爆出一阵喝彩，李双双也露出惊讶钦佩之色。

陈青阳嘿嘿冷笑道："是龙得盘着，是虎得卧着。这么多弓弩对着你们，别瘦驴拉硬屎，逞强没有好果子！你们现在乖乖听俺的话，把手里的那些木盒子，怀里的银票，包裹，都统统交出来！若有私藏，别怪老子不客气！"

汪力塔赔着笑脸道："除了有一张银票，几两碎银子，剩下的都是一些文人的字画，并不值钱。"

陈青阳道："值不值钱是你说了算吗？赶紧交出来！一会儿老子还要搜身，敢有一丁点儿私藏，就剁了你们的爪子！"

吴墨林小心翼翼赔笑道："这位山大王有所不知，我们都是画家，此次出远门游历写生，误入贵地，随身携带的书画虽然不值钱，但却敝帚自珍，对我们自己而言意义非凡，还请大王开开恩……"

陈青阳呵呵笑道："别废话了，实话告诉你，老子不在乎那几百两银子，银子可以不要，你们身上的其他东西必须给我老老实实交出来！"

八九个喽啰兵稳稳端着弓弩，指向巴特尔等人。巴特尔心想这伙贼人不像是普通的强盗，他们似乎早就知道自己身上带着的书画的价值不菲，干脆一不做二不休，拼死赌上一回，人死不过鸟朝天！只见巴特尔从怀中摸出一个卷轴，又摸出一张五百两银子的银票，将银票和卷轴猛地抖开，又从汪力塔手中抢过火把，挨近了银票和卷轴，大喝道："贼人看清楚了！这是大名鼎鼎的《兰亭序》！是真正价值连城的宝贝！你要钱要银子，我都可以给你，但若你非要书画不可，我便一把火烧了它！我不仅烧了《兰亭序》，也烧了银票，让你们一无所得！"

陈青阳定睛一看，果然是一幅《兰亭序》，他浸淫书画多年，一眼看去，便觉此作惊艳绝伦。卷中书法笔墨高古神妙。若真是《兰亭序》真迹，当真是无价之宝。他正踌躇之间，只见巴特尔将火把慢慢靠近卷轴，火苗与《兰亭序》若即若离。

"孽障！你丧心病狂吗？"刘定之双手颤抖，大吼道，"那是《兰亭序》！你怎么敢做出这种事？"

除了巴特尔之外，只有吴墨林知道那只是一件摹本。他早在一个月前就制作好，真迹在巴特尔的内衣夹层之中。吴墨林冷笑道："为什么不敢烧？要让我们交出兰亭序，还不如烧了它！烧了它，再把我们射死，我们正好拿《兰亭序》陪葬，咱们死的不冤！"

汪力塔也被吓得不轻，他强挤出一副皱皱巴巴的笑脸，向陈青阳等人恳求道："好汉们，听我一句劝……我们这边的几个人都不太正常，之前都受过刺激，尤其是这位小兄弟，他真的什么过分的事情都干的出来……你们不如取了银票就走吧，不然就什么也得不到了！"

陈青阳心里也直打鼓。他有心诈一下巴特尔，于是装作满不在乎的样子说道："我看你没有这个胆子，你要是敢烧，必死无疑！"

巴特尔仰天长笑，面容扭曲，双目暴睁，神色癫狂，吴墨林在一旁看得真切，心中暗暗佩服这个蒙古汉子的演技。平时只觉得这个年轻的小伙子淳朴憨厚，没想到竟然也会逢场作戏。

在刘定之的惊呼声中，"丧心病狂"的巴特尔将卷轴点燃。纸张遇火便着，一道黑烟升起，刘定之差点昏死过去，口中兀自叫骂不停。陈青阳一见也慌了神，心里闪过好几个念头：这时候如果立刻将巴特尔射倒，不知道是否能安全地夺下《兰亭序》？但他和巴特尔等人无仇无怨，并不想害死他们。更何况汪力塔在出洞的时候曾说过，还有宝藏未找出，已经到手的宝贝，也不打算交给皇上。不如自己先退一步，等以后这伙人找到其他宝藏，再出手也不晚。他想到此处，大喊道："我答应你！老子只要钱财，那些破纸卷子不要了！"

巴特尔伸出蒲扇一样的大手，在手卷上轻轻一摩挲，把刚刚燃起的小火苗捋灭。刘定之忙上前检查，只见卷首已经烧残，文字部分却只是被熏黑，那张银票反倒是完好无损。刘定之心疼不已，恶狠狠地对巴特尔说道："孽徒！看看你干的好事！"

巴特尔心想我等事情过了再跟大师父解释，眼下最要紧的是如何脱身。他仍将手卷靠近火把，怒吼道："我把这五百两银票给你，你们这一次打劫也够本钱了！拿了这些银子，赶紧滚蛋！"

王老七凑近陈青阳，低声说道："陈兄，咱们就这么算了？也太便宜他们了吧。"

陈青阳神情复杂地说道："我只道是他们找到了什么奇异的金银财宝，没想到是古书画，竟然能用火烧来威胁。没办法，先让了他们这一次，以后我们还有机会。"

两方妥协之后，陈青阳取了五百两银票，拉着人马便撤了。"斑锦彪"与"雪爪卢"一步三回头，不甘心地对吴墨林等人龇牙咧嘴。汪力塔盯着那两条猎犬，心下惊疑不定。他在山西斗过狗，知道好的猎犬应该符合什么样的标准。最好的猎犬名叫"细犬"，虽然看起来饿得皮包骨头，但一身腱子肉，嗅觉灵敏，迅捷如飞。刚才遇到的那两条细犬，无论从毛色还是从体型上来说，都是细犬中的极品。山野中的盗匪怎么会豢养这样名贵的狗？汪力塔越想越是心惊，看来这一次外出寻宝，怕是被哪个大人物盯上了。

若按照汪力塔往常的性子，早就想尽办法私自卷了那几件书画跑路。但这一次他却有些舍不得其他三人。他的父母早就死了，自己并没有娶妻，在山西结交的几个军汉都是一些狐朋狗友，酒囊饭袋。有时候想想自己这辈子也真够可怜，竟然没一个值得托付的好友。在鸡冠洞中，他被吴墨林救了性命，与其他三人共患难，不知不觉之间，对这个小小的团体已然产生了依赖。

他想起一句老话儿："酒是穿肠的毒药，色是刮骨的钢刀，财是惹祸的根苗，气是无烟的火炮。"自己酒色财气全部沾染，只想着找到宝藏，醉生梦死、花天酒地地度过这一生。但这几个月以来，他与吴墨林、刘定之等人日日相处，却体味到另一种活法，那是一种追寻艺术的人生，是一种有信仰的生存态度，是一种能够触摸到永恒的体验。

他决心跟着其他三人继续走下去。

这时候火把燃烧殆尽，火焰渐渐熄灭，巴特尔将火把扔在地上，长长呼出一口气来。刘定之只顾着检查《兰亭序》，嘴里念念叨叨："是我眼花了吗？怎么被烧过以后，字形不如原先的生动，少了一分神采？"

吴墨林怕盗贼仍未走远，顾不上跟刘定之解释，连忙说道："别在此地纠缠，我们赶快离开这儿，回了驿站收拾行李，速速离开栾川！"巴特尔点头称是，于是四人携带函套、木盒等物，急忙赶回驿站，收拾了行李，快速离开栾川县城。

吴墨林家中尚有几百幅摹本，此外金农也守在他的家中，所以他必须回一趟北京。刘定之家中则有大量书稿，那是他的命根子，也割舍不下。于是众人商定，先秘密回到京城，料理好家中的事物以后，再去寻宝不迟。

四、京城暗涌

返帝都陈青阳复命，赏册页雍正爷解乏

已到五月中旬，京城漫天的柳絮已经过了劲儿，北地的气温迅速回升。紫禁城里虽然早就已经新桃换旧符，但大清的各方派系势力仍暗中勾结，朝中呈现出一片混沌不清的局面。人们在新君的一连串政令中感到一个新时代正在缓慢拉开序幕。

八爷党树大根深。胤禛即位后进封八阿哥胤禩为和硕廉亲王，兼理藩院尚书，后转工部。胤禛虽对八阿哥时有训诫，但施加的恩宠丝毫不比康熙时减少半分。

陈青阳等人尾随吴墨林一伙回到北京，到廉亲王府中向胤禩、胤禟和胤

裱禀报，讲述一路跟踪的过程并商议此后的部署。

十阿哥说道："这些古代书画好则好，但对现在的时局又有什么帮助呢？花费这么多人力物力，即使得到了这些书画，短时间内又换不来钱财，有什么用？"

八阿哥摇了摇头，说道："老十，将目光放长远一些。盛世收文物，乱世买黄金。这种书画神品，虽然短时间内未必换得到金子，但便于收纳携带。轻飘飘一件小手卷的价值，抵得上数十车白银珠宝。以后说不定会派上大用场的……"

八阿哥一番话，点醒了陈青阳。是啊，如果将来八阿哥失利，家中那些显眼的财宝器物，大概都要被胤禛抄没，唯独像《兰亭序》这样轻巧的小物件儿，价值万金且便于藏匿。真到万不得已的时候，还可以为子孙后代留下一点儿资本。他本以为八阿哥找寻宝藏是为了对抗胤禛，现在看来，八阿哥大概是为了给子孙留一条后路。念及此处，陈青阳不免有些灰心丧气——他的主子既然早已存了留后路的念头，那么八爷党的没落必然也在所难免。

九阿哥胤禟继续询问道："吴墨林这些人回了京城做什么？"

陈青阳说道："吴墨林等人回京城，主要是因为他们家中有些物件儿割舍不下。刘定之家里存着些书稿，吴墨林家里存了些书画卷轴。这几日他们正忙着从家里把这些物件儿倒腾出去呢。"

九阿哥胤禟轻蔑地说道："他们家里能有什么好东西？不赶紧找宝藏，斤斤于家中的破烂玩意儿。"

陈青阳道："九爷您莫要小瞧了这伙人。他们虽然出身低贱，视野狭窄，但也颇有些异能。最近几日，据我们的探子回报，又有一人加入他们的小团体。此人名叫金农，是个有名的画家，交游甚广。眼下他正为吴墨林等人出谋划策，四处奔走。"

八阿哥说道："这个金农我倒是听说过，名气很大，在公卿贵胄之间颇有些人脉。据说他不仅精于书画，更通晓佛道。前几年常常在北京的各种雅集上露面儿。我曾经还动过心思，想收他做幕僚。"

陈青阳回答道："这个金农确实有些能耐。此人很会经营，据说他画了不少自画像，四处送人，还经常在刻印的文集中加入自己的版刻画像，近几年来名声日盛一日，在江南士林中影响颇大。正是在这个金农的安排下，吴墨林这伙人藏匿在京城的一家妓馆之中。"

"什么？藏在妓院里？"十阿哥吃惊地问道，"哪个妓馆愿意招揽这些人？"

陈青阳道："那一家妓馆是个清吟小班，名叫'菡芬楼'，位于胭脂胡同之内。菡芬楼的老鸨与金农相熟。也不知金农与那个老鸨究竟是什么关系，老鸨竟然允许吴墨林、刘定之等四人，连同吴、刘两家的书画、手稿一并搬入妓馆之内。"

"菡芬楼？我之前似乎听说过，"九阿哥努力回忆起来，"这个菡芬楼的姑娘独具一格，大多擅长书画词赋，在京城的书画圈子里甚是有名。"

"不错，菡芬楼的姑娘均以高妙的画艺名驰风月场，"陈青阳点了点头，"据说菡芬楼的老鸨为了提升手下姑娘们的画技，请了不少名师到妓馆中授课。我猜测金农大概因此与老鸨结识。京城里的大小妓院不下两千所，为了招揽顾客，各家妓馆各显神通。这个菡芬楼主要在文人画家圈子里精耕细作，也算是另辟蹊径了。"

八阿哥听了半晌，皱着眉头说道："这么说，那些古书画，也藏在菡芬楼之中？"

陈青阳说道："自从吴墨林等人找到《兰亭序》之后，所有的贵重书画，都由巴特尔随身保管。他们在菡分楼里足不出户，不知在搞什么名堂。"

十阿哥哈哈大笑道："还能搞什么名堂？当然是日夜嫖妓喽。那几个人都是穷光棍儿，土老帽儿，几时见过荤腥？"

陈青阳摇了摇头："我看未必，他们身上的银子都被我在鸡冠洞外劫了，哪里有钱嫖妓？他们身上最值钱的东西就是那些古书画，此时这些人就龟缩于皇城之内，怕是不敢兜售。"

八阿哥说道："陈先生辛苦了，还得有劳您继续盯紧那个妓院。人手可还够用吗？"

陈青阳道："八爷放心，菡芬楼那边有李双双、王老七带人盯着呢。多亏'观音二娘'李双双,我们才能获知如此多的消息。"

观音二娘本是九阿哥的手下,听了这话,九阿哥一笑,说道:"让二娘盯着菡芬楼,再合适不过了,她本来就出身于妓馆,那套'观音'的本事,就是她从小在妓院中学会的。"

陈青阳吃了一惊:原来双双出身青楼,不知王老七晓不晓得这个消息。

眼见天色已晚,陈青阳请辞,退出花厅,屋中只剩下三个王爷。九阿哥胤禟听着陈青阳脚步声渐远,说道:"看来这个陈青阳还算是个用心办事的人。我听李双双说过,这姓陈的文武双全,一路上不辞劳苦,对八哥您的差事勤勉尽心。"

十阿哥却道:"我也询问过王老七,老七虽然也佩服陈青阳的能耐,但言语间颇有微词,他说陈青阳虽然能力出众,但总有些优柔寡断,患得患失,且性情阴郁不定,一会儿像是个武夫,一会儿像是个文人,一会儿又像是个专爱偷窥的疯汉子。你们知道,我一向是很欣赏陈青阳的,听了王老七的话,气得打了他一巴掌,结果老七仍是不改口。哎,我现在也不知道陈青阳到底能不能办成这件事儿了。"

八阿哥心中烦闷,踱步到窗前,推开窗子,遥望天边的一轮明月,瞬间感到身心疲累。他叹道:"王老七说陈青阳优柔寡断,患得患失,我又何尝不是这样?我总觉得,好像无论什么事,我们的人都尽力了,但总是未能成功。最近一年,事事机关算尽,却事事不顺心意。总是棋差一着。上一次的遗诏风波,我们本来想好好做做文章,结果也被胤禛平息下去了……"

"八哥别气馁,"九阿哥说道,"我们现在仍不到认输的时候,胤禛即便当了皇帝,不也没敢把我们怎么样吗?他前些日子还亲口对诸王大臣说起八哥您'较诸弟颇有识量,可资于理,朕甚爱惜。'这是对您示好呀!"

"胤禛当下说过的好话,施加的恩惠,皆不可信,"八阿哥说道,"他忌惮我们的势力,所以要用好话来安抚我。如此浅显的帝王心术,他以为我看不明白吗!"

"八哥,老四用的是阳谋,你看不看的出来,对他并没什么影响,他就是要在群臣面前摆出一副心胸博大的样子,"九阿哥胤禟道,"等到他根基稳固，擢用新人，再来对付我们，就易如反掌了！"

八阿哥重重地叹了口气，他日日处于勾心斗角的政治漩涡之内，早就厌倦了这样提心吊胆的日子。做王爷有什么好？真不如从此隐居起来，做个不问世事的富贵翁舒服自在。

廉亲王府的三个王爷兀自心烦意乱，皇宫养心殿内的大清皇帝——胤禛的心情也好不到哪里去。他每日操劳政事，一刻也不得闲。

这一夜，胤禛刚刚批完几十道奏折，眼睛酸痛。他伸了伸腰，对侍立一边的魏珠说道："今日这些奏折批得还算顺心，青海的战事似乎有了些起色，朕心甚慰。"

魏珠端过来一碗温热的枸杞炖燕窝，笑着说道："皇上勤于政事，是天下百姓之幸！"

胤禛呷了口燕窝汤，说道："你把那一套行乐图取来，我消遣一会儿。"

魏珠连忙从柜子中取出一套册页。这套册页是前些日子宫廷画家奉了圣旨专门画出的。在这套册页中，胤禛化身为各种角色，或为弹琴的高士，或为乘槎的仙人，或为采菊东篱的陶渊明，或为刺虎的猎户。胤禛整日在皇宫内忙于政事，只能在画中想象自己神游天地，以此缓解紧绷的神经。魏珠看着胤禛饶有兴致地翻看册页，心中不免感慨：皇帝难做，好皇帝更难做，照着胤禛这般干下去，没几年身子骨就得垮掉。

胤禛指着一张刺虎的图画，笑着说道："我最喜欢这幅。朕常常梦见自己手持钢叉，杀遍世间恶兽。"

魏珠赔笑道："皇上乃九五之尊，有此除暴之心，自然能涤荡世间恶行，一正天下风气。"

胤禛点了点头，神色突然有些黯然："哎，只是朕做了皇帝，才知道有时候不仅仅要杀恶人，为了天下人，为了大清，还要偶尔杀几个好人。"他叹了口气，又翻了几页画册，说道："朕看着这套册页，想起吴墨林和刘定之那伙人来。这都已经一个月了，巴特尔仍然没有传回任何消息，那伙人难道是人间蒸发了吗？"

魏珠心里一紧，不由得为吴墨林和刘定之担心起来。

清 佚名
《胤禛行乐图册》之一

清 佚名
《胤禛行乐图》之一

五、青楼中鉴书画

青楼女立志辟蹊径，两师父受邀赏法书

胭脂胡同中的菡芬楼不同于一般的秦楼楚馆。门前金漆篱门，上有一块匾额，写着"菡芬楼"三个方正的大字，用笔直率重拙，正是金农所书。菡芬楼朱栏内绿竹掩映，门庭清整，真是闹市中的一处僻静所在。

菡芬楼的老鸨姓沈，名是如，已经是三十五六岁的年纪。幼年时被人贩子拐卖到妓院中，教以琴棋书画。十五岁时，她被妓院的妈妈灌醉，夜里便被人破了瓜，自此堕入烟花巷中。沈是如天资聪慧，在书法绘画上的造诣更是非凡。京城中不少文人墨客，都为她的画艺倾倒。寻常妓女以色闻名，琴棋书画不过是个陪衬，但沈是如却是以画艺闻名，她的美貌倒成了陪衬。

五六年之前，金农到北京城拜访吴墨林，顺便四处走穴卖画，也曾听闻沈是如的大名。他在雅集上见过沈是如绘制的兰草，心中赞叹不已。历代名妓擅于绘画者不在少数，如秦淮八艳中的马湘兰，所绘的兰花也闻名一时。但沈是如的兰花却于柔弱中有一股宁弯不折的傲气，笔力之强健，令金农大为倾倒。

那时候金农已经有了不小的名气。他以嫖客的身份，顺利见到了沈是如。沈是如曾见过金农的书画，本来以为对方是个风度翩翩的才子，见了面，只觉得矮胖油腻，大失所望。但几句交谈过后，方觉得这个男子谈吐不凡。金农和她聊起绘画书法，滔滔不绝，直说得沈是如心神迷醉。两人就在屋子里舞文弄墨，作起画来。原来这沈是如专攻墨兰一路，不会画其他的题材。金农悉心传授人物、山水等科目技法，又论及传世书画，令沈是如大开眼界。两人聊得投缘，互相心生爱慕。当晚一番激情，共赴巫山云雨。连续几日，金农一边教授画艺，一边与沈是如你侬我爱，这段时日舒服得赛过神仙。

几日之后的一个清晨，沈是如醒来，提笔在纸上写下"雨中花蕊方开罢，

镜里峨眉不似前。"她的心有了归属——她要嫁给金农，哪怕做个小妾也心甘。但金农却一口回绝。金农正色道："我是娶了妻的人，让你做小，岂不是作践了你这样的奇女子？"沈是如答道："我甘心跟你从良，你大可放心，我早就攒下一笔体己钱，全都给你用作赎买之资，不让你额外花一两银子！"金农感动地热泪盈眶，语气更加坚定地说道："不！你是个当代的管道升，须得正儿八经配个赵孟頫似的良人才算圆满。与人做小，位卑气弱，你这样的气质身段，怎能受得了一辈子低人一等的活法？"

金农其实没有把实情说出来，他的妻子性情泼辣，善妒爱忌，压根容不得金农娶妾。金农又不好意思说出口，只能拿这些话来搪塞。但沈是如仔细一想，觉得金农的话有理。难道从了良，与人做小，听命大妇，低眉顺眼地过一辈子就真的是自己想要的生活吗？她思来想去，决定要走出一条属于自己的路。

沈是如将两千两银子交给金农，让他向老鸨提出赎买自己的请求。原来沈是如十几年来私底下得了客人不少赏钱，又通过卖画，赚取了大把银子。此时她已经二十八岁，在妓院中也算是个老姑娘了。老鸨心知在沈是如身上再赚不了几年钱，见金农出的价格合适，便爽快地卖了沈是如。沈是如得了自由身，又拿出两千两，自立门面，招兵买马（雇了几个龟奴），在胭脂胡同开了一家新的妓馆，请金农题了匾额，她自己做了老鸨。此事轰动了京城的老鸨圈子，"菡芬楼沈是如"之名，一时间在烟花巷间闻名遐迩，不少青楼女子甚至慕名前来投奔。

沈是如的这家菡芬楼，与一般的妓馆有些不同。菡芬楼中的妓女，一部分是生活无着，被迫入了这一行的女子；还有很大一部分是年老色衰，却颇通艺事的妇女。沈是如请了不少书画名家教导妓院中女子的画艺，甚至还请了宫里的洋画家郎世宁进妓院授课。不过一两年，菡芬楼的姑娘们就以高超的画艺在京城中闯出了名气。文人墨客口耳相传，都说胭脂胡同的菡芬楼是风月场中极高雅的去处，里面的姑娘虽然相貌未必是最好的，但却是极有品位的。

沈是如自此之后，一边打理菡芬楼的生意，一边潜心书画。金农也成了菡芬楼中的常驻先生。两人虽然并未成为夫妻，但情投意合。每次北上，他都要在菡芬楼中住上一段日子。金农之前跟吴墨林说过这件事，顾及吴墨林老光棍的身份，没有说的太多，免得吴墨林妒忌。又过了几年，金农与沈是如的男女之情渐渐冷淡，多了一份朋友之间的友谊。两人常常谈论古今书画，品评各家各派优劣短长，巫山云雨之情，渐变为高山流水之意，两人遂成一对好友，几乎无话不谈。

吴墨林等人回到京城之后，与金农碰面，陈述过往事由。金农听罢，如在梦中，将信将疑，直到看了《兰亭序》与《吴道子李思训合装嘉陵江山水卷》，目醉神迷，大受震撼，这才信了吴墨林的话。吴墨林等人不敢住在家中，于是金农便带着这四人躲进了菡芬楼内。

金农并未将所有实情告知沈是如，只说是四个朋友避难，请求暂住菡芬楼一段时日。沈是如答应下来，在妓馆后院中腾空了四间小屋，以供吴墨林等人居住，另辟一间上房，专供金农起居，饮食衣物都由菡芬楼中的龟奴和老妈子照料。妓馆中的姑娘只道这几个男人都是新请来的书画先生，并未多疑。

巴特尔第一次来到妓院，见到袅袅婷婷的姑娘们，一张大脸瞬间红到了脖子根儿。吴墨林与刘定之是老光棍儿，以前打熬不住的时候，也偶尔逛过风月场，但没到过如此高雅的场所。汪力塔虽然当惯了嫖客，但他去过的地方都是军汉子聚集的窑子，几时见过此等雅趣？他们躲在后院中，眼见得前院的姑娘穿梭往来，欢声笑语，但为了保守秘密，只能龟缩在这方寸之地，更觉得憋屈难受。只有金农可以在妓院中随意行走。金农吃得好，住得好，每日教授妓院中的姑娘作画写字，又有美人磨墨，红袖添香，直令吴墨林等人艳羡不已。刘定之、吴墨林和巴特尔尚能在屋内写字作画，研究那套册页中的线索，以此消磨心中的欲火，而可怜的汪力塔只能强行憋着，度日如年。

这一日突然有个老妈子来到后院，请吴墨林与刘定之去与沈是如见面。刘定之与吴墨林被领进一间雅室，沈是如早在室内等候，双方相互施礼，沈是如嫣然一笑道："久仰两位先生大名，今日特地邀请二位前来请教。"说着她从一个绣花布囊中取出四五件卷轴，在二人面前缓缓打开。

原来沈是如喜欢收藏古代书画。中国古代的女画家虽然数量不多，但也有几个出类拔萃的，可谓"巾帼不让须眉"。但沈是如一直摸不准自己收购的藏品究竟是真是假，请金农看过，金农也拿不准，于是便向沈是如推介："后院一个姓吴的，一个姓刘的，过目古画无数，普天之下，论起鉴定的眼光，怕是无人能及得上那两个人，你何不请他们来鉴定一下呢？"沈是如于是寻了个空闲，专请吴、刘二人前来鉴画。

吴墨林和刘定之在沈是如面前有些手足无措。沈是如虽然已经三十五岁，但徐娘半老，风韵犹存，她保养得当，又加之以诗书浸润，因此只有眼角露出细微的皱纹，皮肤却如羊脂玉一般莹润。她双目如杏，朱唇黛眉，一颦一笑，一举一动之间，自然地流淌出温存和雅致来。

沈是如见吴墨林与刘定之呆呆地盯着自己，不觉好笑。她拨动玉指，解开绦带，轻轻打开一件册页，说道："二位先生请过目。"

吴墨林和刘定之忙不迭低头看起来。

眼前的物件是一件手札，本是信件，后被装裱成册页，落款写着"道昇"二字，但似乎又经一番涂抹，款字模模糊糊，令人疑惑。

"这是元代女画家管道昇的书法，"吴墨林心中略有一丝紧张，努力装作平和稳重的样子，"管道昇存世书法极少，她是元代书画大师赵孟頫的妻子，因此书法受她丈夫的影响，所以这件手札，风格很像赵孟頫。"

刘定之盯着落款处仔细看了一会儿，抬头对沈是如笑道："沈姑娘，这件手札，是你买的吗？"

沈是如说道："此作是我从一个古董贩子手里买下来的。我见书法写得极好，凭着直觉花了两百两银子买下的，当时还遭到不少姐妹的嘲笑呢。"说罢她羞赧地一笑，引得面前两个男人心神为之一荡。

刘定之定了定神，说道："沈姑娘真是好眼力。但这件书法却并非是管道昇亲笔，而是代笔的。"

沈是如眉毛一挑，吴墨林在一边不服气地说道："此作纸墨老旧，不似伪造。"

刘定之瞥了一眼吴墨林，说道："我几时说过这是伪造的东西？沈姑娘，

元 管道昇《秋深帖》

166 | 纸上烟云

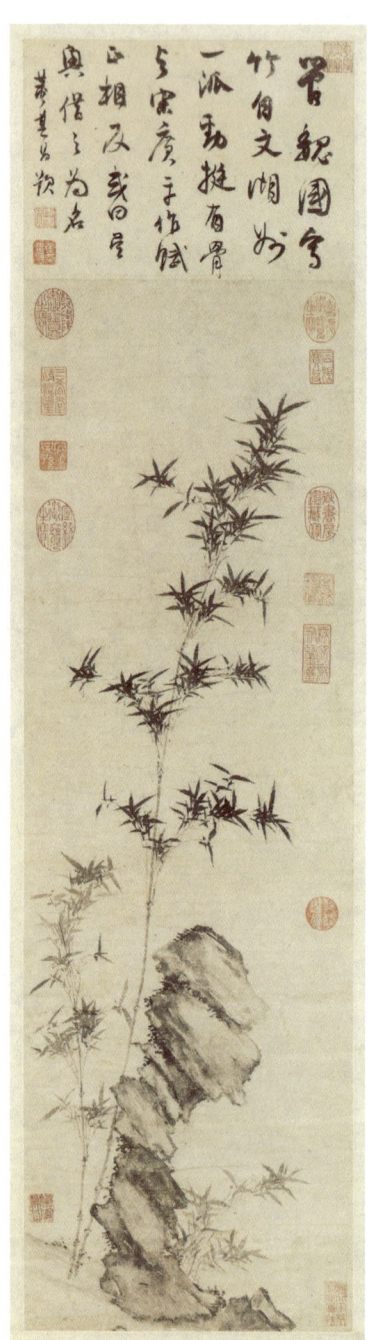

元 管道昇《竹石图》

你买了这件书法,其实是赚到了!古人云,买王得羊,不失所望。但姑娘您是买羊得王,实乃意外之喜呀!"

沈是如笑道:"愿闻其详。"

刘定之指着手札最后的落款说道:"姑娘请仔细看'道昇'二字,似乎经过涂抹,再仔细观瞧,便可发现,'道昇'二字中,似乎隐藏着'孟頫'两个字。其实这封书信是赵孟頫为管道昇代笔所书。我猜测是管道昇口述,赵孟頫执笔,最后落款,赵孟頫大概一时顺手将自己名字写了上去,后来又涂改成他妻子的名字。"

吴墨林听了,挨近了书札细看,果然如刘定之所说,"道昇"中藏着"孟頫"。刘定之的分析丝丝入扣,令人信服。吴墨林心里失落,若自己之前仔细观察一番,大概也能看得出来。

沈是如掩口笑道:"刘先生真是火眼金睛,看来金冬心说的没错,您果然是个鉴定的天才。实不相瞒,我其实先前也发现落款的奇怪之处,心中怀疑此书是赵孟頫的代笔,今日听先生一番推理,更加确信了自己的猜测。"

刘定之笑道:"原来沈姑娘早就识破了此中玄机,能有如此慧眼,真令刘某心生佩服!"

吴墨林在一边听了暗暗生气。

只听得刘定之又说道:"赵孟頫与管道昇伉俪情深,管道昇曾作词给赵孟頫,词中有云:'将咱两个,一齐打破,用水调和。'这书信后的落款,岂不正是你中有我,我中有你之意吗?"

沈是如眼中顿生神采,口中喃喃道:"先生所言极是,管道昇这首词,我是烂熟于心的。"她的目光迷离,轻轻吟唱起来:"你侬我侬,忒煞情多,情多处,热如火。把一块泥,捻一个你,塑一个我。将咱两个,一齐打破,用水调和。再捻一个你,再塑一个我。我泥中有你,你泥中有我。与你生同一个衾,死同一个椁。"

刘定之与吴墨林怔住了。沈是如朱唇轻启,一首曼妙的词如仙乐萦绕在耳,两个男人的心似乎都融化了,这是他们有生以来从未有过的体验。

沈是如吟唱已毕,轻叹道:"管赵二人,真乃神仙眷侣,这词虽然写得浅白，但其中情愫悠长绵远，真令人浮想万千。"

吴墨林突然想起什么，起身说道："沈姑娘，在下有个朋友，是个大藏家，在下曾经临摹过他家中藏的不少名迹，其中也有赵夫人的一件《竹石图》，正好带在身边，若姑娘有兴趣，在下便取来请姑娘瞧一瞧。"

沈是如点了点头，吴墨林风似的赶回后院，取出自己存放的一件立轴。他回到沈是如身边，打开了这卷画，原来这正是吴墨林临摹宫中皇家藏画中的一件，是管道昇墨竹画中的精品之作。沈是如看了叹赏不已。吴墨林说道："若姑娘喜欢，在下便送予姑娘，您其实就是当代的管道昇，宝剑配英雄，好画赠美人。这张画送给你也正合适。"刘定之见了此画，暗暗吃了一惊，他曾经在宫里见过这件东西，粗略一看，还以为是吴墨林将宫中的藏品偷了出来，再仔细观察，才看出一些摹本的痕迹。

沈是如倒也大方，她感激地收下了摹本，又与吴、刘二人攀谈起书画品评鉴赏之事。三人相谈甚欢，丝毫不觉时光流逝，夜已至深。

第八章
金农入伙

一、线索浮现

半老徐娘不减风韵，憨直侍卫偶得玄机

巴特尔最近发现，他的两个师父有些奇怪。他从未见过吴墨林和刘定之像现在这样爱打扮自己——照镜子、梳发辫，甚至衣衫鞋袜换得也更勤了，擦洗身了也更加频繁。往常他向师父们询问书画方面的问题，刘定之总会天南海北扯上一番，吴墨林则会亲身示范。但这几日，吴师父爱答不理，刘师父魂不守舍，二人似乎全然忘记曾经收下了一个徒弟。有一次巴特尔缠着刘定之，追问明代人和宋代人山水画的区别，刘定之说道："咱们不是在鸡冠洞里面得了那件隐藏线索的册页吗？那套册页正是项守斌亲自绘制的，你去临摹一番，便可体味出明人的笔墨意趣。"言语之间颇不耐烦。

于是巴特尔找来那套册页，临完一遍，又去找吴墨林，问哪里需要改进。吴墨林正伏案写诗，诗写了一半，巴特尔瞥眼看去，只见纸上写着什么"你侬我侬，忒煞情多……"正待要细看，吴墨林拉来一张白纸盖住，满脸不悦道:"小巴,你有什么事?一双小眼睛贼溜溜到处瞅什么?"

巴特尔道:"大师父让我临摹鸡冠洞里的那套册页,我临完了,找二师父来指点一下。"

"我忙着呢,你找大师父指点。"

"大师父心情好像不太好。"

"我心情也不太好。"

"二师父,你就看一眼吧。"

吴墨林无奈,只得翻看一番,说道:"临得还不错,继续努力!"

"那我接下来该画些什么才能提高?"

"……呃,继续临摹。"

"还临这几张册页?"

吴墨林眼都没抬,说道:"对,继续临摹,随便你怎么临都好,局部临,整体临,变着法子临摹,快去画,多画一些,画完了去找大师父看看。"

巴特尔退出吴墨林的房间,回到自己屋中,心中有些失落。蒙古小伙儿想了许久,方才明白两个师父萎靡不振大概与菡芬楼老鸨沈是如有关。他心中有些烦闷,只好窝在屋中继续临画。

这一日,吴墨林与刘定之又被沈是如找去谈论书画。吴墨林取出袖中的一卷桑皮纸,在沈是如面前缓缓打开,纸上写的正是管道昇所作的那首柔情款款的词。吴墨林特地仿造赵孟頫的书体写成,笔画飞动,雍容雅致。沈是如惊呼:"吴先生竟然有此种才能!真令我大开眼界!"

吴墨林谦虚地笑道:"沈小姐过誉了,其实我最拿手的并非是模仿赵孟頫的书法,而是模仿唐代诸家笔迹。但若真要说起来,我功夫下得最多的却是绘画……"

沈是如惊讶地瞪大了一双水灵灵的杏眼:"天呀,我这小小的菡芬楼有如此宝山,而我竟不自知。罪过罪过!"

吴墨林摆摆手,有些不好意思:"其实模仿书画这件事,我并没有觉得有多么了不起。咱的老本行是修复,若论起古书画还魂之术,我才敢说自己是真的有些能耐。"

沈是如更加吃惊，说道："我早听金冬心说起过吴先生，只知道您擅长临摹，没想到还是个书画的郎中，不，您不是郎中，您应该是为书画续命还魂的神医！"

"哈哈哈，沈姑娘快别这么说，"吴墨林摸了摸自己的山羊胡子，"神医什么的，只是朋友随意给我起的外号，这些都是虚的东西，我只是尽力修好遇到的每一件书画，让老祖宗的东西留存得久一点。"

刘定之在一边听得浑身不自在，只见沈是如钦佩地说道："吴先生当得起神医二字，您平日里修复的都是顶尖儿的古代神品吧！"

吴墨林说道："我平日修复古代书画，就如同医者医治病人，无论贫富贵贱，一视同仁，只要是生了病的书画，都会'狮子搏象，全力以赴'。"

实际上，这句话是刘定之经常挂在嘴边来督促图籍司中匠人的，刘定之以往未曾听吴墨林说过一次，没想到这厮竟如此厚颜无耻，盗用别人的警句讨姑娘的欢心。

沈是如悠悠然叹了口气："真羡慕两位能一辈子从事自己钟爱的事业，不似我这般，流落于烟花巷中，只能依靠书画自娱自乐，权当是人生慰藉。"

气氛变得伤感起来，吴墨林不知如何安慰。刘定之笑道："沈姑娘不必伤感，在下倒是以为，您可比一般女人幸运得多。"

沈是如苦笑道："先生何出此言？"

刘定之道："寻常女子，只知道相夫教子，学的那些女工伎俩，也不过是在闺中解闷而已。沈姑娘见闻广博，所学书画诗词，乃是纯粹地为了提高自己的生命境界，因此我观沈姑娘的墨兰，其中自有独立清刚的气象，那是一种丈夫的雄强，绝不同于一般女子的柔弱绵软。"

沈是如有些发怔，只听得刘定之继续说道："沈姑娘，在下不仅仅有观画之能，亦有识人之术。您是个傲然独立于天地间的女子，是山间的清泉，是空谷的幽兰。画如其人，只有你这样的奇女子，才画得出如此境界的兰草！"

一边的吴墨林听得怔怔发愣，他没想到一贯呆板的刘定之竟然开了窍，拍起马屁竟如黄河入海，源源不断，滔滔不绝，莫不是提前打了腹稿？沈是如脸色微红，小声说道："我被刘先生夸得要飞到天上啦！"

刘定之却越来越起劲儿，一脸认真地说道："不瞒姑娘，我对古书画颇有研究，过些日子便要远行，寻访天下的神品……姑娘可以跟随在下，一睹……"

吴墨林听到这里，吃了一惊，忙在桌子底下踢了刘定之一脚。这家伙已经昏了头，快把自己这伙人的秘密抖搂出来了。眼下寻找宝藏的事情，只有自己这伙人和金农知晓，岂能随意泄露出去？话说回来，即便是要让沈是如知道这个秘密，也得是自己告诉沈是如，不能让刘定之占了先机！

刘定之被踢了一脚，清醒了一些，连忙转了话题，三个人聊了一会儿天，又动笔切磋了一阵子，一边喝茶一边论艺，不知不觉又过了一个下午。

吴墨林和刘定之回到后院，只见汪力塔和巴特尔在院中等得焦躁不安。汪力塔怒气冲冲："那个老鸨给你们灌了什么迷魂汤！我们这里出大事了！"

吴、刘二人吃了一惊："什么大事？"

汪力塔和巴特尔将二人拉进屋，掩上房门。汪力塔突然笑起来，一张黑脸就像绽放的墨菊："我和巴特尔发现了那套册页的线索！"

原来白日里巴特尔在屋中闷坐着临摹那套册页。他听从吴墨林的教导，从每张册页中截取局部临摹，然后将这些局部穿插组合，构成一张新的作品。画着画着突然发现了什么，心中突突乱跳。两个师父都不在院中，只有汪力塔在。于是他找来汪力塔，告诉了自己发现的秘密。

汪力塔大喜过望，两人研究了半天，确信找到了册页中的玄机，等到吴墨林和刘定之回到后院，汪力塔更是掩饰不住自己的兴奋，本来是巴特尔一人发现的线索，到了他嘴里，成了"我和巴特尔发现……"

吴墨林和刘定之有些将信将疑。吴墨林问道："我琢磨了快半个月一无所获，你们竟然找到了线索？"

巴特尔有些得意，他将册页打开，然后慢慢将每一个单页裁下，在桌案上摆放起来。只见几张册页你压着我，我叠着你，叠成了一幅更大的画。这一张册页的树根，竟与另一张册页的树干相互衔接，天衣无缝。那一张册页的院墙，竟与这一张册页的房檐相连，俨然一体。

巴特尔的小眼睛笑得眯成一条细线，喜滋滋说道："我还是要感谢二师

第八章 金农入伙 | 173

四张册页拼好的完整绘画

父,若是没有按你说的取局部临摹,也发现不了这个秘密!"

二、金农解谜

线索难得新人入伙,谜题半解金农显能

叠压起来的四张册页神奇地衔接起一面面围墙,一根根树木,一栋栋房屋——一座四四方方的院落赫然出现在众人眼前。只见这个大院中有两进院落,巨大的山门后有一座两层楼阁。山门的两端站立着两个守卫,守卫的半个身子被屋檐遮住,但从虬结粗壮的臂膀可以看出,这两个守卫必是壮汉,他们的手中似乎持着某种武器。

刘定之有些不确定地说道:"这种布局的屋宇,倒很像是一座佛寺。"

吴墨林点了点头:"不错,画中建筑的规制的确颇似佛寺。"

汪力塔指着山门两侧的壮汉说道:"佛寺门口怎么会有这么两个彪形大汉?"

刘定之和吴墨林摇了摇头,无法解答。寻常佛寺的山门口确会安排守门的僧人,但请如此壮硕的武夫作门僮倒不常见。刘定之叹了口气,说道:"佛家的东西我所知甚少。我自小研读儒家学说,对释迦与黄老之学一向没有什么研究,佛教的学问,几乎是一窍不通的。"

吴墨林见线索至此中断,想了想,说道:"我有个提议,咱们干脆拉金农入伙吧。金农精通佛学,走南闯北,去过的寺庙不下几百所,他大概能从这幅画中发现一些新的线索。"

汪力塔皱起眉头:"拉他入伙,那岂不是又要把宝藏分一部分给他?"

吴墨林说道:"我们这一次遭难,多亏了金农帮忙,才得以躲进这菡芬楼中。他帮我们脱离困境,我们本来就应该好好报答人家一番。况且我们几个人已经被皇上惦记上了,鸡冠洞内的尸体若是被发现了,我们恐怕还会成为全力缉捕的对象。咱们四个人以后不宜抛头露面,本就应该找一个新的同

伙做那些对外联络、接洽的事情。金农交游遍及天下，见多识广，其实是最佳人选。"

刘定之和巴特尔都点了点头，表示同意。汪力塔无奈道："你们既然都同意，那我也不多说什么了。"

吴墨林接着说道："有金农入伙，定会助力不少，但除了金农以外。我还想再拉一人入伙。水深石头硬，洞长虫蛇多，以后的难题多着呢，在我看来，此人也是不可或缺的。"

汪力塔听到这里，脸上的肥肉颤了颤，瞪大了眼睛，低吼道："什么？你还要拉谁？一个金农还不够吗？再贵重的宝藏也禁不住这样层层瓜分呀！"

吴墨林道："我要拉入的这个人，是咱们眼下的房东——沈姑娘。你们不要小看了这个女子，她在京城的书画圈子中人脉极广，以后我们若要将这些宝贝出手，还得仰仗她。此外，我们的行李物品都寄存在菡芬楼中，此后若要寻一处固定的据点，菡芬楼也是个再适宜不过的地方，因此我认为应该拉沈是如入伙。"

刘定之也点点头，说道："我也同意。"

汪力塔长长叹了口气，心里暗暗腹诽：你们两人是打算从此粘在那个老鸨身边吧。但仔细想想吴墨林的话，似乎也是有道理的，沈是如虽然暂时为他们提供了隐蔽之所，但若要将菡芬楼作为长期据点，似乎还要给人家更多的好处。只不过一想到宝藏又要分一份出去，汪力塔就觉得肉痛。

吴墨林看出汪力塔的心思，呵呵笑道："汪将军不必气恼。这样吧，咱们之前商定的分成规矩可以修改一下。巴特尔自愿分给我和刘定之的两份宝藏，我们匀给金农和沈是如，老刘，你看这样可以吗？"

刘定之点头同意。汪力塔此时方才露出笑容，连忙点头表示赞同。他暗中算了算，整个宝藏一分为四份，他和吴墨林、刘定之各占一份，巴特尔、金农和沈是如平分剩下的一份，怎么想都是划算的买卖。

于是吴墨林找到金农和沈是如，邀请二人入伙，二人又惊又喜。金农早就想毛遂自荐，只是一直未曾寻得时机，不好开口。他心中兴奋莫名，跃跃欲试，想要在众人面前显一番自己的本事。一伙人聚在后院，再次打开了那套册页。

金农仔细端详着叠放好的四张册页，硕大的脑门紧紧贴着画面缓慢地移动，片刻后他露出一丝笑容，说道："你们猜的没错，这座大宅子，的确是一座寺院。"

汪力塔哼了一声："这个我们早就猜到了，金先生能说点儿新鲜的吗？比如大门口为何要画上两个壮汉？难不成和尚也要请人看家护院不成？"

金农笑道："这两个壮汉并非是寺院的守卫，而是镇守佛寺山门的两尊金刚像。很多寺院的山门摆放了护法金刚的塑像，这并不足为奇。民间管这两个金刚叫作'哼哈二将'。"

"我知道哼哈二将！"沈是如轻轻地笑道，"《封神演义》里写过，这两人一个哼气，一个哈气，气里带着毒，厉害得很呢！"沈是如说罢，板起脸，做出哼气和哈气的表情。三十四五岁的半老徐娘，此刻如同一个稚童般天真可爱。

刘定之看着沈是如灿若云霞的脸，好半天回过神，咳嗽了一声说道："山门口摆放金刚塑像的寺庙应该是为数不少的，但不知这幅画里面的寺庙究竟是哪一座呢？"

金农摸了摸稀疏的胡须，颇有自信地说道："如果我猜的没错，画中寺庙，应当是蓟县的独乐寺。"

众人都没听说过独乐寺，吴墨林问金农道："难道你只凭山门口的几尊塑像便能断定这是哪座寺庙？"

金农微笑着摇摇头，用他胖乎乎的手指指向画中的一座阁楼："我的依据自然不只有那几尊塑像。这座寺院还有一个奇特之处，是第二进院落中的阁楼。你们仔细看这座楼，有没有发现什么蹊跷之处？"

巴特尔答道："我觉得这座楼的房檐更翘一些。"

刘定之说道："斗拱也更大，而且比起我朝建筑，气势更显雄壮。"

"不错，你们说的都对，"金农点点头说道，"此阁楼的建筑形制与我朝建筑迥然不同，檐出如翼，斗拱雄大，与宋式建筑也大相径庭，而与唐式建筑风格极相似。相传此阁始建于唐，后辽代依照唐代样式重建。此楼名曰'观音阁'，因其内供奉着一尊巨大的十一面观世音菩萨而得名。这座观音像，虽是辽代塑像，但仿的是唐代样式，在诸多佛寺中，独此一份。"

"我对独乐寺还算熟悉，"金农摸了摸硕大的脑门，一边回忆一边继续说道，"独乐寺历代主持都是高僧，而且都喜爱禅画，寺中和尚修行方式不同于一般的打坐参禅，而是以画悟证禅道。现在独乐寺的主持名叫一超法师，更是个画痴。寺中挂了不少历代名僧的书画。就在几年前，我还游览过这座寺庙。"

金农又想起什么，眼睛一亮，说道："我记得寺中的和尚跟我提起过，此寺在明末经过大修，寺中的那座观音阁恰恰是在那时候被翻修一新的。"

吴墨林说道："寺庙翻修，通常需要大檀越捐钱布施，莫非出资之人正是项守斌？他翻修了独乐寺，顺便就把宝物藏在寺中不成？"

众人立时群情激奋，蓟县距离北京不远，几日内便可抵达。汪力塔哈哈笑道："金先生果然厉害，这么短的时间内便看出是哪一座寺院。真令人佩服！既然我们找到了线索，还等什么呢？收拾收拾东西就去吧！"

"诸位少安勿躁，请听我一言，"因为激动，金农脸色有些潮红，"眼下咱们只知道宝藏在独乐寺，却不知道具体藏在何处。更何况咱们要进寺庙搜寻，还得过了寺庙中和尚那一关。"

吴墨林说道："我们可以扮作香客进庙布施，借此探访一番。"

金农却摇了摇头："不妥不妥，这所寺庙不同寻常，一超法师喜爱清静，寺中许多区域是不许香客闲逛的，当年我游寺的时候，寺中的观音阁就对外封锁，因此要进寺中探寻线索，不能用一般的方法。"

许久未说话的沈是如突然扑哧一声笑起来，说道："我倒是有个主意，不知道行不行得通。"

沈是如很为自己的想法得意，又似乎觉得自己的办法颇为有趣，未说一字，自己竟然被自己的想法逗笑了。众人被她撩拨得好奇不已。见大家目光都聚集在自己身上，沈是如绷住笑脸，说道："你们可以假扮和尚去拜访那个一超法师呀！"

"这算是什么办法?"金农也笑起来,"难道扮作和尚就比扮成香客高明许多吗?"

沈是如笑道:"我说的和尚,可不是一般的和尚,而是西域番僧。"

三、扮番僧

展画像沈姑娘献计,扮番僧金冬心换装

"西域番僧?我没听错吧,你要我们装作西域番僧?"金农有些摸不到头脑。

沈是如点了点头:"《西游记》里面的唐僧为什么要去西天取经?他怎么就不去东洋取经呢?正因佛教原典出自西域天竺。大凡精研佛法的僧人,无不对佛教原典感兴趣。唐僧和他那仨徒弟,是从东土出发,万里迢迢去了西天,你呢,就装作是从西天出发,风尘仆仆来到了东土。如果你装扮成从西域云游到东土的得道番僧,独乐寺的主持一定会热情接待的!"

金农忍俊不禁道:"哈哈,你是话本小说看多了吧!为什么我听起来总觉得有些奇怪?"

沈是如正色道:"我是认真的,冬心先生是有这方面优势的!普天之下,只有你最适合扮作番僧了!"

"这话从何说起?"

"因为冬心先生通梵语呀,这样的人天下能有几个?"

"沈姑娘说笑了,金某不才,梵语这样的学问,我是断然不懂的。"

沈是如道:"是吗?这就怪了,你忘了,你曾读过梵语写成的经文?"

金农奇道:"我什么时候看过西域的梵语经文了?"

众人在一旁听着两人你一言我一语,都摸不到头脑。汪力塔有些不耐烦起来:"你们两个到底在说些什么呀?"

沈是如眉头轻蹙,说道:"诸位稍等我片刻!"说罢旋身离开后院,回

清 罗聘 《金农像》

到自己闺房，取出一个卷轴，又急匆匆回来，在众人面前打开卷轴，说道："冬心先生，这是你以前送我的画像，画里面的你不是正在读梵文吗？"

只见画像中的金农坐在大石头上面，轻捻胡须，正专心致志地看着一本西域的贝叶经。只是这本贝叶经上的文字有些奇怪，形态曲折，状似蝌蚪，用笔方硬，古奥遒曲，似乎正是天竺的梵文。

汪力塔哈哈笑道："高雅人就是不一样，别人送姑娘金银首饰，你送的是自己的画像，既不费钱，又能让姑娘记住你，一举两得，实在是高明！"

金农有些尴尬地说道："这是我的弟子罗聘的画，他画人物是有一手的。只不过我其实不懂什么梵文，也并非是在读经。"

刘定之说道："你既然不懂梵文，为什么你的弟子要画出这样的画？"

吴墨林虽然一声不吭，但心里对金农的做派着实有些不齿，他这个朋友四处送画像的习惯早就尽人皆知。送别人画像倒也没什么不妥，只不过在画中装作自己博学多才，就未免有些矫揉和虚伪。

金农朝着众人摆了摆手道："我就跟你们说了实情吧！我不是读梵文，而是在研究梵文的书写方法，并将其融入汉字之中，意图创出一种新的书体。"

吴墨林这才恍然大悟，哈哈笑道："原来你的漆书源于梵文？"

金农点了点头，说道："这事情我也未曾对别人提起过。我的漆书用笔方直，好似板刷刷出来的效果，撇捺常常延展如鼠尾，这些都是从梵文中学来的。"

众人这才明白，原来金农阅读梵文，倒不是在做样子装博学。沈是如轻轻哼了一声道："不会读，只会写，那也成，只要冬心先生您在主持面前写出梵文来，再打扮成番僧的样子，那独乐寺主持必然分辨不出真假。"

此时，众人方才觉得沈是如说的有理。金农沉思了一会儿，说道："我在扬州时，从天竺商人手中买过不少梵文贝叶经，大体知道他们说天竺话的腔调，临时装个样子，想必没人看出破绽。况且一超法师是个画痴，我还可以跟他聊聊西域僧人的绘画技法，一定能够撩拨起他的兴致！只是西域僧人的装扮究竟是什么样子，我却不知道。在扬州、泉州等地，我见过天竺的商人，他们大多用一块长布在身上缠来缠去，不知番僧是否也是这样的打扮。"

吴墨林眼睛一亮，说道："我曾摹过赵孟頫的《红衣罗汉图》，此画中的红衣罗汉就是一个西域番僧，这张画的摹本就在后院的囊箱中放着，我这就取来给你们看看。"片刻后，吴墨林带着一件手卷回来，在众人面前打开。此卷《红衣罗汉图》原本为元代大家赵孟頫所绘，吴墨林携来的是他制作的摹本。

赵孟頫因常与西域僧人往来，耳目相接，故能对西域僧人的神态特征刻画入微。金农看了半晌，点点头道："想来元代的天竺僧和今日没什么大的差别，无非就是用一块大布料缠起身子而已，并不难办。"

刘定之看到这件摹本，心中一紧。上一次吴墨林取来管道昇的那件《竹石图》摹本送给沈是如，就让他大为惊愕，这一次又拿出一件赵孟頫的摹本，不知他手中还有多少这样的画作。难道这厮在图籍司的时候，将皇宫内的珍品临摹了个遍？一时间他心中竟升起些许嫉妒。

吴墨林指着画中番僧的光头，对金农说道："你若扮作番僧，还有一事须得注意——你是不是要剃了头发？"

金农连忙摇头道："不，很多番僧并不剃头，你看释迦牟尼老祖，不也长着头发吗？"

沈是如笑起来："这个你们不必担心，金先生只要把发辫打开，然后在后脑勺上粘结一些假发，看起来自然一些就行了。你们可以把此事交给我来做，我保证令你们满意。"

金农哈哈笑道："如此一来，我就勉勉强强假扮一回番僧罢。只不过我还需你们几个装扮成跟班儿和翻译。吴墨林可充作翻译，刘定之可充作跟班儿，巴特尔和汪力塔就装作我这个番僧请来的护卫，咱们五个人只要计划周全，行事缜密，一定能骗倒老主持！"

沈是如笑道："你们五个去吧，我一个女人家，就留在菡芬楼替你们看守好行李物品。"

"还有一事，"金农补充道，"番僧在大清国内云游，总要有个度牒和路引，但这个东西是可以伪造的，有吴兄在，自然都不是难题。"

吴墨林不自觉地挺直了腰板，说道："此事不难，给我三两天，便能仿

182 | 纸上烟云

元 赵孟頫《红衣罗汉图》

造出来。天底下没有什么公文是我造不出来的。"说罢偷眼朝沈是如看去，只见那双杏眼中微有惊奇之色，吴墨林的心中顿如"清风拂山岗，明月照大江"，一阵舒服畅快。

众人商定之后，开始准备起来。金农试着乔装打扮，解开发辫，粘了几绺沈是如找来的假发，又在身上裹了一块长布，果然有了一些番僧的样子。

金农写了一些梵文，请吴墨林裁切装帧成贝叶经的形式，随身携带，预备着到独乐寺后作为礼物送给一超法师。吴墨林怕礼物不够分量，又带了一件自己伪造的八大山人与石涛和尚合作的山水画。

沈是如取来姑娘化妆的用品，把金农的脸和手的肤色涂得更加黝黑。不多时，一个天竺番僧出现在菡芬楼的后院之中，把吴墨林等人看得目瞪口呆。金农哈哈一笑，叽里咕噜又胡乱说了半天"梵语"，众人不禁纷纷叫绝。

沈是如清理出一间小厢房，专门用来存放众人的行李物品。吴墨林将几个虫箱和十几年来临摹的古书画存入这间小厢房之内，他反复叮嘱沈是如要看管好这些东西，尤其是那些虫子，一定要让人好生照料。刘定之也将自己的书稿存入厢房之内，直到此时，他才发现厢房中的几个箱子里养着蠱虫。回想起鸡冠洞中自己叼着那个皮囊吸进虫子的事情，心中不禁怀疑当时是不是着了吴墨林的道儿，只是现在没什么确凿的证据，不能妄下结论。看着箱子里的虫子爬上爬下，刘定之越发觉得恶心，于是又将自己的书稿从厢房中挪出，求沈是如另寻一处存放。沈是如爽快地说道："书稿也不多，就放在我的闺房之内吧。我保证万无一失。"刘定之心中感激，说道："此书是我钻研多年的心血，沈姑娘如有兴趣，可翻阅披览，为我提一点建议。"沈是如微笑道："多谢刘先生，我一定拜读大作！"

虫箱中那只咬过金农的蠱虫被吴墨林装入牛尿脬中，随身携带。这只大蠱虫已经被吴墨林视为蠱王，他委实放心不下这只历经生死劫难的虫子，说什么也要带在身边好好照顾。

五个人忙里忙外，万事准备妥当，只等着吴墨林伪造好路引和度牒，便前往独乐寺。这一日金农正在教菡芬楼中姑娘作画，忽听得一个院子中丝竹管弦之声混合着女子的嬉笑，于是他问道："旁边院子里怎么这般吵闹？"

有人答:"新来了一个教授舞蹈的女师父,这几日正教导几个年轻姑娘跳舞哩。"

金农笑道:"沈老板的花样也真多,不仅要你们学画画书法,诗词歌赋,还要学习跳舞。当真是六艺全能,技压京城了。"

那教授姑娘跳舞的女先生不是旁人,正是李双双。

四、独乐寺

回青楼李双双忆旧,入山门西域僧漫游

来到菡芬楼的李双双触景生情,她忆起幼年时在青楼里度过的岁月,真有恍如隔世之感。

双双生下来是一个聋女,幼年时只能凭别人的口型辨别内容。她的"观音辨声"的能耐,正是从小培养起来的。她家的家境原本殷实,因父亲沉迷赌博,在李双双五岁时,被追债的人活活打死,母亲带着她逃难,结果路途中也染病死去。她孤苦无依,一路乞讨,进了京城,又被人贩子拐卖到妓院之中。妓院的老鸨见她长得水灵,性情乖巧,虽然耳聋,但也能凭口型懂人言,于是将她养起来。

说来也巧,一日李双双跌了一跤,摔了脑袋,自此之后双耳复聪。老鸨大喜,教授丝竹管乐,歌舞书画,专等着到了年龄再让她接客挣钱。复聪后李双双"观音辨声"之能并未丧失,正是凭着这个能耐,她在某一日得知老鸨要在当天夜晚强迫自己从"清倌人"破身而成"头牌花魁"后,瞅了个时机逃出妓院。寒风中她无处可去,只能挪动一双金莲小脚,沿着大街乱走,最后又累又饿,加之气急攻心,倒在一座大宅的门口。这座大宅恰好是九阿哥的府邸。

李双双醒来后发现自己被九阿哥救到府中,于是忙向九阿哥下跪谢恩,恳求他收留自己。胤禟听说李双双有"观音"之能,颇感兴趣,此项技能正

可以作为间谍刺探情报之用，于是便留下了李双双，让他认了府中总管做干爹。因总管已有一个女儿，因此唤她为"二娘"。又请人教她拳脚功夫，放开了缠足，俨然成了一名女侠客。她学了拳脚功夫，又懂得歌舞书画，融武技于舞蹈之中，竟自创出一套风神俊爽的舞姿，在江湖上渐渐有了名头。

恰好菡芬楼在此时四处延请教歌舞的先生，于是她便投门自荐，扮成梨园舞伎，顺利地做了菡芬楼中的先生。

自此以后，她每日里除了授课，便是打探后院中几个男人的动静，趴门缝、蹲墙角的事情她也干了不少。经过五六日的观察刺探，她摸清了吴墨林一伙人的意图。虽然一些关键信息并未掌握，但也得知几件宝物尚在那五个人手中，又打探到吴墨林等人即将出行，去往蓟县独乐寺的消息。她尽职守分，忙将这些消息传给陈青阳。

陈青阳和王老七得了信儿，令李双双继续留守在菡芬楼中。王老七向陈青阳建议："陈兄，这一次咱们说什么也得出手了，再不出手，恐怕事有变化，夜长梦多。"陈青阳也觉得委实不宜再拖延下去，于是对王老七说道："老七所言有理，这一次咱们妥善准备，一定要替八爷办好差事，劫了他们的宝贝。"

却说吴墨林等人准备停当以后，挑了一个黄道吉日，整装出行，朝着蓟县行进。有了前一次鸡冠洞的教训，他们此次分外谨慎。陈青阳、王老七得了李双双的消息，提前赶到蓟县独乐寺附近守株待兔。

蓟县距离京城并不远，不过三日，便已抵达。此时金农方才换上番装，散开发辫，粘了几绺假发，乔装扮成番僧模样。吴墨林扮成翻译，刘定之扮作仆从，巴特尔和汪力塔扮作护卫，五个人信心满满来到独乐寺山门之前。

独乐寺山门两侧果然矗立着一对顶盔掼甲、手执法器的金刚塑像，正如册页中所绘的一般威武雄壮。门口洒扫庭除的和尚见到金农等人，吃了一惊。却见金农双掌合十，煞有介事地向金刚像拜了一拜，然后对身边的吴墨林说道："阿玛尼共萨拉斯，可可罗地马斯尼拉嘎拉马拉。"

吴墨林恭恭敬敬地点了点头，对呆立的扫地和尚说道："和尚，你眼前的这位高僧乃是西域迦湿弥罗国的高僧，游历至此，欲拜望你寺住持，还请前去通报。"

迦湿弥罗国是吴墨林等人从《大唐西域记》中扒拉搜检出来的一个冷僻国名。扫地的和尚连忙扔了扫帚，跑进寺内向住持禀报。片刻工夫，一个五十多岁的瘦高和尚走出来。只见这个和尚留着花白胡须，身形颀长瘦削，正是独乐寺住持———一超法师。

一超法师看到金农装束怪异，暗自吃惊。但出家人讲究的是喜怒不形于色，一超双掌合十，说道："老衲乃本寺住持一超，有贵客前来，有失远迎，恕罪恕罪。"说罢他上上下下打量金农一番，又说道："迦湿弥罗国乃玄奘法师西行路过之所，大师不远万里来到中土，所欲何为？"

金农装作听不懂的样子，一脸茫然。吴墨林笑着说道："这位西域高僧的本名叫作斤乌留汪巴（即金、吴、刘、汪、巴五姓合称），简称汪巴大师，在迦湿弥罗国地位甚高，只为弘扬佛法，普度众生，云游至此。只是大师听不懂中土语言，只能请我做翻译。请一超方丈稍等片刻，我这就把您的话转译给他。"吴墨林转头对金农一本正经地说道："别恰恰那嘟嘟股咯颇呢，嘶叽萝巴巴……"汪力塔和巴特尔在一边紧紧绷着脸，强憋住笑。

金农听了，又叽里咕噜说了好长一段，吴墨林对一超法师翻译道："汪巴大师说，他早听说此处伽蓝名冠天下，底蕴雄厚，主持方丈乃高僧大德，又精通书画，以画参禅，深得禅理。汪巴大师对绘画也颇有研究，西域佛学，亦重绘事，因此早就想来请教一番。"说罢吴墨林又取出度牒路引，在一超法师面前晃了晃。

吴墨林这一番马屁拍得恰到好处，一超法师没想到自己的寺庙美名远播，竟然传到了西域和尚的耳朵里，他连忙摆手道："不敢不敢，各位朋友请进寺说话。"

独乐寺中其他僧众听闻来了一个迦湿弥罗国的高僧，纷纷聚来围观。一超法师板着脸，喝退众人，对手下一个副住持说道："快去安排茶水点心，我先带着汪巴大师游览一番，而后再去净室献茶。"

于是一超法师带着五个人在独乐寺中兜转起来。独乐寺果然是一个名胜之所。寺内高槐古柳，亭阁掩映。山门以北的观音阁更是雄壮宏阔，此阁外观两层，为歇山九脊顶，四周设两层围廊。众人走进去，发现里面中空，中央须弥座上有一尊足足五丈多高的泥塑观音像。众人仰头看去，只见这座巨大的观音像头上塑有十个小观音像，小观音像上贴着金箔，熠熠生辉。观音像面容丰润，仪态庄严。一超法师颇为自豪地说道："此像名为'十一面观音'，塑于辽代，乃世上最大的泥塑观音像。"

观音阁外观两层，内部其实是三层。阁中有环形阶梯。众人在一超法师的带领下，回绕盘旋，拾级而上，登至全阁最高的第三层。第三层是前檐设置门窗的明间，吴墨林等人从较暗的二层登上三层，遥望窗外，蓟县全城风光尽收眼底。转过头来，便正对着十一面观音的巨大头像。阳光透过窗棂照耀在观音的头像上，越发显得宝象庄严。观音像弯眉长目，丰颐重颔，略带笑意。观音头顶的十个小观音像共分三层，呈塔形堆叠。那十个小观音像的表情并不完全相同，有的做嗔怒状，有的做慈悲状，有的做大笑状，还有的露出两颗犬牙，有一丝恐怖诡异。

众人叹赏不已。游罢观音阁，一超法师又带着众人寺前寺后转了一圈，最后进入净室献茶。几人刚刚坐定，金农便从背囊中取出早就准备好的两册贝叶经，递给一超，叽里咕噜说了几句，吴墨林说道："汪巴大师初来乍到，与主持性情相投，只觉得一切都是妙缘，故而想将这两册从西域带来的手抄本贝叶经送给主持，万望笑纳。"

一超法师连忙推辞，口中连连说道："怎么这么客气……出家人不在乎这些……"但一双眼睛却直勾勾地盯着贝叶经，这可是来自西域的稀罕物件儿，一辈子也难得见到，于是推辞了几次，便慨然收下了。

五、真伪和尚谈经论道

净室献茶讲经论道，笔墨合作谈艺说禅

净室之中素雅整洁，墙上悬挂着一幅书法屏条，其上写着一首诗："少年不肯戴儒冠，只把身心赴戒坛。证取南宗无上境，道在画禅路漫漫。"款书"一超"。一超法师指着这件挂轴说道："诸位见笑了，此乃贫僧亲笔所书，诗中所云，正是我心中所想。"他笑眯眯地对吴墨林说道："这位施主能否把此诗的意思转译给汪巴大师？"

吴墨林与金农叽里咕噜又是一阵交谈，只见吴墨林时时露出惊讶迷惑的神情，似乎在与汪巴大师认真讨论。两个人越说越起劲儿，旁若无人，把一超法师也撂在一旁。一超看着汪巴大师口若悬河的样子，心里感慨——这正是西域高僧大德的风范。好一会儿过后，吴墨林转头对方丈说道："一超法师，您所作的这首诗意境深远，汪巴大师与我讨论多时，我现在就将大师的意思说给你听。"一超连忙正襟危坐，洗耳恭听。

吴墨林之所以与金农磨叽了这么久，不过是因为他压根就没想好如何回答，他心想早知要回答这么多问题，应该让刘定之作这个翻译。吴墨林绞尽脑汁，搜肠刮肚，好歹拼凑出一些想法，于是装作气定神闲的样子，慢慢悠悠地对一超说道："汪巴大师对我说，从这首诗中，可以看出您以南宗绘画参悟禅理，讲究的应该是'顿悟'之道，在西域，这种参道的方法比较鲜见。大师说，大清国的和尚聪慧敏捷，思接千载，视通万里，有灵根，有智慧，东方的禅宗讲求一超直入如来地，果然与西域苦修不同。"

一超法师的眼睛顿时亮了起来，说道："不错，我这'一超'的法号，便是取自'一超直入如来地'的偈语。本寺修禅，近师临济宗，远承六祖慧能，最讲究机锋凌厉，棒喝峻烈，求的正是'顿悟'二字。贫僧之所以醉心于书画，正是要借着笔墨来寻那'顿悟'的机缘，譬如宋代的法常和尚、梁楷和尚……"

一超法师滔滔不绝，讲的又都是些佛家的修禅道理，吴墨林听了半天，心中越发不耐烦起来。巴特尔与汪力塔更是听得云山雾罩，昏昏欲睡。只有金农与刘定之聚精会神，一脸专注。

吴墨林做了个打断的手势，说道："大师，您一次少说一些，我还要翻译，说多了我就忘了。"接下来他又和金农叽里咕噜一阵对话，心想：此时应该将话题引到观音像上面了。于是对一超说道："汪巴大师说，大清与西域诸国的佛法虽然在禅修的途径上有差别，但从根子上来说，终究是一致的。这就好比西域绘画重凹凸明暗之法，而汉人的绘画重笔墨意境，但究其根本，这两种绘画到了最高境界，也都是相通的，画艺如此，佛法也是一样。"

吴墨林见一超不住点头，又说道："汪巴大师还说了，无论中西，人心总是一样的人心。就好比汉人的佛像与西域佛像的样式，虽然看起来大相径庭，但只要拜佛的人有一颗诚心，便没什么不同。"

一超法师深以为然："我早听说，西域的观音不是女相，而是男相。天竺造像高鼻深目，更重人体婉转优美之姿，风韵亦与中土不同。汪巴大师说得对，无论是佛法、绘画还是造像，终究是皮相，若说其内在的本源，则是无边佛法，中西之间本无差异。"

话题终于引到了观音像上，吴墨林心中窃喜，装模作样与金农嘀嘀咕咕一阵之后，又说道："汪巴大师非常赞同您的话，他说，你们观音阁中的那座观音像，从外形上来看，的确和西域的观音像很不一样，大师颇有兴趣，想问问一超方丈，那座观音像是何时修建的，可经过修补？那座观音阁形式独特，样式古老，和西域寺庙也大不相同，还想请一超方丈讲一讲观音阁的来历。"

一超法师有些失望，他本来要跟番僧好好论一论禅理，没想到西边来的和尚不爱念经，倒是对建筑和佛像有些异乎寻常的兴趣，大概在异域人看来，中土的风物确实充满神秘色彩。一超笑道："说起这十一面观音像，却也是一处古迹。此像是辽代旧物，辽人塑像，学的是唐人的传统。你们若仔细看那尊十一面观音像，便觉有一种雄强浑厚之感，那正是唐人遗风。但到了明末，这座泥塑多有破损，色彩剥落，幸好当时的住持结识一位姓项的巨富施主，出资重塑金身，修修补补，又贴了一层金箔，才成了各位今日看到的样子。"

吴墨林心中一阵激动，原来观音阁中的十一面观音像的的确确在明末经过项守斌重修！如此说来，十一面观音像中极有可能藏有宝物。他迅速与刘定之等人交换了一下眼神，微微颔首，然后假装与金农说了几句"梵语"，心中生出一个计策来。他一脸真挚诚恳地对一超法师说道："汪巴大师说，适才他游览之时,便觉得这座观音大士的塑像震撼神魄,心中似乎有所感召。汪巴大师希望今夜在观音阁中参禅诵经,有我一人陪侍即可,希望一超法师允许。"

一超法师本想拒绝,但他刚刚收了人家送来的贝叶经,吃人嘴短,拿人手软,出家人也不例外。他犹豫了片刻,终于说道:"按照惯例,到了夜里,本寺是要将观音阁关门上锁的。但汪巴大师万里跋涉,远道而来,又与本寺投缘,既有此要求,老衲允了便是。"

吴墨林等人心中暗喜。这个一超方丈总算是着了道儿。吴墨林怕继续说下去露出破绽,正想着见好就收,找个什么理由离开这间净室,却见一超法师谈兴正浓,又从桌案下扯出毛毡和笔墨纸砚,请金农用梵文写一段心经。

金农只好依着一超法师的要求,胡乱用梵文的笔法写了一纸"鬼画符"。一超法师啧啧称奇,细心收好,口中赞道:"此为镇寺之宝矣!"等金农写完梵文心经,一超又摆出一张纸,要与汪巴大师合作画一幅山水画,说什么"中西合璧,机会难得"。金农没办法,只得依着一超的心思与他合作了一幅。一超先画了一棵树,金农补了几块石头。一超画了小桥,金农又补了河堤。一超接着画起山峰,金农便补画远树。一超的画风有南宋梁楷的影子,金农强扭着自己使用西域的凹凸画法。他以前并未画过这类风格的画,只在泉州见过天主教传来的圣母像插图本,因此胡乱仿造欧罗巴的明暗法,画出了有明暗效果,略显怪异突兀的山石树木。

与汪巴大师合作山水画之后,一超法师仍喋喋不休,继续与金农探讨西域绘画中的用色之法。话题转到书画材料,正触到吴墨林的专长,于是吴墨林便大谈苏麻离青、马尼拉红、阿富汗青金石……直说得一超法师五体投地,心旷神怡。

一超法师越聊越开心,吴墨林只觉得口干舌燥,实在是不想继续聊下去了。最后只好推说汪巴大师旅途劳累,希望去僧房小憩一会儿。一超这才意犹未尽地收了口,差了个小和尚带着吴墨林等人去一间僧房歇息去了。

傍晚,吴墨林等人用过斋饭以后,一超法师便领着金农和吴墨林进入观音阁内。观音阁中燃着油灯,十一面观音像矗立在阁中央的莲花台上,法相庄严，器宇崇高。观音的身躯微微前倾，人在观音前，更觉得渺小逼仄，只有极力仰望，才能看到观音面容。金农装模作样地坐定在观音像前的蒲团上，闭上双目，双掌合十，叽里咕噜地念起梵语经文。吴墨林对一超说道："方丈请回吧，我在此处陪着汪巴大师。"一超点了点头，走出观音阁，轻轻掩上了房门。

第九章
达摩真迹现世

一、观音像里玄机

观音阁中喋喋聒噪，秃头顶上横祸飞来

吴墨林与金农在观音阁内打坐参禅，起初不敢有什么动静，待到夜深人静，方才起身活动。两人这里摸一摸，那里敲一敲，四处搜寻。二更时分，刘定之、汪力塔和巴特尔依照之前的计划，蹑手蹑脚溜出僧房，偷偷摸摸地来到观音阁门前，轻轻敲了敲门。吴墨林开了门，将三人放进去，五人凑齐，开始在观音阁内翻箱倒柜。

找来找去，仍一无所获。刘定之取出随身携带的那几张册页，就着阁中香油的灯光，再次细看画中景物。他一会儿看看画里的观音阁，一会儿又抬头看向高大的观音像，紧锁眉头，思考良久，依旧毫无头绪。

汪力塔性急，爬到楼阁的第二层，猛地向佛像上一跳，好似一只大猩猩，紧紧攀住观音像的胳膊，一边爬，一边摸。众人仰头望去，眼前景象颇为怪异，好似一只大肉虫在观音的躯干上慢慢蠕动。

汪力塔攀住观音像下垂的左胳膊,要继续向上攀援。他的脚正踩在观音的手掌上。刘定之看得心惊肉跳,正要出声提醒汪力塔动作轻柔一些,听到门外由远及近传来一阵脚步声。众人大惊失色,莫非寺中有人发现了他们的行迹?吴墨林连忙低声对众人说道:"刘定之、巴特尔,你们两个快去观音像背后藏起来!"他又仰头对汪力塔低吼:"你在上面趴着别动!"

刘定之和巴特尔忙躲到观音像背后,汪力塔抱住观音的胳膊,一动也不敢动。门外的脚步声越来越近,有人敲了敲门,轻轻问道:"汪巴大师可还在打坐吗?"

这是一超法师的声音,金农连忙坐回蒲团上,微闭双目,结跏趺坐。吴墨林打开房门,迎进一超法师。只见他左手端了一个茶壶,右手端着一个茶托子,上面摆着三个茶杯,笑盈盈走进屋中,说道:"打扰汪巴大师清静了,贫僧回忆起白日里与大师的对谈,感触良多,深受启发。夜不能寐,不吐不快,便沏了茶水来看看大师。"

吴墨林松了口气,接下茶壶,谢了方丈。金农也扭头礼貌性地笑了笑,两个人都没有对一超多说什么,只盼着这个住持赶快离开。谁料一超法师白日里与汪巴说得不够尽兴,还打算继续谈论画禅之事,丝毫没有离开的意思。他在金农身边的蒲团坐下,笑眯眯地问:"汪巴大师,我还没跟您聊过瘾哩,心中还有不少疑问,盼着大师解答。"

金农只好叽里咕噜说了一句,吴墨林翻译道:"大师说他正在参禅,有什么话可以明日再与方丈细说。"

一超却说道:"汪巴大师想在寺中待多久都可以,不急这一晚两晚。你我甚是投机,今夜万籁俱寂,明月当空,咱们不如饮茶论禅,继续白天的话题。"

吴墨林和金农没办法,只得听着一超法师继续说下去。一超口若悬河,又开始讲起他对画禅的领悟。原来一超法师一直以来以画参禅,但心境到了某一层,手上的技巧却达不到心中所想的境界。他一直以来颇为此苦恼,心中虽然顿悟,手中却无着落,不知域外高僧如何看待此事。

吴墨林和金农懒得搭理他,听一超絮絮叨叨说了许久,金农气鼓鼓地嘟囔了几句，吴墨林板着脸说道："汪巴大师说，眼里有筋，腕中有鬼，眼高手低，乃画家通病，不只是你一个人，不必为此烦忧。"

一超质疑道："若是心到了，手未到，那么此时顿悟只是心中之悟，而与技法无关无涉？"

金农："朵利米几嘎他仰它占拉布吉力哇。"

吴墨林翻译："眼高手低总归是好的，总比手高眼低强得多。"

一超："但若眼高手低，又如何能算作真正到了境界？我想，心、手齐头并进，才算是最理想的，只是极难做到罢了……大师以为如何应对此中困境？"

金农："乐多斯嘟。"

吴墨林："大师认为他也应对不了！"

一超："贫僧以为，既然如此，就得心、手同时修炼，就像修炼佛法一样，欲从'观慧'升而为'干慧'之境，不仅仅要勤着动脑体悟，还要身体力行的修持。只是老衲最近觉得，手与心的进境似乎都受到阻碍，不知大师平时如何破境？"

金农："咯埋呀。"

吴墨林也不知道如何回答，说多了又怕露怯。他在脑子里一阵搜山检海。突然，他想起曾经临摹过皇宫所藏南宋郑思肖的《墨兰图》，那张画上有一枚印章，当初临摹时只觉得十分奇特。此时便依着记忆将印文念了出来："大师说，求则不得，不求或与。老眼空阔，清风今古。"

一超听了这偈语，不由得一怔。他修禅的这一路法门，讲究的是"机锋"，即以含蓄简短，甚至是粗俗直白的语言相互交流传授思想。在一超看来，汪巴大师正在用"机锋"点化自己。老和尚苦苦思索了半天，发自肺腑地感慨道："大师虽寥寥数语，然禅在其中矣。此中境界，全在于取象宁遥眺而非逼视。老衲仔细揣摩，大师的意思，难道是说……破境须得不执着于破境，必得无意于破，方能破境？但这层意思若是说出来，却又失了真正的意味……有意思，有意思……大师觉得我说的对吗？"

金农："拉米哇。"

南宋 郑思肖《墨兰图》

吴墨林实在是有些不耐烦了，说道："一超法师，看来您还需自己静静思考一阵子，且不必着急，回去慢慢想，总会想通的……"

这段委婉的逐客令丝毫没有起到任何作用。一超法师越发沉迷在"机锋"之中，喋喋不休地唠叨起来，一时之间没完没了。吴墨林心中暗骂：这秃驴可真是个话痨儿。他心中焦急，只想着用什么办法赶快把一超法师支走。

躲在观音背后的巴特尔也听得昏头涨脑，差点打起瞌睡。但最辛苦的却是抱着观音菩萨胳膊，一动也不敢动的汪力塔，他在一超法师的头顶两丈处，现在已经全身酸麻。汪力塔抬眼看去，只能看到观音菩萨的下颌和胳肢窝。他在心中默默祈祷："菩萨保佑，快让底下这个老贼秃滚出屋子吧！"

正要支撑不住的时候，他猛然发现观音腋下似乎有一个裂缝，裂缝足有一个拳头大小。他只有在现在趴伏的位置才能看到这一处空洞。汪力塔浑身似乎又充满了力量，脚下缓缓用力，试图伸直膝盖，距离裂缝更近一些。他此刻正踩在观音的左手上，观音像本就年代久远，经不住他脚下用力，只听"啪"的一声脆响，观音的大拇指被他踩断，直直的掉落下去。

十一面观音的大拇指直线坠落，"当啷"一声，砸在一超法师的光头上。正在侃侃而谈的一超法师眼前一黑，昏了过去。这一截大拇指足有成人的巴掌那么大，从两丈多高掉落下来，力大势沉。吴墨林和金农被吓了一跳。吴墨林伸手探了探一超法师的鼻息，松了口气："幸好还活着……汪力塔！你在干什么？一超法师不就聒噪一些吗？何至于砸他？"

汪力塔委屈地说道："我哪里要砸他？这是天意！菩萨也听腻了，所以要砸昏他，不关我事！"巴特尔和刘定之从观音像背后转出，刘定之俯身捡起那一截大拇指，痛心疾首道："这是千年古物啊！这是菩萨的手啊！造孽啊！造孽啊！"

汪力塔在上面叫道："先甭管别的啦！我在这里发现菩萨的腋下有个拳头大的裂缝！"

众人一听，朝菩萨腋下看过去，但站在地上的人却看不到这个裂缝。金农突然想起来什么，哈哈笑道："原来如此！"

"冬心先生，你发现了什么吗？"巴特尔问道。

金农说道:"你们回忆一下那件册页,树荫下几个人的动作姿态,像是什么?我终于想到了,第一开册页里描绘的正是佛祖诞生的情景!传说佛祖释迦牟尼是从他母亲的腋下出生的,画中的侍女正在接生佛祖!那个抬起胳膊的女人,正是佛祖的母亲!"

"我也想起来了,"吴墨林笑道,"传说佛祖是从他妈妈左边腋下出生的,那一道裂缝,不也正是在左胳肢窝吗?"

众人大喜,汪力塔也不知从哪里来了力气,向上爬了几尺,伸手掏进观音像腋下的裂缝中,摸了几下,顿时眉开眼笑,从空洞中取出一个尖锥状的铜制物件儿。

二、金刚杵

汪力塔腋下取铜杵,刘定之血手染煤精

汪力塔缓缓爬下观音像,气力近于虚脱。众人急忙围拢上前细细察看铜管,只见这根铜管闪着赤金色,长度有三尺许,直径两寸许,上端有一个三棱尖刺,下端雕镂着一个佛头。

"这是金刚杵,是佛教里面的一件法器。"金农立刻就辨认了出来。

"金刚杵?"刘定之突然想起什么,"'金刚杵'原本是画论中的常见术语,古人常以'金刚杵'比附书画用笔之雄强刚劲,无坚不摧。我猜,这根金刚杵内或许又藏着什么法书名画。"

汪力塔立刻来了精神,从腰间抽出短刀,就要把铜杵剁开。刘定之慌忙拦住。吴墨林说道:"汪军门!你又鲁莽了不是?"说着他抢过汪力塔手中的金刚杵,摸来摸去,仔细查看。

"我说,你们可得快点,那秃驴要是醒了可怎么办?"汪力塔提醒道,"要么,我再给他头上来一下?让他晕的时间再久一些……"

"找到了!"吴墨林道,"这里果然有个小机关,我就说嘛,机巧细腻如项守斌，一定不会让人用蛮力打开金刚杵的。"

原来金刚杵底部的佛头是一个旋钮，吴墨林将佛头快速旋下，金刚杵内咕噜噜滚出一根白色蜡烛。

巴特尔备感奇怪："蜡烛？怎么会是一根蜡烛？"

吴墨林将蜡烛翻来覆去看了个仔细，笑道："这不是蜡烛，蜡烛是有芯儿的，但这却没芯儿，确切地说，这只是一根蜡条。用蜡封住书简，可以防潮。如果我猜得没错，这根蜡条儿里面应该是有东西的。"说着他从汪力塔手中拿过短刀，慢慢削起那根粗大的蜡条。很快，蜡条表面的一层厚厚的蜜蜡被刮除干净，露出一个长长的纸筒。

"一层一层又一层，没完没了的，项守斌也不嫌麻烦，"汪力塔急吼吼地说，"这应该是最后一层了吧。"

吴墨林用刀子慢慢割开纸筒，众人绷紧了神经，大气也不敢出。只见吴墨用他那修长的食指和中指探入纸筒中，夹出一个厚厚的卷子，接着又夹出一个布袋。

吴墨林小心翼翼地将布袋解开，一个多面体的黑色石头滚落出来。这块石头足有半个拳头大小，被磨成十八个面，形状诡异。石头是纯黑色的，上面似乎有一些刻画的痕迹。众人研究了一会儿，汪力塔突然笑道："这一回该是我第一个搞明白了！告诉你们吧，这是一个骰子！"

这块黑色石头的确与骰子形状相似，但一般的骰子有六个面，这块石头却有十八个面。巴特尔说道："这块骰子的面太多了吧。"

汪力塔信心满满地解释道："这你就不懂了吧，有一种高级的赌钱游戏，用的骰子就不止六个面的，我就见过八个面的，但十八个面的，我也是第一次见。"

吴墨林说道："算了算了，现在时间紧迫，要真的是一个骰子，那就不值什么钱了，咱们以后再慢慢研究它。先看看卷子。"

卷子颇长，可能是为了便于装入金刚杵内，并未安装轴头和天地杆。吴墨林展开手卷，起首处便是一尊释迦牟尼坐像，绘制于绢帛之上，线条古雅绵细，开脸静穆深沉，既不似唐人佛像那般雄浑，也不似宋代以后佛像的柔和，而是有一种古拙粗粝之美。隐隐有南北朝时的意趣。随着卷子的慢慢展开，释迦坐像的左下角处露出一行朱砂小字："达摩敬绘。"

"咕噜，"金农咽下一口唾沫，好半天才说出一句话，"这幅画，难道是……达摩祖师亲笔绘制不成？"吴墨林和刘定之脸色大变，惊得说不出话。汪力塔只记得自己似乎在哪里听说过达摩的名号，但一时间也想不起来，只有巴特尔浑然不觉，一脸茫然。

"达摩？达摩是谁？听着名字不像是汉人。"巴特尔不解地问道。

金农的声音有些沙哑："菩提达摩，禅宗祖师……我的天爷……没想到达摩祖师也会画画，画得还这么好。"

巴特尔好奇地问道："他在和尚们的心目中地位很高吗？你们为什么这么激动？"

刘定之叹了口气道："达摩是禅宗之祖，南北朝时期，自南天竺来到中土，弘法传道。给你打个比方吧，他在和尚们心中的地位，大概就像是孟子在儒家学子心中的地位吧。"

金农点了点头："达摩在中国始传禅宗，提倡'直指人心，见性成佛，不立文字，教外别传'，没想到不立文字的达摩祖师，却会画画，……我还是不敢相信，这是达摩的手笔，怕不是后世伪造的吧。"

"不像是假的，"吴墨林挨近了酱油色的古绢，语气肯定地说，"看这绢料的织法，虽然绵密，但与唐宋时期的经纬交织方法不同，更与宋以后绢帛的织造方式迥然有别，绢丝中间还填充了石粉，正与传说中的古法相合。"

"画法也是异常简拙，不似唐以后的气韵，"刘定之补充道，"南朝造像多有简拙率真的趣味，正与此画一致。"

听了吴、刘二人评说，汪力塔眉开眼笑，忍不住问道："达摩祖师画的佛祖像，听听！这是多大的噱头……各位大师，咱老汪直率，你们估个价，这一件释迦牟尼像能值多少钱？哪里有有钱的和尚愿意出资？"

金农白了他一眼，因与他尚未熟识，没好意思多说什么，吴墨林却不客气地斥道："老汪，你在佛祖面前积点口德吧！就算想卖钱，回头再问不行吗？你忘了自己刚刚还把观音大士的手指头踩断了？你在佛祖、观音和达摩面前摆出这个样子，是会遭报应的！"

汪力塔心里莫名一紧，双掌合十，连忙朝着画卷拜了拜。

金农继续展开卷轴，佛像后面的酱油色古绢上，赫然出现大大小小十多枚钤印，过去一千两百多年，印文大多脱落模糊，依稀只能辨别出来一些。

"奇怪，这些印文为何都是楷书？印文一般都是篆书吧？"巴特尔问道，"这些印章我都能认出来，你看，这一方是'大司马印'，这一方是'大都督印'，这一方是'刺史之印'……"

刘定之皱眉道："楷书印一度流行于南北朝时期，这不足为奇。但令人疑惑的是，画上钤盖的印章竟然全部都是楷书印，这就有些罕见了。此外，印油的颜色竟也完全相同。按常理来说，这么多印章应该是不同时期、不同人钤印的，印油的颜色应该有区别，怎么会如此一致？更何况南北朝人并没有在书画上钤盖如此多印章的习惯。"

吴墨林也点了点头："画上的印章确实是个疑点，难道这幅画真的是一幅伪作？"

汪力塔的心又悬了起来，面前这幅画在他眼里就是一堆金子，随着身边鉴定家的意见的变化，这堆金子的体量也在不断变化。

刘定之数了数画上楷书印的数目，突然"啊"地叫了一声，急促地说道："我明白了！这些钤印都来自同一枚印章！"他顾不上旁人惊异的目光，抢过汪力塔那把短刀，在自己的拇指上轻轻一割，鲜血立即渗出。他将自己的血涂抹在那块黑色的"骰子"上，随后将"骰子"在自己的袖子上一边按压，一边滚动，一个个清晰的印文显露出来。这些印文正与画上的印文一模一样。

"这不是骰子，是一方十八面煤精印，"刘定之瞪大了双目，紧紧盯着袖子上的印记说道，"传说南北朝时期有这样的印章，只是从未有人见过，今日有缘见到，可算是开了眼界。"

众人的疑惑这才得解，原来，这画卷真的是南北朝时期遗存的古物！

吴墨林继续展开画卷，在十八枚印文之后，是一段长长的空白，接着出现的是项守斌的题跋文字：

此释迦像为达摩祖师所绘。余得之于洛阳北邙山墓室之中。墓主独孤信，为北朝上柱国,与达摩同时人也。二人交际无可考证。画中有数十枚钤印,余甚奇之,又从墓中又掘出一方煤精,正是独孤信遗物,其上凿刻文字与画中钤印一一契合,以此可断此画必为独孤信所藏,故其携入墓穴,以证身份,永世相随。可叹千载之后,为余所得,盖神物自有命格,非凡人所能困住,今重见天日,岂非冥冥有灵?噫嘘唏!达摩亲笔,为禅宗圣物。笔墨高古,可与吾另一南朝佳构相互印证。可叹吾所处之时,正乃末法时代,乱兆已现,余因之暂将此物藏之观音阁内。若余未及取出,但愿有缘人悉心呵守。嘉兴项守斌。"

吴墨林看罢题跋,先是喟然长叹一声,而后又情不自禁地发出一声嗤笑。巴特尔问道:"二师父你笑啥呢?"

吴墨林道:"这个项守斌,从人家独孤信的墓穴中盗出这么一件宝贝,心里觉得过意不去,还说成是什么神物冥冥中自有命格,非凡人所能困住,真会自我安慰!"

巴特尔点点头:"二师父说得有理有据,盗人坟墓确实不是什么光彩的事。"

"接着看,接着看,"刘定之督促,"后面的部分还没打开呢!"

手卷又展开一截,一幅逸笔草草的小画随之慢慢显现。

三、蠹虫救主

假番僧戏诳真方丈,大蠹虫怒咬莽镖王

这幅小画与鸡冠洞地图的笔性几乎一致,众人料定,十之八九也是项守斌亲笔所绘。画上有一座坟墓,坟旁有几棵大树,画面当中有一个文士,拄杖而立。

"这幅画又是什么意思?"巴特尔问道。

刘定之正要开口分析画中的线索,被吴墨林打断:"此时不宜在这里浪

卷末的小画

费时间，等回了菡芬楼再细细研究不迟。咱们既然已经找到了东西，还得快点离开才好。"

"一超法师还昏着呢。"金农有些担忧，"咱们就这样一走了之，方丈若是醒来了，一定会怀疑我们。"

吴墨林道："他怀疑又怎么样？一个和尚，参禅打坐，慈悲为怀，总不会追杀我们吧。他醒来了只会觉得奇怪而已。"

"我们若是就这样一走了之，多少有些对不住这位方丈大师。"刘定之有些于心不忍，"毕竟他为我们张罗了这么久，端茶送水，费尽唇舌，结果脑袋还挨了砸。我从心底觉得咱们亏欠了这位法师。"

金农拾起掉落在地上的那一截观音像手指，喃喃道："应该拿这老方丈怎么办呢……"他看看手中的那截断指，又看看一超法师的光头，生出一个计策，转头对刘定之说道："定之老弟，你手上的血还没干吧。"

刘定之道："你要做什么？"

"我要借你的鲜血做一件事。"

"我体质本就羸弱，难道还要让我放血不成？"

金农哈哈一笑："你只需在一超法师面前的地砖上用血再写几个字便可。我已经想好了，我来说，你来写，用不了你多少血的。"

刘定之使劲儿挤了挤指腹："我准备好了，你说，要我写什么？"

"你就这么写：菩萨断指神示，如当头棒喝，点化我等，概一文一艺，空中小蚋，一技一能，日下孤灯，自此别过，缘尽勿念。"

刘定之在地砖上写下这段话，有些疑惑不解，却听巴特尔抢先问道："冬心先生，这'一文一艺，空中小蚋，一技一能，日下孤灯'是什么意思？"

金农笑了笑，笑容神秘莫测，真如域外高僧附体一般，说道："你问我，其实我也不甚清楚，这是我以前读《高僧传》的时候看到的一句偈语，当时只觉得妙用无穷，又想不明白妙在哪里。一超法师的临济宗讲究的正是'看话禅'，为了一句玄妙的话，临济宗的和尚能不吃不喝参悟一辈子。越是玄妙难懂，越是模棱两可，越可以激发他的冥想。只要留了这几句话，按照一超法师刨根问底的性子，至少得琢磨十天半个月，估摸着也没工夫怀疑我们

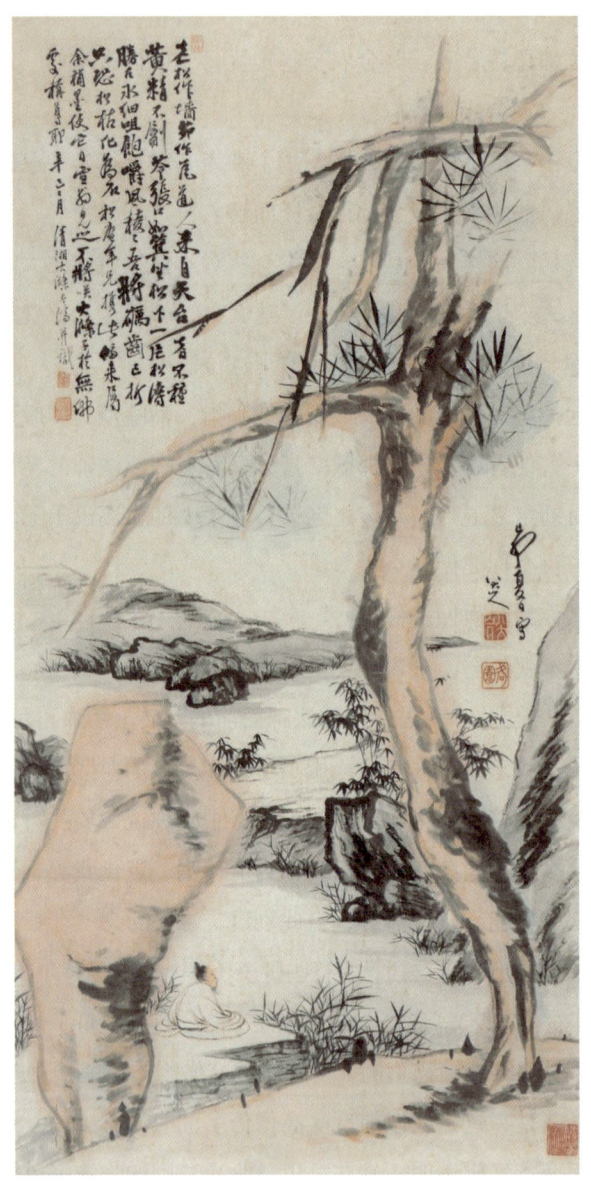

清 八大山人、石涛合作《山水图》伪作

了，这也算是咱们走之前留给他的礼物。"

吴墨林不禁竖起大拇指:"老金,你这招真高明!没想到呀,你什么时候也变得这么诡计多端?"

金农哈哈一笑:"吴老弟过誉了,比起你那些花花肠子,我还差了一些,咱们也别磨蹭了,趁着天没亮,这就离开此地吧。"

吴墨林看着昏迷不醒的一超法师头上通红的肿块,叹了口气:"我现在也觉得咱们有一些对不住他,唉,算了算了,我把这幅画留下来,权当给他一点慰藉吧。"说着他从囊中取出那幅早先伪造的石涛与八大山人合作的山水画,摆在老和尚身边。吴墨林将画放好后,低声道:"这张画虽然是假画,但这世上恐怕也没人看得出来,老和尚痴爱禅画,得了这件东西,总会高兴一些,也算我们对他的一点补偿了。"

众人收拾好东西,悄无声息地出了观音阁,此刻丑时将尽,和尚们正在酣睡,无人觉察。这几个人来到山门,开了门闩,出了寺院,急急朝京城方向赶去。巴特尔不知为何,心中尚有一些不舍,回头看向山门,两尊哼哈二将逐渐湮没在夜色之中。

走出山门几百米,来到一片松林夹道,忽然听得头顶哗啦啦一阵响,从天而降几张大网,将五人罩在网中。紧接着从松树上跳下七八个蒙面人,迅速将五个人的手脚捆绑起来。为首一个点起一个火把,阴恻恻笑了几声。吴墨林看着那人的双眼,心中咯噔一下,他记得这双阴郁的眼睛。上一次,就在鸡冠洞外,正是面前的这个男人拦住了他们的去路。

"又是你们!"巴特尔被拘在大网之内,胡乱撕扯一阵,大吼道,"你我无冤无仇,为何总是和我们过不去?"

"不是和你们不过去,而是和你们身上的东西过不去,"为首的人正是陈青阳,他冷笑道,"你们放心,我不要你们的性命,只要你们的东西。"

王老七亲自动手,很快,巴特尔等人身上的东西都被搜了出来,一一摆放在地上。汪力塔痛心疾首地叫嚷起来:"巴特尔你这傻子,非要将宝贝带在身上,我早就觉得不妥,现在果然出事了。"

陈青阳一件件翻看起来,第一件是《兰亭序》,第二件是吴道子与李思训合绘的《嘉陵江山水图》，第三件则是金刚杵中的《释迦牟尼像》。陈青阳也是痴迷书画的人，看了这三件卷轴之后，心中大喜，眼神中一片炽热，他掂量的出这几件古代书画的分量。

王老七趾高气扬，甚是得意，潜伏在松树上撒网的主意正是他想出来的。他见地上还有一件花里胡哨的东西，定睛一看，原来是吴墨林随身的皮囊（牛尿脬）。他分不出皮囊上山水画的好坏，只记得自己在西湖小瀛洲岛中见过这个皮囊，此物能大能小，当时就觉得奇怪。于是他拿起这皮囊仔细查看起来。

陈青阳此时的注意力正在三件古书画上，无暇顾及王老七的举动。王老七拿着牛尿脬看来看去，虽不知是何物，凭直觉认为这是一件稀奇的珍贵物件儿。在他的认识中，这种类似香囊、包袱的东西，最得女孩子的喜爱。若将这皮囊带回去送给李双双，是不是能赚到她的一点好感？想到此处，他打开牛尿脬，凑近了向里面看了看。里面似乎有什么东西，于是他伸进手去抓。

吴墨林的心提到了嗓子眼儿，那只牛尿脬中只装了一只蠹虫，而这只蠹虫正是他最珍爱的——那只历经生死磨难，最终存活下来的"蠹王"。王老七的手伸进尿脬，把"蠹王"吓了一大跳。如今它养尊处优，每日里有新鲜的木屑供应，早已经忘记曾经啖肉饮血的经历，然而，它骨子里的血性尚未消磨殆尽。"蠹王"这些日子随着吴墨林四处颠簸，本来就有些恼怒，忽见到一只毛糙糙的大手伸进来乱抓，便跳了上去，铆足劲儿狠狠咬了一口。

"嗷——啊啊啊啊啊！"

王老七惨叫一声，急忙从尿脬中缩回手，定睛一看，只见一只大虫子紧紧咬住自己的食指。王老七虽然英雄一世，不惧刀兵，但从小惧怕虫子，平时碰到蜘蛛蟑螂，便会心跳加速，浑身难受。陡然间看到这只巨大的蠹虫，灵魂出窍，差点没背过气去。他一蹦三尺高，猛地甩掉食指上的蠹虫，蠹虫掉入草丛中，逃遁而去。吴墨林心如刀绞，他最喜欢的宠物此刻已经龙归大海，虎入深山，再也不见踪迹。

刘定之在一边看得真切，自己在鸡冠洞毒气里吸入虫子的遭遇浮上脑海，长久以来的疑惑一朝得解。果然！吴墨林这个孙子在皮囊中放了虫子，当时他一定是戏耍自己，故意让虫子爬进自己的嘴里。若现在不是被绑住手脚，刘定之必定会狠狠打吴墨林一顿。

金农也被眼前的景象骇住了，他是被蛊王咬过的人，不免对王老七升起一丝同情。

众人尚在惊愕之时，陈青阳忙跑到王老七身前，问道："老七！你这是怎么了？"

王老七哆嗦着嘴唇，满头是汗，战栗着说道："这姓吴的皮囊袋子中养了一只咬人的虫子！"

陈青阳一颗心沉了下去，他早听说西南有人擅长养蛊，莫非吴墨林也学了这一门毒招？以前还真的小看了这个工匠。虽然陈青阳之前监视过吴墨林，亲眼看见他在京城的市集中购买尿脬的全部过程，但却没见过吴墨林在尿脬上画画，因此不知道这皮囊其实正是尿脬，他更不知道吴墨林饲养蛊虫之事。他扭头对吴墨林怒目而视："你这个小人！竟然用这种旁门左道，阴险招式！"

吴墨林心念电转，声音陡然间变得狠厉阴森："这位壮士！你中了我的蛊毒，怕是命不久矣。"

四、吴墨林戏弄劫匪

王老七断指饮尿液，刘定之暴怒斥匠人

王老七记起自己的师父曾经提过，云南的毒蛊、江西的赶尸、关外的萨满跳神并称江湖三大邪术，令武林人闻之色变。尤其是云南的毒蛊之术甚是阴险毒辣。中毒者如堕十八层地狱，最终会在噬骨蚀心的剧痛中死去。师父曾告诫自己，若是中了蛊毒，第一要务便是弃卒保车，必须要将毒肉割去。"他妈的，老子豁出去了！"王老七咬了咬牙，摸出一把锋利的飞镖，狠狠地向自己的食指削去。他的飞镖吹毛断发，削铁如泥，切根手指，有如儿戏，刹那间镖落指断。一声惨烈的嘶吼划破夜空，惊起林中的一群群宿鸟。

王老七疼得几乎要昏厥过去，但他却丝毫不后悔：虽然少了一根手指，对今后投飞镖的准头有些影响，但若是毒液蔓延全身，那今晚可就把一条命交代在这里了。他在绿林行走多年，自然拎得清手指和性命哪个更重要。

陈青阳迅速从袖口上撕下一条碎布，为王老七包扎起来，口中赞道："老七当机立断，果然是一条硬汉！"

吴墨林兀自嘴硬："我的蛊毒只要碰上一丁点儿，就会立刻传入精血，几日后便会慢慢发作，你就算砍去手指也没用！眼下我有解药的配方，你若是把宝物还给我们，我就把配方告诉你！"

"蛊毒远非寻常毒物可比，"汪力塔在一旁添油加火，"我兄弟这蛊毒，是蛊中之蛊，毒中之毒，平时我们连闻都不敢闻！稍稍看一下，都嫌辣眼睛！"

"危言耸听！世间哪有这样的剧毒之物？"陈青阳半信半疑。

"不好，他们……他们说的可能是真的，"王老七呻吟一声，头上渗出豆大的汗珠，脸色发青，"我似乎真的中毒了……"

王老七的脸上、胳膊上渐渐生出大片肿胀的红斑，呼吸也越来越急促。

"老七！老七！"陈青阳摇了摇王老七的肩膀，"你真的中毒了！"

就连吴墨林也傻眼了，低声问一边的金农："我的蛊虫到底是怎么回事？你当初被咬也是这样的反应吗？"

"我当时一点儿事也没有，"金农压低声音，偷眼仔细观瞧王老七身上的红斑，犹疑着说道，"我略通医术，他身上起的红疹是风团，并不要紧，有的人闻了花粉会这样，有的人吃了柑橘会这样，这和人的特殊体质有关，而且越是紧张害怕，症状越是厉害。"

"你们嘀嘀咕咕些什么？"陈青阳焦躁起来，大喝一声，拔出宝剑，将剑架在吴墨林脖子上，威胁道，"快说如何解毒，不然我把你们全杀了！"他的心中越来越焦虑，敌人的蛊毒究竟有多厉害？若是王老七命丧于此，回了京城如何向那位混不吝的十爷交代？

"那就玉石俱焚吧，"吴墨林梗着脖子，一副铁骨铮铮的样子，"反正我们这些在道儿上混的人，早晚都是个死，今日拉一个陪葬，也算够本钱。"

"你要怎样才能告诉我解毒的办法？"陈青阳眼见王老七气若游丝，语气弱了一分。

吴墨林从鼻子里哼了一声，说道："你先把我们身上的网解开，然后把兵器丢在地上。这之后才有的谈。"

陈青阳犹豫片刻，先命人将地上的几件卷轴画收拾好，然后依着吴墨林的要求，解开大网，又令手下人将刀剑弓弩远远扔在身后。他其实并不想要吴墨林等人的性命，所求不过是那几件卷轴而已。若是以放跑这群人为条件，换回老七的命，对他而言并无损失。

吴墨林却得寸进尺，说道："我们的要求也不算高，这样吧，只要你把东西还给我们，放我们走，我就告诉你如何解毒。"

"你他娘的放屁，"王老七的呵斥声中明显有一丝虚弱，"我老七就算死也不会给你们这个便宜！"

"你这是狮子大开口。"陈青阳伸手指着吴墨林，冷冷道，"我已经解开了你们身上的绳索，弃了兵器，不打算要你们的命，你竟还嫌不够？快点说出解药配方，休想得寸进尺。"

吴墨林冷哼一声，说道："难道这位壮士的命连一件卷轴都不值？你就是这么对待自己手下的弟兄？"

陈青阳手下的喽啰们一个个面有不忍之色，只因王老七性情耿直豪爽，与随行喽啰兵交善，故而临到此时，喽啰们都看向陈青阳，眼神中有求情之意。王老七面露凄然之色，哆嗦着手，探入怀中，取出一把飞镖，架在自己的脖子上，喝道："老七从来没有被人如此胁迫！他妈的我这条命就交代在这里了！"说着就要把飞镖刺入脖子。

陈青阳和吴墨林都慌了，齐声喊道："不可不可！"陈青阳可不愿王老七自刎而死。毕竟自己在江湖中一直都是重义气的侠客形象，怎么能为了几卷画轴不顾手下兄弟的死活？况且老七是十爷心腹之人，不能随随便便把他交代在这里。

吴墨林也不敢继续讨价还价，他与金农等人对视一眼，微微点头，干脆地说道："这样吧，你我都各退一步，只要你把这根金刚杵里的东西交还我们，我便说出解药。其他的两件画轴，就归你们好了。"

陈青阳点了点头，收起《兰亭序》和《嘉陵江山水图》，将金刚杵留下，说道:"现在你该说出如何解毒了吧!"

吴墨林偷眼向王老七看去,见他身上的红疹似有消退的迹象,于是见好就收,忙说道:"解药也容易获得,只需喝上三大碗人尿,毒自可解。"

王老七重重叹了口气,江湖上解毒的招数大多离奇古怪,以毒攻毒的办法也是有的。吴墨林等人正要转身离开,陈青阳喝道:"不准走!等他的毒解了才能走!"

但现在没人带着盛水的容器,如何收集尿液?陈青阳想来想去,跟吴墨林借来了牛尿脬,用来集尿。很快就集了四五个人的尿液。

王老七也顾不上脸面,此时性命要紧。他举起沉甸甸的牛尿脬,眼一闭,心一横,咕嘟咕嘟喝了起来。他一口气喝光了所有尿液,放下尿脬,涨红了脸,胃里一阵翻江倒海,忍不住要呕吐。

"不能吐出来!吐出来还得再喝!"吴墨林急忙提醒,"壮士,你忍一忍就过去了!"

王老七生生将顶在咽喉的秽物"咕噜"一声吞咽下去,众人见了也觉得恶心,几个喽啰兵忍不住干呕起来。说来也巧,正此时,王老七身上的红疹渐渐消退,陈青阳惊喜道:"果然毒解了!"

吴墨林煞有介事地说道:"我这蛊毒对身子还是会有一些隐性伤害,这位壮士若想完全恢复,回去之后还需服用一些药剂。"

陈青阳眉毛一挑:"快说,还需要服用什么药剂?"

吴墨林说道:"两日之后,还需服用一服汤剂,须得用二钱五灵脂,二钱夜明砂,二钱白马通,五钱人中黄,煮成一锅汤汁,连续服用七日,便可恢复如初。"

陈青阳抱了抱拳:"我记下了!"一边说,一边蹲下身,要捡起扔在地上的宝剑。

"咱们就此别过,后会无期!"吴墨林扭头便走。巴特尔等人紧随其后,发足狂奔,很快就消失在夜色之中。

一个喽啰兵问陈青阳道:"陈先生,我们追吗?"陈青阳摇了摇头,他一眼就看出逃跑的那伙人中有两个武者,武林人讲究"穷寇莫追",若硬要追上去，对方拼命相搏，只怕己方也有损失。

王老七有些羞愧，对陈青阳说道："陈兄弟，对不住了，为了俺老七，折了一件宝贝！"

"兄弟，你说什么傻话？"陈青阳拍了拍王老七的后背，"留得青山在，不怕没柴烧。双双还在菡芬楼中，他们的一举一动尽在我们掌握之中，机会有的是！你身上的红斑现在已经全部消退了，应该没事了。只是可惜了你的一根手指……"

王老七看着地上的断指，满脸遗憾："早知蛊毒扩散得如此迅猛，我就不砍断手指了……从今以后，我得多多练习四指投镖了……"

他又看了看自己的胳膊，果然再没有什么红疹的迹象。此时他突然记起一件事来，据母亲说，自己三四岁时有一次乱翻家中的书籍，玩弄起书里的一只虫子，浑身也起了红斑疙瘩，好像就是从那个时候起，自己越来越惧怕昆虫。

几里之外，吴墨林等人跑得飞快，生怕陈青阳那伙人再追过来。刘定之体弱，跑得上气不接下气，实在跑不动了，瘫倒在地，喘息不止。众人也都停下来稍做歇息。

"二师父，我很好奇，"巴特尔气喘吁吁地问道，"你说的那几味中药大概不是什么好东西吧。"

"嘿嘿嘿，"吴墨林的笑容诡异，"五灵脂是鼯鼠屎，夜明砂是蝙蝠屎，白马通是马粪，人中黄则是用人屎浸泡过的甘草，嘿嘿，咱也让那个投镖的混蛋遭点罪，受点苦。"

众人虽然跑得上气不接下气，但听到这里，也不由得哈哈大笑，心情大畅。

"我们应该甩掉他们了吧，"巴特尔此刻语调轻松，"刚刚真的好惊险，也亏得老天垂顾！"

"咱们也算不得幸运，"汪力塔苦着脸道，"眼下只留下一件东西，《兰亭序》和《嘉陵江山水图》都被抢去了，怎么能说幸运呢？"

"呵呵，东西都没丢。"巴特尔嘻嘻一笑，"他们抢去的那两件都是二师傅制作的摹本，真迹在菡芬楼里藏得好好的。"

"什么！"众人大惊。

"为了保密，我没有告诉你们这件事，"吴墨林有些得意，"我早就和巴特尔商量好了，私底下制好了摹本。上次鸡冠洞假装烧画，用的其实也是一件摹本。之所以随身带着摹本，就是怕事有万一，没想到今日真的派上用场了。"

刘定之猛地揪住吴墨林的衣领，怒道："混蛋！这么大的事，为什么瞒着我！"

"大师父，您别怪他，"巴特尔在一边劝道，"二师父也是为了安全着想嘛……"

刘定之扭头对巴特尔恶狠狠地说道："你这孽徒，也瞒着我！"

他越想越生气，接着对吴墨林吼道："上次在鸡冠洞，你们几个人用那个气囊穿过毒气的时候都没事，唯有我吞进了一只虫子，是不是你搞的鬼？"

吴墨林一脸尴尬，不敢正面怒目圆睁的刘定之，吞吞吐吐道："当时其他人都是低着头用气囊，只有你抬着头仰着脖子，所以才会出事，非是我一心要戏弄你。"

刘定之也记不清当时自己使用气囊的姿势，想要发作，又无真凭实据，一口气憋在胸口，瘦弱的胸膛起伏不定。一边的金农劝道："好了好了刘大师，虽然咱们的经历是曲折了一些，但好歹保住了真迹，倒也没什么损失嘛！出门在外，哪里没个磕磕碰碰，我看老吴也不是有意为难你嘛。"

其他人也都来劝刘定之，好不容易才安抚好他。吴墨林总算松了口气，向众人抱了抱拳："各位，等回了住处，我还得把这一件《释迦牟尼像》的摹本也赶制出来。这件事我和巴特尔虽然瞒了各位，但初心总是好的，要假戏真做，总要知道的人越少越好。"

他这一番解释，令其他人心中的不快减了几分。汪力塔暗暗想：这个匠人实在是狡猾，若是没有今天这件事发生，不知道还会将摹本的事情隐瞒多久！

五、女子心事

碑首盘龙翻成鸱吻，舞剑二娘意在陈郎

"双双妹妹的舞技在京城中可算是出类拔萃的了，我们这里的姑娘能有机会跟你学得一招半式，真是撞了大运，"菡芬楼的一间雅室内，沈是如呷了口茉莉花茶，笑着对李双双说道，"只是我一直好奇，妹妹这舞技，柔美中带着凌厉，不知是源于哪一家流派？"

"是如姐姐谬赞，"李双双端起茶杯，轻轻抿了一口，说道，"小女子少时曾遇高人点拨，也算是机缘凑巧。"

沈是如也不多问，环顾室内悬挂的画作，说道："是呀，每个人的机缘都是巧合，就好比我，遇到了不一样的人，就仿佛打开了不同的门。佛说，一花一草一世界。不同的门里面，就是不同机缘，不一样的世界。你我皆是风尘女子，应该更晓得'机缘'二字。"

"是如姐姐的高超画艺，想来也是受了高人指点……能不能告诉妹妹这其中的机缘呢？"李双双捂嘴轻笑，"不知道是哪一个有名的才子，手把手教会了姐姐这样出色的丹青妙笔。"

沈是如掩着嘴笑道："天底下才子多得是，我可不会在一棵树上吊死……我说的是学画画，总是要多跟几个高人学习，各取所长，这才行得通哩。"

"是如姐姐说的高人，可是后院的那几个男子？"

沈是如歪着头仔细想了想，似乎是在自言自语："你是说后院的几个男子？他们中的确有几个高人，而且还都蛮有趣的……"她的脑海中首先浮现出吴墨林的脸，但又意识到不该对李双双说得太多，于是续上茶，笑着岔开话题："双双姑娘，过几日就是乞巧节了，我打算为手底下的姑娘办一个才艺比拼的赛事，邀请京城内的公子哥儿来菡芬楼中聚一聚，姐姐还想请双双姑娘为咱们的姑娘编排一下舞蹈呢……"

"此事包在我身上，"李双双点点头，"我会倾力为姑娘们编排，到时候敢保那些公子哥儿们看得发痴。"

"有你在，姑娘们的舞技自然是差不了的，"沈是如呷了口花茶，慢条斯理地说道，"我的手底下，有几个姑娘要着重教导一下，这次乞巧节，我要捧红几个头牌，在京城打出名声……"

正说到此时，屋外一个老妈子轻声敲门，沈是如起身到门口低声交谈了几句，神情兴奋，转身对李双双说道："双双姑娘，我有急事，先失陪了。"说完便匆匆离去。李双双的心立刻提了起来——莫非后院的那些男人回来了？

李双双猜的没错，离开蓟县后，吴墨林等人逃命似的赶回了菡芬楼，五个人虽然一副灰头土脸，风尘仆仆的样子，但毕竟只是失去几件摹本，并没有丢失真迹，因此个个精神矍铄。沈是如忙将他们请进后院的一处静室之内，一脸关切地询问独乐寺之行的经过。

吴墨林比以往更擅言辞，绘声绘色地讲起众人如何游览寺庙，如何探查线索，如何找到《释迦牟尼像》，又如何遭遇抢劫。刘定之见缝插针，不时地补充说明，讲到一超法师被观音像的断指砸昏，沈是如忍不住咯咯笑了起来，俏脸飞起一片酡红，看得吴墨林和刘定之心神恍惚。又讲到王老七自削手指，沈是如面露惊惧："这个劫匪竟然也和菩萨一样倒霉！"吴墨林和刘定之见沈是如似是受了惊吓，立刻不失时机地转移话题。金农和汪力塔在旁观瞧，心下暗暗感叹：这两个老光棍儿算是被沈姑娘牢牢攥在手心里了。

吴墨林殷勤地为沈是如展开达摩祖师的《释迦牟尼像》，众人再次观赏，更觉画中佛像古拙质朴，笔墨典雅醇厚。沈是如看到卷后项守斌的画作，颇觉疑惑，说道："画上的这座坟墓是什么意思，难道描绘的是项守斌在独孤信的坟墓盗掘宝物的情景？"

"看来沈姑娘对历代墓葬形制并不了解，"刘定之捻须笑道，"除非是体量巨大的皇陵，寻常的古墓，从北朝到明末，历经一千年左右，能留下一点断碑残碣就不错了，至于封土，早就被磨平了，又怎会似画中这样完整如新？"

沈是如不好意思地说道:"我这种没见过世面的弱女子,哪里知道这些?还请刘先生详细说说,这幅画到底有什么寓意?"

"要找到线索,就须得看得出这幅画中有哪些怪异反常之处,我当下发现有两个奇怪的地方,"刘定之的胡子翘了起来,并以确凿无疑的口吻说道,"第一,此画中的文士,虽然貌似访碑寻古,但动作非常怪异,他面向墓碑,右手反向指着一株大树,这种举止动作,在山水画中着实罕见;第二,这株大树的枝叶形态也颇为奇特,略显生硬造作。"

"其实刘兄还漏了一处没说出来,"吴墨林不顾刘定之冷下来的脸色,插嘴说道,"沈姑娘请看,那座坟墓前的石碑,才是最离奇的地方。"

"哪里离奇?"沈是如好奇地问道。

"寻常的石碑,碑首雕刻盘龙,碑下放置赑屃,但你看这块石碑的碑首,根本不是龙的样子。"

"你说的有些道理,"沈是如说道,"确实不像盘龙的样子。"

"对,这两只神兽不是龙,而是两只鸱吻。在传说中,鸱吻是龙的第九个儿子。鸱吻形状诡异,龙头鱼身,据说它能够灭火消灾,所以常常被作为殿脊两端的装饰。"

"为何要在石碑上画鸱吻呢?"

"到底是什么原因,我也想不明白。"

沈是如两眼放光:"有趣,有趣!这幅画好似谜面。"

"要是一直都猜不出来,那可就没趣儿啦!"汪力塔在一边笑嘻嘻地说道,"不过有沈姑娘在,吴大师和刘大师定会加倍努力地找寻线索。"

吴墨林和刘定之老脸一沉,都默不作声,装作没听见。

却说李双双,找了个由头,出了菡芬楼,与陈青阳和王老七碰了面。她见王老七的一只手缠着纱布,说了几句表示关切的客套话。几句话说得不咸不淡,不轻不重,却也似一股暖流淌进老七的心田。有那么一瞬间,王老七恨不得再多砍掉几根手指头。

陈青阳将刚刚得到的《兰亭序》与《嘉陵江山水图》展开给李双双观赏。李双双也是懂得书画鉴赏的人,自然分得清好坏优劣。她看了《兰亭序》,

忍不住赞叹道:"真是世间绝品!"

陈青阳笑着打趣道:"史书记载,唐代开元盛世之时,宫廷中有一位擅舞的女子,名叫公孙大娘,据说她的剑舞借鉴了王羲之的笔法,令当时的画圣吴道子、草圣张旭为之绝倒。古有大娘,今有二娘,不知二娘能否从这兰亭真迹中悟出一点新的舞姿?"

李双双噗嗤一笑,俏脸腾起红晕:"陈大哥想看?那我便即兴为你跳上一段!"

说罢她接过陈青阳递来的青锋宝剑,脑中闪过《兰亭序》中宛如龙蛇的笔势,心念一动,身体便跟着旋转起来。只见她的舞姿中带着凌厉的气势,时而婉转回环,时而锋芒毕露。她越舞越快,气韵开张,忽而有霸悍之气,忽而收敛含蓄。

王老七目不转睛地盯着李双双曼妙的舞姿,忍不住大喝一声:"好——"

李双双舞了一会儿,收了剑,笑着问陈青阳:"可还入得了陈大哥的法眼?"

"我忆起杜甫写过的一首诗——《观公孙大娘弟子舞剑器行》,"陈青阳由衷地赞道,"此诗正可形容姑娘的舞姿。"

"是吗?"李双双眼波流转,"陈大哥还记得这首诗吗?"

陈青阳笑道:"我背一遍给你听:昔有佳人公孙氏,一舞剑器动四方。观者如山色沮丧,天地为之久低昂。霍如羿射九日落,矫如群帝骖龙翔。来如雷霆收震怒,罢如江海凝清光。"

他的声音抑扬顿挫,浑厚而富有磁性,吟咏之间,浑如杜甫附体,李白再生,李双双看得呆了。

只有王老七,听得懵懵懂懂。他偷眼看向李双双,只见这女子已经沉醉在陈青阳的吟咏声中,心醉神迷,不能自拔。老七低头看看自己缠着纱布的手,心中满不是滋味。

第十章
菡芬楼七夕雅集

一、刘定之辨画解谜

汪军门无聊读闲书，刘定之机智解迷局

自从吴墨林等人回到菡芬楼，后院重新热闹了起来。沈是如除了忙活筹备院中头牌们七夕才艺比拼的事宜，一有空闲，便到后院与吴墨林、刘定之钻研项守斌所绘的《读碑图》。吴墨林与刘定之整日将时间耗在解谜上，唯恐对方抢先。

金农、巴特尔和汪力塔不愿意掺和吴、刘二人的纷争。每当沈是如来到后院，三个人就寻个理由避开，屋里只留吴、刘、沈三人探讨画中线索。沈是如擅长和稀泥，每当吴、刘二人为画中迷局争执之时，沈是如总能从中调和。

金农问巴特尔："你这两个师父以前也这般相互较劲吗？"

"以前虽也时有争执，但场面没有现在这么激烈，"巴特尔回忆过往，语气肯定，"若说以前大师父和二师父斗来斗去是因为身份地位、书画理念的不同，那么现在大概又添了一条——为了沈大姐。"

"男人之间的争斗总和女人脱离不开干系，"汪力塔断言道，"以前我在山西绿营的时候，手底下的兄弟相残，或是为了钱，或是为了婊子。为了一个婊子，两个原本很要好的兄弟瞬间就能变成仇敌。"

"不可这么说沈姑娘，"金农皱起眉，"沈姑娘是世间难得的奇女子，又精通书画，善于词赋，引得文人才子争风吃醋，倒也在情理之中。"

"你们文人都稀罕这样的女人，"汪力塔撇了撇嘴，"我倒没觉得有什么好的，这种女人说起话来磨磨唧唧，一句话里有好多典故，之乎者也，云山雾绕，半天也听不明白。"

"我可渐渐能听明白一些了，"巴特尔有些骄傲，"自从拜师以后，咱也渐渐受了大师父的熏染，在他们谈论书画的时候，我也能听出一些味道来了。"

汪力塔叹了口气："这说明你还是有灵性的，俺们老汪家四代人，一百多年来总想着无师自通，靠自己熏陶自己，到最后也没熏成功，唉……咱天生不是这类人啊！"

这时窗外传来一阵管乐之声，巴特尔说道："前院的姑娘们又在排练舞蹈了。"

汪力塔气恼地拍了一下桌子，瞪着双眼道："自从来了这青楼，我们就被关在这后院里，如花似玉的姑娘近在咫尺，但我们却为了藏匿身份，碰也不敢碰一下，我快憋疯了！"

金农摇了摇头："老汪，你也别抱怨。其实不让你碰这些姑娘，一是为了保密，二是你没现钱，三是这里的姑娘大多文静高雅，实在没有倾心委身于你的，这也是不得已之事。不过我听说前几日你从沈姑娘那儿借了不少书来解闷儿。怎么，还是觉得无聊？"

原来汪力塔在菡芬楼中过于憋闷，便求着沈是如，借来几本小说看看。汪力塔感兴趣的小说，无非是修仙或情色之类，文字浅显易懂，情节乖张离奇。

"我都看完了，挑着关键的情节，走马观花看的，"汪力塔有气无力地说道，"什么《草灯和尚》《醋葫芦》，咱都翻了一遍，看多了都一个味道。其实光看文字也没什么意思，老金，你说，这菡芬楼中有没有春宫画儿，其实春宫画更合我的胃口。"

"有倒是有，"金农苦笑道，"春宫画要画好并不容易，好的春宫画价值昂贵，恐怕沈姑娘不会轻易借你看的。"

"对了，老金你不就是个大画家吗？你会不会春宫画？"汪力塔双眼放光，兴致勃勃，"干脆你教我画春宫图好了，我对山水花鸟没有兴趣，学春宫画倒是有一股子劲儿。你教我吧，我拜你为师！等我学会了春宫画，我自己画给自己看，就不必再卑躬屈膝跟别人借了。"

"你以为春宫画很容易学吗？"金农哭笑不得，"要画好春宫图，得熟知人物一科的技法，尤其得对人体的形态了如指掌。历代文人之中，除了明代唐伯虎这样的浪子，几乎再无一人擅长这类题材。"

汪力塔有些泄气，心想这一后院的人各个都懂得书法绘画，自己在山水花鸟方面怕一辈子也超越不了这些人，不如另辟蹊径，从春宫画入手，在众人中拔个头筹，以后腰杆也更硬一些。这时忽听得后院中另一间卧房内传出刘定之哈哈大笑的声音，笑声颇为纵肆。众人奇怪，出了屋子赶过去。汪力塔率先推门而入，只见刘定之站在地上，仰头而笑，既颠又狂，吴墨林一脸颓丧地坐在凳子上。沈是如看着吴墨林无精打采的神情，不禁莞尔一笑。想要安慰他几句，又觉那工匠的模样着实有趣，她还想再看一阵子。

其他人却是一副等不及的样子，沈是如微笑着站起身，喜滋滋地对其他人说道："多亏了刘先生才思敏捷，竟然找到了画中一个重要的线索！刘先生，请让我来告诉他们谜底，好吗？"

"当然可以。"刘定之心情大畅，此时就像一只斗胜的公鸡，尾巴快撅到天上去了。

沈是如指着《读碑图》中的那株大树，对众人说道："之前刘大哥就曾说过，这株大树枝杈的形状非常奇特，按照项守斌的水准，正常情况下不会画出这样的树枝。换句话说，如此奇特的枝杈中，必然隐藏着线索。"

"沈妹子也开始学会吊人胃口了，"金农笑道，"到底是怎么回事，快说出来吧。"

"嘻嘻嘻嘻，"沈是如忍不住娇笑连连，"看到大树旁边的那个文人了

项守斌画中的局部

吗？为什么他指着树？其实这是一个暗示，暗示我们要仔细看这棵树！看，这棵树的枝杈组成了两个字！"

金农、巴特尔和汪力塔连忙紧紧盯着大树的枝杈，经过沈是如的指点，众人渐渐看出了枝杈穿插组合出的两个字——"思"和"白"。

"思字和白字？这是什么意思？"巴特尔问道。

金农此刻已经猜到了什么，他哈哈一笑，对巴特尔说道："小巴，之前你大师父总提到一个画家，如果我猜的没错，思白指的正是这个人。"

"谁？我怎么没有印象？"巴特尔两手一摊，"我记性再差，也不会这么健忘吧。"

"因为你只知道人名，不了解字号，"刘定之忍不住数落起巴特尔，"古往今来，书画家字号最多，有的画家甚至会有十几个别号、斋号，这'思白'二字，正是明末大画家董其昌的号。你只知道董其昌这一个名字，其实思翁、思白、玄宰、香光居士指的都是董其昌。"

巴特尔哈哈笑道："大师父说的是，等我将古代书画家字号、斋号背熟了，以后提起他们，再也不说本名，只说字号，显得更有学问。"

"行了，不扯远了，"刘定之板起脸道，"画中文人的手指着大树，脸却朝着墓碑，你们想想，他是在传达什么意思？"

"连我老汪都猜到啦，那个文人的意思是说——这座墓是董其昌的墓！"汪力塔嚷起来，"既然这样，咱们的下一个目标岂不就是董其昌墓吗？"

巴特尔还有些意犹未尽，问道："这碑上的鸱吻是怎么回事？可有个合理的解释？"

"我来说罢，刘先生看我说的对不对，"沈是如浅浅一笑，"董其昌晚年家中遭了大火，据说他珍藏的古书画大部分都在这次火灾中毁掉了，而传说中鸱吻可以防火消灾，这是不是说明董其昌被这场火灾吓怕了，即便死了也要在坟头儿设置一个辟火的神兽？"

刘定之点点头，看向沈是如的目光满是欣赏："这解释勉强也说得通，但总有些牵强，究竟是什么原因，还得继续琢磨。"

此后几日，众人又开始为新的征程准备起来。吴墨林仍旧放心不下他饲养的蠹虫。自从蠹王丢失之后，他心痛不已，恨不得再返回蓟县寻找一番。金农却感慨道："糟了，这只害虫没人管束，逃到野外繁衍生息，生出的子子孙孙不知道会不会继承它老祖的能耐，这对北方的书画古籍未尝不是一场灾难！"吴墨林听了心中既有些失落，又有些恐惧。幸运的是，在前往独乐寺之前，吴墨林已经将蠹王配对儿，繁殖出新的一代蠹虫，只是蠹王的后代刚刚孵化，尚未看出有什么奇特之处。

沈是如决定在举办完七夕才艺比赛后，再与这些男人们动身南下去找董其昌的墓葬。金农劝她留守菡芬楼，她却说什么也不愿意："我非要去，常年在楼阁之中，快闷死我了。"刘定之和吴墨林听说她要一同前往，心中着实兴奋莫名。

《兰亭序》《嘉陵江山水图》与《释迦牟尼像》真迹都被沈是如秘密藏匿于自己闺房床下的夹层之内，众人仍有些担心。沈是如向他们打下包票儿："你们放心吧，等我南下后，菡芬楼停业，也让姑娘们放一个长假，不会出事的。"

她将即将南行的消息告知李双双，李双双装作惊讶的样子："姐姐要去干什么？"

"跟一群很有趣的人南下游玩。"

"姐姐，我本是江南人，不知你要去何处，我可以向你推介当地名胜之处。"

"对了，你可知道董其昌葬在何处？"

李双双摇了摇头，笑道："这我可就不知道了……姐姐南下游玩，玩伴莫不是后院那几个人，姐姐最近神采飞扬，莫不是看上了其中哪个？"

"嘻嘻，我可不告诉你。"沈是如莞尔一笑，奇怪的是，她的脑海中竟然再一次浮现出吴墨林被刘定之"战胜"后垂头丧气的脸。她被自己的联想吓了一跳。

二、七夕雅宴

菡芬楼内七夕雅集，小暗屋中四人偷窥

临近七夕，沈是如请吴墨林和刘定之为自己画几张画。她提的要求颇为奇怪，非要吴、刘二人仿造女子的笔性作画，画风一定要柔美温润，且不许题款钤印。吴、刘二人费尽心机，各逞其能。吴墨林画了一张《鸳鸯芙蓉图》，刘定之画了一张《仕女敲诗图》。沈是如得了两件作品，欣喜不已，口中连连说道："会派上大用场的……"吴、刘二人询问有何用场，沈是如却笑而不答。

李双双为菡芬楼几个头牌编排舞蹈，煞是用心。每日前院里管弦弹奏之声不断，搞得几个头牌姑娘疲惫不堪。沈是如安慰她们："吃得苦中苦，方为人上人。"

七夕终于到了。

沈是如命人在菡芬楼中的一处露天月台搭建起临时布帐，挂满了六角灯笼，月台的地面铺了地毯。台下摆了十几张束腰马蹄足小方桌，桌上摆了酒水。月台两侧的廊柱新贴了一副虎皮宣对联：

虽无华屋朱门气，却有琪花瑶草香。

对联响的书法清隽秀雅，是沈是如亲笔所书。刘定之赞道"有赵子昂遗韵"，吴墨林夸其"显王大令之风"。巴特尔听了，一番询问，才知道赵子昂是赵孟頫，王大令是王献之。

沈是如早就差人将花笺请柬送出。傍晚时分，暑气渐退，受到邀请的贵胄公子们携着小厮仆从来到菡芬楼。早来的人抢先坐到靠前的桌旁，后来的人只得在稍远的位置坐定。金农与往来的文人多有相识，他也坐在台下，与京城的几个画家朋友攀谈起来。院中的人越来越多，嘈杂声渐起。同是一个圈子的文人见了面，免不了一套冗长的寒暄，场面越发热闹起来。

吴墨林等人不敢在院子中露面，但都对这场盛会心向往之。经过汪力塔软磨硬泡的央求，沈是如只好安排他们在月台旁的一间厢房中躲着，允许他们在窗户纸上捅个窟窿窥伺院中情景。吴墨林、巴特尔和汪力塔每人在窗户纸上捅了个洞，向外看去。刘定之本有些犹豫，做这种事情实在不算体面，他口中嘟囔着："我倒要看看京城里的画家都交谈些什么……"也在窗户纸上捅了一个小洞，把脸凑了上去。

"竟然来了这么多人，"吴墨林感慨道，"禹之鼎、王云、焦秉贞、冷枚、沈崙……这些人都是京城书画圈子中的俊彦名流啊……"

"怎么还有个大胡子鬼佬？"汪力塔惊讶地问道。

"那是宫廷里的御用画师郎世宁，他是欧罗巴人，"刘定之有些惊讶，"是如真有能耐，这样的人也能请过来……"

一轮明月升了起来，月光如水银泻地，洒向庭院之中。七夕本是牛郎织女相会之期，也是女人家乞巧炫技的日子，而对于菡芬楼中的姑娘与宾客而言，却另有一种风情。沈是如见台下宾客已满，走上月台，款款欠身，道了个万福。众宾客谈笑声立时减弱了几分。

她清了清嗓子，大大方方地说道："今日邀请大家前来，无非是要趁此美景良宵，论诗听曲，观舞赏画。菡芬楼的姑娘们已经辛苦筹备多时了，特地为大家编排了几段别致的舞曲。这几段舞曲可不简单，是参详了历代法书名画的笔墨气韵创出的舞技，普天之下，怕是只能在我们菡芬楼中看到。"

台下的宾客大多是书画的行家，顿时倍感兴趣，一个个坐直了身子，瞪大了双眼。

沈是如笑了笑，清亮的嗓音响彻中庭："第一个出场的姑娘，名叫小婉，她的这段舞，是从唐代书法家颜真卿的《裴将军诗》中汲取灵感，创出来的。"介绍完毕，她拍了拍巴掌，小婉从布幔后转出。一身青衣，身材娇小，两手之中却持着两个铜锤。伴着一声悠扬的箫声，小婉陡然旋转身子，随着箫声起伏，舞动起铜锤。

厢房之内，吴墨林等人看得目瞪口呆，巴特尔问道："大师父，小婉姑娘的舞姿真的与颜真卿的《裴将军诗》有关吗？"

第十章　菡芬楼七夕雅集 | 225

唐 颜真卿《裴将军诗》（拓本）局部

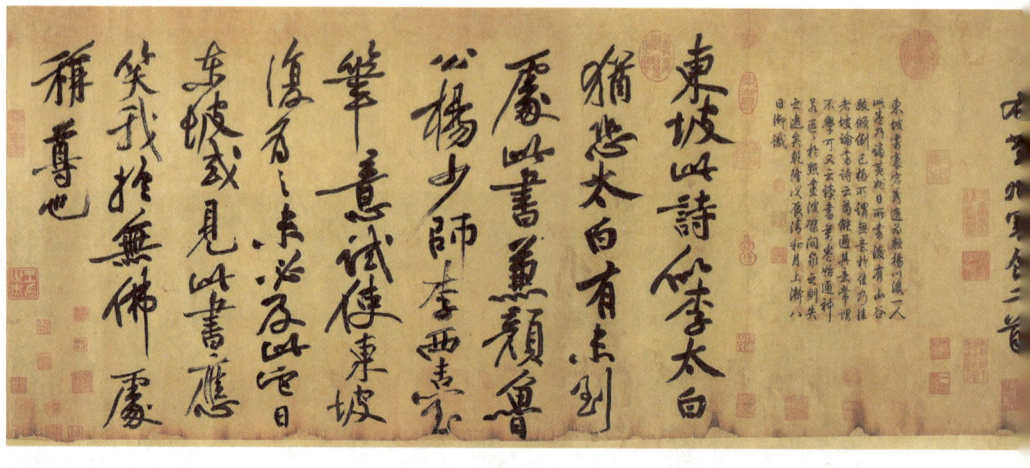

刘定之赞叹道："《裴将军诗》劲健雄奇、朴拙浑厚，这位小婉姑娘身子随着铜锤而动，娇弱柔美中有刚猛的内劲，反而有一种极强烈的反差之美，真有'战马若龙虎，腾陵何壮哉'之感，真令人叹为观止！"

"编排舞蹈的一定是个高人！"吴墨林感慨道，"既通笔墨，又懂音律，才能将二者结合得如此完美！"

小婉舞罢，台下众人喝彩声不断。大胡子郎世宁激动地站起身，用生硬的汉语喊道："天下奇观！闻所未闻，见所未见！"

沈是如调皮地一笑："郎先生莫要吃惊，好看的还在后头。接下来要上场的姑娘唤作圆圆，她的舞，源自苏东坡的《黄州寒食诗帖》，不过其中还有一些额外的变化……"

叫作圆圆的姑娘袅袅婷婷走上台，手中空空，只在腰间缠着一条丝带，随着一声低沉迟缓的磬声，圆圆移步换形，将腰间的丝带舞将起来。初时缓慢，中气十足，舞到一半，姿势骤然变化，飘舞的彩带如长枪大戟，迅捷飞动。

台下爆发出一阵喝彩。巴特尔看得迷糊，问道："为什么前后舞风变化如此之大？"

刘定之解释道："因为苏轼的《黄州寒食诗帖》后还有一段黄庭坚的跋

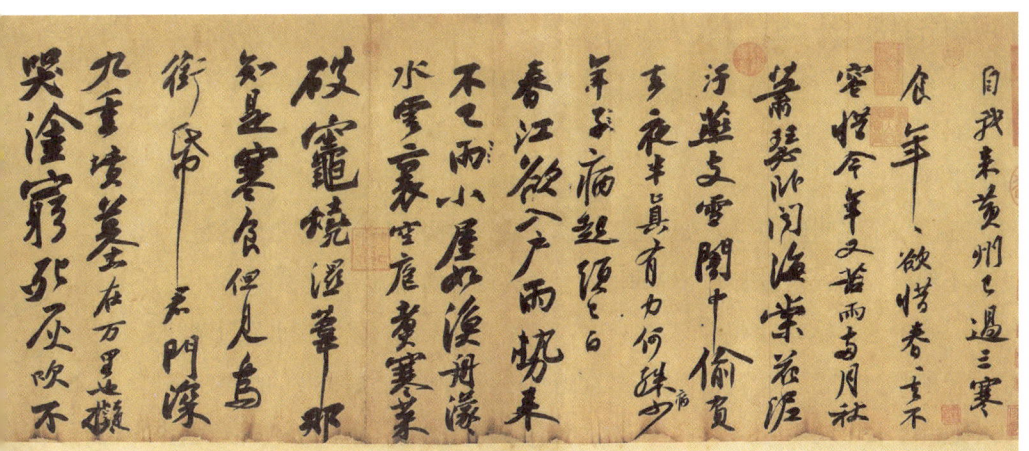

北宋 苏轼、黄庭坚《黄州寒食诗帖》

文。这件传世佳作其实集合了宋代两位顶级书家的作品。"

"我想起来了，"巴特尔眼睛一亮，"还记得之前鸡冠洞地图上的那首诗，仿造的正是苏东坡与黄庭坚的书风！前一段舞姿舒缓，后一段震颤迅捷，正模拟了两个书家的笔墨！"

圆圆之后，又有数位女子上台献舞，但都不如前两个惊艳绝伦。汪力塔终于忍不住问道："沈老鸨举办这次雅集，可真是下足了本钱。不过我心里有个疑问，难道菡芬楼纯粹是义务表演，底下的看客一分钱不出？"

正当此时，献舞环节结束，所有上过台的女子再次走到台上，每个人手中持着一个卷轴。沈是如站在台前，嫣然一笑："各位公子，我们姑娘的舞是从书画中取得灵感的，所以咱家的姑娘们也都是女子中的丹青好手。请各位朋友上眼……"

台上的女子一个个将手中卷轴打开，一幅幅山水花鸟展现在众人面前。圆圆手中持着吴墨林画的《鸳鸯芙蓉图》，而小婉手中提着的则是刘定之的《侍女敲诗图》。其他姑娘手中的画虽然也秀雅可爱，却远不及圆圆与小婉手中的两件。

吴墨林和刘定之正看得发呆，只听台上沈是如说道："各位朋友，咱们的姑娘各自出了一件自己的作品，客官若有喜欢的可以喊个价钱，价高者得。"见台下宾客尚有些懵懂，沈是如耐心地继续解释道："此环节虽然鄙俗，有些铜臭气，但只是席间一乐而已，各位公子权当看我们小女子的笑话儿，捧个场儿罢了。"

座下一个名叫唐岱的文人说道："说实话，前面的舞蹈已经足够惊艳，但在下绝没想到，菡芬楼中姑娘的丹青笔墨竟也有如此造诣。"

另一个老者捻着胡须叹了口气："当真是女中豪杰。以前我也见过菡芬楼女子的画，没想到如今竟精进至如此地步……说句良心话，我的画艺，是比不过台上几个姑娘的。"

众人你一言我一语，对台上的画作极力赞美。吴墨林和刘定之两个人听得如同泡了个热水澡，浑身毛孔舒张。巴特尔哈哈一笑："大师父，二师父，你们现在成了妓女的代笔人啦！"

刘定之脸色一红，吴墨林却嗤之以鼻："老子心甘情愿，你这黄口小儿管得着吗？"

很快，一场叫卖开始了。台上的画作逐个卖了出去，最后的《芙蓉鸳鸯图》和《侍女敲诗图》，竞价尤其激烈。在座的都是行家，其中大多数又是不缺钱的富豪，再加上有的客人钟情台上的女子，想求一个枕席之欢，便一力要出个高价在姑娘面前博个出彩，因此价格越喊越高。最终《芙蓉鸳鸯图》被唐岱以二百两银子买下，《侍女敲诗图》被一个大腹便便的藏家以一百八十两买下。吴墨林见自己的画价格更高，心中洋洋得意。

"菡芬楼的名气会传遍京城的，"吴墨林说道，"经此雅集，此处将成为大清国文人画家逛青楼的首选之地。"

"我真是佩服沈老鸨，"汪力塔由衷赞叹，"办的这个雅集，又是跳舞又是卖画儿，既夸耀了色相，又显得高雅脱俗，好比山羊放了个绵羊屁，既骚气又洋气。更厉害的是，人家空手套白狼，从你们两个老光棍手里白白赚了画，卖出去几百两银子，这赚钱的本事当真是天下独步！"

"我看沈小姐的目的不单单是为了钱，"刘定之笃定地说道，"她摸清了这个路数，就会将这样的雅集一直举办下去，长此以往，菡芬楼将成为京城书画交易、集散的重要场所，到那时候，咱们寻找到的宝贝也就不难出手了。"

汪力塔点了点头："刘大师的话说的没错，但我总觉得你们两个送画的光棍儿有些亏本，到目前为止，啥好处也没有捞到。"

三、侠盗徐陵

青楼女子从师学画，摸金侠盗入伙受邀

自七夕后，金农开始在京城的画友中四处询问打听董其昌归葬之处。但几日过后，仍一无所获。

汪力塔与巴特尔等得焦躁不已。吴墨林与刘定之却气定神闲，每日勤勉作画，画完一件，立即交付沈是如，冒名为菡芬楼女子所作，甘心成为小婉和圆圆的代笔人。

"大凡是不易动情的人，一动了情，就再也按捺不住了。"汪力塔貌似很有经验地对巴特尔说道，"你那两个师父就是如此。"

巴特尔正在练字，听了这话，将毛笔掷在笔洗中，一脸怨气道："我这两个师父现在教我书画，完全不似往日热心。我心中有气，不吐不快，昨天夜里还憋出一首诗来。"

"你说啥？写诗？你在说笑吗？就你这样的糙汉，何时竟学会作诗了？"

"大师父教我读了两个月《声律启蒙》，又让我背熟了平水韵，所以我……现在也勉强能作出诗来。"

"真是不敢相信，你且念给我听听，写的是啥？"

"这是我作的第一首诗，抒发了我最近的闷气……你听了以后，千万别告诉我师父，"巴特尔有些脸红，将笔洗中的毛笔提出来，蘸了墨，边写边念，"老鸨三十体似酥，腰间仗剑斩愚夫。虽然不见人头落，暗里教他骨髓枯。"

"好诗！好诗！"汪力塔大笑，"你那两个小心眼儿的师父要是知道你写了这首诗，不得扒了你的皮！"

又过了几日，小婉和圆圆的画作在京城中渐渐出了名儿，不少文人墨客慕名而来，巴望着一亲女画家的芳泽。小婉和圆圆初时尚可应付，后来总有人求着她们两个现场作画，非要亲眼看见才罢休。小婉和圆圆虽然也是丹青能手，但画艺如何比得上吴墨林与刘定之？沈是如于是就请吴墨林与刘定之亲自教授小婉和圆圆作画。为了在短时间内出效果，小婉和圆圆只突击学一两种偏门的画法。小婉只学画蝴蝶，圆圆只学画梅花。每日里吴墨林与刘定之轮流教授两个女子，更没有功夫搭理巴特尔了。

这一日，巴特尔见两个师父又在画室中为妓女演示画法，按捺不住，推门而入，冷着张脸站在妓女身旁观摩。他一会儿走到小婉那里，一会儿又走到圆圆那里，紧绷着脸，一句话也不说。

吴墨林正为小婉示范北宋赵昌《写生蛱蝶图》中蝴蝶的画法，只觉得纸面上忽的出现一个硕大的阴影，抬眼一看，只见巴特尔直愣愣地杵在桌前。巴特尔身躯庞大，似乎能抵得上两个小婉。吴墨林瞥了他一眼，说道："你既然来了，就好好旁观，往那边站一站，别挡住光。"

巴特尔只得往一边挪了挪。坐在桌旁的小婉抬起头，一脸歉然道："有劳巴壮士了，小女子占了您师父的时间，万勿责怪。"

巴特尔见面前的娇小女子彬彬有礼，自己倒显出一副小气模样，他想起七夕那一夜小婉抡起铜锤翩翩起舞的姿态，当时只觉得小小身躯竟有如此蛮力，一定是个泼妇。没想到说起话来竟然如此温婉绵柔。巴特尔瓮声瓮气道："铜锤妹子，我就在一边看着，不耽误你学习。"

吴墨林脸一黑，叱道："少教玩意儿，别瞎给人起外号。你这草原胡子真是满口粗话！少说几句，安安静静在旁边看着。"

小婉连忙说道："不妨，这个名字也没什么不好的……铜锤妹子，我倒是喜欢。"她调皮地向巴特尔眨了眨眼。巴特尔脸色一红，看了一会儿，见吴墨林也不与自己说话，于是踅到刘定之那一桌儿。刘定之正耐心地为圆圆讲解墨梅的"一笔三踢"之法，巴特尔站在一边默默听着。脑子里却总是闪

北宋 赵昌《写生蛱蝶图》局部

现出小婉的笑脸，刘定之的话好似左耳进，右耳出，教的是什么，巴特尔也没听进去。

小婉和圆圆本就在丹青水墨上颇有天赋，加以高人指点，进步飞快。尤其是小婉，头脑聪敏，手头灵巧，专攻蝴蝶一项，没几日就成果显著。巴特尔每一次跟着蹭课，都会明显地感觉到两个姑娘进步神速，画技进展之快，远超自己。

"我到底有没有作画的天赋？"巴特尔忍不住，私底下问吴墨林，"二师父你当初说我是天纵奇才，为什么我却感觉自己比不过这两个女子？"

"学画的进境本就时快时慢，你现在恰好到了瓶颈期，"吴墨林解释道，"而且我看你近期蹭课的时候，有些魂不守舍，心思不在画上……你还是要从自己身上找找原因，为什么进步慢，是不是有了什么心障？"

蒙古汉子腹诽：我的心障再大，也没你的心障大。

正当小婉和圆圆学得七八分像的时候，金农传回了好消息——他打听到董其昌墓葬所在何处了。

"说起来，董其昌的墓在士林之中还算有一些名气……"金农对众人说道，"董其昌有个再传弟子，叫宋骏业，宋骏业恰好是苏州人，家在太湖附近，几年前亲自去董其昌墓前祭扫过。我正是从宋骏业那里打听到的，据说董其昌的墓在太湖边的渔阳山麓，风光秀美，平日里不少江南的文人前去祭拜游玩，我们只要到了渔阳山，再向当地人打听便可找到墓地所在。"

"太湖边的渔阳山……"吴墨林是南方人，对江南有些了解，"渔阳山在苏州城边，要到那里，我们可以从通县坐船，走运河一直南下。"

"董氏在当地是大族，"金农说道，"恐怕董其昌的墓旁边还会专门安排守墓的乡民，要掘墓寻宝，还得避开乡民，并非易事。"

汪力塔点了点头道："我们这一次行动，说的难听一些，其实就是挖人祖坟，一定要万分小心，按照大清律，盗墓可是重罪！"

"汪军门还挺了解，"吴墨林笑道，"你在山西绿营的时候，是不是也干过这勾当？"

"多多少少接触过一些，"汪力塔嘻嘻一笑道，"山西大墓多，盗墓的人也多，我没进过墓，但也曾帮着盗墓贼销过脏。说起盗墓，有一套严密复杂的手法，我们这些人并非专业干这个的，又没什么经验，需得有一个老手带着才行。"

"汪军门平时胆大包天，如今胆小甚微，这可不像你平时的作风，"吴墨林揶揄道，"但老汪这次说的有理，咱们这些人都没干过这一行，须得有个老手帮衬着。"

"我倒是认识一个盗墓的奇人，或许可以请来协助咱们。"金农向众人拱了拱手，"此人与寻常盗墓贼绝然不同。江湖上盗墓的路数主要分两派，一是文盗，二是武盗。文盗讲究一个悄无声息，以巧取胜；武盗讲究的是速战速决，以力取胜。但这个人却自成一格，号称'侠盗'。"

汪力塔嗤之以鼻："挖坟就是挖坟，怎么还跟侠义扯上关系？"

金农答道："此人出身世家大族，后来家道败落，做了盗墓贼。但他与寻常盗墓贼不同，他只盗那些奸商、贪官、恶霸的墓，因此号称'侠盗'。"

"这可真是奇了，"汪力塔不信，"大多古墓是没有碑文的，下墓之前，谁能知道墓里头躺的是谁？"

"这就是他的特异之处，"金农呵呵笑道，"此人熟读史书，因此对于历代知名的人物，都了然于胸。他下了墓，首先会看墓葬中的墓志，查清墓主身份。若当时无法判断，他就会从墓里退出来，封了盗洞，回去查阅史料和地方志，弄清了墓中人的行状，再决定要不要二次进墓。如果地方志中记载墓主生前做过很多善事，他就不会再进墓了。"

汪力塔张大了嘴巴："我的老天爷，咱还是第一次听说这么穷讲究的盗墓贼。不过，如果墓主人没干过啥坏事，也没干过啥好事，碰到这种人的墓，该不该盗呢？"

金农答道："人之好坏实难评判，若墓主善恶难辨，的确是一件难事。碰上这种人的墓，他只取走一两件陪葬品，赚个辛苦费就算完事儿了。"

刘定之有些犹豫，问道："若真如冬心兄所言，那么他会带着我们盗董其昌的墓吗？"

"董其昌难道是什么好人吗？"吴墨林不屑地说道，"明末民抄董宦的大事件，闹得沸沸扬扬。据说董其昌伙同他的儿子、恶仆鱼肉乡里，甚至逼死人命。如此雅士秽行，导致民怨沸腾，乡民聚集。老百姓最终放了一把火，将董家几百间房子烧了。"

巴特尔奇道："家都被烧了，他还有钱修墓吗？"

吴墨林答道："百足之虫，死而不僵。董其昌虽然经此大难，却仍留有部分家财。他家在当地的势力虽然受损，但仍得到了官府的支持。"

"民抄董宦之事，谁对谁错仍是未知，"刘定之连连摇头，解释道，"也有人说，董其昌自己的言行其实并无过错，只不过是他的儿子和仆人行事乖张，才会遭此大祸。很难想象，整日里优游林下，以书画鉴赏久负盛名的董其昌，会做出欺压百姓的勾当。"

"得了得了，我们争论董其昌又有什么用？一百年前的事情，谁也没亲眼看过，哪儿说得清？"汪力塔有些不耐烦，"金老哥，你就跟那个侠盗说，我们进了董其昌墓，只找字画，并不偷其他的瓶瓶罐罐，事后给他一百两银子，这个侠盗总会同意的吧？"

金农笑笑："我与他颇有些交情，明日便去寻他问问，看他愿不愿意赚这一份钱。"

许久不说话的沈是如笑道："金大哥自管去请这位侠盗，钱的问题不用在意，我们菡芬楼来解决。"

吴墨林摆摆手道："怎么能让沈姑娘一力承担此事？沈姑娘可先垫付这笔钱，最后等画都出手了，再从得来的钱里拨出一百两还你。千万不能让你吃亏。"

沈是如笑道："如此也好。"

几日之后，金农带着一个中等身材的汉子来到菡芬楼与众人相见。只见此人目光幽深，走路无风，脚步声如猫儿一般轻。他向众人施了一礼，低声说道："鄙人徐陵，幸会诸位。"

四、八爷党现颓势

徐侠盗受激显身手，陈青阳领命志消沉

徐陵面皮白净，眉清目秀，看上去不像是盗墓贼，倒更像是一个书斋里的秀才。

"你是干盗墓的？"汪力塔有些不相信，他在山西见过的盗墓贼无不腌臜凶悍，个个脏得要命，土得掉渣，哪似眼前男子这般文质彬彬，"你都盗过什么大墓？说给俺听听？"

徐陵也不气恼，呵呵一笑："这位朋友，我盗过什么墓，断不会对外人说的。"

"兄弟，不是俺老汪怀疑你——事关我们的性命，总得了解一下你的本事吧……"

徐陵的脸色冷了下来，一边的金农苦笑道："徐陵兄弟，我这个朋友心直口快，但并没有恶意，你莫要怪他……"

徐陵轻轻叹了口气："也罢，我就给你们简单露一手。"只见他略一提气，收紧了腹腰。众人见状，以为他要练一套拳法。却见他的腹腰越收越紧，胸部越来越粗壮，腹腔里的气仿佛都提到了胸腔之内。

"难道他是要憋一个大招？"巴特尔面色紧张，"不知什么大招要提气这么久？"

这时，徐陵双手掐住腰，对众人说道："你们看我的腰！"

众人定睛看去，徐陵的腰居然变得出奇的扁薄。徐陵双手掐腰，两只手的虎口卡在胯部，左右手的中指恰好能碰到一起。沈是如惊叹道："天呀！五六岁女娃娃的腰也没有这么细的！"

徐陵神色泰然，松开手，吸了几口气，腰腹瞬间恢复如初。

"还没完呢。"徐陵说话间，活动了两下肩膀，骨节吱嘎作响，倏然耸

肩,只见他的上身突然缩成一个长筒形,肩膀挤压靠拢,整个肩部比脑袋宽不了多少。

"你这是缩骨功!"汪力塔想起了什么,脸色一变,语气也恭敬了许多,"这可是江湖上极罕见的缩骨功,俺老汪只听说过,这是第一次亲眼见到。"

"你倒是识货,"徐陵深深吐纳几次,调匀了气息,笑了笑,"做我们这一行,常常钻盗洞,我这身功夫,只是为了方便出入盗洞而已。"

"厉害!厉害!"汪力塔哈哈一笑,"这一回俺信了你的能耐啦!"

徐陵文绉绉地说道:"既然尔等要请我到墓里走一遭,那么必须得答应鄙人三个条件。"

刘定之点点头道:"徐先生请讲。"

"第一,进了董其昌的墓,你们都得听我的,我说往东,绝不可往西,万万不可随意行动;第二,进了墓,你们只取藏匿的那件宝贝,不可再拿其他的东西,只因董氏生平所行之事,难以评判善恶,不可盗光了他的随葬品;第三……"

徐陵有些迟疑,看了看金农,又看了看沈是如,说道:"第三,冬心兄和沈姑娘不可下墓。"

沈是如一听这话,满脸不高兴:"凭什么我不能下墓?冬心先生长得胖,下墓不方便,在盗洞里面容易卡住,他的确不应该下去,但凭什么我也不能下墓?我从来没进过墓室,好不容易有这样的机会开开眼界,若不能下墓,实在太可惜了……"

徐陵心平气和地说道:"我看你生了一双金莲小脚,到了墓中闪转腾挪,怕是不方便。况且自古以来,就没有女人下墓的规矩。"

"我的脚虽小,但并未缠足。"沈是如脸色一红,争辩道,"我自小走南闯北,并未缠足。更何况我素来研习舞技,从小就练得脚步迅捷,身法虽不如徐先生,但也不输寻常男子。再说了,规矩是人定下来的,自然也是可以更改的,世间哪有一成不变的规矩呢?"

沈是如的声音虽然柔和温婉,但言之凿凿,符合情理,难以辩驳。吴墨林笑道:"沈妹子,徐先生也是一番好意……"

沈是如垂下头，声如蚊呐："难道非得让我脱了鞋袜给你们看看究竟缠没缠足吗？"

吴墨林和刘定之顿时把一颗心提到嗓子眼儿。女子当众露出小脚，是一件极羞耻的事，饶是沈是如这样出身青楼的女子，此时也觉面红耳赤。徐陵见状，只好笑笑说道："罢了罢了，既然沈姑娘身法灵巧，咱就破个例，一起下墓便可。"

却见汪力塔有些犹豫地说道："我可不可以陪着金老哥在墓外守着？"

"你是不是怕了？"巴特尔噗嗤一笑，"想不到你这种人竟然也会怕鬼。"

汪力塔辩驳道："我才不怕，老子胆子大得很。只不过上次去独乐寺，踩断了观音菩萨的一根手指头，俺老汪心里一直惴惴不安。盗墓可是有损阴德的事儿。菩萨在天上看着哩，我就积点德，不下墓了。"

徐陵听了这话，脸上微露不快之色，说道："你不下墓便不下墓，无须找这么多理由。如此也好，墓外总得留两个人守着，你留在墓外，也没什么不妥。"

自此之后，徐陵住进了菡芬楼，只待与其他人一同出发。

自从七夕雅集之后，菡芬楼在京城声名日盛。每天文人雅士往来不绝，当真是"谈笑有鸿儒，往来无白丁"。京城里的鉴赏家一提到菡芬楼，无不交口称赞。不少书画收藏的大户，甚至以家中有无菡芬楼女子的作品为雅俗之分。不少书画掮客来菡芬楼中购买姑娘的作品，婉儿的蝴蝶和圆圆的墨梅竟都供不应求。就在这前途一片大好的时候，沈是如却决定暂时关闭菡芬楼，亲自南下。院中的姑娘多有不解，纷纷劝阻，沈是如只好妥协，招来婉儿，叮嘱她在自己不在的时间内，暂时接管菡芬楼的大小事务。婉儿表面看上去娇小柔弱，实则内心刚强，脑子又灵活，是个古灵精怪的女子。起初婉儿嫌麻烦，不肯接管，只推脱自己没有经验，无法服众。沈是如俏脸一沉，说道："婉儿，姐姐一直以来是把你作为菡芬楼的接班人培养的，你莫要负了姐姐的心。此时正在要紧关头，为何却要退缩？"她见婉儿犹豫，又笑着说道："你且拿出七夕夜里舞铜锤的气势来，谁敢不服！"婉儿无奈，只得从命。

陈青阳得到《兰亭序》和《嘉陵江山水图》的摹本以后，便当作真迹交给了胤䄉。胤䄉是风雅之人，自然晓得两件作品的价值，颇为惊喜。随即想到这两件东西其实是为将来的灾祸预备的后路，内心深处反而更觉得落寞和沮丧。

最近一段时日，八阿哥胤䄉已经预感到胤禛的皇权越发稳固，皇帝对他的态度也日渐冰冷。为了一点芝麻小事，胤禛就可以大声斥责他。斥责之后，又时不时给一些小恩小惠，这种帝王术实在卑鄙无耻，但胤䄉偏偏又无可奈何。他心里知道，皇帝正在不断试探他的底线和耐心，一步步地瓦解自己的心志和骨气。他又有些后悔，当初遗诏风波之时，就该联合其他弟兄们闹得更凶一些。

自大清太祖努尔哈赤以来，皇族之间争权夺位的场面虽然惨烈，但胜利者并不会过分虐待失败者的子孙。胤䄉心中暗想，若自己将来倒台，胤禛也许会看在血脉同源的份上，不会伤害他的子嗣。一旦被抄家，显眼的金银怕是留不住，但这两件名作却可以藏匿起来，足以保证自己的子孙日后生活优渥。这也许是他能够为家人做的最后一件事了。

陈青阳看出胤䄉的颓丧之态，安慰道："八爷，事在人为，您万万不可意气消沉。还没到最后，鹿死谁手，终未可知。小人这边也不会放松……据双双打探到的消息，吴墨林那伙人不日即将南下，还要再寻一处宝物，陈某定会为八爷拼尽全力，为八爷夺了这宝贝。"

胤䄉强装笑脸，挤出笑容，说道："太好了！如此便有劳陈先生了。"

陈青阳出了王府，心中郁郁不乐。八爷党的颓势明显，八爷自己的野心似乎也不复先前，自己费尽心力，为主人抢夺书画，却仍挽救不了大厦将倾之势，想到此处，不免满心沮丧。就在一年以前，八爷还是朝臣之中继位呼声最高的皇子，谁又能想到如今是这种局面？世事沧桑，真无法预料。他原本雄心万丈，做起事情斗志昂扬，如今只剩内心秉持的"仁义忠诚"支撑着自己走下去。

事情还是要继续做的。他回到住处，跟李双双、王老七传达了胤䄉的指令。李双双心思细密，看出陈青阳有些消沉，问道："陈大哥，你难道有什么隐忧？"

陈青阳怔怔地看着窗外,叹道:"山雨欲来,大厦将倾……老七,李姑娘,你们可曾想过,若是八爷一党彻底倒台了,我们这些人要何去何从吗?"

李双双想了想,说道:"九爷救过我的命,我自然是要听他的指令,助他到底的。"

王老七张了张嘴,没有说话。

陈青阳摇了摇头:"罢了罢了,走一步,看一步吧……"

五、小兽辟古

河中画舫诗情画意,笼内小兽温驯可人

为了南下,金农租了一艘雕镂精致的画舫。据金农说,那船老大原本混迹于青帮,与他本就相识,颇值得信赖。金农交友广泛,三教九流无所不涉,能结识此等人物,亦属寻常。七月中旬,众人挑了一个天朗气清的日子,从通县码头乘坐画舫沿运河南下。吴墨林仍旧带着他的牛尿脬,里面装着十几只蠹虫,它们都是蠹王后代。众人自独乐寺之行后,已经知晓吴墨林尿脬的来历,再次见到这个奇怪的皮囊,总会想起这个皮袋子曾经装满人尿的模样。吴墨林也不好意思一直将尿脬挂在腰间,将它存放在船舱的储物间里。储物舱内还存放着徐陵的不少物件儿。盗墓需要的工具甚多,大包小包,林林总总,堆满了半个储物舱。

虽然在独乐寺之外,巴特尔用假画骗过了陈青阳等人,但那一伙阴魂不散的贼人仍是众人心头的隐忧。为了防止被人尾随,吴墨林提议,在出行的头几日,每个人都必须窝在自己的舱室之内,不能到船上露面。直到确认画舫后面没有可疑的船只跟踪,方可在甲板上活动。众人依计照行,在各自舱室中憋了五六日后,方才出了船舱。

这艘画舫上的家什颇为奢侈。舱室干净整洁,又有一座飞檐翘角、玲珑精致的四角亭子立在船头。亭子中摆放着案台、圈椅、茶几、果品。吴墨林等人坐在亭子中，或品茗，或论诗，或作画，悠然娴雅。船老大看起来持重老成，竟亲自做起船夫，摇起船橹来不紧不慢。画舫在运河的碧波中向南而行。

吴墨林回忆起几个月前身负皇命，在腊月的萧瑟寒风中匆匆南下的日子，那时候身边的侍卫们个个精悍勇武，如今这些满洲勇士已经长眠于鸡冠洞的毒气中。一念及此，吴墨林不由得感慨时过境迁，物是人非。他又回忆起为皇帝修复遗诏那一晚的情景，每念及此，总会从心底生出寒意。所幸如今逃脱皇帝的魔爪，再也不必为性命担忧。但有利益的地方，就总会有争斗，他想不通那一拨阴魂不散的匪徒究竟来自哪里，又是如何得知自己一行人的行踪。

七月中下旬，京杭运河两岸绿树成荫，青山如黛。船头的四角亭中，金农、吴墨林、刘定之和沈是如摆开了毛毡画笔，以岸边景色为题，每日里作画不息。巴特尔在一边磨墨裁纸，动作麻利，俨然成为一名殷勤的书童。徐陵独来独往，一脸阴鸷，很少与人交谈。汪力塔百无聊赖，有一搭没一搭地与众人唠着闲嗑解闷儿。他几次想勾搭船上的人赌博，但除了他之外，所有人似乎都对赌钱没有一丝兴趣。汪力塔有些气闷，忍不住数落起其他人："你们都是画疯子吗？在平地上画画还不够，到了水上，整日里摇来晃去的，笔都拿不稳，还画个什么劲？"

吴墨林瞥了他一眼："老汪，你这就不懂了……在船上作画，别有滋味。咱们这次要去'拜访'的董其昌，他老人家的很多作品就是在船上完成的。宋代的米芾，也有一艘专门用来画画的船，叫作'书画船'。"

汪力塔听得一愣又一愣，没想到画家的船也能扯出这么多典故。

刘定之接着说道："宋代黄庭坚有一首诗，其中有一句提到了米芾的船：沧江静夜虹贯月，定是米家书画船。江南文人在书画船中赏画、作画，早就有此传统。至于董其昌，他的老家就在松江，宦游天下之时，大多走水路，他在许多作品的题跋中都写明了是在船上画的。比如宫里藏的一件《葑泾访古图》，正是他在船上绘制的一件佳作。"

刘定之的一番掉书袋听得汪力塔昏昏欲睡，但沈是如却心驰神往："真想欣赏一下这件《葑泾访古图》啊！"

明 董其昌《荇泾访古图》

吴墨林连忙说道："是如，我曾经临摹过这件作品，与原作相比，几乎是毫厘不差的。等回了京城的菡芬楼，便取出来给你看。"

沈是如瞪圆了眼睛，欣喜地点了点头，说道："太好了！谢谢吴大哥和刘大哥。这次跟着你们出来，小女子真的是大长见识！"

巴特尔在一旁研磨墨块，随声附和道："沈姑娘，有你在，我这两个师父讲授的学问比平时多了数倍，俺还得谢谢你。"吴、刘二人脸色一沉，场面一时有些尴尬，一边的金农和汪力塔听了这话，忍俊不禁。

刘定之越看巴特尔越不顺眼，说道："小巴，你的画艺没有精进多少，嘴皮子上的功夫倒是有了不少提高。"

巴特尔憨憨地一笑："大师父，我也觉得这些日子自己的画进步缓慢。唉……兴许是山水画得腻歪了，不然我们换一换口味，请两位师父教授一些其他东西的画法吧？"

刘定之的脸色更加阴沉："我是师父，你是学生，我教授什么东西，难道要听你的不成？"

沈是如笑道："小巴兄弟说的也不无道理嘛……两位先生，今日就不画山水，换个题材作画，也让小女子开开眼界。"

刘定之眉毛一挑："沈姑娘想让我画什么？"吴墨林捻起一支毛笔，脸上的笑容更有一丝谄媚："谁说在书画船上作画，就非要画运河两岸的山山水水？在我们这艘画舫上，没有这个规矩。"

"嘻嘻……那好吧，我提议，咱们就画徐先生竹笼里面的东西吧，"沈是如眨了眨大眼睛，指向在船头静静坐着的徐陵，"徐先生，你快把竹笼里的宝贝东西放出来，跟大家亮个相吧。"

徐陵脸上微微露出一丝诧异："沈小姐当真心细如发，不知你何时看到我竹笼里面的东西。"他随即一笑，说道："我竹笼里的那件宝贝，算不得高雅之物，并不值得入画。"

巴特尔却来了兴致："高明的画家，能将并不高雅的东西画得雅致清新。徐大哥，你是没见过我大师父的本事，他能把马粪画得……"

"徐先生……"刘定之打断巴特尔的话，"若是徐先生不愿意拿出来，我们也不好勉强。"

"徐兄，你就拿出来给大家看看嘛，"金农劝道，"这船上也没有外人，看上几眼并不碍事的。"

徐陵微微摇头，也不说话，起身径直回舱室中去了。汪力塔一脸不满地嘟囔道："拽什么拽。明明是一个土里刨食的盗墓贼，竟然神气得跟个画家似的。"

吴墨林放下了手中的毛笔，疑惑地问道："沈姑娘，你究竟在徐陵的竹笼里面看到了什么？"

沈是如表情夸张，用手比画了一下："那可是个稀奇的宝贝呢，我只是偶然间在储藏舱中，透过竹笼的缝隙看过一次，有这么大……上面还长着一层盔甲哩。"她正说着的时候，徐陵从舱门中走出来，手中拎着一个竹笼。他将竹笼轻轻放在船板上。竹笼上尖下粗，编制细密。

徐陵轻轻解开了笼子的顶盖，然后将双臂伸进竹笼，捧出一个大圆球。圆球上遍布银色的鳞片，在阳光下闪着光泽，就如武士盔甲一般。众人瞪大了眼睛，纷纷盯着这个奇怪的球体。徐陵轻轻唤道："还在睡觉？该醒醒了。"他用指关节叩了叩圆球，圆球开始耸动，一片片鳞甲窸窸窣窣地晃动起来。球体慢慢打开，伸展出一条长长的尾巴和粗短的四肢。

这是一只穿山甲。刘定之、沈是如、巴特尔和汪力塔都是北方人，不认得这种动物，但吴墨林和金农生在江南，却见过这种小兽。眼前的穿山甲似乎和寻常的穿山甲不同，它体长足有五尺，鳞甲厚实坚固，前爪比一般的穿山甲更粗大，形似钩镰，颇为锐利。这只穿山甲有些摸不清当下的情况，仰起尖尖的小脑袋，摇头晃脑，吐出长长的舌头，在徐陵的鞋上舔了几口。

徐陵阴沉的脸变得温存和煦，他蹲下身子，摸了摸小兽的脑袋，说道："别害怕，辟古，有人要为你画像，你老老实实待在这里别动就好。"

沈是如惊奇地问道："徐先生刚才叫它什么？它有名字？"

"屁股，徐老哥管这东西叫作屁股。"汪力塔插话道，"这名字取得真有意思。"

徐陵一边轻轻抚摸穿山甲的小脑袋，一边答道："它的名字叫作辟古，开天辟地的辟,古往今来的古。你们莫要小瞧了他,这只小兽可称得上是搬山卸岭、掘洞挖墓的神器!"他看向穿山甲的眼神中充满溺爱,接着说道:"等我们到了渔阳山,它就会派上大用场了。"

众人围拢在辟古身边,翻来覆去地打量着这只小兽。吴墨林笑着说道:"你可得好好看管它,别让它在船上乱跑,我的皮囊里面有蠹虫,金贵着呢,别被它给吃了。"

沈是如看向辟古的眼神充满了爱意:"真是可爱至极,徐兄弟,它难道不会抓开竹笼,把船底掏出一个窟窿?"

徐陵笑了笑,说道:"辟古是一只专门训过的'穿山锁子甲',忠诚温顺,没有指令,它是不会捣乱的。"他伸手在辟古脑袋上轻轻点了两下,辟古趴伏在地上,侧身躺倒。徐陵说道:"好了,你们不是要为它画像吗?这就开始吧。"

巴特尔早已将墨磨好,又将一张空白的长卷展开铺在毛毡上。沈是如提议道:"不如我们轮流作画,在这长卷上一人画一只穿山甲,如何?"

众人连声称妙,吴墨林第一个拿起毛笔,说了句:"承让承让,我老吴先来,权当抛砖引玉了。"

第十一章
夜探董其昌墓

一、画舫斗画

没骨双勾画风各异，起兴用典优劣有别

画舫的四角亭内，辟古安安静静地趴在地上。以穿山甲的智力，当然搞不清楚身边的一群人究竟在做些什么。它趴伏的时间久了，渐有困意，眯起小眼睛，正当快睡着的时候，只听得身边一个女人大声赞道："哇！吴大哥画得真棒！"辟古被搅了清梦，有些气恼，尾巴不安分得甩动了几下。

吴墨林所画的穿山甲，技法源于五代时期西蜀的宫廷画家黄荃。黄荃的画风细致写实，富贵典雅，在画史上赫赫有名。吴墨林存了炫技的心思，在短短的一炷香时间之内，行笔连绵不绝，一刻不停，最终画成的穿山甲精致逼真，令人不敢相信是在如此短暂的时间内完成的，除了刘定之之外，众人叹赏不已，就连徐陵也暗暗点头。

"谁来接着画？"吴墨林将毛笔置于笔架山上，拾起长卷，对着未干的墨迹吹了吹气。

刘定之呵呵一笑："我来画第二幅，只是鄙人不愿沿袭前人旧格，徐先生，您可否将这只小兽换一个姿势？"

徐陵点了点头，弯腰拨弄了几下辟古，辟古不太情愿地换了一个姿势，继续躺在船板上。

刘定之捻起毛笔，濡墨吮毫，对着辟古端详了片刻之后，在纸上勾勾点点，不到一炷香工夫，也画了一幅穿山甲。他画的穿山甲远远不及吴墨林逼真，但笔墨中却另有文人的生秀清雅。画中的穿山甲神情肃然，有林下高士之风。

众人一番叹赏，皆赞其笔简神足。沈是如夸道："一只穿山甲竟也能表达出贤人高士的意态，正所谓'画为心照'。刘大哥的画，自是他心性的流露。"刘定之不住点头："沈姑娘是真正懂画的人！"

第三个作画的是金农。他的个人风格最是奇特，这也与他长期在扬州卖画有关系。十几年来，他为了打开市场，增加知名度，不断强化自己怪异不群的画风，最终走的是古拙天真、笔墨朴厚的路数。金农长期混迹于各种雅集笔会，习惯了即兴作画，因此他运笔的速度极快，须臾之间，便以粗粝的笔墨涂抹出一只憨态可掬的穿山甲。众人自然又是一番夸赞。

接下来作画的是沈是如，她羞赧地一笑，说道："前面三位大师的作品笔精墨妙，可称神品。小女子接下来的胡涂乱抹只能算作狗尾续貂。"说罢运笔泼墨，大笔横扫，水墨恣肆，一反寻常女画家的细谨工稳之风。水墨渍染冲撞之间颇见机巧，层次丰富的墨韵中又透出果敢刚健的风骨。众人不禁拍手叫好。

巴特尔左看右看，咂舌不已："沈大姐，你画的真不赖啊！说实话，我觉得你这幅画并不比我两个师父差多少。"

沈是如甜甜地一笑，目似秋波，动人心魄，说道："大家谬赞了，小女子可当不起。这一幅算是超水平发挥了。好啦，我画完了，下一个谁来作画？"

"小巴，你来接着画吧，"刘定之朝巴特尔抬了抬下巴，"算起来，你学了几个月画，也该有些模样了。"

巴特尔硬着头皮捻起笔杆，对着辟古打量了半天，仍未下笔。他平时是个率真的汉子，此时却犹犹豫豫，心里直打鼓。前面的四个专业画家的表现过于出彩，自己的三脚猫功夫实在拿不出手。

吴墨林说道："小巴，你初时学画的勇猛劲儿哪里去了？怎么婆婆妈妈的。现在还不落笔？"

巴特尔苦笑道："二师父，我越学，心里想得越多，想得越多，越觉得自己画得不好，于是就越不敢画。"

辟古不耐烦起来，它缩了缩身子，卷成一个半圆。沈是如笑道："你们看，辟古都等得心急了，小巴兄弟，你刚刚学画，无论画成什么样子，都在情理之中，何况我还指望着你的画来衬托一下拙作呢！"

巴特尔听了沈是如的开导，心中略宽。回忆起两个师父运笔的架势，也有样学样地涂抹起来。画了一半，便摇头道："哎呀，糟糕，我把脑袋画尖了，脖子画粗了！"于是在穿山甲的脖子那里修来改去，越抹越糟糕。刘定之叹了口气道："作画最忌讳的就是描来描去，涂涂改改，画得再差，也得一气呵成。"

巴特尔面色微红，停下笔，有些手足无措。正这时，一边的徐陵眼瞅着辟古越来越不耐烦，心中不忍，说道："巴兄弟，我与你合作这一幅吧！"他接过巴特儿递过来的毛笔，在画中穿山甲的脖子处添了几笔，画出一个洞口，改成穿山甲从洞穴中探出脑袋的模样。众人吃了一惊，没想到眼前的盗墓贼不仅熟读史书，还有作画的本事，单看这寥寥数笔，就知道此人路数纯正，功底匪浅。

汪力塔在一边看着众人一个接着一个显露身手，不觉有些失落。他觉得自己偶尔也能胡乱来几笔，但没人邀他作画，自己也就不好意思出手。本来以为徐陵是个鸡鸣狗盗之徒，没想到也能露几手镇住场子，整条船上，只有他是个圈外人。他不甘寂寞地咳了一声，打趣道："哈哈，如今咱们这条船上画家简直多得成灾了，不过呢，稀罕的东西多了也就不稀罕了……"他说了这句不咸不淡的话，见没有人接茬儿，也就闭口不言。

徐陵从怀中摸出一个黑乎乎的小饼，塞到辟古嘴中。辟古满意地大嚼起来。见众人好奇，徐陵笑着解释道："这是我用蚂蚁和蜂蜜制成的饼，最合

吴墨林所绘

刘定之所绘

金农所绘

沈是如所绘

巴特尔、徐陵合绘

辟古胃口，刚刚让它一动不动这么久，也该给它点甜头。"辟古吃了蚂蚁小饼，吐出长舌头舔了舔爪子，然后一步三摇，径自爬进了竹笼，继续呼呼大睡。徐陵将竹笼顶盖儿合上，拎着笼子走回了储物舱。

刘定之指着六人合绘完成的画卷，说道："唐有韩滉《五牛图》，宋有李公麟《五马图》，如今我们合绘的这一件，可取名为《五甲图》。只是这一卷中只有图画，没有题诗，倒显得少了些文气。不如我们每人写一句诗，合成一首七律，题在画后，岂不更助雅兴？"

金农和沈是如皆表示赞同，吴墨林虽读过唐诗宋词，但很少写诗，硬着头皮也应承了下来。巴特尔推辞道："七律正好有四联，你们一人一联就够了，我肚子里墨水少，就不掺和啦。"

"好吧，那我们四人一人一联，就按照作画的顺序作诗吧，"刘定之向吴墨林摆出一个请的手势，"请吴兄先来首联。"

吴墨林本想寻些典故，觅些辞藻，无奈脑子里一片空白，只能起了个平平淡淡的首联："有兽遍身穿铠甲，皮坚肉厚美名扬。"

"好诗！"汪力塔拍着巴掌叫了声好，见其他人一句话不说，自觉有些尴尬。其实吴墨林这句诗实在是稀松平常，在场懂诗的没有一个叫好的。刘定之心中暗笑吴墨林文采匮乏，辞藻平庸，他略加思索，吟出颔联："逶蛇身迹分奸恶，槃辟行藏辨忠良。"

金农默念了两遍，赞道："好！'逶蛇身迹，槃辟行藏'化用晋郭象注《庄子·田子方》中的'槃辟其步，逶蛇其迹'，古人本用来形容龙虎之姿，定之兄用此典故，无异于点铁成金，脱胎换骨，用来形容这头小兽，更有一种妙趣！"

沈是如也附和道："刘先生用典虽然生僻，却不露痕迹，颇有江西诗派的遗韵。'辨奸恶，留忠良'更道出辟古掘墓发丘，单挑坏人下手的特点，更见儒家道统，正气凛然。"

巴特尔和汪力塔听得云里雾里，吴墨林脸上平静，心中却暗暗佩服。他只怪自己在诗词上用功不多，到了关键时刻，只能眼见对手舌灿莲花，语惊四座。

颈联该由金农来作。金农摸了摸自己的大脑门，吟道："温婉可人居竹篓，刚强精进裂荒岗。"刘定之赞道："此句前后对偶，道出辟古休憩与开工之时的两种状态，有趣得紧！"

金农拱拱手道："定之兄客气，我这一联浅白得很，远不及你。"

最后是沈是如作尾联，她似乎早已想好了，脱口而出："轮回因果终有报，富贵云烟梦黄粱。"

众人齐声赞赏，就连巴特尔和汪力塔也觉得这一联收束全诗，大开大合，很有气魄。吴墨林赞道："人生还应多做善事，若一味不择手段地追寻富贵，不过是一场黄粱之梦。死了把财富带到坟墓里，还得惦记着会不会被盗墓贼挖走，又是何苦呢？沈妹的尾联隽永深刻，在下实在是佩服，佩服！"这段马屁虽然略有些肉麻，但吴墨林讲得严肃认真，倒让人分不清是假意恭维还是真心赞赏。沈是如听得脸色红润，面露娇羞。刘定之和金农也称颂不已，但两个人都看出了沈是如诗句中的一处小小错误——严格说来，沈是如诗句中的"有"应为平声，"黄"应是仄声，方才合格押韵。即便耿直如刘定之，竟也权当没看见这个错误，憋着没有指出来。

四人轮流将自己所作的诗句题在卷尾，巴特尔手持画卷，念了一遍这首七律：

有兽遍身穿铠甲，皮坚肉厚美名扬。
逶蛇身迹分奸恶，槃辟行藏辨忠良。
温婉可人居竹篓，刚强精进裂荒岗。
轮回因果终有报，富贵云烟梦黄粱。

巴特尔平生首次参与文人雅集，觉得趣味无穷，这种现场熏陶远比干巴巴地听两个师父授课有趣的多。他从心底感慨，汉人的诗词歌赋、琴棋书画当真是博大精深。细读这首七律，每一联都映衬出不同作者的性格特点。巴特尔嘿嘿暗笑了一声，他虽然不太懂诗词鉴赏，但通篇看下来，还是可以断定——二师父吴墨林写得最差。

二、无字碑

羊肠道口老农挡路，无字碑前徐陵开笼

过了徐州，水气渐浓，京杭大运河连接着沿岸的江河湖泊，愈往南去，愈添迷蒙秀美的江南风韵。画舫过了镇江，经丹阳、常州、无锡、苏州，再向西折行，一路顺畅，毫无阻滞。徐陵随身携带的蚂蚁饼已经被辟古吃得精光。穿山甲喜食昆虫，对船上携带的食物提不起胃口，每日里只能凑合着吃些风干猪肉，聊以饱腹。徐陵见辟古无精打采的样子，只好去河中捞些鱼虫、水蚤、龙虱，给辟古打打牙祭。

这一日徐陵正捕捉水面上的龙虱，突然见到水中跃起一条白色的大鱼，银色的细鳞闪着光泽。他正惊愕之间，只听身后吴墨林笑道："这是太湖周边才有的白鱼，形似鲥，色似鲦，是当地名产。只要看到了白鱼，咱们就到了太湖了。"

徐陵抬头望去，只见前方的水面渐渐开阔，烟波浩渺，和风温煦。

"这就是太湖？为什么湖边的石头不像太湖石？"巴特尔指着岸边的石块，只见水边的石块一层层垒叠，褶皱全都呈横式排布。巴特尔疑惑地向众人问道："皇城里的假山上的石头，大多是从太湖拉运过去的，一块块太湖石布满了大大小小的孔洞。但我看太湖边的石头一点儿也不像宫里的太湖石，怎么更像是叠糕？"

"你只知其一，不知其二，"刘定之拍了拍巴特尔的肩膀道，"所谓太湖石，大多以瘦漏透皱的多孔湖石为代表，太湖边这种纹路层层叠叠的石头，则是一种更名贵的赏石。元四家之一的倪瓒就专门画这种石头，他的折带皴独步天下，堪为一绝。"

"原来倪瓒的折带皴源自这里，"巴特尔恍然道，"古人起名字也怪风雅的，若是我创出这种皴法，只能起名儿叫叠糕皴。"

元 倪瓒《容膝斋图》

沈是如忍俊不禁："我却觉得'叠糕皴'其实更加形象哩。此地山石树木钟灵毓秀，一片江南景，俱可入画。难怪天下画家九成出自江南，这样风雅的水土，如何养不出才子佳人？"

吴墨林适时地插了句嘴："沈姑娘这话我不认同，你不就是北方人吗？论才论貌，论书论画，哪里就输了南方人？"

沈是如嘻嘻一笑，岔开话题："到了太湖，我们就离渔阳山不远了吧。死后能葬在此处，也算死得其所。董其昌真令人羡慕。"

吴墨林指向远处起起伏伏的青峦，说道："若之前打听的没错，前面那一片连绵的矮山就是渔阳山了。"

渔阳山并不高，但青葱翠霭，柔美温婉。船老大将画舫停靠在一个小小的码头。金农上了岸，打听渔阳山下董家村的位置，一会儿便朝船上众人招手："下船吧，就在附近，步行数里即可到达！"

汪力塔留在船上照看行李物品，他长得凶恶，怕引起当地人的怀疑，其余人登岸后朝着渔阳山麓进发。渔阳山下是大片农田。乡民们耕作牧牛，辛勤劳作，到处都是一派田园牧歌的景象。

金农看到通往山上的小路旁蹲着一个抽着旱烟的老农，于是上到近前，拱了拱手道："老伯，此处可是董家村？"

那老农留着长髯，戴着头巾，虽是庄稼人的打扮，但衣着还算整洁。他抬眼看了看金农，说道："此地正是董家村，不知外乡人到这里来做些什么？"

"我们是从苏州来的，都是嗜好书画之人，"金农理了理一身的绸布褂子，笑道，"我们路过此地，得知前代大师董其昌墓在此山之中，因此特来拜祭，顺便儿沾一沾思翁的灵气儿。"

那老农咧开嘴笑了起来，一脸淳朴："难得各位有心拜祭，董宗伯是我们董家村的先祖，你若要祭拜他，只需顺着这条路上行，穿过一片桑林，便能看到一排石翁仲，那就是董思翁的墓地所在了。"

金农心下感慨：董氏宗族后人淳朴良善，哪似明末时期传闻的那般横行霸道？他刚想拱手道谢，只见那老农咳嗽了一声，缓缓说道："各位上山祭拜是可以的。只是来此地祭拜我们董氏先祖的游人日增一日，乡下人生活本来安静平稳，因此时常受到搅扰。故而各位要上山祭拜，还要每人付五十文钱。"

说罢老农伸出干枯如柴的手，掌心向上，比画了一下，那意思再明显不过——此树是我栽，此路是我开，要想过此路，留下买路财。

吴墨林等人面面相觑，咂舌不已。巴特尔心里不忿，嘟囔道："从未听说祭墓还要付钱的……这也太黑了吧！"老农提高了音量，粗着嗓子说道："这位客人，你难道强要进山不成？"远处的几个田间除草的汉子似乎听到了老农的说话声，一个个直起腰身，面色不善，向金农等人斜眼瞥过来，众人心中恍然——看来收取这笔买路财是董家村人一致的决定。若在此地为了五十文钱闹将起来，那就太不划算了。吴墨林连忙弹了巴特尔一个脑瓜崩儿，赔着笑脸对老农说道："老伯不必动怒，这笔钱我们付了就是。咱好不容易来一趟渔阳，既然走到了这里，哪里还差这几十文钱呢？"

老农脸色缓和下来，点点头："还是你这汉子晓得事理。思白翁是我们的祖宗，又不是你们的祖宗，想要祭拜，难道不得经过我们的同意吗？"

"老伯说得对……"金农连连点头，从怀里摸出一吊钱来，交给老农。那老农数了数钱，将多出的十几文交还给金农，说道："少一文钱，你们也进不去，但多了的我们也不要。咱讲究的就是一个诚信经营，童叟无欺。"他收下钱，指了指山腰，说道："顺着这条路往山上走一里地就到了。夜间若要留宿，村里可以提供饮食住所，每人一百文……"

"哈哈，多谢好意，住宿我们就免了……"金农连忙笑着摆摆手，若是住进村里，晚上行动必然更不方便。

顺着老农指引的方向，吴墨林等人循着羊肠小路走进山中。沈是如低声道："金大哥，你在京城向宋骏业询问董其昌墓地位置的时候，他难道没有说过祭拜董墓要收费的事情吗？"

金农摇了摇头："我问的那个人是几年前来祭拜过的，也许是董家村人见这几年前来祭拜的人越来越多，有利可图，所以才开始收取费用。董其昌或许没有想到，他死了之后靠墓地还能为子孙后代谋一条财路。"

巴特尔心里仍有些不痛快，说道："若是西湖边的岳王墓被岳飞后代看管起来，那岳飞后人岂不是发了横财？"

"花这点小钱，就能光明正大到墓地随意转悠，已经算是非常顺利了，"许久没有说话的徐陵突然说道，"相比于墓中的奇珍异宝，这几十文钱又算得了什么呢？"

吴墨林笑道："徐先生莫要笑话，我那个徒弟看似粗莽豪气，其实心里也会算些小账，关键的时候总不够大气，这方面他还要再磨砺磨砺，等他进了墓取了宝物，就不会再惦念着这几十文钱了。"

巴特尔被吴墨林数落了几句，心中腹诽：若说起抠门小气，谁还比得过二师父你呢？

徐陵逐渐加快了步伐，说道："前面似乎有一排石雕，若我没猜错，咱们就快到了！"他伸手拍了拍背后的竹篓，低声喝道："辟古，打起精神来！一会儿就到你出场了！"

果然，前方有一条碎石子铺就的狭窄神道，神道两旁矗立着一人高左右的翁仲石像，另有石马、石象等，分列左右。这是明代高等级墓葬常见的规制。神道尽头，一座石碑赫然矗立，石碑底座果然压着一头神兽，神兽的模样与画中鸱吻相合。众人急忙凑近了石碑，却见碑上空无一字。

"奇怪，为什么碑上没有字？"巴特尔忍不住摸了摸石碑光滑的表面。

"这是无字碑，"刘定之皱眉道，"唐代武则天曾立了一块无字碑，没想到董其昌也立了这样一块碑。董其昌一生是非功过，难以评说，或许这正是他立无字碑的用意吧。"

金农想起了什么，说道："我记得宋骏业对我说，他祭拜董墓时，'凭吊空碑，感慨许久'。我当时还以为他说的是悲伤的'悲'，竟没想到真的是空白的一座石碑！"

石碑后是石块垒砌的坟墓，众人围绕着坟墓走了一圈儿，吴墨林低声向徐陵问道："这是石头垒砌成的墓，挖起来怕是不容易吧！"

徐陵微微一笑，不置可否，将背后的竹篓取下，搁在地上，打开顶盖，喝道："出来吧！辟古！该到你出场的时候了！"

竹篓中的辟古听到主人兴奋高亢的声音，睁开惺忪的睡眼，吐舌嗅了嗅气味，从笼子里爬了出来。

三、夜遇恶犬

择天时选地利探墓，抛肉干放辟古逃生

徐陵从怀中掏出一个小小的布囊，解开囊袋，让辟古嗅了嗅。辟古立即在坟墓周边绕起了圈子，这里闻一闻，那里刨一刨。

巴特尔问道："徐先生，布囊中装的是什么？"

"装的是石灰粉。"

"为什么要让穿山甲闻石灰粉？"

徐陵正专注地盯着辟古的一举一动，有些不耐烦地回答道："明末大户人家的墓葬，大都用石灰混合糯米、黏土制成'三合土'，用来砌筑墓室。辟古循着石灰的气味挖下去，就会挖出一条盗洞来。"

"为什么辟古要转来转去？它现在活似一只四处找地儿埋屎的猫。"巴特尔颇有打破砂锅问到底的精神，"直接让它从坟头上竖直挖下去不就行了吗？"

徐陵耐着性子继续解释道："这座坟的最外层是用大石块堆叠起来的，穿山甲的爪子再厉害，也挖不动如此坚硬的石块。但泥质太松软也不行，稍稍挖出一点土，洞口就会塌陷。所以它转来转去，是为了寻找土质软硬适中，方便下手的位置。"

吴墨林称赞道："辟古不愧是行家——行家一伸手，便知有没有。我们今日算是开了眼界了。"

辟古似乎找到了一处合适的挖洞地点，伸出两只利爪，摆出刨坑的架势。正在此时，徐陵却用两指撮住下嘴唇，轻轻吹了个口哨，辟古停住了动作，转了个身，摇摇摆摆爬回了竹笼。

巴特尔有些性急，问道："为什么不让辟古继续挖？"

"小巴你是真傻还是假傻?"吴墨林叹了口气,"现在是大白天,不知道还有没有其他人前来祭拜董其昌的墓园,我们这时候怎么敢下手呢?"

徐陵抬头看了看天色,说道:"不错,做我们这一行的,也讲究一个天时地利人和,所谓天时,就是要在合适的时间下手。"

巴特尔接着问道:"那么地利、人和呢?"

徐陵解释道:"所谓地利,就是要将盗洞挖得准,挖得快;人和,就是下墓的一伙人要齐心合力,绝不能对同伴心怀歹意。不少人为了独吞财宝,将同伙害死在墓中,所以选择合适的伙伴,在我们这一行额外重要。"

正在此时,远处传来脚步声,徐陵立即闭口不言,将竹笼盖好。只见三四个文人打扮的中年男子踱步而来,原来他们也是来董其昌墓地的游人。为首一个瘦高文士向吴墨林这伙人打了个招呼,笑道:"你们也是付了五十文钱上山的吗?"吴墨林笑着点了点头。那个瘦高的文士打趣道:"山下的老农收起钱来当真不含糊,丁是丁,卯是卯,毫无商量余地,当真是一视同仁,童叟无欺。"

这三四个文人也是来专程祭拜董其昌的,与吴墨林等人素不相识,两拨人客套了几句后,就分道扬镳了。临走之时,刘定之端端正正朝着董其昌的墓碑下跪磕了三个头。吴墨林等人见状也跟着拜了几拜。下山途中,吴墨林一伙人又遇到一拨前来祭拜董其昌的文人墨客。沈是如轻轻感叹:"董家村人实在是太会做生意了!"

"只是一座坟包而已,那些石人石马也没什么看头儿,为什么会有那么多人来祭拜呢?"巴特尔有些不解,"为了看一眼董其昌的坟头儿,就要花五十文钱,实在是有些不值。"

刘定之听了眉头微蹙,叱道:"董其昌在文人画家的心中乃是南宗画派的集大成者,他的功绩和成就是无可撼动的!祭拜之行,蕴含的是我辈中人对南宗文人正脉千百年来道统的坚守。"

巴特尔似乎有些醒悟:"我明白了,画家们祭拜董其昌,其实就类似于读书人拜孔子,道士拜老子,和尚们拜释迦牟尼。"

刘定之有些发愣,这还是他第一次听到有人将董其昌比作宗教中的人物。

他正在仔细思索书画之于宗教的区别，却听吴墨林笑起来："小巴说的倒也有趣，各行各业都有需要祭拜的祖师爷。只是做修复的似乎是个窄门的行当，倒没听说要拜哪个高人。"

沈是如和徐陵听了，心中也有些触动。青楼女子拜管仲，盗墓贼拜曹操，说到根子上去，其实和画家们拜董其昌没有什么本质的区别。

吴墨林等人下了山，又遇到山脚守着路口的老农。老农见吴墨林等人下山，略略点了点头，问道："你们真的不住宿吗？每人一百文，并不算贵，刚才的一拨客人都已经安排住到村里去了，你们难道不考虑一下吗？"

吴墨林笑嘻嘻地说道："老伯，我们睡惯了船舱，就不叨扰贵地啦！"

老农有些失望，看着吴墨林等人走远，喃喃自语："五百文又赚不到了……"

自南下以来，"观音二娘"李双双明显觉察到陈青阳和王老七有些灰心丧气，对追踪一事心不在焉，不复往日的热情。王老七总是盯着他那根断指黯然神伤，陈青阳则常常闷坐在船舱中，每日里喝了酒之后便写字画画，聊以解闷。李双双心里明白，八爷党眼看着大势已去，陈青阳和王老七志气凋丧，也实属情有可原。但旁人或许可以当一天和尚撞一天钟，浑浑噩噩消磨光阴，但她李双双却不能这样。

李双双是要向九爷报恩的。

当年她逃出妓院，雪夜中昏倒在街头，是九爷救了自己的命，又是九爷请人教授了自己武技和舞艺，使自己有了安身立命的本钱。如果说八爷对陈青阳有知遇之恩，那么九爷对李双双则是救命之恩。因此，当旁人懈怠之时，只有李双双依旧尽心竭力地办着主人交代的任务。她自认这辈子命苦，但却不会亏欠任何人施予自己的恩情。

陈青阳心思怠懒，索性将大小事务，都委托李双双办理。跟踪所需的人员调配、物资安排，船舶雇佣，几乎全部都由李双双处置。一路上，李双双为了不使吴墨林等人疑心，连续更换了八艘船，不远不近地尾随着沈是如的那艘画舫。

李双双命人将船停靠在距离沈是如画舫一箭之外的另一处水岸边，周边芦苇丛生，倒是一个隐蔽的所在。前方的探哨带回了消息，她据此推测，吴墨林等人的目标，极有可能正是董其昌的墓葬。

"什么？他们难道要盗墓了？"陈青阳这一日喝了很多酒，醉醺醺的，眼睛都快睁不开了，"有趣有趣，第一次在西湖，第二次在山洞，第三次在寺庙，这一次换成坟墓了，哈哈哈……每一次都不重样儿，有趣！"

王老七陪着陈青阳喝酒，他酒量很差，舌头打着卷儿说道："以前是跟活人打交道，如今换成死人了……那伙人还真是能折腾。"说完，倒头就趴在桌子上睡过去了。

陈青阳笑着说道："吴墨林那伙人该烦死我们了，咱们还真是阴魂不散的跟屁虫啊……是啊，咱们就是一群跟屁虫，永远跟在人家后面，自己什么也没捞到……"

李双双见陈青阳迷迷糊糊的样子，劝道："陈大哥，您就少喝一点酒吧，正事要紧。"

"好好好，我听双双姑娘的！"陈青阳眯着眼睛，笑着点点头，"该出力的时候，我一定会出力的！我怎么能让咱的双双失望呢？"

李双双脸色一红，心中暗想：陈大哥刚才说什么来着？"咱的双双"？他说"咱"而不是"咱们"，这究竟是什么意思？人家都说酒后吐真言，陈大哥难道说出了心里话？

夜已深，渔阳山下，万籁俱寂。吴墨林、刘定之、巴特尔、金农、沈是如和徐陵轻轻地走下船，船上艄公尚在舱中呼呼大睡。众人轻手轻脚，上了岸，向渔阳山中的董其昌墓走去。他们的脚上穿着徐陵专门准备好的千层底布鞋，走起路来如猫儿一般悄无声息。

徐陵在夜间的视力远超常人。他走在最前面。走了一会儿，他停下脚步，指着百步开外的董其昌墓，对众人低声说道："不好，有什么东西挡在前面。"

吴墨林等人瞪大了眼珠子，极力看向一百步开外的地方。隐隐约约地，他们看到了四五对儿泛着绿光的眼睛。那些眼睛似乎漂浮在半空中，正好处于神道两侧石像的位置上。

山中传出一声凄厉的鸮声，草丛中的虫子低声鸣叫，天空中的月亮被一朵乌云渐渐遮住，四周更加黑暗，远处的绿色的眼睛瞪得更大了。吴墨林等人汗毛乍起。绿色的眼睛似乎转动了一下，向吴墨林等人看过来。

"那是什么东西？"汪力塔战战栗栗地问道。

"我也看不清楚，"徐陵镇定地说道，"你们先站在原地不要动，我慢慢摸过去看一看。"

徐陵慢慢挪动脚步，向那绿色的眼睛移动过去，一百步，八十步，五十步，他终于看清楚了，四只牛犊大小的狼犬静静地站在神道两侧，脖子上拴着铁链，铁链的另一端系在墓边的大槐树上。就在此时，这些巨大的狼犬也看到了徐陵，顿时狂吠起来。四只狗的叫声此起彼伏，将寂静的夜空撕裂，引得周边树上栖息的鸟雀扑棱棱飞起。距离董其昌墓地不远处，一个农户的屋内亮起烛光，随即便有人开启门扉，急急地朝着路口走过来。

徐陵暗叫不妙，迅速回身撤退。他动作轻柔，脚步却十分迅速，很快便赶到吴墨林等人身边，低声道："快撤！"六个人顾不了许多，急忙向画舫的方向跑去。

走出房门的不是别人，正是白日里的那个老农，他是董家村的族长，正住在董其昌墓室附近的农舍中。这老农走到四只巨大的狼犬身边，解开了铁链，狼犬瞬间朝着吴墨林等人撤退的方向狂奔而去，一边狂奔，一边狂吠。

听到身后的狗叫声越来越近，众人头皮发麻，只得全力猛跑，六人中属刘定之脚力最差，没跑几步远就慢了下来。吴墨林焦急地对徐陵说道："不成，得想个办法，两条腿肯定是跑不过四条腿的！"

徐陵急中生智，从怀中取出辟古食用的干肉条，使劲向后扔出去。几条狼犬追了一阵，突然在途中嗅到肉香，一时间，本能驱使它们停了下来。几条狗大快朵颐，将徐陵丢下的干肉条瞬间吃了个干干净净。吃完之后，狼犬精神抖擞，又向徐陵等人追去。

"妈的，这些狗吃得太快啦！"汪力塔一边跑一边骂道，"就这么个跑法儿，一会儿工夫咱们就得被狗撵上的！"

情急之下，徐陵顿住脚，将背后的竹笼取下，打开笼子，放出辟古。

"你要干什么？"沈是如的声音带着一丝颤抖，"徐大哥，你难道要牺牲辟古?"

"畜生终究是畜生,人命要紧!"汪力塔咬牙说道,"这时候管不了那么多了!"

"辟古不会有事的,它会打洞。"徐陵白了汪力塔一眼,轻轻摸了几下辟古的脑袋,说道,"辟古,快点挖洞,等安全了,咱们再相见不迟!"

狗吠声越来越近,辟古也慌了神,立刻挖起洞来。其余人顾不得辟古的安危,向来时的方向逃窜而去。

四、"愚公移山"之计

青阳逃亡夜半发噱,徐陵探墓凌晨定谋

吴墨林的胸膛剧烈地起伏着,上气不接下气;汪力塔一张紫色大脸上挂满了汗珠,活像泼了水的圆茄子;金农矮胖,一身的肥肉酸痛不已;沈是如喘息不停,俏脸绯红;最惨的是刘定之,他拼尽全力,快把肺跑炸了,途中被绊了一脚,跑掉了一只鞋。

此起彼伏的犬吠声终于越来越远,辟古显然吸引住了猛犬的注意。徐陵止住了脚步,对众人说道:"你们回画舫,我回去看看情况。"

金农知道他心系辟古安危,叮嘱道:"徐兄弟万万注意安全。"

"我看你暂时别回去了,"吴墨林劝道,"等过了今晚再去找也不迟,千万不要暴露了自己。"

"你们放心吧,"徐陵语气平静,"我不会乱来的。"他背着竹笼转身而去,很快就消失于夜色之中。

吴墨林等人回到画舫,惊魂甫定,回忆刚刚发生的一切,只觉得如电光火石。汪力塔长长舒了口气,说道:"真他娘的刺激,老子平日只撵过狗,被狗撵成这个鸟样,倒还是平生第一次。"

巴特尔却站在船头东张西望,脸上冒出几滴冷汗,一副惴惴不安的样子,

吴墨林问道："小巴，你被狗吓掉魂儿了吗？"

"不是狗呀……见鬼，你们往回跑的时候，有没有感觉到，不仅仅是我们几个人在跑？"巴特尔语气犹疑，在月光的照耀下，脸色显得分外惨白，"为什么我觉得距离我们不远的地方还有什么东西在跑？我似乎还听到有什么东西一边跑一边发出奇怪的笑声……"

巴特尔这句话说完，画舫上安静了片刻，沈是如的俏脸都被吓绿了。汪力塔咕噜一声咽了口唾沫，一脸惊恐地问道："我说小巴，你可别吓唬人啊，今天夜里，除了我们在跑，就是狗在跑，哪还有别的东西？"

刘定之面色一沉："子不语怪力乱神，小巴，你大概是跑出幻觉了吧……"

巴特尔目光呆滞，叹了口气："我倒希望是幻觉。"

然而，巴特尔并没有出现幻觉，他听到的笑声也是真实的。就在四条猛犬追赶他们的时候，陈青阳那伙人也在逃跑，只不过跑在巴特尔等人的前面，两伙人相距不过五十步左右的距离。

是夜，陈青阳、王老七、李双双和几个八爷府的家丁本来亦步亦趋地跟踪着吴墨林等人，没承想后者被狗撵得调头逃跑，这些跟踪者没办法，也只好发足狂奔。陈青阳酒劲儿还没消退，跑着跑着，只觉得眼下的境遇正如自己的人生，没有方向，只是被事情推着奔跑而已。他想到前途渺茫，悲从中来，又觉得此事无比荒诞，加上酒劲儿还未消退，于是嗤嗤冷笑了几声。大家都在狂奔，本来无人察觉，只有巴特尔从小在草原打猎，听声辨位的本事远胜旁人，这才被他听了出来。

直到半天亮的时候，徐陵才返回画舫，竹笼中背着辟古。众人见徐陵神色如常，竹笼中的辟古毫发无损。大家喜悦之余，亦感到惊讶莫名。

吴墨林啧啧称奇："徐兄弟，你是怎么找到辟古的？"

徐陵将竹笼放在甲板上，舒展了一下筋骨，不紧不慢地说道："要找回辟古，其实也并非难事，没什么好吃惊的。今天折腾这么晚了，有什么事，我们明日再说吧。"

"你不告诉我们如何找到辟古，我会好奇得睡不着觉。"巴特尔不满地说道。

所有人的脸上都写满了期待和好奇。徐陵无奈，只好解释起来："当时我与你们分开以后，悄悄往回走。只见四条恶狗围着一个洞口嘶吼。恶狗闻到洞里辟古的气味，也听到辟古在洞中挖掘，因此激动地浑身发抖，尾巴乱颤，在洞口疯狂地扒土。"他说到这里，看到众人紧张的神色，呵呵一笑，说道："狗挖洞的速度，当然比不上我的辟古。我怕的不是狗，而是人。"

"此话怎讲？"巴特尔问道。

徐陵挑了下眉毛，说道："狗只知道守在洞口，但人却有招数把辟古逼出来。"

"我知道用什么招数！"巴特尔一脸兴奋，"我小时候在草原狩猎，遇到逃进洞里的耗子，要么用烟熏，要么用水灌，总能把耗子从洞里逼出来。"

徐陵点了点头，继续说道："我当时怕的就是那个老农用烟把它熏出来。当时我正想办法的时候，那个老农赶了过来，我的心顿时提到了嗓子眼。但老农看到恶犬掏洞，却非常生气地骂道：畜生！我当是什么事情，引得你们狂叫不已，原来是要追一只野兽，害得我半夜爬起来，搅了我的清梦。"

汪力塔嘻嘻笑道："那个老农也是个糊涂蛋，竟然以为狗撵的只是个寻常的野兽而已。"

"老农将四条狗驱赶回去，重新拴在墓碑边的树干上，然后就回家去了。可怜那四个畜生，不会说话，有口难言，只能眼巴巴地看着辟古逃之夭夭。"徐陵露出一丝笑容，继续说道，"我到了辟古挖掘的洞口处，轻轻吹了声哨子，却不见任何动静。想来辟古在狗吠声中用了十二分力气挖洞，现在已经不知道挖到哪里去了，因此听不到我的哨声。"

"那你是怎么找到辟古的？"巴特尔瞪大了眼睛，"你先等一下，先让我猜猜……是不是用食物诱导它出来的？不会，你那些蚂蚁饼已经被它吃光了……"

徐陵哈哈一笑，说道："小巴兄弟只猜对了一半，我确实是诱它出来的，不过，我用的不是食物，而是这东西。"说着他从怀中掏出一个鼻烟壶，在众人面前摇了摇，瓶中有液体晃动的声音。

"这瓶里面装的，可不是鼻烟，而是母穿山甲的尿液，"徐陵看到众人惊愕的神情，解释道，"辟古是一只公穿山甲，这段时间正发情，对母穿山甲的尿液异常敏感，几里地之外都能闻到这股子气味儿，只要将这瓶中的尿液洒在洞口，辟古就一定会循着气味找回来的。"

众人这才恍然大悟，既觉有趣，又觉新奇。刘定之虽然一贯严肃，此时也笑起来："孔老夫子云，食色，性也。辟古也不能免俗……"

徐陵将小瓷瓶收回怀中，接着说他一夜的经历："我将辟古收回笼子里，随后绕着渔阳山脚走了许久。探查了一圈儿周围的地形之后才返回画舫。"

沈是如笑道："徐先生总是这样不疾不徐，我看他时时刻刻都是成竹在胸的样子哩……"

"你可曾有什么新发现？"金农用袖子擦了一下锃光瓦亮的脑门上细密的汗珠，"看徐兄弟成竹在胸的样子，似乎是想到了进墓的方法。"

徐陵不置可否地伸出食指，在众人面前晃了晃："目前我只有一个办法，既是最笨的办法，也是最保险的办法。除此之外，我再也想不到其他招数了。古人盗墓的办法多种多样，但总归不过一个'挖'字而已，只不过有的时候要用巧劲儿，巧劲儿用不上的时候，就只能靠笨办法了。"

徐陵环视众人，一字一顿道："我说的这个笨办法，在我们行内叫作'愚公移山'。我们须得隔远了董其昌墓，在不引起四条恶狗的注意下，挖出一条长长的盗洞，直通坟墓中心。我估算了一下，咱们之前被狗盯上，距离坟墓有五十步左右，要避免引起狗的注意，我们就得在五十步开外的距离挖洞，而且动作要小，声音要轻。"

"等一下，我有个好主意，"汪力塔打断了徐陵，"我们可以准备几个肉馒头，里面塞上砒霜，丢给恶狗，药死它们，然后在坟墓上打洞，岂不是简单许多？"

徐陵摇了摇头，说道："那个老农的家就在坟墓不远的地方，之前我蹲守在董其昌墓周围，发现这个老农在半天亮的时候就会起夜出门解手，解手后顺带着就会到董其昌墓前看一眼。就算我们毒翻了四条狗，也避不开那个老农啊！"

吴墨林叹了口气："若是这样，那就只能依着徐先生的笨办法，挖出一条五十步长的盗洞了。只是五十步长的盗洞得挖多久？我们一个晚上挖的完吗？"

徐陵摇了摇头："在辟古的协助下，我们一个晚上，顶多能挖出二十步。咱们得花三个晚上的时间，才能挖通。"

"三个晚上？"汪力塔一脸懊丧，"我们所有人都要出动吗？"

徐陵说道："沈小姐可以留在画舫看家，这种腌臜活计不必女子出手。除了沈小姐之外，所有人都得出动。每人各有分工，都得按照我的部署行动。"

五、思白之棺

掘土运泥蓬头垢面，破墓开棺冥想苦思

来到此地拜访董其昌墓的游人，大多乘船而来。游玩一日以后，便启程回返，因此渔阳山董家村码头附近的船只，很少停留超过两天。为了避人耳目，吴墨林等人将画舫安置到更远的一处芦苇荡中。画舫的船老大听从金农的安排，也不多问。画舫停靠的岸边又生着几杆晴竹，此处景色像极了倪瓒的山水画，但此时众人都已无心赏景了。

第二天夜里，徐陵率着吴墨林、刘定之、汪力塔、金农、巴特尔上岸。几个人猫着身子，来到距离董其昌墓地六十步开外的一处乱草丛中。徐陵从笼子里放出辟古，让它嗅了嗅石灰粉的气味，然后指定一处软硬适中的泥地，令辟古开挖。辟古铆足了劲儿，抡起巨大的前爪，掘起土来。一眨眼工夫，就挖出一个洞。但洞口过于狭窄，只容得穿山甲通过，因此徐陵等人就在辟古身后扩大盗洞的空间，接力传递出土石。汪力塔和金农守在洞外，将递出的土石搬运到远处撒落，以防被人看出痕迹。

在徐陵的带领下，吴墨林等人连续挖了两夜，一个个累得腰酸背痛，叫苦不迭。到第三天出发时，徐陵叫上了沈是如。沈是如欣喜不已，问道："难道今日就要挖通了吗？"徐陵点了点头道："我已算过了，墓破之时，就在今夜。"

这一夜,沈是如也参与到掘土、运土的工作之中,只是众人对她额外照顾,她虽是尘土蒙面,却并未觉得十分劳累。男人们挖了两个时辰,仍不见墓室,一个个对徐陵的话怀疑起来。巴特尔硕大的身躯蜷缩在狭小的盗洞之内,汗液混杂着尘土,忍不住抱怨:"该不是方向搞错了吧?那穿山甲毕竟是只畜生,我们不该那么相信它。"

丑时一刻,盗洞最前方的辟古挖掘的速度突然慢了下来,徐陵抓起辟古挖出的碎渣,放在鼻子下嗅了嗅,精神为之一振,向身后低声喊道:"成了!我们已经挖到了三合土这一层了!挖穿了三合土,就可以进入墓室!"

众人瞬间提起了精神,更加卖力地扩洞运土。董其昌墓的三合土封固层坚硬厚实,辟古挖了好一阵,仍未挖穿。三天来,它尖锐无比的前爪已经被磨钝了许多,如今遇到三合土,更觉费力。它的主人在身后不断为它打气——徐陵不断地吹着尖锐的口哨声,这是敦促和鼓劲儿的口号。

众人在徐陵身后,听到持续不断,悠长绵柔的口哨声,一个个顿生尿意。几个大男人在洞里憋了三个多时辰,听到这种声音,不觉膀胱一阵发胀,只能一边强憋着,一边盼着辟古赶紧挖进墓穴。

终于,辟古挖穿了厚实的三合土层,又刨开了最内层的墓砖,一股奇异的气味从墓室中飘散出来,顺着盗洞,散入每一个人的鼻腔中。

"这是不是毒气?闻起来好奇怪!"巴特尔在徐陵身后急急地问道,"古人不是有很多墓葬防盗的手段吗?咱们会不会遇上了?"

吴墨林仔细嗅了嗅,说道:"这气味好似麝香中混合了樟脑,并不似毒气。"

徐陵镇静地说道:"墓中除了水银气和尸臭之外,几乎没什么其他毒气。而且辟古是可以嗅出毒气的,它既然没有什么反应,就应当是安全的。"

众人这才放下心来。小心翼翼地从洞口跳入董其昌的墓室之内。盗洞正好开在墓室北侧墙壁上,距离地面四五尺高。沈是如最后一个从洞里钻出,落在地面。吴墨林瞅准时机,在沈是如落地的刹那,壮起熊心豹子胆,探出双手去扶,正扶在沈是如的腰上。黑暗中无人注意,吴墨林胆子又壮了几分,伸手握住沈是如的小手，轻轻捏了一把，说道："沈姑娘当心脚下。"沈是如饶是风月场中的老手，却也没料到有人会在墓室中对自己"下手"，不免吃了一惊，脸上微红，心中暗笑，故作矜持地推开了吴墨林的咸猪手。

徐陵从背囊中取出火折子，引燃随身携带的四根火把，分交给其他人。徐陵举着火把，在墓室中转了一圈，众人这才看清楚墓中的情景。

董其昌是刘定之顶礼膜拜的偶像，此时此刻，众人之中要数刘定之最为激动。他仿佛窥探到了董其昌藏的最深的那部分隐私，既觉得自己僭越无礼，又觉得兴奋莫名。环顾整个墓室，他的眼神中充满了贪婪，又透着些瑟缩。

这是一个砖砌墓室，墓室内部空间并不算大，与普通卧房相当，乃是晚明时期世家大族造墓常用的构型。墓室内部空间呈半球形，穹顶并不高。巴特尔踮起脚尖，摸了摸穹顶，笑着说道："这里面的构造，就和草原上的蒙古包没什么区别。我还以为这个墓室会有多宏伟呢。"

一座四四方方的石棺材摆放在墓室的正中央。墓室中的香气，正是从棺材上散发出来的。众人举着火把挨近了石棺仔细查看，发现棺材的四面布满了彩画。此彩画用矿石颜料绘成，吹去浮灰，金碧乍现，光彩耀目。画中内容颇为繁复，细看之下，竟有人物械斗、房屋倾颓、河流漫布、宫观焚烧之景。画中山川景物互相连属，而人物的场景却分段表现。每段场景中的人物服饰均有所区别。

"画里经营位置的方法，让我想起宫里那件《韩熙载夜宴图》，"刘定之对众人说道，"虽然每一段画面表现的情状不同，但全部用景物连贯串通，因此大体看上去，仍然是一幅完整的画。"

吴墨林点了点头："从笔墨技巧和用笔习惯判断，这幅彩画应该是项守斌所作。"

"真的是项守斌画的？"沈是如有些吃惊，"项守斌的画，为什么会出现在董其昌的棺材上？"

"我二师父火眼金睛，向来没有看走眼过。"巴特尔的马屁令吴墨林通体舒坦。蒙古汉子盯着棺材盖子，心中有些急切："咱们什么时候开棺材？我都等不及了。"

徐陵向棺材拜了拜，口中念念有词："思白翁，以你在史籍里的描述来看，可真算不上什么好人。好人能引得乡民把自己宅邸烧光吗？因此今日启棺，扰你清静，也算是你阴德有亏了。"说罢他从背囊中取出一个扁头钢铲，将铲子插进棺材盖下的缝隙之中，猛力撬动，其他人在一边用力推棺材盖，众人合力之下，慢慢将棺材的石板盖子移开。随着棺材盖子的开启，一阵浓烈至极的香气从棺材中飘散出来。

"人家的棺材内都是尸臭，为什么董其昌的棺材香气扑鼻？这还真是应了他这'香光居士'的雅号了。"徐陵一边说，一边将火把伸进石棺之内探去。

在火光的照耀下，棺材内的景象令人大吃一惊。只见石棺内并不见人骨尸身，而是整整齐齐码放着笔墨纸砚等一干文房用具。棺内的香气正是由十几锭墨块散发而出。吴墨林拾起一锭墨块，仔细看了看，恍然道："这墨块中混合了麝香、豆蔻等香料，我们之前闻到的香气，正是从墨块中散发出来的。"

棺材中的文房用具品类繁多，吴墨林仔细清点一番，共有十数种，其中包括六尺宣纸一刀，墨块十锭，棕刷一支，排笔一支，毛笔一支，端砚一方，另有两个纱布包，里面松松软软，似乎蓄着棉花，不知是何用处。最奇怪的是棺材里还放了一个瓷瓶，瓶口用蜡密封。徐陵摇了摇瓶子，只听得里面有液体摇晃的声响。巴特尔取出匕首，将瓶口的封蜡割去，小心地嗅了嗅瓶口，说道："是酒！"

看着这些七零八碎的东西，在场众人颇有些摸不到头脑。巴特尔挠了挠头，说道："书史中说，唐代书家怀素练习书法，特别用功，并将用废的毛笔积攒起来，成了一个'笔冢'，莫非董其昌效仿怀素，为自己建了一个'文房冢'？"

徐陵点了点头："有道理，古人有衣冠冢，董其昌是个书画家，自己造了一个文房冢，也说得过去。"

刘定之却摇了摇头，皱着眉头说道："你们难道不觉得奇怪吗？董其昌是一个文人，他若是建造一个文房冢，必然收集自己平生常用的文房用具。这具棺材之内放置笔墨纸砚，都不奇怪，但为什么还放了棕刷、排笔和纱布包？那瓶子酒和纱布包又是做什么用的呢？须知这些东西，与董其昌的文人身份丝毫也不沾边啊。"

吴墨林暗自点头，刘定之所说的，正合他心中所想。

沈是如既兴奋，又好奇，她指着棺材说道："各位大师，摆在咱们面前的是一个谜题。咱们现在可以将所有的线索摆出来捋一捋了。现在这座墓中的东西其实并不多，只有一个棺材而已。棺材四面画着壁画，里面装着这一干物件儿，我相信，这其中必然有着什么联系。谜面就在眼前，大伙儿再加把劲儿，努力想一想！"

在沈是如熠熠发光的眼神的鼓励下，墓室内的男人们围着棺材苦思冥想起来。

第十二章
文房冢之谜

一、无尽藏

文房冢原是工匠物，棺材板本为传世书

在这些文房物件儿之中，最为奇特的便是两个绵软而有弹性的纱布包儿，吴墨林总觉得在哪里见过这个东西，一时间又想不起来，苦苦思索良久，刹那间灵光乍现，叫道："我知道这些东西是做什么用的了，这一堆东西压根儿就不是什么'文房冢'！"

他的嗓音因为兴奋而有一丝颤抖："这些七零八碎的物件儿，其实是专门用来制作拓本的工具！"

众人茅塞顿开，只有巴特尔仍然一脸迷惑地问道："制作拓本？二师父，你说的是那种黑底儿白字的拓本吗？做拓本难道还要用到纱布包和白酒吗？"

吴墨林点了点头："不错，那纱布包其实应该叫作'拓包'，是做拓本时扑墨的工具。但现在工具有了，却不知道要拓印什么东西？整座墓室之内，既不见石碑,也不见枣木雕版,光有这些捶拓的工具,又有何用呢?"

吴墨林说的句句在理,众人陷入沉默之中。

徐陵绕着棺材走了一圈儿,轻轻咳了一声,打破了墓室中令人压抑的平静,缓缓说道:"如果我没有猜错,你们需要捶拓的,正是这棺材。"

吴墨林等人听罢一愣,似乎都没有搞清楚徐陵的意思。巴特尔一脸认真地说道:"徐先生,就连我这初入门的都知道,拓本须得在凹凸不平的石碑上制作,这棺材四面的彩画是平的,无论如何也是拓不出东西的。徐先生盗墓是行家,对书画,还没入门哩……"

徐陵冷峻的面庞难得地绽放出一丝笑容:"我常年盗墓,在昏暗之中,我的眼睛比你们看得清晰,你们仔细看看壁画,难道真的是平板一块吗?"

众人这才连忙细细观看棺材四壁的彩画,果然似乎有些细微的凹痕。吴墨林轻轻地抚摸石面,惊叹道:"果然如徐兄弟所言,彩画的表面有浅浅的刻字,像是彩画的题跋注释,只不过被色彩鲜艳的矿石颜料覆盖,乍一看,根本就注意不到。"

沈是如抚摸着彩画的表面,叹道:"我明白了,棺材上的彩画原来是一个障眼法,遮盖了色彩之下的雕刻文字!"

如此一来,棺材内的捶拓工具便终于有了用武之地。整个墓室之内,只有吴墨林了解捶拓的步骤,但他也只是看过别人捶拓,却从未亲手试过。但吴墨林这样天生的巧匠,只需见过一次捶拓过程,就能依着记忆操作起来。

他先是用棕刷蘸取瓷瓶中的白酒,然后抡动人臂,抖动手腕,手肘起落之间,将棕刷上的白酒均匀地掸在棺材之上。沈是如见他动作潇洒,赞道:"吴先生掸得好匀呀!"刘定之却斜着眼说道:"哎哟,老吴,你这一次为何不用嘴喷了?"

吴墨林嘿嘿一笑,小声对沈是如说道:"老刘是想害我呢,一百年前的白酒,谁知道里面有没有脏东西……"

说罢,吴墨林又将宣纸覆在湿润的棺材壁上,用棕刷排平。吴墨林一边挥动棕刷,一边对巴特尔解释道:"其实,做拓本前润湿石碑,一般用的是白及的汁液,而不是白酒。白及容易变质,变质以后就会失去黏性,但白酒却可以长期存储，同时具备一定的黏性。董其昌和项守斌也许早就考虑到这一点，在一百年前就为我们准备好了最合适的捶拓工具。"

酒使得宣纸紧紧地贴合在棺材表面。那只棕刷上下翻飞，在吴墨林手中如同一件神兵利器。吴墨林一边做活儿，一边朝着刘定之努了努嘴："老刘，快点给我磨墨，别拖延。"刘定之只好屈就自己，做了吴墨林的书童，他将棺材中的砚台和墨块取出，在砚台的砚池之内滴了些白酒，随后用一根黑中泛着紫光的油烟墨在砚台上迅速研磨起来。

"这墨块是顶烟绝品！南唐的李廷珪墨，想来也不过如此……"刘定之一边研磨，一边感叹，"瞧瞧这墨色，乌黑中泛着紫光，一片清光，奕然动人，应是明末制墨名家程君房所造。世人皆称董思翁用墨绝无烟火食气，殊不知有如此上佳墨品，焉能不出佳作？"

"行了，老刘，你若真是喜欢，出去的时候随手带几个墨块就行了，估计也能卖不少钱。"吴墨林一边说，一边将宣纸与石棺贴合紧实后，用纱布包蘸了砚台中的墨，在宣纸上轻轻拍打起来。富有节奏的"啪啪"声渐次响起，洁白的宣纸被纱布拓包扑打上墨痕。在漆黑的墨色中，在四溢的香气中，一个又一个笔路细腻的文字慢慢显现出来。首先出现的两个字是"画经"，以隶书刻成，紧跟其后的是大段大段的小楷。小楷的书风生秀，字势飞动，一见便知是董其昌的手笔。

"吴大哥，你的手法真熟练。"沈是如赞道。

"将捶拓之法分门别类，浓重者有乌金拓，清淡者有蝉翼拓，"吴墨林扑打着拓包，嘴里也不闲着，"咱为了节省时间，用的正是擦拓的办法。"

随着吴墨林的不断捶拓，越来越多的文字显现出来。沈是如在一边缓缓念了出来："顾恺之人物画有两种，其一用线如春蚕吐丝，如《裴楷像》；其一敷色浓艳，光彩耀目，如《维摩诘像》……"

捶拓出的文字越来越多，沈是如读了许久，拓文中描述的画家，从顾恺之、张僧繇、曹不兴到王维、大小李将军，直至元代诸家，叙述简省而翔实，没一句废话，全是干货。这些文字记载的内容，其实就是一部古代绘画的简史，但众人越听越觉得奇怪。在董其昌的记载之中，很多古代名家的风格，都与寻常画史的记载不同。拓本中列举的作品，也都是失传已久的名作。

很快，拓文被全部捶拓出来，共有六七千字，文字最后还有一段跋语，字体与前文迥异，落款刻着"项守斌跋"几个字。沈是如将这段跋文读了出来："董思翁此书名曰《画经》，其意竟与《十三经》相类乎？盖此书发前人未发之言，又有真凭实据，为古今画史匡正纠谬，实乃旷世奇书，为学画人之津梁，鉴赏家之秘籍。足可与唐张彦远《历代名画记》比肩，思翁生前将此书托付于余，既恐曝之于世，又恐湮没无闻。余谨依其托，造此假冢，藏之于内，一石一画，俱依董翁遗命而做。得此书者，实获思翁之无尽藏也。"

吴墨林读罢这段文字，说道："项守斌这段书跋，最关键的信息，你们看出来了吗？"

见众人尚懵懂，吴墨林忍不住说道："最关键的，就是项守斌书跋中的'得此书者，实获思翁之无尽藏也'这一句。这句话从表面上看，是说读了这本书，得到了古书画的精髓，但其实仔细想，此处'无尽藏'的措辞总让人觉得有什么深意。项守斌隐含的意思很可能是说，在这本书中隐藏着的线索指向的是董氏无比珍贵的书画藏品！"

"不错，"刘定之难得对吴墨林表达了认同，"既然能用'无尽藏'三个字来形容，那他藏品的规模可想而知……"他没有继续说下去，但大家此时都已经明白，项守斌所谓的"无尽藏"，正是董其昌藏匿的古代书画。说不定这些藏品还与《画经》中描述的作品有什么关系。众人不禁猜测：难道，这些失传的名作仍旧藏匿在这座墓室之内？

正在此时，徐陵提醒道："我说诸位，我可得说你们一句，在墓里耽搁的时间不可太久，你们有什么事情可以出了墓再考虑也不迟。"

吴墨林笑道："徐先生，请再给我们一点时间，宝物可能就在墓中，我们不能半途而废。宝物的线索九成就在这棺材四壁的彩画和棺材上的文字中。请容我们再想一想……"

徐陵心里有些担心，这些人不知道盗墓的危险——在地下多停留一刻，就增加一分变数。他有些不耐烦，围着棺材转了一圈，仔细看了看壁画的内容，神色有些疑惑。沈是如问道："徐先生又发现了什么奇怪的地方吗？"

徐陵说道:"从三代到明清的墓葬,我都有过接触,对于每个时期的墓葬的布置陈设,乃至于壁画明器的样式风格,我都颇有研究。以我的经验,明末的世家大族所用的棺材多用木头制成,绝少用石料。即便用了石料,也大多在石料上雕刻花纹,很少在石头上绘制彩画。而且墓葬中的绘画,大多表现墓主人生前的富贵生活或升天后的祥和世界,绝不会描绘火灾水患、械斗兵乱的场景。"

"董其昌可能是个特例,"巴特尔在一边煞有介事地说道,"以我的经验,大凡从艺之人,性格都有些古怪,作风都有些出奇,董其昌既然是个大书画家,行事作风当然与普通文人有区别,咱们不能用寻常眼光来看他。"

沈是如嘻嘻一笑:"小巴,你熟悉的从艺之人,不外乎你的两个师父,他们两个,本就是有些奇怪的人,不能代表天下从艺之人的。"

吴墨林和刘定之的心脏莫名地紧缩了一下,不知该高兴还是该伤心。吴墨林咳了一声,说道:"大家甭搭理小巴扯闲淡。徐先生提供的观点值得我们深思……依徐先生所言,石棺上的壁画,或许是董其昌故意设置的一条线索。咱们得先把壁画的内容搞清楚……时间紧迫,大家各抒己见,这个时候就不要藏着掖着了,我们集思广益,或许能够搞清楚壁画的含义。"

徐陵直言道:"一般墓室壁画中人物的衣冠服饰,只呈现墓主人所处时代的特点。但此处的壁画却不同,从棺材东壁顺时针环绕,经南壁、西壁到北壁,每一段画面中人物的衣冠服饰都截然不同,而且从服饰来看,出现的的年代越来越晚。我进过的墓葬比较多,因此对各个朝代的服饰有些印象,可以断定,壁画中的故事一共分为七段,分别是南北朝一段、隋代两段、唐一段、北宋一段、南宋一段、明末一段,这幅画是依照朝代的更迭画出来的。"

吴墨林点了点头,接着说道:"我来说说我的看法,我以为,这些彩画描绘出了每个时代的一件历史故事。然而这些历史故事似乎又比较冷门,不是我们熟知的题目。"

沈是如说道:"这些画面中表现的不是火灾,就是水患,可以为这幅彩画起一个名字了——《历代灾祸图》。"

正此时,刘定之眼睛一亮,仿佛有清光从他的瞳孔激射而出。他神采飞扬,哈哈笑道:"沈姑娘,多谢你,我知道这些彩画画的是什么了!"

二、书画劫难史

人祸天灾历历在目,左图右史娓娓道来

或许是因为不愿在墓中耽搁时间,刘定之这一次并未过多地卖关子,快速地道出他的发现:"这棺材表面的七段彩画,其实正对应着历史上历次书画浩劫!"

他指着棺材,说道:"你们仔细看这第一段彩画,画的是一个身着冕旒的帝王想要纵身于烈火之中,却被宫女拉住的场景。古代自焚而死的帝王并不多,我能想到的只有两个,其中一个是商纣王,然而之前徐先生说过了,这第一段画中的人物穿戴的是南朝时期的服饰。那么,这幅画中的帝王就只能是南朝时期的一个君主——"

刘定之略微停顿了一下,目光扫视其他几人,继续说道:"这第一段彩画,画的是南朝梁元帝萧绎焚烧内府珍藏书画的场景!当初西魏攻下了南朝的江陵。江陵失守前,梁元帝萧绎将法书名画和典籍二十四万卷付之一炬,他自己也欲投入火中,与其珍藏同归于尽,但为宫嫔阻拦。他投降西魏后被杀,仍旧难逃一死。梁元帝收藏的书画集南朝历代皇室珍藏,颇为可观,可惜却被他付之一炬,此实为书画历史上的第一次大浩劫!"

"萧绎?为什么我听这个名字这么熟悉?"巴特尔翻着眼睛嘀咕着,"我想起来了,之前我们在杭州找到的那个金蛋上画的是《萧翼赚兰亭图》,里面也有一个萧翼。看来萧翼的都不是啥好人……"

"你不要打岔,"刘定之继续说道,"我们再看第一段彩画上刻制的文字内容,正是描述南朝时期几个重要画家的作品,如顾恺之、张僧繇,均为南朝时期的大宗师。董其昌的用意,大概是为历次书画劫难中幸存的画作竖碑立传,是为这些劫余的稀世珍宝编著史书!"

"你们再看第二段,拓印的文字里讲的是隋代画家展子虔、杨子华、郑法式等人,而彩画中绘制的是一艘大船在激流中作倾覆之状。其实这里画的是隋末唐初的事情——历史上,李世民先后灭王世充、窦建德,攻伐天下之时,随时随地搜集隋朝遗珍,后来他命司农少卿宋遵贵随船装运书画珍品,沿着黄河逆流而上护送至长安,途经三门峡,水流湍急,船只覆灭,这是书画历史上的第二次浩劫!"

巴特尔听了咂舌不已:"不是火灾就是水患,古书画碰上这两样灾难,可真算是万劫不复!"

"第三段画的是一个宦官打扮的男人提着包裹在宫殿楼宇中穿梭的景象。画面正中一处大殿里端坐着一个皇帝,只是这位皇帝没有胡须,朱唇玉面,是一个女皇,没错,她就是大唐女皇武则天,这个提着包裹的人正是她的男宠张易之。张易之得宠之时,随意出入大内,又领命召工匠修复裱褙宫内藏画,从中根据原作进行临摹,参照原装裱褙,将真迹偷换出宫,据为己有,张氏伏诛后,其藏画亦流转散佚,这是书画史上的第三次劫难。"

刘定之说着拿眼睛瞟向吴墨林,以工作之便偷偷临摹皇家藏画的事儿,吴墨林已经干了十几年。吴墨林被刘定之瞅的满身不自在,说道:"老刘,张易之是偷梁换柱,和我不一样。而且我给你提个建议——你不必每一段都说的那么详细,时间紧迫,大体说一说就行啦!"

刘定之加快了叙述的速度:"第四段,画的是髡发的胡人烧杀抢掠,一个汉人皇帝装扮的囚犯手戴镣铐,被押运到囚车上的场景。这是北宋被金人攻灭,宋徽宗被掳去北地,开封城文物惨遭损毁的景象。此乃书画史上的第四次大浩劫。"

"唉!金人后来被我们蒙古人灭了,蒙古人也算为宋徽宗报仇了……"巴特尔插嘴道,"可是没过几十年,蒙古又灭了南宋,说起来,蒙古人灭了世上几乎所有的国家,不知道我的老祖宗们四处征伐的时候,毁了多少文物……"

"第五段,画的是一排刽子手行刑的画面,上首端坐着一个头戴冕旒的帝王,他的那张地包天的鞋拔子脸显露出他的身份——你们应该也猜到了,他就是明代的开国皇帝朱元璋。朱元璋杀人无算，尤其对江南文人官僚，毫不心慈手软。当时知名的文人画家，十个有八个都被他以各种莫须有的由头给杀掉了。你们看跪着的那些犯人，脑袋后面的插板上写着'王''赵''盛'等字，其实这些犯人正是当时最负盛名的画家王蒙、赵原、盛著等人。这也算是书画史上的第五次浩劫吧。但这一次和前几次不同，前几次是书画作品的浩劫，这一次是书画家的浩劫。"

"这里我不太明白，"巴特尔问道，"难道这些画家都是被一起砍头的吗？"

"当然不是同时被杀的，他们中的大多数也未必是被砍头致死，明初的死刑五花八门，"刘定之解释道，"而且朱元璋也不会亲自监斩，这幅画只不过表达这么个意思罢了。"

巴特尔点了点头："难怪后来流传的朱元璋画像那么丑陋，他杀了那么多画家，简直就是画家的克星，自然没人愿意把他画得好看。"

"第六段，画的是一片屋院连属的大宅被烈火焚烧，许多百姓挥舞锄头镰刀，投掷石块的场景，如果我没有猜错，这部分画面描绘的是'民抄董宦'的历史，即董其昌宅邸被乡民焚烧抢劫的场面。也许在董其昌看来，这是书画史上的第六次浩劫。"

"与这段画面相对应的文字内容，讲的是南宋及元明诸家的画风。这一段的内容也最为丰富，列举的书画足有一百多件，其中论述元代大家赵孟頫的文字及作品最多。这段彩画也最为奇特，你们看，烈火之中，竟有一只龙头鱼身的怪兽蹲伏在院落中心，怪兽的四周竟无一丝火苗。若我没有猜错的话，这只怪兽，正是鸱吻。"

"大家仔细看鸱吻的嘴里，咬着一个大包裹。鸱吻本来是雕刻在屋檐上的神兽，嘴里含着屋脊，取其辟火之意，但此画中的鸱吻，却蹲坐在院落之内，嘴里还叼着东西，这是什么意思？各位可有什么解释？"

"鸱吻的形象，不仅仅出现在这里，"刘定之皱着眉头，继续分析道，"各位还记得项守斌的那张《读碑图》吗？碑石顶端也有两只鸱吻，可见这是董其昌和项守斌故意留下的线索。"

沈是如的纤纤玉指指向彩画中鸱吻口中的包裹，说道："鸱吻既然是辟火的神兽，那么它口中的东西，究竟是什么呢？"

"我猜测，那正是董其昌的藏画。"吴墨林语气笃定地说道。

"没错，我也是这样想的，"刘定之难得对吴墨林的话表示赞同，"你们细看这个包裹，空隙处似乎有些柱形的物件儿，那不正是装裱好的卷轴吗？这幅画也许是想告诉我们，这场民抄董宦的事件的后果似乎并不像史书所说的那么严重，董其昌的藏画，被保存下来了。"

所有人倒抽了一口凉气，若果真如此，董其昌那些被烧掉的藏画，应该仍留存于世，刘定之看着众人惊讶而又惶惑的表情，似乎有些满意，缓缓说道："我还没说完哩，最后还有一段彩画，也是最奇怪的一段。"

最后的这段彩画，的确是棺材上所有绘画中最为奇特的一段。画面上描绘了一座山丘，其上有倾圮的塔楼，有蹲伏的恶虎，有插在土石中的刀剑，最奇怪的是山丘的中心画着一块巨大的平台，上面端坐着一个和尚，周围环绕着一群信徒。

"如果我没有猜错，这段画，画的是未曾发生的浩劫！"刘定之看向众人的眼神中充满了凝重，"整个山丘就是九州大地，蹲伏的恶虎象征北方的胡虏，山中的刀剑象征中原四起的兵灾，倾圮的塔楼和肆虐的流水象征不可预知的天灾，这些都是董其昌和项守斌预想中的，还没有发生的第七次劫难！而山中的和尚和一众信徒，似乎是在祈祷着什么，他们或许在祈祷传世书画躲过未来的灾难！"

"然而，该来的灾难终究没有躲过，"刘定之重重叹了口气，"董其昌死后没几年，李自成起兵造反，清兵南下，九州大地就如画中倾圮的高塔。江南十城九屠，无数传世真迹，都在这乱世中遭了厄运。覆巢之下，岂有完卵……"

吴墨林紧紧盯着最后一段的山丘景色，突然开口说道："我倒是对最后一段彩画有不同的看法。"

三、束手就擒

细读拓文疑义相析，陡生变故束手就擒

刘定之"喔？"了一声，问道："吴大师有何见教？"

吴墨林说道："你对前面一段段彩画的解释，都还在理，大体上说得过去。只不过对最后一段的解释却未免牵强。照你所说，山丘上的老虎、歪塔、刀剑、水流都代表灾难，那么对书画损害最大的火灾为何没有出现呢？你既然说和尚念经是为书画祈福，但画上的和尚却似乎不是在做法事，而是在讲经。你看座下的听众，一个个都是文士模样，而且那几个文人坐姿慵懒，歪歪斜斜，显然不是祈福的样子，这怎么说得通呢？"

刘定之也觉得自己的解释有些牵强，悻悻然说道："你既如此说，可有什么高深的见解？"

吴墨林两手一摊："我现在只能听出你的见解有问题，但没更好的想法。"

沈是如将拓片上的最后一段画展开，看了看上面的文字，说道："最后的那段文字内容也有些奇怪，前面的每一段彩画上的文字都对应着各个时代的画家，但最后一段的内容却是阐发画论，洋洋洒洒近乎一千来个字，说的都是董其昌对书画的理解和认识。"

"我来念一遍最后一段文字，说不定文字中隐含着什么线索。你们听到奇怪之处，可以随时打断我。"沈是如对着拓片，开始诵读。

"翰墨之事，余苦心经营，迄今七十余载，概书画之境，柳暗花明，层层累进，无穷尽也。人生百年，如白驹过隙，欲穷道则至难。而文人画之道统已历千年。向有妄人，大肆宣扬摒弃传统，自出于新，此何异于天人说梦。穷一人百年之力，安能抗衡千年画史？是故学书画者，必与古为徒，若非尽研前人遗迹，安能穷神变，测幽微？然学古不易，非大机缘者，不可学，亦不能学也。前贤遗迹，百不存一，烟云散尽，至不易得。更有赝伪者夹杂其

草书"帝"的写法　　　　草书"虎"的写法

中，鱼目混珠，滥竽充数。即有摹本，代代勾描，亦渐失神采。谚云：'书三写，鱼成鲁，帝成帚。'传世真迹之难得，实为学书画者之要紧关捩……"

"等等！"刘定之指着拓片中的一处，打断了沈是如的诵读，"这句话有些奇怪，'鱼成鲁，帝成帚'，这句谚语出自晋代葛洪《抱朴子》中的'书三写，鱼成鲁，帝成虎。'本意是指文字传抄之后容易出现错谬，将鱼字错写成了鲁字，而将帝字错写成虎字。但在董其昌的引用中，却把'虎'字换成了'帚'字。这会不会是董其昌故意留下的线索？"

巴特尔有些不解，问道："鱼错抄成鲁字，倒是可以理解，但帝字怎么会错抄成虎字呢？这两个字本来就不像，为什么会抄错？照我看来，帝字错抄成帚，似乎更加令人信服。"

"不不不，你说的只是楷书这种字体，"吴墨林若有所思地说道，"帝的草书和虎的草书是极为相似的，这一处的确是董其昌引用错了，而且……"他与刘定之对视了一眼，语气肯定地说道："这一定是董其昌故意为之。"

"虎……"沈是如若有所思地说道，"虎是什么意思？"

"接着读下去吧，"刘定之说道，"看看后面还会不会出现什么奇怪的地方。"

沈是如点了点头,提起一口气,正要继续诵读,突然听到盗洞中传来一声清晰却遥远的呼喊声,——"快逃!遇到劫匪啦!"

这一声呼喊,正是盗洞之外守候的汪力塔发出来的,他的声音隔着五百步远,通过地下传到墓室之内,声音虽然不大,每一个字却清晰可辨。

"出事了,"徐陵低吼了一声,"我就说嘛,不要在地下拖延太久,久则生变,地面上发生了什么,咱们现在什么都不知道!"

众人的心都提了起来,纷纷将耳朵凑近墓室中的盗洞,仔细听洞外的声音。只依稀听得外面一阵金铁交鸣的打闹之声夹杂着狗吠,颇为嘈杂。随后便传来汪力塔的一声惨叫,接着又听到他骂骂咧咧的声音。而后,金农的声音又通过盗洞传了过来:"把辟古放走!把辟古放走!"盗洞外面似乎安静了下来,但片刻之后,又有一阵嘈杂声传来,洞外似乎又一次变得闹哄哄,更有许多男女老少的呼喊声、咒骂声以及乒乒乓乓的金铁交击之声。

"现在怎么办?"吴墨林的声音有些颤抖,他强行镇定自己的情绪,向徐陵问道,"金农喊的那一声'把辟古放走'是什么意思?"

徐陵说道:"按照现在的形势,再另打一条盗洞出去,已经来不及了。咱们已经成了瓮中之鳖。于今之计,只有如冬心先生所言,让辟古自己打一个洞先走。不过,辟古不能就这么直接走掉……我们得让它带一点东西离开。"

徐陵一边说,一边迅速地将已经晾干的拓片叠起来,又转头对众人说道:"你们有没有什么结实一些的皮囊包袋,能将这拓片装起来?"

众人随身所带的囊袋,要么太大,要么太小,要么太沉重,要么太轻飘,徐陵觉得不太合适,转眼瞥到吴墨林腰间的牛尿脬袋子,指着袋子说道:"这袋子正合适,吴先生,可否借来一用?"

吴墨林有些不舍,略有犹豫地摘下腰间的尿脬袋子。他以前每次出行随身携带蠹虫,已经成了习惯。于他而言,蠹虫既是财产,也是宠物。因此他这一次南下之前,虽将大部分蠹虫蓄养在菡芬楼,但仍随身带了几只。吴墨林叹了口气,将牛尿脬中的蠹虫倒出,蠹虫落地,转眼就不见踪迹。辟古兴奋莫名,竟要去捉,却被徐陵按住不动。

吴墨林有些不舍地将空空的尿脬袋子交给徐陵。徐陵将拓片装入尿脬袋子后，用布条扎紧，又将尿脬袋子紧紧地绑在辟古的小腹下方。

此时，盗洞的洞口又传来一个声音，这一次，不是汪力塔，也不是金农，而是白日里蹲守在山脚下的那个老农。那老农的声音中带着愤怒的颤音："洞里的贼人们！你们快给我乖乖滚出来！"

"完了，完了，"巴特尔有气无力地说道，"咱们挖了他家的祖坟，他一定饶不了我们了。"

沈是如的俏脸也因惊吓而显得苍白，她小声地询问徐陵道："徐大哥，本朝盗墓贼被抓了现行之后，不知会遭受怎样的刑罚？严格说起来，咱们盗的这座墓应该算一座空墓，里面其实没什么有价值的东西呀！"

"按本朝律令，盗墓的罪犯轻则流放，重则砍头，我们总归是掀了人家的棺材，无论如何，牢狱之灾是免不了的，"徐陵头也不抬，将辟古身上的牛尿脬绑紧后，温柔地拍了拍辟古的脑袋，轻轻说道，"走吧，辟古，你就暂时躲在这座山里吧。"随后，他噘起嘴唇，吹了一声尖锐无比的哨声，辟古摇了摇尾巴，在墓室内的墙壁上挖掘起来，片刻之后，辟古就携带着牛尿脬，遁于无形。

这时，老农的声音又从盗洞口飘了进来："你们这些混蛋，再不出来，我就用烟熏死你们！"

徐陵的脸色变得阴沉起来，他对着盗洞口大声喊道："我们这就出来！"他喊完了这一句，扭头对其他人说道："眼下这情形，咱们只能先出了洞再说了。"

众人一个个垂头丧气地再次爬进盗洞，却见吴墨林留在最后，双眼紧紧盯着棺材上的彩画。徐陵督促道："走吧，吴先生，你就算多看它一眼，也带不走它。"

吴墨林叹了口气，说道："我是带不走这棺材，但要记住棺材上的画，多看一刻，便能多记住一分。一旦我们将来逃出这个村子，就只能靠着记忆回想棺材上的画了。"

徐陵忍不住暗暗赞叹：这个匠人倒是真有一些处变不惊的本事。

吴墨林天生就有一种图像记忆的才能，这是他在长期的工作中锻炼出来的。以往他在修复古画之时，常常遇到修复过程中画面色彩脱落，或者因失误而造成画面残损的情形。遇到这种情况就需要他根据记忆重新将缺失的部分补画回去。因此，对于复杂精细的画面，他可以在短时间内牢牢记在脑海中，即使隔一段时间，仍然可以背摹出来。

在确信自己牢牢记住棺材上最后那幅彩画之后，吴墨林突然拾起之前拓碑时用的毛笔，蘸了墨汁，就要在彩画上涂抹。他要破坏棺材上的彩画，以防董其昌藏画的线索被别人得到。

"吴先生，不可！"徐陵急忙喊道。

"你在干什么？"刘定之半个身子都已经进入盗洞，扭头看到这情形，惊诧不已，"你要毁了它不成？"

吴墨林的毛笔举在半空，咬着牙说道："我们不能为别人留下线索！"

"如果我们死了怎么办？难道就让这线索永远断了？"刘定之缩着身子退出盗洞，急奔过来，夺下了吴墨林手中的毛笔，远远丢开，怒斥道，"你这行径，是灭绝文脉之举！"

此时墓穴中只有吴墨林、刘定之和徐陵三人，其他人都正在盗洞中向外爬去。徐陵叹了口气，说道："这些古书画是所有习画者的宝藏，非一人之私产，刘先生说的有道理，吴兄弟，为了天下的学画人，我们还是留下这个线索吧。"

吴墨林有些羞愧，眼前的盗墓贼似乎都要比他更有觉悟，他无奈地叹了口气，缩着脖子，失魂落魄地进了盗洞，尾随着众人慢慢向洞口处挪动身子。

半刻钟以后，他们爬出了盗洞。洞口周围聚集着几十个人，这些人都是董家村的村民，他们一个个怒火中烧，睚眦欲裂，看那模样，似乎只有将眼前的盗墓贼挖心割肝方才解恨。为首的那个驼背老者正是白日里蹲守在渔阳山下的老人。

几个年轻的村民情绪近乎失控，大声叫嚷道："打死他们！杀了他们！"，"族长，不能饶了他们！"那老农正是董家村的族长，此时他已经认出这伙人就是前些日子进山的游客，他的眼睛似乎要喷出火来，沙哑着嗓子，命令身边的汉子道:"将他们绑了!扔到祠堂中去!"

四、假画救命

祠堂问审满口胡话,陋室造假一线生机

几个精壮的汉子攥着粗麻绳走上前来,将吴墨林等人捆了个结结实实。乡下人没有捆过人,只捆过猪。吴墨林等人的手脚被捆绑在一起,动弹不得,活似待宰的生猪。一个村民将麻绳缠在沈是如胸前,忽觉异样,嚷起来:"这贼竟是个女人!"老族长朝地上啐了口唾沫,骂道:"这年头人心不古,世风日下,连女人都出门干起掘墓的行当了?一道绑了!扛去祠堂!"

吴墨林等人被村民们扛到一座建制宏大的宅院之内。只见房檐高耸,厅堂宽阔,董家村几个德高望重的老人端坐在堂前。堂内正中悬挂着宗谱,两侧是董氏历代祖先的画像,其中有一件高头大轴尤为瞩目,画中一人身着大红色一品朝服,身侧一列小字,写着"董文敏公像"。

吴墨林偷眼观瞧,整个祠堂呈高雅的气象,只见正厅侧壁楹柱之间的白墙上挂着不少立轴,上面画着山水花鸟,也有行草书。他暗忖:董家村人真不愧是董其昌之后,就算是落没了,书画的种子毕竟没有断绝。再仔细看那些画,落款写着"沈石田""文徵明",俱为一时宗师名彦,细看笔墨,甜俗市井,却都是一些伪作而已。正要再作细观,却见先前那个老者将拐杖重重地在地砖上敲了敲,朗声喝道:"可惜之前跑掉了一拨贼子!众位老哥哥们,咱们商量个对策,究竟该怎么处置这些混蛋!?"

堂前坐着的几个人都是董家村德高望重的老者,其中一个说道:"盗人祖坟,坏人风水,十恶不赦,就该千刀万剐!"

另一个老人更显狠厉,沉声道:"将他们的手剁了,再送官府!犯下这种大罪,不是砍头,便是绞刑!"

这时,一个精瘦的汉子快步走入堂内,在驼背老族长耳边低语了几句。

老者脸色大变，思索片刻，屏退其他年轻的围观村民，大堂内只留下在座的几个老者和那个精瘦的汉子。老族长面色阴冷地说道："刚才我们的人顺着盗洞进了墓中，发现祖宗的尸骨已经没了，墓中棺材已经被打开，也不见任何明器财宝。这群杀千刀的贼子实在太缺德了！若是盗墓也就罢了，香光老祖的尸首，被你们弄到哪里去了？"

吴墨林叫起撞天屈来："老族长，实话实说，我们开棺是真，但棺材里面并不见尸骨，更没见到财宝啊。"

"董超，你仔细搜寻了吗？"驼背族长皱着眉头向那精瘦汉子询问道。

"我将墓中的所有东西都翻了个遍，只看到一些笔墨纸砚，并不见金银财宝。或许那些墨块还值一些钱财。至于老祖的尸骨，一点蛛丝马迹都没有找到。"

"说！到底怎么回事？"族长的的驼背微微颤抖，他怒吼道，"老祖的尸骨究竟哪里去了？"

徐陵叹了口气："老人家，请您冷静冷静。这座墓并非真墓，墓中本就未曾埋入尸骨。"

族长的嘴角抽动了一下，对精瘦的汉子说道："董超，你搜一下这些人，看看他们身上有没有藏着什么东西？"

叫作董超的汉子将吴墨林等人逐个搜身，从巴特尔身上摸出一个腰牌，上面写着"一等侍卫巴特尔"，原来巴特尔一直将这块腰牌留作纪念，带在身边。乡下人并不知道"一等侍卫"是什么东西。董超将牌子随手丢在一旁，接着搜身，又找出一张长长的纸卷，上面画着五幅穿山甲，后面又题了一首诗。董超指着众人说道："这是你们从墓葬里面偷出来的吗？"

吴墨林忙回答道："您细看，这纸墨如新，未经装裱，非是旧物。这是我们五个人之前闲暇时合作的一幅画。您若是不信，我们现场再给您画一遍。"

董超也不相信这一卷画着穿山甲的画作能是什么值钱的玩意儿，呵呵冷笑道："好嘛，原来你们这些混蛋还会舞文弄墨。"说罢将纸卷与那腰牌一并收拾起来，接着搜身，却再也找不出什么值钱的东西。

老族长咬牙切齿道："墓里一定是有财宝的，否则你们的同伙为什么会在洞外争吵打斗？他们一定是拿到了你们运到洞外的宝物，又因为分赃不均才打起来的！"

吴墨林等人面面相觑，一脸茫然，洞外刚刚究竟发生了什么，他们其实也是一头雾水，无从知晓。吴墨林壮着胆子，试探着问道："老族长，洞外如何发生争斗，可否告知小人？"

"你们这群强盗起内讧了！"老族长怒不可遏地说道，"若非他们打的乒乒乓乓，闹得不可开交，我们又怎么会发现有人盗墓？"

董超也在一边附和道："这群盗墓贼窝里斗，双方都有七八个人，有的发飞镖，有的射弓箭，刀枪棍棒搅在一起，噼里啪啦打作一团，两方势均力敌，若是我们不到场，不知会打到什么时候呢！"

"你说什么？每一边都有七八个人？你们看清楚了吗？"吴墨林越听越糊涂，洞外只有金农和汪力塔是自己人，怎么会有七八个人相互对阵呢？

"事到临头，你们还在装傻充愣，竟然反问起我们来了！"堂上另一个老者怒喝道，"抽他的耳光！看他还老不老实！"

董超做势就要上前打吴墨林耳光，吴墨林连忙缩着脖子叫起来："且慢！各位老乡，实不相瞒，我们在地底下，两眼一抹黑，并不知道地面上发生了什么。我们之所以来盗墓，也绝非是为了财宝，而是对文敏公敬佩至极，将其视为毕生偶像，所以才拼死也要进到墓中。"

"你这巧言令色的贼人，"驼背老族长几乎要气晕过去，"若你们真的崇敬文敏公，为什么要破坏他的墓葬？这难道不是扰了文敏公的清静吗？"

吴墨林苦着脸说道："老族长您有所不知，江湖上一直有个传言，据说文敏公临死前穷尽最后的精力，画了他平生最为得意的一套册页，然后搁笔气绝而亡。这套册页也就随葬入墓。我们这几个人对文敏公因爱生痴。咱之所以盗墓，不过是为了一睹文敏公一生最为得意的佳作！"

"江湖上有这样的传说？"驼背老族长挑了挑眉毛，"为什么我们董其昌的后人却不晓得？"

吴墨林叹了口气，说道："自古以来，大凡是个知名的文豪，总会被江湖上的闲人编排出各式各样的临终故实。唐代以后，有传闻说李太白喝醉了酒，俯身捞取水中月亮被淹死。杜甫呢，传说是在饿极之时，受到朋友款待，结果牛肉吃得太多，被撑死了。其实考诸正史，根本见不到这样的记载，但总有人相信这样离奇的说法。董文敏这样的书画巨擘，文坛宗师，江湖上有怎样的传说都不足为奇。可恨的是我们仍然信了这样的传闻，唉……这也只能怪我们对文敏公的书画过于痴迷，以至于分不清传闻与事实，现在回想起来，我们的所作所为，当真是荒诞至极，可悲可笑！"

巴特尔、徐陵、沈是如等人打心眼儿里佩服这个修复匠人急中生智的本事。刘定之暗中感慨，别看这个工匠没读过几本书，但他编排史料，引用掌故的本事还真令人瞠目。

堂上的几个老者沉吟不语，显然不太相信吴墨林的话。族长冷哼一声，说道："你自称精通书画，可有什么证据？"

吴墨林见对方的语气稍稍缓和，事情似乎略有转机，微微一宽，说道："不瞒您老说，我们几个的的确确都是书画的行家。就拿鄙人来说，浸淫画艺数十载，闭着眼睛也能仿出赵子昂的鞍马，抓着扫帚也能画出沈石田的山水。这可是实实在在的能耐，鄙人不敢有一句虚言！您看那卷搜出来的穿山甲，头一幅就是鄙人所绘的。"

"你既然有这样的水平，又何须得到文敏公真迹？自己造张假画出来不就行了？"一个老人反问道。

"问得好！老人家正问到了关键处！"吴墨林立即回答道，"传说中文敏公留下的绝笔和他以往的画风十分不同，乃是集毕生功力新创之境界，那可是我们这些模仿者想象不出来的神品之境啊！为了一睹这世间绝品，我们才犯下如此大罪！"

见堂上的几个老者皱紧了眉头，吴墨林壮起胆子，指着祠堂里悬挂的几幅名家字画，说道："鄙人句句属实，鄙人对历代大师的笔性烂熟于胸，为了研究古人书画，穷尽毕生精力，不惜抛家舍业。如果几位老丈不相信，那么鄙人就要斗胆证明一下自己……这祠堂上挂着的沈周、文徵明的字画，鄙人看一眼就可以断定——都是假货……而且水平太差，笔粗墨恶，应该是低级的苏州片。"

吴墨林故意把话说的难听，以此证明自己眼光卓绝，更显得自己心眼耿直，不说假话。驼背的老族长脸色一沉，心中咯噔一下。祠堂中的这些古代字画都是他从苏州的地摊上淘弄回来的东西。老族长本来也没把这些东西当作真迹，只当作祠堂的装饰品。自从悬挂上之后，整个祠堂内似乎多了一些清雅幽静的文气。村里人也看不出真假好坏，只有族长心里知道这些古画都是假货。听到吴墨林这么一说，他心中暗想，难道这些盗墓贼当真是一群精通书画的"雅盗"，听信了不靠谱的江湖秘闻，为的只是文敏公墓里的临终绝笔？

吴墨林继续鼓动三寸之舌，趁热打铁："各位朋友都是董画圣的后裔，说起来，你我皆是书画圈子里的行家。搞书画的人盗墓，怎么能和寻常的土夫子等量齐观呢？说白了，我们是抱着交流和学习的敬仰之心，惴惴不安地进入文敏公的墓中，怎料没见到一件文敏公遗作，却只见到棺材里的笔墨纸砚。求各位老丈开开恩，看在我们一片诚心的份儿上，恳请不要将我们送到官府。"

看到堂上几个老者的脸色阴晴不定，吴墨林又说道："如果将我们送到官府，董家村祖坟被盗一事，必然公之于众。到那时，董家村不仅仅丢了面子，更是失去了一众瞻仰的游客，你想啊，那些游客一旦听说这是一座空墓，谁还会来凭吊呢？到了那时节，老丈又去哪里收取游客的观光费呢？"

这番话说到了堂上诸人的心坎里去了。村里人还指着这笔收入改善生活呢。老族长立刻吩咐董超道："你马上去跟村民们说，墓葬并没有被盗，贼人的盗洞还未打通便被我们发现了。千万不可将实情泄露出去！"

董超立即退出祠堂，老族长沉默了一会儿，一双眼睛在吴墨林等人身上扫来扫去。他想起之前曾有不少游人询问董家村人是否仍留有董其昌遗留的画作，有人甚至愿意出高价购藏。老人心中渐渐有了一个主意，他慢悠悠地对吴墨林等人说道："你这人油嘴滑舌，说的是真是假，我一时间也无法分辨。依我看，不如这样……你们既然说自己精通书画，精于模仿，那么就用行动证明吧。我给你们十日时间，若你们能造出十件董其昌的书画，我才信了你们，否则……你们应该知道，祖坟被挖的乡民会有多么愤怒……"

堂上的其他老者纷纷点头表示赞同——若是这群人能造出十件以假乱真的古画，那将会换来一大笔钱财。吴墨林等人悬着的心终于放下，至少董家村暂时不会将他们扭送官府了。吴墨林赔着笑脸继续说道："老族长放心，我们造的古画，寻常人根本看不出真假，拿去出售，真正懂行的人都会出大价钱的！"

老族长的神情终于缓和下来，嘴角难得地露出一丝笑意："好，我等着你们的杰作。若是造不出来……自有你们好受的。"

众人终于松了口气。谁能想到，最终救了他们命的，是假这种不光彩的勾当。

很快，吴墨林等人被扭送到族长家中的一处厢房之内。族长命令董超带人在厢房门外日夜看守，并提供造假所需的一切工具。村子里并不缺笔墨纸砚，至于棕刷、马蹄刀等物，族长已经令人专门去县城采购。

事已至此，为了活命，吴墨林等人不得不在董家村造起假画来。

五、忆旧事

辨雅俗道尽平生志，诉衷心回忆旧时悲

在南下之前，沈是如想象中的旅程是轻松宜人的，是妙趣无穷的，也是风光旖旎的。她甚至梦到过太湖岸边的董家村，那是一个民风醇和、美如桃源的所在。万万没有想到，此时的自己竟然会与四个男人关押在乡民的陋室之内，同吃同住，被迫做着造假画的勾当。

虽然条件艰苦，但沈是如很快就沉浸在新的"工作"中了。为了尽快造出肖似古人的伪作，几个人开始了分工合作。吴墨林操纵全局，负责绘画、起稿；刘定之负责书法以及编造题跋文字；巴特尔负责打糨糊，备材料；徐陵在吴墨林的指导下进行做旧；沈是如则是机动人员，哪里需要去哪里，随时根据吴墨林的指示行动。当然，在大多数情况下，吴墨林都会安排沈是如为自己研墨、抻纸、调色、扇风、擦汗……这位匠人将毕生技艺全部施展开来。他的笔墨技巧如行云流水,他的做旧方法似鬼斧神工,他的指示命令若大将临阵,挥斥方遒——在沈是如眼中,此时的吴墨林就是个书画造假的神。

老族长家中的厢房既狭小又闷热,潮湿的空气中混合着男人们的汗酸味儿。但就在这斗室牢笼之内,诞生了有史以来最为精妙绝伦的董氏伪作。当老族长拿到第一件假画时,心中的震撼无以复加。老人颤颤巍巍地从一个秘匣中取出董其昌传之子孙后代的十几个自用印章,交给吴墨林。等吴墨林做旧后钤上董氏的真印,就更无法分辨真伪了。

族长将钤好印章的假画呈给那些来村子里祭拜董其昌的文士,得到了游客们的交口称赞,竟有人愿出百金购买,族长惊愕之余有些恍惚——这些混蛋们竟然真的造出了与文敏公水平等同的画作,这意味着什么呢?对村子而言,这未尝不是好事,但对先祖而言,却实在是一种莫大的亵渎。

厢房的大门被一把大锁扣住,门外蹲守着几条狼狗,院外又有七八个汉子轮流看守,管事的人正是族长的亲孙子董超。这董超是个健谈的人,时不时进入厢房之内送牢饭、换净桶,借机与吴墨林等人攀谈扯闲。造假开始的第一日,董超透露,老族长派人细探董其昌墓室,发现墓中另有一条狭窄的盗洞(其实是辟古遁走挖出的隧道),族中掌事的老人们因此起疑,以为吴墨林等人仍旧不老实,私下瞒着什么事情。关于如何处置盗墓贼,也因此有了分歧。造假开始的第二日,董超又透露,新造的假画获得一致好评,族长考虑暂留他们一命。第三日,董超又带来消息,说有的老者认为造假出售,是对祖先不敬,还应将罪犯们送入官府。第四日,据董超说,村里的老人们终于决定,要用这笔钱建造私塾,延请教书先生,砸锅卖铁也要供出几个读书种子,恢复先祖的荣光……就这样,吴墨林等人每日里听着董超带来的各种消息,一会儿高兴,一会儿紧张,一会儿绝望,一会儿又心生希望。众人心情起伏不定,只能拼了全力,造好每一件假画。

到第十日夜里,十件假画终于完工,五个人身心俱疲,瘫坐于地面上。屋子里的蜡烛也即将燃尽,昏暗如豆的烛光中,席地而坐的五人你看看我,我看看你,不由得都苦笑起来。

巴特尔借着窄窗透入的月光,看了看自己起皮浮肿的大手:"这几日双手泡在糨糊里,都泡得发白了……我们以后会不会成了董家村的摇钱树?他们不会关我们一辈子吧……"

"难说,但好歹活下来了。"吴墨林紧绷的神经终于舒缓下来,"只要我们对董家村有用,就还有一丝希望。"他不由想起几个月之前为胤禛修复遗诏的情景,当时他怕新君杀自己灭口,同样存了这样的想法——只要对方觉得自己有用,便不会下死手。

"是的,至少,我们还活着……"徐陵的神色依旧冷峻如常。

时近中秋,厢房之外的虫鸣声嘹亮而急促。刘定之听着此起彼伏的虫声,思绪万千,人生一世,命运当真起伏不定,前一刻谈笑风生,后一刻便身陷囹圄。命运似乎总是在戏弄他们。

"如果,我是说如果,"刘定之突然开口说道,"如果我们真的就死在这里,你们会有什么事情没完成而后悔吗?"

吴墨林呵呵笑道:"怎么?到了这个时候,老刘竟然起了文人性情,开始多愁善感了吗?"

刘定之满面惨淡之色,摇了摇头说道:"孔夫子云,未知生,焉知死。我平日绝少想到死后的事情。这是第一次,我如此强烈意识到人在死之前应该做出一点有意义的事情。只有这样,临死之时或许才不会后悔。"

巴特尔茫然道:"大师父,你有答案了吗?"

刘定之目光中透出一丝坚毅,说道:"《左传》有云:'太上有立德,其次有立功,其次有立言,虽久不废,此之谓三不朽。'我做不成官,干不成事,立德与立功都没指望,只能寄托在立言上面了。如果我活下来,必定先要全力完成《画史》的书稿,为后世存一部不朽之作。我要细细剖析南北宗绘画之高下异同,将南宗画之玄妙付诸文字。写完了这本书,我大概才会死不瞑目。"

巴特尔转头问吴墨林:"二师父呢?"

吴墨林呵呵一笑,思索片刻,说道:"我这一辈子,几乎将所有精力全用在书画修复上了。其实我做这些事,原本是天性使然,只是觉得自己可以做好，便一直努力做下去。要说做什么才能在临死之时不后悔……我想，大概是一辈子按照自己的想法随心所欲地活着，赚到足够的钱，找到心爱的女人，吃了想吃的菜肴，活出个自在，死之前大概就不会后悔吧。"

刘定之听了，撇了撇嘴道："反正以后是死是活，谁也说不准了。此刻我也不必藏着掖着，就直说了吧——你吴墨林便是为私利而活在世上的人，其俗在骨，无药可医。任你临摹古人如何肖似逼真，依旧没学到一丁点儿高士风范，唉……古人云，书画可以医俗，这句话在你身上没一点儿灵验。"

吴墨林听了这番挑衅之语，似乎并未放在心上，嘻嘻一笑："得了吧，刘大人，在你看来，著书立说就是高士，造假赚钱就是俗人？我并不这么看。写书没什么了不起的，不过文字游戏而已。写字画画更没什么了不起，不过雕虫小技罢了。人生一世，草木一秋，就如同窗外的虫儿，奋力叫出各种各样的声响，到了冬天都得在寒风中冻死。你却非要讨论哪只虫儿的叫声比哪只更好听？"

"二师父，我总觉得你有什么不可告人的秘密，或者有过什么难以言说的经历，"巴特尔挪了挪屁股，更加靠近吴墨林，用胳膊肘碰了碰他，说道，"二师父，我们现在前途未卜，将来是死是活仍未可知，我一直想问二师父一个问题，否则临死也觉得疑惑。"

吴墨林瞥了一眼巴特尔，这小子现在越发放肆了，跟自己说话没大没小的。然而不知道为什么，在这个夜晚，吴墨林却觉得并不孤独。他一辈子除了金农没有什么朋友，但现在却添了几个可以稍微打开心扉的同伴，他倒不介意讲一些自己的故事了。

"你想听什么？我的那点儿事，没什么值得讲的。不过呢，你既然想知道，那你就问吧，能说的我就说出来，权当满足一下你的好奇心。"

巴特尔来了精神，问道："那我就问了，二师父，你这修复和造假的本事是从哪里学来的？我们手艺人总要讲究个师出有门吧，你难道没有师父吗？"

吴墨林的脸色有些黯然，他沉默了一会儿，开口说道："我当然是有师父的。我小时候命苦，父母很早就都去世了，家中也没什么亲戚，六七岁就流落街头，成了一个小乞丐。我的师父见我可怜，又见我有些伶俐，就收养了我，把我养在他的家中，做了他的学徒。我的修复技艺和造假的本事，一半是我自己琢磨出来的，一半是我师父教的。"

巴特尔问道："你的师父，不，我应该叫二师祖，现在还活着吗？"

吴墨林摇了摇头："我不知道，我已经二十多年没有和他相见了。"

"怎么，你和你的师父闹掰了？是为了钱的事？或者是……你犯了什么大错，被师父扫地出门了？"刘定之也来了兴致，见吴墨林神色越来越伤感，自觉不该问的这么直接露骨，于是语气缓和下来，接着说道，"不管是什么事情，师徒如父子，有什么疙瘩，二十多年仍然解不开呢？"

吴墨林沉默了，他并不愿意回忆年少时的那段经历。但他越是沉默，众人的兴致越高。

"吴先生，你就说吧，说出来，大家也帮你想想办法，不要总憋着。"沈是如也撺掇着。

吴墨林看了一眼沈是如，叹了口气，说道："多的我就不说了，我和师父闹掰，是为了一个女子。在这件事上，我并没有过错。"

巴特尔哈哈大笑，说道："二师父，你莫非小时候调戏师娘，被师父发现，逐出师门了？"

吴墨林的眼神中有一股子说不出的忧伤和怅惘，他说道："我怎么可能做出那种事？我说过了，我没有过错。"

吴墨林的回答令众人愈发好奇。整日里嘻嘻哈哈，油滑市井的吴墨林从未似今天这般，眼神中流露出深深的伤感和痛苦的愁思，大家都明白，那段经历大概难以启齿，不便刨根问底。刘定之心中暗想：原来这个工匠也有过心酸往事。大概年轻时受过亲密之人的莫大伤害，如今有这一身甜俗邪赖之气，乃是受过心灵伤害之后的自我保护，倒也合乎情理。

一时间小屋之内无人说话，巴特尔终于忍不住，嬉皮笑脸地拍了拍吴墨林的肩膀，问道："二师父，你就说说你师父与你究竟是如何闹掰的吧。你不说，我今晚怕是好奇地连觉都睡不好。"

"就是，说说嘛，"沈是如心中莫名有一丝醋意，又十分好奇，说道，

"吴先生，咱们这些人都算是过命的交情了，共同经历过生死劫难，有什么不能说的呢？"

就连许久没有说话的刘定之也开口说道："也许是什么丑事，他说不出口吧，算了，我们也别逼迫他了。"

吴墨林鄙夷地看了刘定之一眼，说道："难得刘大师使出了激将法，也罢也罢，我就算告诉你们也没什么。毕竟我们现在这种处境……明天是死是活还不知道，索性我就说了吧。"

围坐的众人一个个竖起了耳朵。

吴墨林的眼神变得有些迷离，一些许久未曾触碰的记忆再次浮现在他的脑海中，他的语调不同以往，有些凝重和迟缓：

"我的师父名叫周游，是苏州的书画修复匠人，但他后来不做修复，专做造假，因此隐姓埋名，闷声发财，因此知道他的人并不多。

我师父一共有两个徒弟，除了我，还有一个女孩儿，比我小两岁，名叫罗兰。罗兰也是师父收养的孤儿，我们两个从小就在师父家中学艺。师父是个单身汉，家里只有我们三人而已。于我而言，师父就如同父亲，是我儿时最依赖的人。"

吴墨林说到此处，停顿了一会儿，深深地看了沈是如一眼，接着又说道："我的师妹罗兰与我一起长大，我……从一开始，就喜欢上了师妹。"

说到此处，吴墨林的面色微微泛红，所幸屋内烛火微弱，他面色的变化并不明显。众人也一个个竖起耳朵，听得全神贯注。巴特尔嘿嘿笑了两声，低声敦促："后来呢？后来呢？"

"我一直认为师妹就是我未来的娘子。然而我没想到的是，我师父的想法竟然和我一样……我是说，我的师父在喜欢师妹这一点上，和我的想法一样……"

众人的眼睛瞪得溜圆，巴特尔有些结巴地说道："你师父……你师父难道不是从小把你师妹养大的吗？"

吴墨林长长地叹了口气："我知道你是什么意思，然而……人家两人毕竟是师徒关系，不是父女关系。"

"然后呢？你是什么时候发现你师父喜欢你师妹的？"沈是如忍不住问道。

吴墨林的声音变得弱了几分："就在二十五年前，我十六岁那一年的一个晚上，我正在院子里熬普洱茶汤，用那茶汤将纸做旧。活计正做到一半，师父走了过来，用带着玩笑的口吻对我说，以后我得管罗兰叫师娘，不能再叫师妹了。我当时正端着一盆普洱茶汤，一惊之下，整盆茶汤掉到了地上。"

六、暗中示爱

暗屋内工匠巧示爱，烛光中侠盗诉冤情

"你这个榆木脑袋……"刘定之忍不住揶揄道，"你之前难道没有一点察觉吗？"

"丝毫没有一丁点儿察觉，"吴墨林皱着眉头说道，"你也甭笑话我，我那时候才十六岁，对男女之事懵懵懂懂。以为师父对师妹的好，只是师父对徒弟的关心和爱护罢了。"

"请恕我打断一下，"沈是如好奇地问道，"你师父当年多大岁数？他虽然喜欢你师妹，但你师妹难道也喜欢你师父吗？"

吴墨林有气无力地答道："我本以为师父是一厢情愿，但后来才知道，罗兰和师父是两情相悦的。当年我十六岁，师妹十四岁，我师父也不过才三十五岁……"

巴特尔咂舌不已："你这个师父的师德似乎有些问题……怎么可以跟徒弟抢媳妇呢？"

吴墨林哼了一声，说道："当年师父让我改口叫师妹为师娘的时候，我能看得出来，他也有些难堪，大概也觉得对不住我这个徒弟，但在情爱面前，师徒情分总要排在后面。后来，我眼睁睁看着他们两人喝了交杯酒，结了婚，入了洞房，做了夫妻。我伤透了心，甚至觉得有一些恶心——我在师父家再也住不下去了。每次见到罗兰，我不知该叫师娘好，还是叫师妹好。师父和师妹大概也觉得我别扭碍眼。我只能离开师父。苏州我是待不下去了，于是就到了扬州，开了吴氏装裱作坊，从此自立营生。从那以后，我再也没有联系过师父和师妹。"

众人听到这里，无不对吴墨林心生同情。就连刘定之也唏嘘不已。刘定之心中暗想：难怪吴墨林油滑世俗，抠门小气，这种年少时彻底伤过心的人，大概总会有一些人格缺陷。

吴墨林深深吸了口气："我自从离开苏州，到了扬州之后，变得有些孤僻，不愿与人交往。后来认识了金农。再后来，认识了老刘、巴特尔、汪力塔和是如。说句实话，我这辈子最亲近的人只有你们了……如今身在困局，生死未卜，但有各位相伴，我老吴就算死了，也不觉得孤单。"

这番话令众人心中感动。

吴墨林继续说道："不怕各位笑话，我自从与师父、师妹分别，只觉得人生寂寥，唯有马蹄刀和棕刷相伴，直到遇到金农，遇到各位朋友……"他说到这里，微微侧身，他的身边正坐着沈是如。他直视着沈是如秋水如波的一双眸子，心中突然有些紧张——之前说的这么多话，其实并不重要，重要的是自己接下来要引出的几句肺腑之言，不知接下去的话能否打动眼前这个美人。

吴墨林对沈是如笑了笑，自嘲似的说："我是个有执念的人，二十多年了，曾经的执念慢慢消退，只是因为有了新的执念。我不再孤独了，只因我的心有了寄托，有了归属。"

刘定之听了这段略显肉麻的话，也感慨不已，没想到自己在吴墨林心中竟有这么重的分量，其实他们两个虽然经常斗嘴，但也算生死之交，患难与共的知己了。只是……刘定之总觉得吴墨林今天哪里有些不对劲。这个小子向来油滑狡诈，不会没来由地对别人掏心窝子，他一定有其他目的。刘定之疑惑地看向吴墨林，他猛然发现，吴墨林和沈是如坐得是如此相近，他心里暗叫不妙。他瞪大了双眼，在昏暗的烛光中，看到吴墨林在说话的时候，轻轻用手指触了触沈是如支撑在地上的手，沈是如慢慢将手缩回，脸上飞起一片酡红，在烛光的照耀下灿若云霞。刘定之瞬间明白了，吴墨林在告诉沈是如，她便是他的新的执念。刘定之转头看向巴特尔，巴特尔仍旧是一脸感动的呆傻相，仍沉浸在二师父的肺腑之言中，这傻瓜还以为自己也是吴墨林"心有归属的人"呢！刘定之心里涌起一阵恶寒，原来吴墨林这混蛋借机表白！他正抓心挠肝地思考如何把沈是如的心拽回来的时候，许久未曾说话的徐陵突然开了腔儿，说道："每个人都有各自的执念，谁活得都不容易。"

"你呢？徐先生你的执念呢？"沈是如微笑着问道，"你是一个文人，熟读经史，却做了盗墓的勾当。你的执念又是什么呢？你做什么事情，才不会在死前后悔呢？"

刘定之仔细端详沈是如的表情，似乎这女子已经从害羞和局促中缓了过来。刘定之暗暗松了口气，心想：还好，还好，沈是如的神色这么快就恢复了正常，说明吴墨林表白和摸手的效果并不算显著。

徐陵的回答却也直接："我的执念嘛……就是盗尽天下伪善名士的墓穴。"

徐陵见众人面露惊愕，呵呵一笑："要解释我的执念，你们须得耐心听我的故事……我的故事，略有些曲折漫长。"

沈是如笑道："长夜漫漫，徐先生请细细讲来，我们洗耳恭听。"

徐陵的声音沉郁而冷峻："我是福建莆田人，本生于富贵之家。我们家在莆田是远近闻名的富户，经营了上百年的药材生意，家大业大，惹了不少人艳羡。但只因一个沽名钓誉的清官儿胡乱断案，家道自此转衰，我也因此走上了盗墓的路。"

"清官如何会胡乱断案？"吴墨林问道。

"此事还得从头说起，"徐陵的脸色变得阴沉起来，"我爷爷八十岁无疾而终，我父亲便为他选了一块吉地，所在虽然偏僻，但风水极佳，择日便要入土安葬。有一个邻居，不知听信了哪个风水先生的话，得知我们家选中的墓地是一块难得的吉壤，于是就起了占为己有的心思，竟告到官府里去，说我们家新选中的墓穴占了他们家祖上的墓。这知县名叫吴兴祚，自诩两袖清风，廉洁为民。这吴兴祚没有细细审案，想当然地以为我父亲借着家势欺凌乡民。我父亲与那奸民公堂对峙，父亲争辩：'这是小人家里新造的坟，泥土石灰糯米浆都是新的，如何说是他家旧坟？'那一家奸民却说道：'此坟本是我祖上的墓，只是经久未修，很少打理。他家凭着富豪势大，就强占了去。'吴兴祚于是领着典史，押着我父亲和那奸民，到我家坟头查看。却见山明水秀，凤舞龙飞，确是一块吉地，再看坟头，均是新土。那奸民却说，地下的老土是他家的。吴兴祚令人取来锄头，把新土刨去，刨得深了，刨出来一个石碑，上面依稀有字，揩去泥沙，只见上面写着'某某之墓'，旁边数行小字，却是那奸民祖上的名字。"

"这可奇怪了，"巴特尔瞪大了眼睛，"难道你家选定的墓地真的是那家人的祖坟？"

徐陵冷哼一声，说道："那吴兴祚见到石碑，将我父亲押入牢房。我母亲倾尽家财，四处打点，钱虽然花出去了，但吴兴祚为了博取锄强扶弱的名声，将父亲定为流放之罪。我父亲本是文弱的人，经不起狱中各种刑罚，又自觉奇耻大辱，颜面丧尽，没几日便上吊死了。我母亲哭成泪人，过了几年也去世了。全家只留下我和我弟弟两人。我们俩在乡里受尽白眼，只靠着所剩无几的祖产苟活于世。"

"待我长到十八岁，一个醉汉找上门来。此人原本是那家奸民的朋友，后来二人生了嫌隙，转而生恨，于是趁着酒醉，将当时那奸民的行径告知我们兄弟二人。原来奸民觊觎我爷爷墓地风水好，心生一计，将石碑刻成字，偷偷埋在我爷爷的吉壤之下，待临到我爷爷下葬前，才去告状。"

众人听到此处，无不咬牙切齿，巴特尔大骂："实在是奸诈至极！无耻至极！"

"我与我弟弟听了此事，咬碎钢牙，气炸胸膛。我们筹划停当，一天夜里，去将那奸人的祖坟全部刨了，将那墓中金银首饰，全部盗走。"

"干得好！"吴墨林重重点头，"理应将他们家十八代祖坟都给刨空喽。"

徐陵摇了摇头："只是我们兄弟二人，势单力薄，做下此事，不敢在当地停留，只好遁走江湖，从此便靠着盗墓为生了。但我心中最为气愤的，却是那个'清官'吴兴祚，他心中存了沽名钓誉的心思，胡乱冤枉好人，以至我父母含恨而终。然而此时吴兴祚已经去世。我与我弟弟跋山涉水，好不容易找到他的墓,破了墓,进去一看,这人哪里是什么清官。传说他两袖清风,一贫如洗,墓中却堆满金银明器,十分奢华,其中竟有我母亲当年托人打点送给他的珠宝首饰。我和我弟弟一气之下,将吴兴祚的墓也盗了个干干净净。"

"自此之后,我便觉得天下读书人都有两副面孔,那些为民请命的当世大儒,大多都是虚伪狡诈之人而已。我心中愤恨莫名,发誓要盗尽天下清官之墓,若他墓中寒酸,便也罢了,若墓中金银堆砌,不合清官之名,我便将他盗得干干净净!当然,遇到贪官的墓,我是更不会留情的。"

吴墨林拍手称快:"哈哈!奇人奇事,老兄所作所为,真乃阳界判官!"

徐陵接着说道:"话说回来,董其昌的墓,也令我十分好奇。我读过史书,他在历史中便有两副面孔,一个是清雅的一品大员,一个是鱼肉乡里的恶霸,我真想知道,他的墓中随葬明器是否会证明他到底是个什么样的人。"

"只是,答案没有找到,却被抓了个现行,"徐陵哈哈一笑,"不过我现在就算是死掉,却也没什么后悔的了,如果说后悔,那便是盗的墓还不够多,不过瘾!"

"对了,我突然想起一个问题,"沈是如忽闪着一双大眼睛,问道,"你的弟弟现在何处?"

徐陵的眼神变得温柔起来:"我弟弟做的也是盗墓的行当,若是我死在这里,他应该会蛮伤心的吧……"

正在此时,厢房正中的泥土地突然裂开一道细纹,巴特尔揉了揉眼睛:"是我眼花了吗?地面是在颤动吗?"

七、辟古再救众人

打地洞辟古施援手,用巧计董超惨中招

众人盯着房间中心的地面,只见一块土砖微微颤动,地下传出窸窸窣窣的声响。

土砖拱动的幅度越发明显，窸窸窣窣的声音渐渐清晰。徐陵的脸上忽的掠过一丝笑意，似是自言自语道："等了十天了，你可算是来了。"

土砖终于被什么东西拱开，一条尖尖的舌头从砖石之间的裂缝中探了出来，随即，小小的脑袋从地里升上来。

"辟古！"众人又惊又喜。徐陵走上前蹲下身子，满是爱怜地摸了摸辟古的脑袋。

这时候，地下又传来一个声音，将众人吓了一跳。只听一个低沉的男人的声音从砖缝里传出来："哥，是我，我来救你们了。"

辟古很快从地下钻出来，将头拱在徐陵怀里，蹭来蹭去。紧接着，一个男人的脑袋从地下探了出来。此人三十岁左右年纪，长相与徐陵有几分相似，但面庞更显清瘦，比起徐陵，眉宇之间更多了几分纯真。

这人先是向屋内环顾一周，向呆若木鸡的吴墨林、巴特尔等人微笑着点了点头，算是打了个招呼。徐陵低声对众人说道："说曹操，曹操就到。给你们介绍一下，这就是我的弟弟，名叫徐谷。"

徐谷说道："各位朋友，我是金冬心先生找来帮忙的，金先生和汪力塔大哥在一里之外的洞口处等候。咱们这就顺着地道逃出去吧。"说着他的脑袋缩了回去，不知用什么器具，在地下刨挖起来，地面裂缝处的泥土逐渐坍塌，露出的洞口越来越大。

徐谷身子一纵，从扩大的洞口窜到地面之上，轻巧如燕。他的手上抓着一只平头铁铲，另一只手掸了掸身上的尘土，说道："事不宜迟，我们快走吧。"

众人大喜，正准备下地洞逃跑，却见吴墨林未有动身的意思，他的目光犹疑不定，问道："这事情有些蹊跷——金农为什么这么快就找到了你？"

徐谷说道："这件事嘛……说来话长，我恰好在这附近游荡……总之，是金先生找到我的，你们一出洞口，就会看到金先生，到那时我们再细说详情，可好？"

吴墨林的脸色严肃起来，他继续问徐谷道："且慢，我还有个问题——你是如何找到辟古的？辟古身上的拓片可还在吗？"

徐谷答道："我大哥豢养的辟古与我亦是相熟，我用母穿山甲尿液将辟古引来，辟古身上的拓片如今正在金先生处。吴大哥，事不宜迟，咱们就赶快动身吧！"

吴墨林点了点头，说道："拓片安全就好……"他又摇了摇头："不行，我现在还不能走。"

巴特尔正要向洞口跳下去，听到吴墨林不愿逃走，急了起来，问道："二师父，你还等什么呢？此时不逃，更待何时？"

吴墨林皱起了眉头，说道："如果我们现在逃跑，那么之前辛辛苦苦造出来的十件假画，岂不白白送给了董家村？不行，我还要把那几张画骗回来，然后再逃。"

徐陵急道："吴先生，不过是十件假画而已，你以后再造出来不就行了？"

"不，不能白白便宜了他们，"吴墨林一脸的不甘心，"这十件假画，穷尽我毕生所学，又得到诸位朋友的协助，意义不同寻常，我必须拿回来这十张画。"

众人都觉得吴墨林有些任性，纷纷劝他适时收手。沈是如眨着那双杏眼，柔声细语地劝道："吴大哥，那几件假画再值钱，也没有命值钱呀！听是如一句劝，咱们就别管那些身外之物了，等我们逃离此地，来日方长，好吗？"

沈是如的话没有起作用，吴墨林依旧绷着一张脸，没有要动身的意思。

刘定之冷哼一声道："你这匠人的市井气又上来了？十张假画而已，何至于因小失大？以前我总觉得你吝啬抠门，没想到竟然抠到如此地步，连命都不要了？"

吴墨林的面色微微转红，欲言又止，看了看徐氏兄弟二人，叹了口气，说道："唉！我哪里是真的舍不得那几幅假画呢？我跟你们说了实情吧。你们还记得棺材上最后一幅彩画吗？当时我们都认为那幅彩画中隐藏着下一处宝藏的线索，但当时我们走得匆忙，未能将那幅彩画临摹下来。我只能在临走前将那幅画努力记在脑子中。为了防止忘记这张画，我将此画中的主要景物左右旋转颠倒，画在第一张假画之中了。只要取一面镜子，立在那张假画之前，镜中之画，便是棺材上那幅彩画的临本了！"

"我说呢，你在造一张假画的时候，先是在画纸背面起了个稿，没想到是要画出左右相反的临本！你连我们也瞒住了？"沈是如惊讶地说道，"可是，我记得棺材板上的原画中有老虎、刀剑、僧人等，但那件伪造的山水画中，并未见到这些东西啊？"

吴墨林对沈是如嘿嘿一笑，抽动的嘴角稍显猥琐之态："是如妹妹小看我了，我怎么可能做得那么露骨呢？在那张假画中，我以矮小的杉木代替刀剑，以怪石代替老虎，以枯木代替人物，如果我们能取回那件伪造的假画，我便能根据那张画，勾画复原出棺材上的彩画。"

沈是如看向吴墨林的眼神中尽是钦佩服膺之色。

刘定之沉吟半晌，说道："你现在难道就不能凭着回忆复原出来了吗？"

吴墨林无可奈何地叹了口气，摇头道："刚被抓进来造假的时候，我的记忆最为牢固，现在过了十天，原画中的部分细节已经淡忘。若现在要我凭着记忆复原，必然有所遗漏。"

众人面面相觑，一时间犹犹豫豫，不知如何决断。沈是如问道："吴大哥，你既然说要骗回那张画，可有什么办法了？"

吴墨林眯起眼，捻了几下稀稀疏疏的山羊胡子，说道："办法嘛，我倒是有一个。咱们只需说那些假画尚有纰漏，不够尽善尽美，要求董家村族长把画交给我们再加工一下，不就拿到之前的假画了吗？"

"纰漏？什么纰漏？"刘定之说道，"我想不出。"

吴墨林嘿嘿一笑："老刘，我们这些行家要糊弄那些外行人，岂不是轻而易举之事？随便找个理由，我就能把那些假画骗到手。"

众人见吴墨林信心满满的样子，如同吃了一颗定心丸。为了那幅棺材上的彩画的线索，大家只能继续待在这斗室之内。徐谷只好带着辟古退回洞中，原路返回。众人将坑洞填平，又挪了张凳子掩盖痕迹。

第二日，董超进到屋中，皮笑肉不笑地说道："各位所造的十件假画是否成功，还要等待市场的检验。眼下几个来村里祭拜文敏公的文人已经订购了几件，目前来看行情不错。族里话事的老人们经过反复商讨，决定暂时不把你们送到官府中去，但考虑到你们掘人祖坟，实在是罪大恶极，事情不能就这么算了。族长说,接下来你们须得培养出几个年轻人,将这手艺传给董家村的后辈,什么时候将手艺传授下来,什么时候才可以离开。"

吴墨林满口答应道:"请超兄告知老族长,我们愿意倾囊相授,以此赎罪。只不过之前伪造的那些假画,还有一个纰漏,我竟给忘了!还得将那些画收回来加工一下,方可流到市面上去。"

董超问道:"什么纰漏?为什么直到此时你才发现?"

吴墨林努力装出一副憨厚的笑容,说道:"我今日无意间嗅了嗅你们提供的墨块,这才发现你们供给的墨块质量是有大问题的……"

吴墨林将砚台边的墨块捡起来,拿到董超鼻子底下说道:"董超兄弟,你仔细嗅一嗅,是不是有点臭?"

董超吸了吸鼻子,皱着眉头说道:"似乎确实有一丝丝的臭气。"

"不错!这就是纰漏所在!"吴墨林斩钉截铁道,"制作墨块,需要用胶水调和松烟或者油烟,质量比较差的墨块,用的胶水就不太讲究,常常是变质发臭的胶水。"

董超再次嗅了嗅墨块,问道:"发臭又如何?难道用这种墨画出来的画就会有什么问题吗?"

吴墨林假装很亲昵地拍了拍董超的肩膀,说道:"董超兄弟说对了!你可知你的先祖文敏公用的是什么墨吗?董其昌在世的时候,对笔墨纸砚是极其讲究的。他用的纸张,是质量最好的皮纸,他用的墨,也是天底下制作最为精良的顶烟绝品。董其昌用的墨块中混合了麝香、冰片等各种香料,香气袭人。因此他画的画,也有一股子淡淡的香气。董其昌又号香光居士,他为什么给自己起了这个号?我猜测,大概正是因为他的笔墨既有一股子芳香气味,又泛着晶莹的墨光。但我们之前造的假画忽略了这一点。我本来还以为你们提供的墨块肯定是最上乘的顶烟佳墨,没想到质量竟然如此低劣……唉,也怪我没有事先提醒……"

"这可不是小事,"董超焦急地问道,"那么,用什么办法补救呢?"

吴墨林的眼睛顿时亮了起来:"其实补救起来也不难,只需我将麝香、白芷、冰片等药材捣碎混合,熬成汁水,在画上均匀涂抹即可。董超兄弟,你只需要将那些假画带过来,我用一天时间,就能将它们刷染一遍,由臭转香,自此之后,便天衣无缝,无人能看得出破绽。"

董超很快就将此事上报族长。驼背老族长有些汗颜,自己村子里用的墨块的确是从地摊上淘购来的便宜货,用来模仿先祖的山水画,的确是不甚讲究的。早知如此,他就命人从董其昌墓中捡一块墨出来用了。他赶忙按照吴墨林的要求,将那十张假画送了回去。

拿到假画的当天夜里,吴墨林等人搬开地砖,静悄悄地从地道逃离。直到第二天董超前来送饭的时候,才发现屋子里已经空无一人。地面上留下一个黑黢黢的空洞,董超气急败坏地进入洞中,爬了一刻钟,出了洞口,却见洞外是村西的一片矮树林。那一伙狡猾的贼人,早就不见踪迹了。

第十三章

颁社

一、最高机密

逃生天船夫呈臂力，入庄园金农吐实情

吴墨林等人刚刚爬出地道，早有徐谷在洞口迎接。黑暗中，众人发足狂奔，远离董家村而去。直奔到渔阳山下一个废弃的渡口。水岸边长满了野草，足有一人多高，草丛中停靠着一艘小船，船上立着个头戴斗笠的艄公，见有人来，吹了声短促的口哨，声似鸥鹝。徐谷也嘬唇吹了一声，以做应答的暗号。众人跳上船，艄公将那一根长竹竿在水中一点，小船飞也似的荡开，驶入太湖的茫茫烟水之中。

"后面没人跟踪吧？"徐谷低声问道。

"放心吧，这一次不会有人跟着了。"那船夫回答道。

巴特尔仔细端详那艄公，猛地一拍巴掌："这位老汉，不就是我们南下乘坐的画舫的那位掌舵船夫吗？"

艄公将头上的斗笠掀到背后，咧嘴一笑："小兄弟眼神不错，正是在下。

各位朋友，别来无恙？"

吴墨林冲老汉抱了抱拳，心下一怔，他之前从未认真打量过这个艄公，而今仔细一看，此人皮肤白皙，脸上褶皱虽多，但无风吹日晒之迹；牙齿洁白整齐，绝非乡村野夫之貌。观其神态，平和儒雅，迥异于寻常的贩夫走卒。吴墨林又瞥了一眼身边的徐谷，见其恂恂然有书生气，与乃兄神貌相合。此三人都是金农找来的帮手，为何都透着一股子高士贤人的气质？况且自己与金农相识多年，为何从未听他提起这三人？金农又是如何凑巧找到了徐谷来解救自己？那天晚上进入墓室之后，墓外的打斗究竟又是怎么回事？一切疑问似乎都集中在金农身上。

艄公觉察到吴墨林的惊疑之色，与徐陵、徐谷对视一眼，三人本欲说些什么，又似乎不好开口。

最终还是吴墨林忍不住问道："你们三人应该早就互相认识了吧……这位艄公大哥，能介绍一下自己吗？"

那艄公轻轻叹了口气，一边摇橹，一边说道："吴老弟见笑了。鄙人不才，姓傅名纶，只是金冬心请来帮衬的船夫罢了。"

傅纶谈吐温和，气度雍容。巴特尔摇了摇脑袋："我就没见过你这等气质儒雅的船夫。"

吴墨林待要再问，身边的徐谷微笑着拍了拍他的肩膀，说道："吴兄不必心急，等你见了金冬心，一切便都知晓了。"

吴墨林苦笑道："我现在最想知道的就是……那天我们到了墓室之内，外面发生的打斗究竟是怎么回事？我听董家村人说有两伙人争斗，每一方都有七八人。洞外分明只有汪力塔和金农，如何会有七八人？"

傅纶、徐陵、徐谷三人交换了一下眼神。最后还是船夫傅纶开口说道："唉……一会儿你就会看到金冬心了，到时候你问他就好。"

傅纶虽然身子消瘦，但他的双臂肌肉虬结，摇起船橹，速度飞快。小船驶入一条河道，东拐西绕，停在岸边。只见岸上早有数人等在那里。徐陵与岸上的人以口哨声为暗号接头。众人下船之后步行。片刻之后，来到一个庄园之前。这座庄园造得颇有排场。屋顶铺排黛青色的小瓦，院墙是白色的竹编泥墙。大门上有一块朱漆的匾额，写着"泉林庄园"四个大字，门口处立着两人，一个身形矮胖，一个孔武健硕，正是金农与汪力塔。

金农快步上前，紧紧握住吴墨林的手，说道："兄弟们受苦了，现在你们终于安全了！来，随我进庄园。"说罢便拉着吴墨林，引着其他人进入庄园之内。

"你们现在应该有一肚子疑问吧，"金农对吴墨林等人眨了眨眼，笑道，"首先说明一点，我虽然有些事情瞒着你们，但并无图谋钱财，欺诈隐瞒之心。"

金农引着众人，进入庄园深处一个会客厅之内。众人刚进门，厅内站起三个文士，各个面露微笑，对吴墨林等人点了点头，好似久别重逢的朋友。但吴墨林等人却并不认得他们。金农掩上房门，拉起厅内一个老者，向众人说道："大家认识一下吧，这位是此处泉林庄园的主人，姓孟名士达。论起篆刻的学问，当世无人能及。"

孟士达摆了摆手道："冬心老弟过誉了。"

金农接着介绍另一个黑瘦的文士道："这位姓宋名振堂，别看他文质彬彬，其实醉心于造纸术，一生钻研古法，也是当世罕有的人物。宋先生钻研古法，古代的澄心堂纸、金粟山藏经纸、宣德纸之类的名纸，他都能仿造得八九不离十。"

宋振堂微微摇头道："雕虫小技，无足道尔。"

金农最后拍了拍第三个文士的肩膀，此人浓眉大眼，方唇阔口，气质轩昂。金农介绍道："这位姓胡名可，乃当世雕版高手。潜心雕版几十载，以一己之力复原了前人饾版拱花之技。"

胡可呵呵笑道："汗颜汗颜，冬心兄谬赞了。"

这三人虽然言辞谦虚，但观其神态，其实颇为自负，眼神中并无谦逊惶恐之意。

双方抱拳施礼，吴墨林心下暗忖，金农虽然大加赞赏对面三人，但那三个人却着实没有什么名气。若真是当世高手，怎么会从未听闻他们的大名？正心中打鼓的时候，金农接着说道："至于徐陵、徐谷和傅纶，你们大概也已经相互认识过了。只是你们恐怕还不了解，徐陵、徐谷两兄弟除了擅长探墓，亦是壁画高手。而傅纶兄则精于石雕，你看他虽然身子瘦，但臂力极其惊人，其实那都是抡锤子练出来的。"

金农找来的这几个人，都是从艺之人，每个人都精于自己的行当，从职业上说，都是一群"艺匠"，又都透着一股子文士的清雅之气。刘定之有些懵，呆了片刻，想起还没有介绍自己，正要自我介绍一番，话还没说出口，却听金农说道："刘兄，你就不必介绍自己了，我早就把你们的详情跟他们介绍过了。"

吴墨林心中疑惑不已，难道金农也将寻宝的事情全部告知了其他人？他终于忍不住了，看向金农的眼神中带着一丝怒气，冷冷说道："冬心兄，你我相识二十几载，我将你看作交心的朋友，你现在跟我说实话，你究竟做了什么？"

金农苦笑着冲着吴墨林拜了一拜，直起身子的时候，竟然有些不敢直视吴墨林咄咄逼人的目光，说话的声音也变得低沉："我确实对不住吴兄，瞒了你许多事情。今夜我便向你和盘托出，我相信，你终会原谅我的。"

他深吸一口气，缓缓说道："我们，都是赑（音"避"）社的成员。"

"什么社？"巴特尔没有听明白。

"赑社，赑屃的赑，社稷的社。"金农轻轻地说道，"龙生九子，其中一子即为赑屃。文人结社，本属常事，但赑社却非同一般……赑社，恐怕是世上最奇特的社了。吾辈之社，非是为了吟诗作画，也非是为了结党牟利，目的只有一个——只为存续古物，保留文脉。"

"这是什么意思？"吴墨林瞪大了双眼。

"我们赑社，唯一的目的就是复制古物，为天下的艺术珍品，留存一份足以乱真的副本！"

"你们成社多久了？"

"自北宋末年金人南下，汴梁城破，中原古迹大多毁于战火，从那时候起，赑社就成立了，迄今已有六百多年。第一任社长非是旁人，正是北宋的最后一个皇帝——宋徽宗赵佶。"

"你说什么？"吴墨林等人大吃一惊。

"不错，正是宋徽宗本人。他在政事上确实不怎么在行，但在书画、金石、文玩古董的鉴赏品评上面，实是天下第一的奇才。实际上，金人包围汴京的时候，北宋上上下下一片恐慌。但赵佶心里最放不下的，却是他宫中珍藏的古玩书画。他担心这些稀世珍宝会毁在敌人手里，于是秘密成立了一个组织，专门来复制皇宫收藏的文物，并将复制品秘密保存起来。这个专门负责复制文物的组织，就是赑社。"

"如此说来，赑社是官方背景了？"刘定之问道。

"不，赑社成立之初，就是一个民间组织。宋徽宗赵佶认为，自古以来，古玩书画多集中于皇室收藏，遇到灾难，往往全部都会被毁掉，因此需要在官方之外秘密成立一个戒律森严的民间组织，无论是朝代兴废，还是世事变迁，这个组织都可以继续留存下去。"

"后来，北宋果然为金人所灭，汴梁城中的古物，大多也毁于一旦。但有赖于赑社的努力，皇宫中的一些稀世珍宝大多保留了一份复制品。"

吴墨林皱起眉头："我有些不明白，为什么宋徽宗不把这些宫中的古物藏匿起来呢？"

"宋徽宗当然将这些真迹藏起来了……"金农重重叹了口气，"而负责藏匿真迹的，是另一个秘密组织，名叫鸱社。鸱，即鸱吻的鸱，鸱社也是宋徽宗秘密成立的组织，之所以用鸱这个名字，是因为传说鸱这种神兽有着避灾的能力。当年金兵南下，中原地区的古物珍玩大多被毁，但有赖于鸱社，仍旧保存了一些稀世珍品。"

巴特尔咂了咂嘴，忍不住说道："我想起来了，鸱吻是房屋上的装饰。赑屃是驮石碑的那只王八……我觉得，还是鸱社这个名字更好一些。"

金农笑着摇摇头，说道："宋徽宗用这两个名字，是有深意的。鸱吻在屋脊上，赑屃在石碑下，一上一下，正好成对。鸱社的目的是保护真迹，赑社的目的则是复制存档，说白了，就是作伪，只不过不为牟利罢了。这两个组织，实际的功能是一样的，无外乎是为了保存古物。从北宋末年到现在，鸱社与赑社延续了六百多年，但两个组织之间并无统属关系。为了保密，两个组织的成员数量也极为有限，而且互不知晓。"

刘定之突然想起了什么："我记得项守斌留下的那一幅线索图中，石碑上画的正是鸱吻，难道……"

金农点了点头："你说的对，如果我猜的没错，项守斌就是鸱社的成员，而且他在鸱社中的地位一定是极高的。在那幅画中，鸱吻其实是一种暗示，暗示他的身份。"

吴墨林等人听得发愣，汪力塔插了一句嘴："我老汪当初知道了这个消息，和你们现在的反应也差不多。"

吴墨林越想越觉得震惊，他问道："当初你向左必蕃推荐我，撺掇我入宫修画，是不是早就有了打算？"

金农点了点头："不错，那时候我已经是鸱社的成员了，我之所以极力推荐你进入皇宫，为的就是让你临摹宫内珍藏，为鸱社的宝藏再添几件摹本！"

吴墨林心里就像各种调味瓶打翻在一处，五味杂陈，他呆了呆，接着问道："为什么在这十几年之中，你没有引荐我进入鸱社？"

金农的神情露出一丝尴尬，说道："兄弟，恕我直言，能入鸱社者，皆是弃功名如敝屣，爱古物如生命的决绝之人，吴兄在俗世的牵绊太多，我犹豫再三，也就没有拉你入社。"

吴墨林顿时好似噎住了一般，皱了皱眉，反诘道："那现在你将这一切都告诉了我们，是要吸纳我们入社吗？"

二、吴墨林心怀不忿

莽军汉义气护同伴，怒匠人心酸斥友人

金农说道："我并未将鸱社的一切情形都告诉你们，关于鸱社的最高机密，只有社中少数几人才有资格知道。我仅仅是向你们粗略介绍了鸱社成立的目的和宗旨。"

金农顿了顿,语气变得温和:"你们现在都与朝廷脱离了关系,每个人都孑然一身,并无牵挂,正合乎赑社的招纳条件。最重要的是……我在与你们相处的这段时间之内,仔细观察过你们中的每一个人。你们并不是全无瑕疵的正人君子,你们之中有出身青楼的老鸨,有背叛皇上的大内侍卫,有贪污腐败的武官,还有喜爱钱财的工匠,你们都不是完人,但你们身上有两条最要紧的品格——对文物的痴迷,以及对朋友的忠心。"

"至于加入赑社的好处……"金农说到这里,目光转向吴墨林,"赑社中珍藏的所有古代书画的复制品,你们皆有机会见到。从先秦两汉到明末,从书画简帛到金石钟鼎,几乎无所不包。对于钟情古物的人而言,这意味着什么,我大概也不必多说了。"

"然而,加入赑社,就得担负起相应的责任。"金农顿了顿,继续说道,"赑社成员,绝不可泄露社中机密,即便对子女亲属,也必须严守秘密。如果泄露机密或者背叛本社,按照社中的规矩,会遭到严厉的惩罚。严重者甚至会遭到本社的追杀。赑社中的成员,平时最要紧的任务,便是利用各自的技能和优势,寻找历史上的知名古物,进行复制的工作。"

"我真心希望你们加入赑社,"金农的眼神一片诚挚,"如果你真的痴情于书画,加入赑社,你绝不会后悔的。你将会看到这辈子都无法想象的古代真迹的摹本。而且我们的摹本……与真迹几乎没有任何差异。"

巴特尔第一个喊道:"我加入!"随后,刘定之、沈是如也表示愿意加入赑社。就连汪力塔也沉声说道:"俺也加入。"

只有吴墨林尚未表态,他呵呵一笑,戏谑似的说道:"冬心兄,你说我们几个人痴情古物,倒没什么不妥,但你身边站着的老汪可不是这样的人。他大概只会想着倒腾假货卖钱……你倒是放心让他入社?"

汪力塔眼睛一瞪,从牙缝里迸出几个字:"老吴也忒瞧不起人了……"

金农却说道:"对汪力塔,我自然是放心的,老吴,如果你知道那天夜里发生的事,就不会觉得让汪力塔入社有多么奇怪了。老汪平时看着犯浑,其实是个很仗义的人,那天晚上,他做的事情足够义气,这样的人,轻易不会背叛我们。"

吴墨林挑了挑眉毛："我正想知道那天夜里到底发生了什么。"

金农长舒一口气，说道："那天晚上，就在你们进入墓穴不久，突然有一伙人出现在我和汪力塔面前。他们正是上次蓟县独乐寺劫道的那伙匪徒。我记得很清楚，其中一个大汉的右手只有四根手指。那些匪徒倒也不想要我们的性命，只是用弓箭瞄着我们，迫使我和老汪不要出声，威胁说只要出声，就射死我们。我猜测，他们大概是想等着你们出洞的时候，一举擒拿我们所有人。"

"汪力塔却冒死向你们喊话，让你们赶紧逃跑。他刚喊出这句话，那四根手指的壮汉发出飞石，正打中了他的嘴巴，一颗门牙也被打落。"

众人看向汪力塔，只见他双唇紧闭，面色尴尬。难怪到了庄园之后，汪力塔便少言寡语，即便说话，也不似以往那般粗声粗气，众人还以为他受了什么刺激，变得沉默寡言，原来只是"羞于启齿"罢了。

"那伙人见汪力塔不顾死活，这就要上前来绑住他。但此时，我的帮手也赶到了。于是双方便乒乒乓乓打斗起来。"

"你的帮手？你哪里来的帮手？"吴墨林问道。

金农答道："我在南下之前，早已想到上次独乐寺之行遇到的匪徒一定不会善罢甘休，他们既然能打劫我们一次，就会有第二次、第三次。于是我便秘密下令，让傅纶和徐谷带领赑社中几个武艺不错的成员尾随着我们行动，如有意外，随时接应帮忙。尤其是碰到匪徒的时候，必须及时救援，以防取得的宝物落入他人之手。"

众人惊愕地看向傅纶和徐谷。傅纶不好意思地笑了笑："小老儿江湖绰号'麒麟臂'，除了会雕刻石头，多少还懂一些拳脚棍棒，各位见笑了。"

"等等，"吴墨林打断道，"为什么我们第一次盗墓时被狗撵，不见赑社的人解围呢？"

金农笑道："我吩咐过傅纶，不到万不得已，不能出手。底牌总要留到关键时刻嘛。那四条恶犬虽然把大家吓个半死，但好歹没到危急关头，况且当时徐陵也顺利解了围，因此躲在暗处的赑社成员也就没有现身。"

吴墨林点了点头："好吧，你接着说那晚打斗的事情吧。"

"我们的人与那伙人斗在一处，初时两方人马都害怕声音搞得太大，把村民引出来。但打着打着就打红了眼，哪里会顾忌那么多。尤其是对面那个四指汉子，每次发出飞石，都会咧嘴大喝一声，响如驴叫。很快，董家村人就听到了打斗声。当时我们也没有太在意。毕竟乡野小民大多惧怕江湖人士，遇到这种情形都怕溅一身血，避之唯恐不及。谁料董家村有人远远看到了盗洞的洞口，村民们见此事关乎他们自己的祖坟，越聚越多，来势汹汹，一个个拿着铁锹锄头，要上来和我们拼命。我们和那伙劫道的匪徒这下子全都傻了眼，只好收起兵器，先行撤退。"

"但汪力塔兄弟却宁死不愿离开，我劝他赶紧逃走，以后慢慢设法营救你们。但老汪当时像疯了似的，死守在盗洞口，说他跟你们是过命的交情，不能丢下你们不管。患难见真情，烈火试真金，老汪的的确确是个够义气的汉子。"

汪力塔茄紫色的大脸现出一丝扭捏之态，抿着嘴嘟囔道："鸡冠洞里的事情俺老汪还记着呢……俺与你们，可不就是过命的交情吗？何况那晚突然出现了几个帮手，俺也是一头雾水，心里发慌，只觉得守在洞口方才妥当。"

金农苦笑着说道："我看当时情况危急，必须把汪力塔带走，于是对傅纶使了个眼色，傅纶一锤子将汪力塔打晕，这才背着老汪逃走。"

汪力塔揉了揉自己的脸颊，想起那晚挨的一锤子，笑道："他娘的，还得说人家老傅身手好，真不愧'麒麟臂'之名，确实是练家子出身，那一锤子不轻不重，恰好能把我打趴下，却没把我打残，力气使得恰到好处！"他说话的时候，嘴里漏风，声音不同以往。众人仔细一看，果然少了一颗门牙。

"当天夜里的那场战斗就是这样结束的，"金农从怀中取出一张折叠起来的纸包，在众人面前晃了晃，说道，"在这之后发生的事情你们也知道了，辟古带着这件拓片，从墓室中逃了出来。徐谷利用母穿山甲的尿液找到了辟古，从它腹下取了拓片。我们的线索，至今仍未丢失。"

金农的目光再次转向吴墨林，眼神中满怀期冀："墨林兄，现在只有你还未决定是否加入赑社……兄弟，难道你还有什么顾虑吗？"

"你真的拿我当兄弟？"吴墨林的声音猛地提高了八度，再也按捺不住心中的怒火，"我在你心里，怕只是一个用来利用的筹码罢了！十几年前，在扬州，你曾对我说，你之所以向先帝推荐我入宫修画，完全是为了我的前途着想，其实你都是为了自己的目的吧！当年你与我结交，为的就是利用我的技术摹制古画吧！"

吴墨林心中翻江倒海，二十多年来，他的交际圈子极其狭窄。虽然时常感慨人生寂寥，但一想到金农，心里总有一丝温暖，并不觉得十分孤独。但此时此刻，吴墨林却觉得自己与金农的友谊如同梦幻泡影，充斥着虚伪和狡诈，自己多年以来付出的真心，显得愚蠢而廉价。

"我在你心里，和他们是一样的吗？"吴墨林指着刘定之等人，"你观察了我十几年，观察了他们十几天，然后，你现在说，你觉得我够格了，应该拉进赑社？他们现在一个个都是烈火试真金的汉子，我却是个需要观察十几年的龌龊小人？"

吴墨林的三角眼瞪得越来越大，心中泛起酸楚之感，他嘿嘿冷笑了一声，又说道："哦，我明白了。现在我们快要把项守斌和董其昌的宝贝都找齐了，这时候你拉我们入社，你是不是想说，入了这个什么王八羔子社，找到的宝贝是不是就得充公，交给这个赑社了？"

"你觉得你这样一邀请，我就会加入，是吗？"吴墨林目光灼灼地瞪着金农，越说越激动，"你说得天花乱坠，好像赑社有多么高大上似的……好，好，好，就算赑社是真的好，那又如何呢？你既然看不起我这个工匠，我不凑这热闹也就罢了！你们赑社中人好好商量接下来的事情，鄙人就不掺和进来了！"

吴墨林说罢转身就走。他推开门，迈过门槛，头也不回，一副割袍断义，决绝冷酷的样子。刚出了厅堂，他突然想到，现在身无分文，又不认识路，出了大门往哪里去？再说了，沈是如还在赑社，自己这一走，以后还怎么跟她见面？想到这里，脚步也就慢了下来。

正在此时，金农从屋子里追了出来。

"墨林兄，留步！"金农跑得太快，一身肥肉乱颤，不免气喘吁吁，"兄弟我瞒了你这么久，确实对不住你，你要是实在气不过，你就打我一顿，或者捅我一刀，如何？"

吴墨林气鼓鼓地说道："在你心里就没有我这么个朋友！亏我一直以来对你一片诚心！"

金农苦着脸道："我知你心里委屈，但我金农可以向天发誓，在我心里，你是我这辈子最亲近的朋友！如有虚言，人神共愤，天打雷劈。"

"那我问你，为什么在这个时候才让我加入赑社？先前你都干什么了？"

金农咬了咬牙说道："好！那我直说了！因为你是工匠出身，又贪爱钱财，我一直不太信任你！但是现在我承认我错了！你是铁骨铮铮的汉子！你就原谅金某人吧！"

吴墨林的脸涨成了猪肝色。这时，厅内众人也纷纷出门，劝吴墨林回去。

巴特尔皱着眉头说道："二师父！您这是要走吗？我还得传您的衣钵哩！该学的技术，我还没学到家呢。"

汪力塔劝道："老吴，不是俺说你，怎么小肚鸡肠，扭扭捏捏，跟个娘们儿似的？金先生想必有他的难处，你就不能体谅一下吗？再说我们几个人一直也没分开过，你就这么无情，非要离开我们，自己一个人单干？"

这两个糙汉的话无异于火上浇油。正这时，刘定之慢条斯理地继续劝道："我说老吴呀，你无非是觉得自己在金先生眼中本该比别人更加重要而已。今日老金却将你与我们一视同仁，你一时间气不过罢了。其实你冷静下来想一想，老金的做法是对的——正是因为他了解你，怕你说漏了嘴，或者怕你禁不住诱惑，做出什么错事，才没有那么早拉你入社。最了解你的，往往是你的朋友，而不是你自己呀！"

刘定之的话就像一条条滑腻的肥蛆，钻入吴墨林的耳朵里。

最后，沈是如款款上前，用一双嫩如葱根的柔荑牵住吴墨林的衣袖，轻轻摇了摇，柔声细语道："吴大哥，您真的要走吗？金农早先也没有把赑社的事情告诉我呀，我和他也很早就相识了……我心中其实也有些生气的。但转念一想，不提早告诉我们，或许也是惧怕给我们添加过多的负担和责任。一个人背负太多秘密，未必是什么好事。您就消消气吧……难道你真的要走吗？求求你，留下来吧。"

沈是如的眼睛如秋水流波，两颗眸子似乎荡漾着无尽的情思。吴墨林的一颗心慢慢软了下来。

"这……我……"吴墨林不知说什么好。

金农上前攀住吴墨林的肩头，笑着说道："你看，老吴，这么多人央求着你回来，你就别执拗啦。"说着他朝着巴特尔使了个眼色，巴特尔会意，拽住吴墨林的一只胳膊，同金农一道将吴墨林拉回屋内。

三、听琴入社

听琴图前宣誓入社，拓片文中寻疵解谜

吴墨林半推半就，被众人簇拥着回到屋中，心中仍然气不过，对金农说道："你们若硬是要我加入赑社，必须答应我两个条件！"

金农满脸堆笑："墨林兄尽管说。"

吴墨林冷哼一声，说道："第一，我入了赑社之后，若有朝一日想要退出，便可以自由退出，赑社不得阻碍；第二，我们寻找的这一批古代书画，并不属于赑社，咱们还得按照原来定下的规矩分钱。"

金农先是一愣，接着点了点头，笑着说道："都依你，都依你。找到了宝藏，我们赑社只做出摹本保存就可以了。"

吴墨林僵硬的面色稍稍缓和了一些，接着说道："也罢，那我就再信你一回。"

金农终于松了口气，又郑重其事地说道："各位朋友，赑社有六百年的历史，成社既久，自然就有些繁文缛节，加入赑社之前需得有个仪式。这是先辈传下来的，我们得遵照着去做。各位且随我这边来。"他引领着众人来到厅堂内一角落处，只见孟士达、宋振堂、胡可等人早已忙活了半天，将一个香案摆在地上，案上放了一个香炉，又将一幅立轴从房梁上悬下来。立轴

上画着三个文人,中间一人道冠玄袍,轻抚琴弦。两边的文人神色恭敬地听着琴音。画中一株老松蜿蜒而立,右侧写着三个大字"听琴图"。

"莫非这是大名鼎鼎的《听琴图》?"刘定之大感诧异,"皇宫里也藏了一件《听琴图》,难道……这一件才是真迹?"

金农摇了摇头说道:"两件均非真迹,真迹收藏在鸥社中。我们赑社这一件是北宋时期的摹本,也是赑社制作的第一件摹本。画中抚琴之人,便是宋徽宗赵佶,右侧身着红衣者即为蔡京,左侧着蓝衣者则是童贯。当天赵佶召集蔡京和童贯二人,为他们二人抚琴一曲。这首琴曲名为《墨音》,乃徽宗自创。这首古曲,一直悄悄传承至今。"

孟士达奉上一架古琴,金农接过琴,笑着说道:"每次有新人入社之前,总要听这一首琴曲。徽宗在这首琴曲中藏着自己的心意。"说着,金农拨弄琴弦,弹奏起来。袅袅的琴音有出尘的清旷之感,变化的节奏中不失庄重和典雅,回环往复的音调似乎又像是一个高士在反复叮咛和嘱托些什么。

弹奏完毕,金农说道:"徽宗在这首琴曲中表达了他当时的焦虑。弹奏完这首曲子,徽宗便命令童贯和蔡京去办一件顶要紧的事——那便是安排创办赑社和鸥社的任务。说出来你们一定会吃惊的——赑社的组织者是童贯,鸥社的组织者则是蔡京。而这首琴曲,是我们赑社和鸥社共同的暗号。听到这首曲子,你就知道弹奏之人必定隶属于两社之一。"

"这件《听琴图》,描绘的正是赑社与鸥社初创的场景。我们赑社但凡有新人加入,总要将徽宗的琴曲弹奏一遍,在这幅画前焚一炷香,然后磕三个响头,念一遍誓词,几百年了,这一套仪式从未改变。"

沈是如大感不解,"咦"了一声:"如此说来,童贯竟然是你们组织的第一任主事者?我记得童贯是个太监,太监不是不长胡子的吗?为什么画里的童贯长着胡须?"

金农呵呵一笑道:"沈姑娘有所不知,童贯年近二十岁才净了身子,据史料记载,他身材魁梧,阳刚之气十足,脸上确有胡须。这幅画画得并没有错。"

巴特尔撇了撇嘴:"一个阉人成了赑社的头儿……说起来真是有些丢人。"

金农语气严肃地说道:"阉人又如何?司马迁难道不是阉人吗?一个人杰出与否,和他是不是阉人并无干系。"

吴墨林突然想起了魏珠,他暗暗赞同金农的观点:是的,金农说的也对,太监里也有谦和仁爱的良善之辈。

"只是……这童贯和蔡京都是历史上著名的大奸臣,"刘定之皱眉道,"这样的奸臣,竟然成了飙社和鸥社的开创者,想来总令人唏嘘不已。"

一边的徐陵忍不住开口说道:"历史都是后人撰写的,且大半均为杜撰。真实情况如何,我们是无从知晓的,这也是我为什么如此热衷于盗墓的根由——一个人的随葬品往往才最可能显露出他真实的品格。童贯的墓,我是拜访过的,清贫如一寒士,墓中随葬,无非陶瓶瓦罐,告身文书而已,可见他并非后人所说的那般贪财。"

金农点了点头道:"话说回来,就算他们是奸臣,也并不妨碍他们在书画古物上的贡献。臧否人物,要一码归一码,若论起保护古物,存续文脉,蔡京和童贯的确功不可没。"

吴墨林却并不在乎童贯和蔡京的为人做官究竟如何,他贴近了《听琴图》,仔细端详起来。在京城造办处时,他曾经临摹过皇宫所藏的《听琴图》,印象颇深。对着《听琴图》看了好一会儿,奇道:"这一件摹本几乎与皇宫那件没有什么区别。画中的宋徽宗根根须发纤毫毕现,用笔沉着稳健,却不失自然生动,一定是高手所摹。"

金农颇为自豪地说道:"这是几百年前飙社中高手所制的摹本,自然是与真迹相差无二的。"

吴墨林嗤笑道:"既然如此,为何当初要荐我入宫,直接推荐你们的人不就可以了吗?"

金农叹了口气,说了实话:"当年,本社擅摹书画的几个高手恰巧不在扬州,我也只能推荐你了。"

吴墨林心里又窜起火来:"原来我只是你在情急之下不得不用的棋子儿……"

金农解释道:"吴兄,话不能这么说,当时我也是为了你好。我若是不

北宋 赵佶《听琴图》

推荐你,你又哪里来的机缘,能在皇宫中看到那么多古画?"

吴墨林冷笑了几声,岔开话题:"你们既然也有擅长摹画的高人,平时也靠着卖假古董赚了不少钱吧。"

金农答道:"我们赑社有一条规矩,摹制的东西入藏本社,可供本社成员观览,但绝不外流,更不会售卖牟利。"

《听琴图》前摆着一个铜质小香炉。香炉的形状是一只憨厚可掬的赑屃。金农恭恭敬敬地点了三炷香,然后带着众人跪在地上,念了一遍誓词,词曰:

书画篆刻,金石古籍,牙雕青铜等诸多门类,只小技耳,于道未为尊。然我辈浸淫日久,沁骨蚀心,一生为此,不复他志。遂与同道人立誓盟约,乃入赑社,以传承艺道,存续名迹为任。蚍蜉之力,不能撼天动地,但知不可而为之,是为殉道也。

金农念一句,众人跟着念一句,最后念到"殉道"时,吴墨林心里不太舒服,他对任何试图撺掇别人奉献生命的组织都抱着怀疑和警惕。

念完了誓词,金农带着众人"笃笃笃"磕了三个头,然后起身。徐陵、徐谷撤去香案和画轴,仪式这才结束。汪力塔说道:"行了。琴也弹了,头也磕了,誓词也念了,咱们该干正事儿了吧。"

于是金农命人将那张辟古从墓中带出的拓片取了出来,在众人面前打开,说道:"各位,这张从董其昌棺材上捶拓下来的拓片,你们可还有印象吗?那晚在墓中,你们可曾研究过?"

刘定之的眼睛一亮,说道:"当时在墓穴之内,我们发现拓文中最后一段文字与之前的内容大不相同,与这段拓文相对应的彩画也有些诡异,因此大家猜测线索就隐藏在最后一段拓文和其对应的彩画之中。记得当时我发现拓文前半段有一句'书三写,鱼成鲁,帝成帚',这句话分明是董其昌引用错了,将'虎'错写成了'帚'。"

金农点了点头:"既然如此,我们接着看后面的拓文,或许还会发现些线索。"

于是众人细细阅读最后一段文字:

"学画者既有学古之根基,又必得陶养性情,滋润心神。故古人言,外师造化，中得心源。无放达清静之心，只斤斤于前人绳墨，易堕野狐禅中。盖人之本性不同，心之所向亦有所差。以余而论，出将入相，封妻荫子，实不若卧游江山，寄情纸墨。余虽无经世之能，但一泉一壑，自谓过之。既有此心，便是学画之所本也。考诸画史，前代大师品次错乱，众说纷纭。后世人如乱花迷眼，难得真谛。画派之争已历千年，各说各理，聚讼纷纭。高低次序，难以决断，余以为学画者必得于乱序中寻其不乱者。兼顾两极而得其中，方有大成。故得中庸者，方为透网鳞也。"

这是《画经》中的最后一段。众人看罢，只有金农和刘定之露出若有所思的表情。二人对视，默契地微微点头。其余人等，皆丈二和尚摸不到头脑。

刘定之环视众人，故作遗憾之态："看来只有冬心先生和我看出了这段文字的端倪，怎么，如此明显的线索，你们还没看出来吗？"

"得，又到了大师父磨磨唧唧的时候，"巴特尔对刘定之嘟囔道，"您就别折磨我了，有什么发现，就赶快说出来嘛，何苦每一次都逗弄得我们百爪挠心。"

沈是如也一脸不满地嗔怪道："定之先生一向喜欢吊人胃口，我们都在这儿干巴巴儿等着哩。"

刘定之不紧不慢道："各位，这一处线索是很明显的。线索就在这一句之中——'余虽无经世之能，但一泉一壑，自谓过之。'若是熟读三坟五典的人，不难看出其中的猫腻。巴特尔，我一直督促你读书，你且来说一说这句话的字面意思吧。"

巴特儿知道师父是在考校自己，一贯大大咧咧的蒙古汉子此时显得有些局促扭捏，说道："这句话，意思是不是说董其昌自认为在做官方面比不过别人，但在游览山水方面，自我感觉十分出色，无人能及呢？"

刘定之微微点头，似乎还算满意："你说的大体意思是对的。那我再问你，这最后一句话——'一泉一壑，自谓过之'，你可知道，典出于何处？"

巴特尔摇了摇头："连二师父都不知道，我哪里会知道呢？"

刘定之斜着眼睛瞥了一下吴墨林，悠悠然道："这个典故并不算生僻，出自《世说新语》。《世说新语》中记载了一则故事，东晋明帝询问当时的名士谢鲲：'时论都将你和庾亮相比，对此你有什么看法？'谢鲲答道：'端委庙堂，使百僚准则，臣不如亮；一丘一壑，自谓过之。'意思是说为百官做榜样，自己不如庾亮，但若论寄情山水林泉的志趣，却要超过庾亮。后人便以'一丘一壑'代指高士寄情山水之地。"

"我明白了……"巴特尔恍然大悟，"也就是说，董其昌把'一丘一壑，自谓过之'故意写成了'一泉一壑，自谓过之'，对于不懂这个典故的人，看不出什么差错，但如果知道一丘一壑的出处，就很容易看到这里用错了一个字。如此说来，上一段用错的字是个'虎'，这一段是个'丘'，连起来，便是……虎丘！"

"不错，正是虎丘！"金农的眼神熠熠发光，兴奋地说道，"这最后一篇拓文中隐藏的线索，正是苏州的虎丘山。距离此处，不过一日的水路。"

四、虎丘之谜

依伪作循迹复原本，查诡异剖析解迷局

"虎丘这座山，说大不大，说小也不小，但若论天下哪一座山中古迹最多，虎丘可占魁首。"金农将目光转向吴墨林，接着说道，"如果最后的线索藏在拓文和那幅彩画之中，那么，我们现在已经可以从拓文中断定宝藏就在虎丘之中，至于宝物具体的埋葬地点，大概就与棺材壁上的最后一幅画有关。这段拓文所处的位置，也正好在这幅画上。两者是互相对应的关系。"

于是众人都以期冀的眼神看向吴墨林。吴墨林的面色阴晴不定，他的脑中飞快地闪过无数念头。他瞥了一眼金农，回忆这天夜里的经过，总觉得自己此刻仍在被人利用，心中涌起一种莫名的疏离感。他踌躇了一会儿，终于说道："小巴，去将我带回来的那幅董其昌假画找出来。"

巴特尔兴冲冲地从随身包裹中翻检出那幅伪作，交给吴墨林。吴墨林将这幅画翻转过来，背面朝上放在桌案上，对众人说道："我当时牢牢记住了棺材上最后一幅彩画的样子，并将其山体布局左右翻转，做成了这幅董其昌伪作。至于画中的一些刀剑、人物，都替换成山石林木之类，但只要好好回忆，大概都能复原。"

金农大喜，说道："那就请老弟赶紧将原作画出来吧。不知你要多久才能复原出来？"

吴墨林迟疑了一会儿，说道："明日一早，我会把复原好的画交给你……不过我须得独自一人，无人打扰，方能集中注意力根据董其昌的伪作将其复原出来。"

金农盯着吴墨林发黑的眼圈儿，心知他所说的也合情合理。庄园主人孟士达连忙腾出一间空房，为吴墨林安排安静的工作场所。刘定之等人也都在庄园主人的安排下进入房间歇息去了。

吴墨林进了屋子，合上门，在桌案前坐下，却并没有立即开始复原棺材上的彩画，他还在犹豫是否应该这么做。因为在此时此刻，他并不像以往那样信任金农了。这个外表憨厚的大哥，实际的身份竟然是一个秘密组织的高层人物，而且隐瞒了自己十多年，并在很早以前就利用了自己，甚至改变了自己一生的轨迹——吴墨林讨厌这种被利用被隐瞒的感觉。犹豫了一会儿，他叹了口气，终究心软了下来，提起笔来，开始集中精神复原棺材上的那幅画。

过了几个时辰，他终于画完了。此时的吴墨林精神恍惚，实在是太累了，从董家村逃出来，直到现在，也没睡一个囫囵觉。他只觉得腹中饥饿，精神萎靡，想去找金农要一些茶点充饥。于是轻轻打开房门，走向之前那一间房屋。

泉林庄园虽大，但吴墨林记忆力很好，他很快就找到了。屋子里仍然亮着烛光，他刚要推门进入，忽然听见屋内有人谈话的声音。他迟疑了一下，将耳朵伏在窗棂上。

原来是金农、傅纶、孟士达等人仍在讨论些什么。只听孟士达说道："金大哥，这样真的好吗？"

金农道："目前只能先让他们全力协助我们寻找这批董其昌藏画了。"

吴墨林心中一凛，他明白，金农口中的"他们"正是指自己这伙人。

只听傅纶说道："如果他们将来发现找到的真迹不会按照约定分成，我们该怎么办？"

金农说道："我刚才答应吴墨林的条件，只是权宜之计。如果找到董其昌的藏画，让他们依然按照原定的规矩分成，那么势必要售卖这些真迹。这对这批古物无疑是不负责任的行为。我们应当将这批东西复制之后，保存在赑社之内，不能将这些东西卖出去。"

听到这里，吴墨林心中火冒三丈，差点忍不住破口大骂起来。但他强忍住，继续听下去。

傅纶的声音充满了忧虑："我们这样做虽然是对的，但终归亏待了吴墨林他们。要么……我们赑社是不是该给吴墨林他们一些补偿？"

金农说道："我们的资金毕竟也不宽绰，只能给他们一些象征性的补偿罢了……到时候慢慢跟他们讲道理，他们应该会妥协的吧。毕竟董其昌的藏画都是文人画之精粹，绝不能随随便便卖予私人。眼下我们只能先答应他们的一切要求，等找到了东西，再说其他的也不迟。"

孟士达说道："我看那个刘定之和沈是如倒像是有大格局的人，应该不难说服，但其他几个人都有些市井气，怕是难以讲得通道理。"

一阵沉默之后，金农说道："舍私心而为艺术，是我们赑社中人该有的胸襟。如果他们将来做不到这一点，那我们……我们也没办法，只能用强迫的法子了。"

听到这里，吴墨林的心沉了下去。他轻轻地转过身，回到了自己的房间。他阴着脸，看着桌案上刚刚复原的画作，面颊抽动了几下。

他又在桌案前坐下来，开始研墨润笔，重新画出一张复原之作。

第二日天还未亮，金农就开始布置手下人安排船只，做好去虎丘的准备。太湖周围的水路四通八达，只要乘坐一叶扁舟，便可以从渔阳山通航到虎丘。在金农和庄园主人孟士达等人的指令之下，赑社就像一个多重齿轮交错咬合的机械装置，迅速运转起来。

这一次金农挑选了一艘宽大的马船，又增派了二十多个练家子好手。徐陵、徐谷兄弟两人带领他们，乘坐于另外一艘船中，远远尾随，暗中护航，以备不测。

吴墨林的复原图

清晨时分，吴墨林从他的屋子中走出来，沉着脸踏上马船，船舱中金农等人早已等他多时。他扫视了一眼众人，目光在金农身上停了停，从怀中取出那幅复原完成的图画，呈现在众人面前。

众人围着彩画仔细观瞧，均觉得画中景象甚是奇怪。金农率先开口："此画有一个诡异之处——大家应该也都看出来了，此画中竟出现了三位画家的画风。"

"冬心先生说的不错，这幅画中不同画风的差异相当明显，"刘定之指着画面侃侃而谈，"这一处山石树木的画法是典型的'米点法'，纯用圆点积墨而出，一片氤氲之气，正是北宋时期米芾所创的'米氏云山'；下方这一处林木瘦硬古奥，用笔绵密尖峭，笔露飞白，却是唐寅的画风；再加上画面中其他各处项守斌本来的画风，共可见到三家面貌。当然，这些结论的得出，必须都得以老吴复原的时候没出差错为前提。"

吴墨林说道："原作里面，这三家画风的区别我记得很清楚，自然不会出错。更何况我还有伪造的那件董其昌假画为依据，应该不会出什么纰漏。但此画中最诡异的地方，可不只有你刚才说的这些。"

"我当然已经看出了其他诡异之处，"刘定之伸手指向画面底部的剑与枪，说道，"大家看，画面底部的剑与枪，为何交叉在一起？项守斌为什么要这么安排？这里面一定有什么线索。"

"的确奇怪得很，"巴特尔兴奋地指着画面说道，"而且你们看，这支枪竟然和剑一样长，按常理说，枪要更长一些。"

刘定之摸了摸下巴，心中一动，说道："有没有可能那根本就不是一支枪，而是一支毛笔呢？奇怪，奇怪……"他皱着眉头想了一会儿，陡然间哈哈笑起来，把众人吓了一跳。只见刘定之得意地说道："我想起来了，虎丘中的古迹中，有一处叫作'试剑石'，那块石头中间有一道裂缝，就如同刀剑劈开似的，画中那块石头上插着一把剑，岂不正是试剑石吗？"

"那旁边的那支枪呢？"汪力塔问道。

"那不是枪，而是一支毛笔，"刘定之说道，"你们仔细看毛笔的笔尖，正顶在石壁上，顺着笔尖，可以看出这是'虎'字上面的部分。这正是虎丘山中颜真卿亲笔题字的刻石！传说颜真卿在石壁上留下'虎丘剑池'四个大字，至今仍然能够看到！"

"有道理！"沈是如喜道，"只是不知为何要把毛笔和剑交叉在一起呢？"

刘定之沉吟道："这我就想不出来原因了，老吴，你确定自己的复原没出任何差错？"

吴墨林两手一摊，一脸不耐烦道："刘大师，你若是有本事复原，自己来便是了，说这么多又有什么用呢？"

金农叹了口气："总而言之，就目前掌握的线索来看，这张画中所描绘的，无疑正是虎丘山的地貌。画中有米芾、唐寅、项守斌三家画风，另有一把剑和一支笔交叉在一处，不知是什么意思。一定是项守斌有意为之。"

这时，傅纶在一边咳了一声，说道："各位，鄙人可以提供一些想法，权当抛砖引玉。"

"傅兄快说。"金农喜出望外。

傅纶说道："你们也都知道，我是石匠出身，因此对各地名胜中的摩崖石刻颇为熟稔。虎丘中文人留下的石刻文字遗迹有三四十处之多，其中就有米芾、唐寅、王羲之、颜真卿等著名文人留下的。图中仿造米芾、唐寅的山水画，是否代指虎丘中两人的题记文字呢？"

众人眼睛一亮，都觉得傅纶所说的线索极有用处。金农点了点头，说道："傅纶兄所言有理，只是……傅兄还记得米芾和唐寅留下的石刻文字是什么吗？"

傅纶摇了摇头说道："这我可就不记得了，只有到虎丘现场查看方才知晓。"

"得！还等什么呢，咱们这就准备去虎丘吧！"汪力塔来了精神，大声道，"算起来，我们去过了西湖、鸡冠洞、独乐寺和渔阳山，虎丘算是第五处了，好饭不怕晚，更好的东西一定是留在后面的。"

"事不宜迟，"吴墨林点点头道，"只怕这棺画上的线索被董家村人泄露出去，有人与我们争抢，咱们还得抓紧时间，尽快去虎丘探探究竟。"

五、陈青阳生弃意

报府衙开棺掘董墓，望太湖提剑刻愁诗

却说吴墨林等人从地道遁逃之后，董家村可算是炸了锅。老族长将董超骂了个狗血喷头。一想到本已到手的十件董其昌伪作竟全部被骗走，老族长气得心颤肝摇，一连几天彻夜难眠。族中几个长老也都埋怨族长处事不周，办事不力。几个岁数大的老者越想越气，不顾族长劝阻，竟将此事上告当地县衙。只说盗墓贼偷走董其昌墓中十件书画精品，请官府帮忙追回祖先遗物。

当地县令命典吏前往董家村查案，并收取物证。董超将先前从吴墨林等人身上搜取的牛尿脬、腰牌等物交给典吏。典吏将物证带回县衙给县令过目。谁知县令几年前曾在大内乾清宫做过笔帖士，亲眼见过皇宫侍卫身上的腰牌。县令暗自怀疑董其昌墓被盗和当今皇上或许有什么干系，他愈想愈是心惊，于是将此事上报府衙。

苏州知府陈鹏年也觉得这腰牌是个要命的物件儿。陈鹏年心想：怕不是当今皇上缺钱缺疯了，抄活人的家还不够，竟打起了死人主意？传说三国时期的曹操曾设发丘中郎将之职，指使专人盗墓敛财，以资国库，胤禛不会也这么干吧？若果真如此，就绝不能将这块腰牌公之于众。但若是皇上的侍卫私自盗墓，与皇上并没有直接关系，那就不能放任这伙盗墓贼不管。思来想去，心中也没个决断。忽然他记起一件事来——皇帝身边的红人李卫近日正住在苏州府衙之内，何不去找他商量此事？

原来，李卫奉胤禛之命迁官南下，赶往云南盐驿道任职，正路经江苏。江苏是赋税重地，又有不少八爷党成员盘踞在此。胤禛命李卫途径江南时顺便去一趟苏州，虽无查验考核之名目，实际行的却是"探访使"之职。李卫这几日恰好住在苏州府衙之内。陈鹏年亲自拿着腰牌，去请李卫过目。李卫细看腰牌，只见上面赫然刻着"一等侍卫巴特尔"几个汉字，顿时大吃一惊。

就在几个月之前，巴特尔等人失踪的消息传回京城时，李卫还以为这伙人在寻宝途中遭遇不测，颇为此叹惋感慨一番，没想到这个家伙竟然还活着。得知巴特尔在董家村的行径之后，李卫心中大怒——同样是胤禛的家奴，自己拼死拼活为胤禛卖命，巴特尔却不顾廉耻，为了私利叛变，干起盗墓寻宝的勾当。他又记起临行前胤禛对自己的叮嘱："朕要用你做大事，首先要将你外放出京，让你到地方长长见识，历练一番，你不要辜负了朕对你的厚望。"李卫对皇上感激涕零，立功心切。他心中越是感念胤禛的恩情，就越是痛恨巴特尔的背叛之举，于是暗自发誓，一定要全力擒拿巴特尔，做完此事，再南行履职。

很快，一队官兵入驻董家村，士兵们奉李大人和知府大人的手谕，掘开了坟墓。董家村男女老少被官兵视作"杂色人等"阻挡在墓地几十丈开外。村民们惊惧不已，远远看着董其昌的石棺材被士兵拖出地面，搬上牛车，拉入县衙。

董其昌墓被盗一事，终于大白于天下。族中当初主张报官的几个老人垂头丧气，到了此时，心中方有后悔之意。他们当初报官的时候，本来指望着将那批假画追讨回来就罢了。如今看来，假画能否追回来尚且未知，祖先的坟墓倒是彻底遭了殃。况且墓中书画被盗的消息传出去，很可能使得十张假画名声大噪，古董掮客们反倒相信盗墓贼手中的假画是真迹，这岂不是便宜了那伙盗墓贼？

眼见着府衙的官兵们在董家村出出进进，老族长心痛之余，兀自纳闷儿——按常理说，董家村的事情应该由县衙处置，怎么会惊动了知府衙门？难道知府大人陈鹏年是自家老祖的狂热信徒，非要彻查此事为董其昌报仇不成？

李卫亲到县衙，围着石棺材转了几圈，眉头紧锁，满腹疑云。他从来没有见过这样花里胡哨的棺材。他回忆起汪力塔曾经讲述过的项守斌的故事，盯着棺材上的彩画，心中渐渐有了计较，于是对身边犹自疑惑的知府和县令说道："请为我找几个本地知名的文人，须得是熟知画史、书史的那一类人。"

见李卫一脸严肃，满面阴云，陈鹏年心知此事非同小可。在陈鹏年和县令的紧急召集下，渔阳山附近几个有名的文人受到邀请，集合于县衙之中。

李卫对几个人拱了拱手，阴着脸说道："在场的都是本地知名的饱学之士，不瞒众位，这棺材上的图案藏着一些秘密，画中大概藏着一处地点，哪位要是能解得出来，我便向皇帝举荐他考选博学宏词科，另有百两黄金相赠。若是解不出来，我便送你们一人一块匾，上面用红漆写着'浪得虚名'，然后将这块大匾挂在你们各家门口。"他顿了顿，脸色更加冷峻，说道："本官随身带着天子令箭，说到便会做到，绝无半句戏言。"

一众人听得愣在当场。陈鹏年早就知道李卫行事粗鲁，不合常理，官员们私底下给他起个外号叫"李疯狗"，今日见其行事，的确名副其实。

李卫说罢，转头看向陈鹏年和县令，锐利有如鹰隼一般的目光盯得陈鹏年浑身一阵瑟缩。陈鹏年挤出一个殷勤的笑脸，低声问道："李大人，还有什么需要下官去办的？"

李卫板着脸说道："两位大人也是读书人出身，尽可帮忙看看这棺材的蹊跷。"

陈鹏年与县令点头哈腰，只能照办。

却说盗墓那一晚，陈青阳本以为自己这伙人可以轻松制服盗洞之外的汪力塔和金农，谁知对方请来了一批帮手，丝毫未占到半点儿便宜。王老七为了保护李双双，肩头被一个瘦子用石锤砸中，鼓起一个大包，至今仍未消肿，短时间内是没法儿投镖了。自那之后，他们只能隐藏起行迹，在董家村附近窥探监视，伺机而动。又过了几日，陈青阳正待进村打探消息，却见官兵前来掘墓开棺，搅得董家村一片鸡飞狗跳。陈青阳问了村民，这才知道吴墨林等人早已逃之夭夭。

陈青阳呆坐在太湖岸边，举目远眺，太湖水域辽阔，一望无际。天边的乌云如同凝结的墨团，笼罩在这烟波水泽之上，突然觉得心灰意懒。他缓缓垂下头，盯着眼前布满孔洞的湖石发愣。湖石上的孔洞密密麻麻，相互通连，几只蚂蚁在孔洞之间穿行往来。陈青阳觉得自己就像那些蚂蚁，左冲右突，进进出出，迷失在复杂多变的路途之中，永无出头之日。太湖水面烟波浩渺，一望无际。他又想起元代画家倪瓒泛舟太湖，无视名利的潇洒自适，暗笑自己斤斤于功名利禄，终究变成了一只爬上爬下，团团打转的虫蚁。

他起了诗兴，于是解下腰间佩剑，寻了一处平坦的湖石，刻下一首诗：

苦忆云林子，（倪瓒号云林子）
风流不可追。
明朝散发去，
弄棹泛天涯。

他正沉浸在愁绪中，忽听得背后有人道："陈大哥的诗真好。"

陈青阳扭过头来，见是李双双，一脸怠懒地苦笑道："二娘来的悄无声息，身手当真了得。"

李双双脸色一红，低下头来，说道："这几日见陈大哥意气消沉，双双心里总是有些担心。陈大哥，您真的……不想继续做下去了吗？您一身的本领，才气过人，胆略卓绝，难道就甘心散发弄棹，泛舟天涯？"

陈青阳心中如一团乱絮。他突然有些讨厌面前这个多管闲事的女子。八爷党大势已去，就算他们做成了此事，得到了全部宝物，也只不过是在颓势中替主子挽回一点好处罢了，除此之外，也只不过是成全了自己忠诚仁义的名节。有时候陈青阳甚至认为自己应该换一个主子，不能在八爷这一棵树上吊死。但这样的话，他又怎么能对李双双说出口呢。

李双双见陈青阳面色沉郁，并未答话，便走到陈青阳身边，挨着他坐下来，又保持了微妙的距离，踌躇着说道："陈大哥，我们毕竟受过八爷和九爷的恩惠，无论如何，总该把该做的事情做了，也算还了他们的知遇之恩……"

陈青阳僵硬地点了点头。

李双双鼓起勇气，继续说道："等我们替八爷和九爷做完了这一件事，将宝物交给八爷他们，替他们的后人留一条后路，以后如何，就不是我们能掌控的了。到那时，我们俩一起泛舟天涯，游荡江湖，也算心无愧疚了。"

她说到"我们俩一起"的时候，声似蚊蚋，心中突突乱跳。

若是往日，以陈青阳之聪敏，自然能觉察到李双双的意思。但他此刻心中烦乱,尚且沉浸在自己的诗句之中,并未察觉到李双双的表白。他只是敷衍地点了点头。

李双双心中一阵欢喜:陈大哥愿意和自己在一起!她低下头,纤纤素手局促无措,摆弄着衣角露出的线头。此刻,李双双感觉周遭的空气似乎都凝固了。她心想:大概陈大哥就像自己一样,既激动又害羞,不知道说什么好吧!是的,陈大哥虽然英雄无敌,但对于儿女之情,原来也是个害羞的人儿……

"眼下我们虽然断了吴墨林等人的线索,但可以从官府这一条路试一试,"李双双好不容易打破了沉寂,说道,"咱们八爷党树大根深,八爷、九爷和十爷的门生故吏遍布江南,难道在此地就找不到一两个能通气的人,探听到府衙的内部消息?"

陈青阳心不在焉地"嗯"了一声,说道:"眼下也只能从这一条路着手了。"

第十四章
师徒重逢

一、回师门

泊舟安顿虎丘山下，雇船急行苏州城中

时近中秋，北方暑气渐消，但江南依然湿热难耐。太阳升起之后，迅速变得闷热起来。天光阴翳，铅云连绵，天地间仿佛被一顶巨大的蒸笼大盖捂住，湿热的空气被急剧压缩，令人喘不过气来。

马船在河道中快速前行。众人在船舱中憋闷难耐，纷纷到甲板上透气。汪力塔索性将上衣脱了，露着乱蓬蓬的胸毛，挺着黢黑的肚腩，也不顾沈是如的白眼，一边摇着扇子，一边对身旁的金农说道："老金，南方太热了，这种热又不是北方那种爽爽快快的热，闷得人喘不过气。你们蠡社在北方有分支吧？我以后申请到北方去做个头目，俺这身子，真受不了南方的热气。"

巴特尔呵呵笑道："你才进了蠡社几天？就想着做一个头目了？"

"就凭咱们立下的功劳，蠡社理所应当给咱每个人都封个官，尤其是鄙人我，这藏宝图最初的线索，就是从我祖上得到的。"汪力塔放大了声量，

"就算是给皇上当差，立功以后还得给个官做呢。"

说到"给皇上当差"，巴特尔想起自己的腰牌还在董家村人的手中，心中有些惶恐不安，说道："先别想那么远，眼前的事情就够让人烦心了。你们说，董家村会不会报官呢？我们的事情该不会暴露吧。"

金农安慰道："我已经派出人去打探董家村的消息了，不过就算董家村的人报官，官府的人一时半会儿也解不开那迷局。"

吴墨林附和："况且寻常人看到那口花里胡哨的棺材，只会觉得奇怪，怎么会想到其中隐藏着宝藏的线索？就算万一我们的身份暴露了，等到消息传到京城皇帝的耳朵里，至少要个把月的时间，到那时，我们早就把宝藏找到了。"

金农点了点头："话虽如此，但我们的行动能快一些还是快一些，迟则生变。"

"我有个疑问，憋在心里许久了，"刘定之用手帕擦了擦汗，有些犹豫地说道："实际上，我们曾经找到的，以及将要去虎丘寻找的古书画，全部都是鸥社的藏品。按道理来说，飝社与鸥社同出一系，宗旨相似，都是为了存续古物，保留文脉。我们是不是应该将真迹复制之后，留下摹本，再将原作奉还鸥社？"

"老刘，你这操的是哪门子闲心？"汪力塔嘟囔道，"谁让他们自己看管不善呢？既然鸥社的人找不到，就不要怪飝社的人替他们收了这些宝贝。"

金农闻汪力塔之语，脸色数变。他拍了拍刘定之的肩膀，说道："定之兄是磊落君子，所思所念均是光明伟正之事。只不过我们对鸥社的情形一无所知，就连谁是鸥社的成员都不知道，还怎么送还真迹呢？"

吴墨林斜眼看着金农，一语不发。

"说起来，我倒是见过不少描绘虎丘的山水画，"沈是如岔开话题，说道，"虎丘自古便是文人钟情之地，号称吴中第一山。苏轼也曾说'到苏州而不游虎丘，乃憾事也'。可见虎丘在历代文人心中的地位。文人画家因此而钟情于虎丘者，不在少数。明代的沈周、谢时臣也都画过虎丘图。晚明画家陆治有诗云：'方外标灵境，寰中揽秀图。'一想到虎丘就在前面，无数名士的石刻就在山中，是如真的是兴奋莫名。"

若是这段话从刘定之口中说出，吴墨林一定会觉得对方是在掉书袋，但从沈是如口中说出，却使吴墨林生出欣赏之感，他及时地拍起了马屁："我发现沈姑娘即便是游山玩水，也和寻常人不同。一般人只是看个光景儿，凑个热闹，沈姑娘见景生情，想起来的是前人的诗词书画，寻觅的是历史的遗迹，这等怀古幽思，真令在下心生敬佩。"

沈是如脸上现出一抹羞赧的笑意，刘定之心下感慨：是如啊是如，如此做作和刻意的奉承话难道对你也会起作用吗？人们都说"千穿万穿，马屁不穿"，真乃至理名言。他不由得暗暗叹了口气，举目远眺，却见远处一座小山孤零零矗立在平原之上，随着马船的行进，小山的轮廓越来越清晰。

"那就是虎丘。"金农指着那座馒头状的小山包说道。

"大名鼎鼎的虎丘原来就是这么个样子，看起来没什么出奇之处呢。"沈是如感叹道。

到了虎丘山脚下的山塘河。傅纶将马船停在一处稍显僻静的所在。这时候天突然变了脸，天空的阴云越聚越厚，渐有雨滴飘落下来。雨滴越来越大，砸在船头，洇成一个个湿点。很快，雨滴连缀成水帘，自天穹泼洒而下。虎丘虽然近在眼前，但这时候已不适宜上山寻找线索。于是众人商定就在船中歇息，养精蓄锐，明日一早，再上虎丘。

其他人回到舱室中歇息，唯独吴墨林站在甲板上。他望着暴雨怔怔地出神。过了一会儿，吴墨林在船舱中找了一件蓑衣，偏要上岸逛一逛。金农劝他，他却说道："我心里烦，要上岸随便走走，散散心，怎么，不可以吗？"

金农道："兄弟，这都什么时候了，外面天气不好，你就不要节外生枝了，好好在船上休息，明日还要上山做正经事儿呢。"

吴墨林斜瞥一眼金农，说道："别'兄弟，兄弟'的叫得那么亲切，你将觑社的事情瞒我十几年的时候，可曾想到'兄弟'二字？我要去哪里，便去哪里，怎么，你还要把我关在船舱里面不成？"

金农心知吴墨林仍在和他怄气，自知理亏，只好苦笑着说道："你若是非要上岸，不能独自一人外出，为了安全考虑，得安排几个人陪你。"

吴墨林瞪大了他那双三角眼，似乎更加愤怒了，低吼道："你当我是三岁小儿？还是说你担心我逃跑，信不过我？老金，看不出来啊，你这些弯弯绕绕的心眼儿还挺多呢……你时常说自己要追求淳朴古厚的画风，怎么着？画风淳朴了，人品就反着来了？"

金农被他噎的一句话也说不出口，只好摆摆手道："我理亏，我对不住你，你自己下船吧，不过你要注意安全，天黑之前，一定要回来啊！"

吴墨林呵呵冷笑道："行啦行啦，我又不是三岁小儿，你放心就是。"他扔下这两句话，披着一件蓑衣，扭头下了船，径自走远了。

金农站在甲板上，眼见吴墨林沿着河岸走远，消失在迷蒙的雨帘之中。进虎丘山的路只有一条，全在金农的视线之内。只要吴墨林不上山，就说明他没有存着捷足先登的意思。金农松了口气，撑开一把油纸伞，坐在甲板上，盯着虎丘山门的方向，静静等待吴墨林回来。

众人知道吴墨林上岸散心去了，也都觉的情有可原。毕竟吴墨林被金农隐瞒了这么久，现在一身怨气，实属正常。只有刘定之突然想起了什么，他清楚的记得吴墨林曾在董家村说过，吴墨林的师父正住在苏州。刘定之刚冒出这个念头，恰巧巴特尔前来询问古人如何描绘雨景，于是转了心思，专心去应付徒弟的问题了。

却说吴墨林越走越快，确信自己离开金农的视线之后，寻到一艘载客的乌篷船，摸了半两碎银子交给艄公，吩咐道："我要去苏州城内桃花坊，越快越好，若是半个时辰内能赶到那儿，我再给你半两银子。"

有钱能使鬼推磨，苏州城内水网密布，艄公拼了命摇橹，不过一炷香工夫，便到苏州城中。吴墨林额外付了艄公半两银子，叮嘱道："再过半个时辰，我还坐你的船回去，你停在附近便可。"他理了理衣衫，抖擞精神，披了蓑衣，登上岸去。

他要找的正是师父的家。

他环顾四周的街道楼阁、行人车马，一切仿佛还是二十多年前的样子，但似乎又有些不一样。他循着记忆，来到一处宅院门前，叩响了门扉。

一瞬间，吴墨林记起很多事情。就在二十五年前的一天，就在这一处宅子之内，他的师妹变成了他的师娘。当时自己想不通师妹为何跟了师父，多年以后才明白过来，自己当时只是个十六岁的少年，论起追求女孩儿的伎俩，怎会比得上三十五岁成了精的男人呢？

周游和罗兰成婚以后，吴墨林就离开了苏州，去往扬州开了个店铺。但在那之后的无数个夜晚，他总会梦到师父当年手把手教自己和师妹刷糨糊、补破画的情景。他不愿这些场景出现在自己的梦中，这些梦只会让他更加伤心和愤怒。

自那以后，吴墨林为了忘记师父，忘记师妹，一心全扑到修复的手艺中去了。他觉得这个世界上最可靠的是自己的马蹄刀和鬃刷。他的修复技艺变得炉火纯青，造假技术已经无人可及，但内心却是冷寂的。这个世界能够吸引他的，除了钱，就是造假的快感以及身在行业巅峰的自豪。

但时间会改变一切。到扬州几年之后，吴墨林认识了金农，二人引为知己。过了几年，吴墨林少年时的心灵创伤慢慢弥合，但也变得更加世俗、油滑和狡黠。直到他开始和刘定之四处奔波，为皇帝寻找宝物，结识新的朋友，经历各种艰难险阻，在鸡冠洞内与汪力塔等人结拜，后来又收了巴特尔做徒弟，他变得更加忙碌，不再觉得孤独，梦中也再未出现师父和师妹的身影。

遇到沈是如，他似乎又重新找到了年轻时心动的感觉。吴墨林觉得自己的春天又回来了，虽然来的有些迟，有些慢，但好歹是来了。在董家村，他和沈是如等人被关押的时候，虽然命在旦夕，但并不觉得害怕。他们互相吐露过去的不堪，诉说人生的执念，他觉得那时的心是温暖和有所慰藉的。

然而，他与刘定之等人好不容易逃出董家村后，听到金农那段谈话，吴墨林再一次感觉自己被欺骗和利用了，孤独感重新侵蚀了他的内心。他这辈子最亲密的朋友原来一直在戏耍自己，一直看不起自己！彼时的震惊和心痛，就跟二十多年前师父通知自己要和师妹拜堂成亲的感觉一样——那是被最亲密的人背弃时的委屈和愤懑。

二、师徒合谋

一别廿载故人相见，三言两语师徒定谋

吴墨林敲了一阵门，无人应答，暗暗叹了口气，自忖时间过去这么久了，恐怕师父和师妹早就不住在这里了。

他正欲转身离去，"吱呀"一声，门开了。开门的是一个年过四十的女子，两个人互相盯着，半天才认出对方。

罗兰惊叫一声，差点把伞丢到地上，扭头便喊："老周，快过来看呐！看看谁来啦！"

周游趿拉着一双布鞋，从屋里走出来，见是吴墨林，也愣了半天。罗兰忙关上大门，将吴墨林拉入堂屋内。吴墨林看着罗兰牵住自己衣袖的手——这双手早已不如二十年前那般白嫩纤细，看来岁月不饶人，师妹真的已经老了。

三人围着一张桌子坐定，相顾无言。周游为吴墨林倒了杯茶，将茶杯缓缓推到吴墨林面前。这是一杯极浓的茶。吴墨林端起茶杯，啜了一口，开口道："师父，你还是和二十五年前一样，把红茶和普洱兑到一起喝。"

周游说道："是的，和以前一样。你也知道，我把红茶和普洱混起来煮成汤汁，目的是为了将纸染旧。喝茶嘛，只是顺带着的事情。"

眼前的茶汤还是二十五年前的味道，吴墨林心中一时间五味杂陈，但一想到当初师父和师妹成婚之时卿卿我我、甜甜蜜蜜的场景，他的心又硬了起来。

吴墨林慢慢端起茶杯，又喝了一口，对周游露出僵硬的微笑，这是他在京城时经常对同僚露出的微笑。他告诫自己，此时此刻他和师父、师妹之间只有生意关系。他缓缓道："师父，我有一桩天大的买卖送在你面前，要不要和我一起干一票？"

周游一脸错愕，几十年不登门的徒弟，刚见面竟然要跟自己谈生意？

罗兰在一旁嗔怪道："墨林，你二十五年没来看我们，一见面就聊这个？你这些年……过得还好吗？"

"我这二十多年过得如何，现在没工夫细说，"吴墨林见窗外雨点密布，天色渐暗，语气中带了几分急切，"时间紧迫，我在今晚苏州城门关闭前还得回去。接下来我长话短说，告诉你们这一单生意的来龙去脉。"

吴墨林简要地将事情的大体情形讲述了一遍，周游和罗兰听得双眼圆瞪，心中剧震。最后说到虎丘山中藏宝之事，周游更是惊讶得无以复加。

"既然你们已经约定去虎丘搜查董其昌藏画的下落，你又找我这个老头子做什么呢？"周游问道。

"我要你帮助我，把这虎丘山中藏匿的书画取走。我要自己找到虎丘的所有藏画。"吴墨林丝毫没有半分犹豫地说道。

"你的意思是说……你要背叛你的那些朋友？背叛那个蠡社？"周游皱起眉头，"你为什么要这么做？"

吴墨林一时语塞，又想起金农讲述蠡社时侃侃而谈的表情，那表情现在对于他而言充满了虚伪。他叹了口气，答道："我被人利用了十多年，你说我背叛他们，但他们又何尝对我付出过真心？我不过就是个工匠而已，工匠本来就不该和那些文人为伍，工匠本来就不该奢谈什么道统文心……工匠就该为了自己去活。"

周游欲言又止，罗兰却忍不住说道："虽然那位金先生的确对不起你，但你这么做，是不是也有些过分？"

"我怎么了？我又没有想让他缺条胳膊少条腿！"吴墨林突然提高了音量，"我只要拿到这全部的董其昌珍藏，然后，我就可以据此摆布金农！我最后可以把这些宝物送给他，也可以不送他。我也没打算自己独吞，我最希望的，还是将找到的宝藏按最初的规矩分成。当然了，最后怎么处置这些东西，还要全凭我的心情！我要让他们都知道，他们一向瞧不起的匠人，最后可以决定这件事情的结果！"

"你这又是何苦呢？"罗兰的声音软了几分，她试图安慰吴墨林，"墨林，你从小气性就大，这么多年了还没改。听我一声劝，别跟他们较劲了，好吗？"罗兰本来还想说"也别跟我们两人较劲了，咱们师门也该团圆了"，但这句话就在她的喉咙里打转，终究没有说出口。

吴墨林将杯中的茶一饮而尽，挑了挑眉毛，说道："我本来就不是什么大善人，当初在鸡冠洞里，就想卷了所有宝贝一跑了事，只不过人命关天，实在过不去心里那道坎儿，才救了他们的命，所以我即便最终取了虎丘的宝贝，就算一点也不分给他们，也不欠他们什么——行了，我已经把事情的经过都告诉你们了。现在，这笔生意摆在你们眼前，如果你们帮我，我便给你们两千两银子作报酬，这些钱是我的毕生积蓄。现在你们不要考虑和我过往的情分，单单从利益方面考虑要不要接下这单生意，行还是不行，尽快做出决断吧。"

周游的神色有些黯淡，脸上皱纹看起来更深了。他想了想，又与罗兰交换了一下眼神，说道："我答应你，其实无论你给不给我这一笔报酬，我都会答应你。只是……我又如何帮你独吞这些古书画呢？"

吴墨林僵硬地点了点头，说道："我不会食言，该给的银子一分都不会少。至于办法，我早就想好了。早在金农告诉我飊社真相的那天夜里，我就已经计划好了。"他抬眼看了看师父和师妹，又露出僵硬的微笑。

很快，吴墨林就将他的计策和盘托出，周游和罗兰听罢面面相觑。周游忍不住说道："我说墨林啊，二十多年了，你的修复技术和作伪的手法不知道有没有长进，但论起阴谋诡计，的确大有进步。为师……为师不知该说什么好了。"

罗兰举起袖子，掩口轻笑起来："这么多年了，你的脑瓜儿还是那么灵光。"

吴墨林看到罗兰袖口处打了一个补丁，环顾屋内，只见周遭陈设朴素平常，心中疑惑：难道这些年师父没有赚到什么钱？以师父的本事，不该如此啊！他本欲问一问对方二十年来过得如何，又忍着没有问出口。来的时候，他已经决定，只把这一次见面当作与人谈生意，他不愿再触及过往，也不愿再为某些人付出感情。他随即站起身，准备告辞。

"你这就要走了吗？"罗兰问道。

"是的，我该说的都已经说完了，你们也都答应了，是时候回去了，不然金农他们该起疑心了。"

"离苏州城门关闭还有一阵子，"周游用低沉的嗓音说道，他似乎又摆出二十多年前做师父的威严来，"你坐下，跟我说说，你的技术现在到哪一层了？你可曾收过徒弟？可曾有过婚配？在京城的差事如何？在皇宫里看过什么好画？"

吴墨林和周游虽然二十多年未曾相见，但师徒名分仍在。他不能无视师父突然间变得严肃的问话，只好答道："若论修复技术，比起你应该已不分高下；若论作伪技术，我比你应当超出不少。至于徒弟，倒也收了一个，资质非常平庸……"

"如果你们还有想问的事情，等这件事结束以后，再问也不迟，我真的要走了。"吴墨林的手已经按在了堂屋的门闩上，顿了顿，见师父和师妹不再挽留，终于松了口气，推开堂屋的门，走了出去。

来时的乌篷船仍然在不远处的水面上停靠。吴墨林快步走过去，交代了船夫几句，乌篷船随即沿着原路疾行而去。吴墨林扭头向师父家看去，只见罗兰和周游不知何时出了屋子，站在大门口，向自己这边望过来。雨已经变小了，但河面却似乎飘起一层雾气。朦胧中，吴墨林看到周游撑着伞，罗兰挽着周游的胳膊，头轻轻靠在周游的肩头。

"看起来，他们两个的感情很好，"吴墨林暗想，"只是刚才没来得及问，不知他们有没有孩子。"

赶在苏州城门关闭之前，吴墨林从水路出了城门，不一会儿工夫，他便回到了山塘河的马船上。日头西坠，虎丘山渐渐笼罩上一层金色的余晖。金农一直在马船的甲板上等待，见吴墨林安然回归，终于松了口气。

三、假虎丘，真剑池

虎丘山前论说风水，剑池水边参详刻石

第二日清晨，傅纶将马船停靠在虎丘前的山塘河岸边，下船之处即在虎丘山脚之下。众人沿着台阶拾级而上，便见一座巨大的山门横亘在半山腰处。山门口斜倚着两个衙役，正嗑着瓜子唠闲嗑，不时瞟一眼路过的游人。

"事情不太好办了，"金农搔了搔额头，"我只知虎丘是江苏人文重地，却没想到官府竟然派了专门的衙役来看管。"

汪力塔却有些不屑："只不过是两个老杂役罢了，在不在三班之内还是两说哩，你看他们懒洋洋的样子，哪里有精力看管这么大的虎丘山？如果这几个老杂毛多管闲事，我们就揍晕了他们。"

"就数你路子野，"吴墨林挑了挑眉毛，"先不要管那几个杂役，咱们先扮成普通游客，进山找找线索。"

众人继续向山上走去。一路上见到不少游人。沈是如眺望一番，说道："一眼看去，在这虎丘山中游玩的大多是文人打扮。小小一座虎丘山竟然对读书人有这么大的吸引力。"

金农压低声音，向其他人介绍道："虎丘之所以出名，一是靠山中泉石幽奇，意境深邈；二是靠吴王阖闾的显赫名声。"

巴特尔好奇地问道："虎丘怎么会跟吴王阖闾扯上关系？"

"传说整座虎丘山其实就是阖闾的王陵。"刘定之环顾周边的地势，说道，"我不大会看风水，但观此山的体势虽然不算高大，却是方圆几十里最高的山峰。此山西临太湖，东接苏州城，前无援，后无推，孤行独峙，四周有河渠环抱，看样子倒像是个风水宝地。"

吴墨林却摇了摇头道："关于墓地的风水，我略知一二。好的墓地须得前有照，后有靠，也就是说，前面得有水，后面得有山，你看这虎丘，孤零

零一个山包,前面虽有一条山塘河,后面却是一马平川,哪来'靠山'?更何况,吴王阖闾藏于虎丘的传说已经流传了上千年,但谁也没有挖到吴王阖闾的墓。"

刘定之辩道:"在吴王阖闾的时代,风水堪舆之术未必与后世一样。何况吴国当时尚属蛮荒之地,衣冠服饰、丧葬仪轨与中原诸国毕竟不同。"

"说起墓葬之事,恐怕你们都没有我们兄弟两个知道的多,"徐陵笑道,"据说吴王阖闾墓陪葬了几千只宝剑,墓穴就在虎丘的一个水塘底,这个水塘因此得名剑池。但这都只是传说而已。秦始皇嬴政、三国时的孙权都曾经试图发掘吴王阖闾之墓,企图找到那三千把宝剑,但都未曾成功。"

众人一边说,一边顺着山道上行。忽见山道东侧一块大石,外观近椭圆形,中有一道整齐的裂缝。刘定之捻须微笑道:"这块裂成两半的大石头叫作'试剑石',此石中开如截,两个断面笔直光滑,如刀剑劈开一般。你们还记得画中石头上插着一把剑吗?如此说来,这块石头岂不正是画的底部正当中那块石头?"

众人围拢上前,汪力塔用手指抠了抠大石头的裂缝,哂笑道:"什么'试剑石',我看倒不如叫作'光腚石'。中间那道缝子,岂不正是腚沟子吗?"

众人忍俊不禁,刘定之摇头道:"你也太煞风景了。你可知围绕这块石头,古人留下多少诗作吗?传说这是吴王阖闾试'干将''莫邪'两柄名剑,劈石而成。古人于此多有感慨,宋人周弼作诗云:'吴王铸剑成,自谓古难比。试之高山岭,不裂断横理。'我只是读过这首诗。今天亲眼看见,原来真正的试剑石是这等模样。"

汪力塔撇了撇嘴,说道:"干将、莫邪我是知道的,难不成这两把宝剑也被吴王藏在虎丘山中?"

众人正对着这块试剑石指手画脚之时,又有数位文人打扮的游客围拢上来,也来观赏这块奇石。吴墨林见周围人渐渐多了起来,笑道:"文人传说,做不得真的,我们且继续上行吧。"

众人又沿着山路上行,经过真娘墓、孙武亭,又走过千人石、二仙亭等古迹。其中多处古迹均能与董其昌墓中彩画中的细节一一对应。众人按图索骥，以实景印证图画，兴致益然，不亦乐乎。

又经过一道月洞门。此处古迹更多，路旁山石上凡有平坦之处，皆留有古人石刻。有一块巨大的石壁立在月洞门边，石壁上刻着"虎丘剑池"四个擘窠大字。"虎丘"在右，"剑池"在左，书风浑厚有力，遒劲方正。刘定之快步上前，摩挲着石头上的字迹凹痕，一脸激动地说道："传说这四个字出自唐代大书法家颜真卿的手笔，但由于年代久远，'虎丘'二字风化剥落，漫漶不清，因此明代人重刻虎丘二字，与'剑池'旧刻石并列于此。因此素有'假虎丘，真剑池'的说法。"

正在刘定之侃侃而谈之时，却见月洞门旁有个蹲坐着的老者站起身，施施然走到近前，一边用指尖剔着牙花子，一边说道："这位朋友说的没错，虽然听你的口音不是苏州本地人，但对这虎丘山上的刻石典故颇为了解。你们仔细看，这'虎丘'二字的凿刻方法和'剑池'很不一样，老话儿说'粗大明'，明人的刻法显然更加粗糙一些。这四个字，确实是两个时代的东西。"

"老人家，您是？"金农拱了拱手问道。苏州有不少喜爱文物的好事者，在此地遇到一位，众人也并不觉得奇怪。

"我呀，只是个年老体衰的小吏罢了。最近几年，总有人在这虎丘山中乱写乱画，私自凿刻石头，因此上面派我守在这里，守着这些金石古迹。"那个干瘦的老者笑了笑，指了指马褂上磨洗得快认不出来的"吏"字。这老者似乎是个自来熟，又说道："说起这'虎丘剑池'四个字，单从字体的架构来看，也是略有不同的。你们看颜真卿这几个字，雄强之中不失生动流转之气，这是后人难以模仿的……"

老吏的唾沫星子四处飞溅，兀自滔滔不绝说个不停。金农身后的傅纶忍不住打断了他："这位老先生，我之前也曾数次来到虎丘，为何没有在这里见到您呢？"

老吏答道："老兄有所不知，鄙人先前在虎丘山上负责监管塔庙楼阁的修缮营造。你们看到山上那座斜塔了嘛，前几年官府下了不少本钱，要把它修正了，老头子我就是监工。后来工程的难度实在太高，也就不了了之，那座塔仍然是斜的。哎，白花了多少冤枉钱……再后来，又派我去寺庙里监管营造佛像的事情。总之虎丘山上许多鸡零狗碎的事情都由我来监管。前些年总是在山上的寺庙中办差，因此你看不到我也是正常的。现在我年老了，就向长官申请在这虎丘山中做个古迹的看守员，防备游人在石壁上私刻文字，你们不知道，我们苏州人别的不喜好，只喜好到处题字刻石……"

傅纶疑道："我看山门已有两个衙役，为何山上又增设一个？"

老吏露出轻蔑的表情："那两个杂役是衙门三班里品级最低的两个，连皂隶都及不上。我和他们不一样，我曾给学正大人做过书手，也读过两天三坟五典，多少算个读书人。在这虎丘山中，大大小小的事情，我都管的着！"

这老吏非是旁人，正是吴墨林的师父周游假扮的。周游侃侃而谈，别人问一句，他回十句，那喋喋不休的样子令金农想起独乐寺中的一超法师。

过了好一会儿，周游直说得口干舌燥，吴墨林悄悄给了个眼色，周游便转身溜达到别处去了。沈是如苦笑道："都说苏州是人文荟萃之地，没想到一个老吏也懂得这么多。"

"江南的读书人太多了，考中功名的毕竟是少数，很多读书人最后只能做了小吏或者幕僚。"金农见那老人远去之后，方才对众人解释道，"山门有杂役，山上有个老吏，一路上又有这么多文人闲客，咱们若要在这座山中大动干戈，怕是千难万难啊。"

众人士气低落，行步也变得缓慢起来，转过"虎丘剑池"的刻石，便是一处由西南向东北倾斜的巨大磐陀石。石呈绛紫色，平坦如砥，宽达数亩。举目之间令人顿感境界开阔，气势宏伟。刘定之环顾四周，一拍脑门，恍然道："这里是'千人石'，因可容千人，而得名！此处风景，在那张复原图中，亦有所描绘！"

众人在千人石上转悠了一阵子，又向前行，走到一处水池旁边。此地幽僻清静，给人一种阴森萧然的感觉。水池周围石壁合抱，池底以大石累叠而成，甚是平滑。金农道："此处应当就是闻名遐迩的'剑池'了。"

沈是如环顾剑池，只见周边巨石上都有隐隐约约的凿刻痕迹，不禁感慨："好一座虎丘山，处处有古人的遗迹，每一块石头，每一处景点的背后似乎都有一个故事。"

刘定之指着剑池岸边另一处峭立的石壁，说道："沈姑娘所言不虚，这里的遗迹多不胜数。你们看，那块大石上镌刻着'风壑云泉'四个大字，据说这四个字，出自宋四家之一的米芾之手。"

他指着池底又说道："我曾在明人笔记中得知，此处便是吴王阖闾墓葬的入口。"

"秀才不出门，便知天下事，刘先生虽是北方人，对江南名胜也如此熟稔。"金农赞道，"您说的不错，不少人曾经怀疑剑池便是阖闾墓的入口。说起来，最早提出此说的是唐伯虎和王鏊。据说有一次唐伯虎和王鏊同游虎丘，正赶上那一年剑池干涸，他们发现了剑池底一处三角形洞口，怀疑是吴王墓的入口，并将此事上报苏州官府。官府反复勘察，终因无所发现而草草收场。"

"当年唐伯虎和王鏊游历虎丘的时候，曾在剑池岸边的峭壁上留下了石刻题记，"傅纶指着水池边的一处平滑的大石，"你们看，那不正是唐寅和王鏊同游至此的证据吗？"

众人顺着傅纶指引的方向看去，果然看到靠近水面的一处石壁上凿刻着数列文字，记载着唐寅等人于明正德七年游览虎丘时发现剑池水底三角形洞口的经过。

"这地方阴森森的，似乎没什么可看的，"吴墨林督促道，"我们快去别处再瞅瞅吧……"

四、是敌是友

试剑石缝探宝无果，乌篷船舱突遇故人

路过剑池，便是云岩寺、望苏台、万景山庄。众人一路走走停停，大概过了两个时辰，渐觉疲累。等到转遍了整座虎丘，方才发觉虎丘山被一条环山河渠包围。河道上又设两座桥梁，但山北的那一座桥梁现已坍塌，正在维

修。若想从虎丘山走出去，只能沿原路下山。

刘定之将他见过的所有古迹在脑中重新过了一遍，试图将实景与棺材上的图画相互勾连，并从中寻找线索。"阊闾、颜真卿、唐寅、米芾……"刘定之口里念叨着，眼睛渐渐亮了起来，"以唐寅画风绘就的山石林木代表的正是剑池边唐寅留下的题记；米点法画出的部分正是指米芾所题'风壑云泉'四字刻石！此外如千人石、试剑石、颜真卿题壁刻石，均在复原画中有所呈现。棺材上彩画中所描绘的每一件景物，皆有所指。"

"但宝藏究竟藏在何处？"巴特尔问道。

刘定之环顾四周，待身边的几个游人远行后，压低声音道："拓文的最后一句是这样说的：'考诸画史，前代大师品次错乱，众说纷纭。后世人如乱花迷眼，难得真谛。画派之争已历千年，各说各理，聚讼纷纭。高低次序，难以决断，余以为学画者必得于乱序中寻其不乱者。兼顾两极而得其中，方有大成。故得中庸者，方为透网鳞也。'你们难道不觉得最后这一段话有什么奇怪之处吗？"

"的确很奇怪，"金农道，"董其昌一直是南宗画派的拥趸，向来看不起北宗画，他怎么会说出兼顾两家之长的话呢？而且董其昌在他传世的文章里对历代画家孰优孰劣一直持有非常坚定的态度，到这里怎么就变成'品次错乱'了？"

江力塔说道："这有什么奇怪的呢？但凡是个人，想法总会变的。说不定董其昌临死前想法就改变了呢，他又是好面子的人，不愿公之于众，只能刻到棺材板儿上去了。"见巴特尔和吴墨林微微点头，汪力塔受到鼓舞，继续又道："人在临死的时候往往都会改变想法，我爹临死的时候就突然转了性，劝我多读些书……"

"一派胡言，"刘定之毫不客气地打断了汪力塔，摇了摇头，并不太确定地说道，"我认为董其昌之所以说出这样言不由衷的话，只是因为他意图留下宝藏的线索，故意说出这样的话罢了。你们再仔细体会一下他说的那句话：'必得于乱序中寻其不乱者，兼顾两极而得其中，方有大成。'这是什么意思？兼顾两极而得其中，是不是指画面中心处的古迹？"

刘定之越说越快:"从复原图来看,画面中心处的古迹无非有两处,一是试剑石,二是千人石,但千人石过于宽大,而且稍微偏斜。试剑石的位置恰好在画面正中,难道……宝藏藏在试剑石那里?可是……不会这么简单吧……"

汪力塔扭头就向试剑石的方向飞奔而去,却被傅纶一把拽住。傅纶虽然羸瘦,臂力却极大,将汪力塔扯的一个趔趄。汪力塔瞪着眼叫嚷起来:"你要干什么?"

傅纶道:"你们被盯梢的次数还少吗?这一次不能露出马脚,得装作游人,慢慢踅到试剑石那里。"

汪力塔叹息了一声,无可奈何地盯着傅纶钳子一样的手,只好顺从。一伙人踅着步子,装作闲适的游人,再次返回试剑石的位置。

众人围着巨石转了几圈,未发现异样之处。汪力塔蹲下身子,伸出手指去抠那石头中间的裂缝。他手指粗壮,勉强插进裂缝之内,却塞在缝隙中拔不出来。无奈之下,只好向裂缝中吐了几口唾沫,发出蛮力,将指头拽了出来。

巴特尔寻了根小树枝,在石头的裂缝中又捅又抠,仍旧一无所获。汪力塔性急起来,在地上拾起一块大石头,一脸狠戾之气,怒道:"待我敲碎了看看里面到底是啥!"说着就要往试剑石上砸过去,刚刚抬起胳膊,傅纶抬手便掐住汪力塔的手腕。汪力塔吃痛,叫嚷起来:"傅老头儿,你是和我过不去吗?"

傅纶捏着汪力塔手腕的力道丝毫未减,低声道:"别毁了古物,记住,你是飆社的人。"

汪力塔只好垂下胳膊,扔了手里的石头。傅纶蹲下身,轻轻用指关节叩击试剑石,屏气凝神听着叩击发出的声音。他将这块巨石敲了一个遍,然后摇了摇头,说道:"试剑石内是实心的。"

一边的徐陵说道:"会不会在试剑石底下的泥土中?我们不如将试剑石挪个位置,把底下的土挖开看看。"

"这块石头怕不是有几万斤重,哪里那么容易挪窝儿?"金农摇了摇头道,"况且此处正在上山路上,游人来来往往,人多眼杂。我们大张旗鼓地挪石头,一定会引起别人注意的。"

"我们还是回去再慢慢想个办法吧,"吴墨林提醒众人,"不要在此处停留太久,惹人生疑。"

"嗯,老吴说的对。我们先回去吧,"金农做下决断,"回去再慢慢想个万全之策。"

众人循着来时路下山,出了南山门,再经海涌桥出山。刚进船舱,却听到昏暗的舱室内传出一个低沉的声音:"冬心先生别来无恙?"

金农大吃一惊,身边的徐陵猛地从腰间拔出短刀,护在金农身前。

此人咻咻笑了几声,丝毫没有怯意。他对金农等人招了招手,说道:"鄙人姓陈,名青阳,江湖上略有些名声,人送绰号'多面鬼才子'。各位不必紧张,咱们其实都是老朋友了。"

金农已经辨认出对面的人正是前几次抢劫书画的领头之人。此人孤身前来,未带一个侍从,金农心中暗暗佩服对方胆略过人。

陈青阳带着几分戏谑的语气说道:"怎么?大家为何僵在这里?放轻松一些,我这一次并非是要与你们为敌。我此次过来,只是想与你们谈一谈罢了。"

却见金农躬身向陈青阳拱了拱手:"不知陈兄有何见教。"

"冬心先生的大名陈某人素有耳闻,"陈青阳并未直接回答问题,他笑着将目光又投向吴墨林等人,说道,"这几位仁兄,我也都认识,这位是吴墨林,这位是刘定之,那两位壮汉是巴特尔和汪力塔。哈哈,鄙人对你们的事情,其实了如指掌。"

"你到底是谁指使的?"吴墨林冷冷说道,"你应该早就监视我们了,而且,你绝不是皇帝的人。"

陈青阳露出钦佩的神色,对吴墨林点了点头,说道:"吴大师猜的没有错,早在你买牛尿脖的时候,我就认识你了。呵呵呵,你不必吃惊,也不必知道我的底细。我之前为谁卖命已经不重要了,重要的是现在,我要和你们合作,而不是为敌。"

"合作?你要我们做什么?我们跟你合作又有什么好处?"吴墨林冷哼

一声道,"换句话说,我们凭什么与你合作?"

"凭的是你们当前的处境,"陈青阳微微摇了摇头,一脸关切地问道,"怎么,你们难道还不知道吗?官兵已经进了董家村,董其昌的棺材也被拉到县衙中去了。你们知道是谁在主持此事吗?不是旁人,正是你们的老相识——李卫。我相信,不久之后,他就会解开谜题,把虎丘翻个底朝天。"

"看你们吃惊的神情,大概真的还不知道此事……"陈青阳呵呵笑道,"说起来我算是救了你们一命,若是你们在虎丘找东西的时候正赶上李卫搜山,栽到他手中,怕是要遭殃了啊。"

吴墨林等人面面相觑,不知陈青阳的话是真是假。金农扭头低声吩咐身后的徐陵:"快去探探虚实。"徐陵点点头,转身出了船舱。金农对陈青阳笑了笑,说道:"不知这位兄台想怎样与我们合作呢?"

"你们刚才在虎丘山上搜查了半天工夫,对着那一块试剑石摸来摸去,终究不敢下手,无非是找不到合适的时机,怕引人注目罢了,"陈青阳轻轻拍了拍自己的胸口道,"但是,我有办法通过官府的途径,为你们找个恰当的由头,仔仔细细将虎丘山探访清楚,找出宝藏。"

"你说得轻巧,好像你认识苏州知府似的,"吴墨林撇撇嘴道,"你真有这么大能耐的话,为什么不自己动手呢?"

陈青阳笑着拍了拍巴掌,说道:"吴大师怀疑的有道理。董其昌的棺材现在正在李卫那里,墓室也被官兵把守着,我已经得不到任何关于宝藏的线索了。因此与你们合作,是我眼下最优的选择。"

"你找的官府中人是谁?"刘定之问道。

"我找的人是苏州府学正,学正这种官虽然没什么实权,却主管一地的文教。咱们可以借着整理保护苏州古迹文脉的由头,手持官府明令,到虎丘山上制作拓片。有了这个由头,你们就可以随意搬动虎丘山上的石头了。"

金农点了点头,说道:"那么,陈先生,你与我们合作,想要什么好处呢?"

陈青阳以一种近似玩味的表情看着金农,好一会儿才开口说道:"鄙人无意与你们为敌,要的并不是那些破烂书画。我只要钱。不多,我只要十万两银子。"

五、试探

谈交易讨价无还价，昧银票有心算无心

当陈青阳说出"十万两银子"这几个字的时候，他的脸色瞬间变得阴沉而严肃，他的眼睛也不再闪着戏谑的神采，而是透出幽深和冷酷的光。

金农感觉船舱内的空气刹那间凝滞起来，对方已经清晰地、郑重地提出条件，而且这个条件恐怕没有讨价还价的余地。对方明面上提出的是合作的请求，实际上还带着暗地里威胁他们的意思。他作为巚社当下的主事者，一时之间也拿不定主意。

众人正在惊愕踌躇之间，吴墨林开口说道："鄙人早已听闻江湖上'多面鬼才子'的名号（其实他从没听说过），以前有心结识，谁曾想第一次见面，竟在这种境遇之下。我当然相信陈兄弟的为人，但恐怕其他人并不会轻易信任你。"

金农附和道："陈兄弟，十万两银子可不是小数目。您也知道，我们这些人都是些穷书生，搞写字画画的，哪里比得上做官经商的有钱呢？即便我们砸锅卖铁，拿出这些钱，如何敢保证陈兄弟一定会办成此事呢？"

陈青阳"嘿嘿"冷笑了几声，说道："你们能调集如此雄厚的人力、物力，就别在我面前哭穷了。你们昨夜藏身的泉林庄园，没有五万两银子怕也买不下来吧。你们不相信我，怕我收了钱不办事，这也可以理解。这样吧，我可以分次收钱，事情每有一段进展，你们便给我一部分银子，这样你们总该放心了吧？"

吴墨林双眼放光，问道："怎么个分段法？"

陈青阳道："我已经把李卫发现董其昌墓葬的事情告诉了你们，单单这个消息，总该值两万两银子吧。你们先把这笔钱付给我，随后我会安排苏州

学正下一道正式的指令，写出文书，签上官府的押署。等我把学正的批文交给你，你们再付我三万两银子。最后等你们搜查完虎丘，找到宝贝之后，再付给我剩下的五万两银子。怎么样？我的提议够合理吧？"

"如果我们搜查完毕，仍旧未找到东西呢？"吴墨林问道。

"如果你们最终仍旧没找到宝物，最后那五万两银子，我便索性不要了。"陈青阳两手一摊，豪气干云地说道，"当然了，你们别想着找到宝物之后假装一无所获——我会安排我的人跟着你们行动。你们的一举一动，皆在我的监视之下。怎么样，够公道吧？"

仿佛看出金农等人的疑虑，陈青阳接着说道："你们放心，我只会安排一个人——只有一个人而已，只做监视之用，不会试图抢夺你们的宝物。"

"如果你们拿到宝物之后就逃，我留下的人也拦不住你们，但是……"陈青阳阴恻恻一笑，说道，"若是你们最后毁约，我便会将你们曾经藏身的泉林庄园告知李卫。按照李卫的作风，他会对你们展开全力搜捕。我想，你们是不会冒险的。"

金农道："陈先生，请在船舱中稍等片刻，我们出去商量一下。"众人从小小的舱室内鱼贯而出，来到船尾，商量起来。金农说道："我看这法子可行，毕竟咱们现在也没有其他办法了。"

"我还是有些信不过他，"吴墨林说道，"就怕他最后把我们一锅端了，还抢走宝物，我们赔了夫人又折兵，一无所获。"

"他说过的，只留下一个人跟着我们，"刘定之说道，"只有一个人而已，能掀起什么风浪？到时候我们多安排一些人手也就是了。"

吴墨林摇了摇头，说道："这个陈青阳，跟我们说他只要钱，不要宝物。但之前那几次抢劫我们的时候，目标可都是那些古书画。这一次，变化为何这么大呢？更何况现在我们听到的只是他的一面之词，董家村究竟发生了什么，咱们还得等徐陵的消息来验证一下。"

"徐陵应该很快就会有回信儿的，"金农点了点头，一脸凝重地说道，"话说回来，这陈青阳之前抢到的那些古书画都是些仿品和摹本，到现在他还蒙在鼓里吧。"

巴特尔嘿嘿一笑,说道:"那个什么鬼才子,道行比起二师父还差一些,看他这样子,一定还不知道之前抢的东西是假的。"

"嘘!巴特尔你小声些,那个人还在船上!"吴墨林做了个噤声的手势,"现如今,我们是被他们牵着鼻子走,究竟怎么做,还得听金农的。"

金农眉头紧锁,心乱如麻。事到危急时刻,如一座五行山压在身上,透不过气。现在的决断至关重要,他必须尽早下定决心。

"他娘的,若董家村发生的事情真如陈青阳所说,我们就跟他合作!眼下先答应着。"金农咬咬牙,罕见地说起粗话,他挥起粗短的胳膊,一拳向空气中砸去,"事不宜迟,机不可失,咱们这一回就赌一把。"

众人回到船舱,金农向陈青阳抱了抱拳,一脸郑重地说道:"陈兄,我们愿意与你合作,明日一早,我们在此地会和,我会带上两万两银子的银票,你只需带来本地学正的公文即可。"

陈青阳的脸拉得长长的,说道:"不是两万,需得是五万,刚才说了,给你们消息,是两万,给出官府公文,是三万,加起来,是五万,一分不能少的。"

金农哈哈一笑,说道:"那公文若是伪造的怎么办?我们得用过之后才知道是不是真的,不能提前付款。"

陈青阳叹了口气道:"那公文上面有官印,有江苏学正的画押,假不了的。"

金农却说道:"第一次合作,总该谨慎些的。"

陈青阳越发不耐烦起来:"你一个浸淫书画几十年的文人,想不到对钱财如此磨磨叽叽。明日早上,五万两银票,一分也不能少!否则咱们免谈。"他作势便要起身离开。

金农连忙按住陈青阳,说道:"好好好,都依你!明日日出时分,我会按照你说的去做。"

陈青阳冷着脸出了船舱。这时从对面船坞中飞驰出一艘小艇,陈青阳脚尖一点,身子轻飘飘地跃起,跨过一丈多距离,落在小艇上。那小艇掉头而去,愈行愈远。汪力塔拍了拍金农的肩膀,嘻嘻笑道:"想不到老金你谈起钱来倒挺市侩,之前文人的那套清高哪里去了?"

金农摸了摸稀疏的胡须,说道:"我岂是为了那几万两银子磨磨叽叽的人?刚才不过是试探对方。"

"喔?"吴墨林奇道,"试探出什么了吗?"

金农长长舒了口气,说道:"试探出了,看来,这个陈青阳对钱是真的计较。这是好事儿,起码说明他在乎这些钱。如果他在乎的是钱,那事情就好办了,怕的是他不在乎钱,而是在乎那些宝贝。"

"鸁社可真有钱,五万两银票,说拿出来就拿出来,"汪力塔咂了咂嘴,"金老哥儿,我能从社里先支个几千两银子花一花吗?"

金农斩钉截铁地回答:"那是万万不可能的。"他转头又对傅纶说道:"速速去找些人手,能找多少人,便找多少人,明日须得守在虎丘周围,以防不测!"

陈青阳所在的小艇飞快地驶到一艘大船附近,他登上大船,王老七与李双双已经在甲板上等候多时。

"陈大哥,事情怎么样?他们答应了吗?"李双双急切地问道。

"答应了,"陈青阳点了点头,眼神中闪过一丝倦意,"看样子,他们倒是相信我只是为了钱才跟他们合作。"

"陈大哥装什么像什么,"王老七跷起大拇指,"只不过,对方势力不容小觑,我们最后能把宝贝抢到手吗?"

"抢夺宝物之事,还得徐徐图之,"陈青阳叹了口气,有些无可奈何,"老七,你跟着他们上山寻宝,但不可动手。我与双双带着人在山脚下守着。等他们下了山,将宝物搬上了船,我们再找机会行事。眼下我们就在李卫眼皮子底下,千万不能轻举妄动。"

王老七点了点头,挠了挠脑袋,想起了什么,问道:"陈大哥,不知他们答应给你多少银子?"

陈青阳若无其事地答道:"对了,这件事我还忘了说,他们答应给我们六千两银子做定金。老七,双双,这六千两,咱们就三人分了吧。一人两千两银子,也算这段时间奔波辛苦的一点补偿吧。"

王老七兴奋地两眼放光，连连说道："我就知道，陈大哥不会亏待我们这些兄弟的！"

　　当天夜里，徐陵将董家村的消息传了回来。众人这才确信渔阳山下发生的一切与陈青阳所说的一般无二。傅纶得了金农的命令，迅速调集了飍社当下能够找到的所有人手，安插布置在虎丘山各处。

　　第二天日出之时，金农等人按照约定，将马船停在虎丘山门前的山塘河中央。片刻之后，陈青阳乘着一艘小艇，不紧不慢地靠了过来。

　　清晨的雾气在河面上升腾，虎丘山中云岩寺的钟声响起，回荡在山麓之间。金农摸了摸怀里的银票，心中虽有些惋惜，转念又想，这些钱财与虎丘山中的古书画相比，或许连个零头都不及。他心中略略宽慰，正这时候，小艇上的陈青阳足尖轻轻一点，跳到了金农等人所在的船上。

第十五章
虎丘山寻宝

一、各怀鬼胎

鬼才子尴尬劝停手，老衙役多事求旁观

不待金农邀请，陈青阳径自走入船舱中去，仿佛他才是这艘船的主人。金农、吴墨林等人只好尾随陈青阳鱼贯而入。

船舱内颇为狭窄，勉强容纳得了六七人而已。众人围着舱内一张小桌坐定，汪力塔和巴特尔挤不进去，只能挤在舱门入口处。逼仄昏暗的空间弥散着紧张而焦虑的气氛，但陈青阳却显得从容淡定。他不紧不慢地从袖子中取出一纸公文，在众人眼前晃了晃，只见文书上有一段文字，写着学正命令苏州官吏组织工匠访拓虎丘石刻的指令，文字之后钤着一方硕大的红色印章，鲜艳的朱砂色泛着明晃晃的印油，在昏暗的船舱中额外醒目，那正是苏州府学正的官印。

"你们只要把这封批文给虎丘山门口守卫的杂役看过，便可在这山里装作学正委派的拓工，如此便可随意挪动搬运刻石，若有人质疑，只需拿出这一纸文书即可。"说罢，陈青阳将那纸文书按在身前的案子上，用指节叩了叩桌面，抬眼看向金农，又道，"我的事情已经做好了，接下来是你们履行约定的时候了。"

金农从怀中取出一沓子银票。五万两可不是小数目，须得二十五张两千两面额的银票才能凑够。这一沓子银票使得船舱内的空气陡然间变得燥热起来。陈青阳满意地点了点头，左手将案子上的公文推向金农，右手伸向金农递过来的银票。

金农松开递过银票的手，正要拾起案子上的公文，却见陈青阳的手指紧紧按在公文上不放。金农的心顿时提了起来。

"你想干什么？"汪力塔伸手摸向腰间的佩刀，他在山西绿营的时候见惯了临场变卦，事后反水的情景。见此情景，便认定陈青阳要毁约耍赖。

陈青阳不答话，左手仍然死死按住批文，右手缓缓举起银票，拇指与食指轻轻一捻，将一沓子银票捻开，呈扇形，对着船舱门口投射进来的光线，眯着眼睛仔细看了半晌，确信银票为真，方才松开左手，将公文交给金农。这之后，陈青阳再未言语，走出了舱门，跳到自己来时的那艘小艇上，对小艇上另外一个方面大口的汉子交代了几句，那汉子点了点头，便登上金农的乌篷船。

小艇随即离去，乌篷船上，方面大口的汉子冲着金农抱了抱拳头，说道："各位朋友，我便是跟着你们上山的人了，咱就在一边看着，你们该做什么就做什么，不必拘束。"

这汉子抱拳的时候，众人分明看到他的右手少了根食指，恍然间明白过来：正是眼前这汉子，曾参与独乐寺之外的那场打劫，结果不小心摸到牛尿脬里的蠹虫，被吴墨林欺骗，还以为自己中了蛊毒，自断食指。

王老七见对面几个人的眼睛盯着自己的手指，一个个脸上露出怜悯的表情。他有意无意地将抱拳的手垂下，慢慢背到身后，说道："各位朋友，之前咱们曾打过照面，有过些纷争，不过是各为其主罢了。"

听到王老七这么说，众人心中都松了口气。金农忙不迭点头道："这位英雄说的有理，冤家宜解不宜结，我们之间又不存在什么杀父夺妻之仇，过去的就让它过去吧。"

王老七的嘴角抽动了一下,他强装一副笑脸,心里暗暗骂娘。回想自己自从食指被斩断之后,投镖的准头儿再也不复从前。更让他气愤的是,每次见到双双,举手投足间他总是那么的不自在,害怕双双看到自己的残手。就在前些天,在董其昌坟墓盗洞旁边,自己又被一个抡锤子的瘦子砸了一下,差点没缓过气来。王老七咬了咬牙:这都怪对面这些王八蛋!等到陈大哥瞅准时机一声令下,老子首先就要剁掉吴墨林的一根手指头,然后狠狠揍一顿那个抡大锤的混蛋!

却说陈青阳,立在小艇的甲板上,怀揣着一大沓银票,长长地叹了口气。一会儿工夫,小艇行到码头,李双双正一脸殷切地等在那里。陈青阳上了岸,双目怔怔地盯着李双双的脸,许久没有说出话来。突然,他伸出一只手,轻轻握住了李双双的手,将她牵到一处僻静无人的地方。

"陈大哥……您,您有什么事情?"李双双的心突突地跳起来,说起话来语无伦次,"陈大哥,您,您要干什么?"

"双双,你一定要将此事做到底吗?其实,我们现在收手,退隐江湖,不是很好吗?"

"陈……陈大哥,"李双双的呼吸越发急促起来,"我知道你的心了,我……我会跟着你退隐江湖的,一辈子都跟着你。你要怎么样都可以……我什么都听你的。"

陈青阳愣住了,他的本意只是劝李双双收手而已,并没有示爱之意。陈青阳突然不知道说些什么好,咳了一声,说道:"我是说,我和老七,和你,和这些兄弟,全都停手不干了。我已然拿到一笔定金,咱们分了这笔钱,便不趟这浑水,从此退隐江湖,难道不是很好吗?"

李双双抬起眼睛,眼眸中似乎藏着一汪秋水,荡漾着柔柔的波光。她点了点头,说道:"陈大哥,我知道的,你怕我们两个人走掉之后,对其他人没法交代,只好拉上他们,大家一起散伙。"

陈青阳皱起眉头,正要解释,却见李双双低下头去,嗫嚅道:"或者说,陈大哥……你是不是怕双双发生什么意外?没事的,不会有什么意外的。咱们做完最后这一票，有始有终，报答了八爷、九爷和十爷的恩情，便可以一身轻松地隐遁江湖。到那时，我们两个无论去哪里，做什么，都是你说了算，好吗？"

陈青阳呆呆地看了李双双一会儿，轻轻摇了摇头，仿佛下定了什么决心，从袖子中取出一个耿绢布囊，交到李双双手中。他的语气出奇的平静："双双，我去山后看看其他兄弟的情况。我留给你一个布囊，若是我半个时辰之内仍未回来，你便打开布囊，里面有接下去的计策。"

说罢，陈青阳目光决绝，转身而去。李双双紧紧握着这布囊，心里想道："有什么部署难道不能当面说吗？难道陈大哥非要学那三国时候的诸葛孔明，为手下将军留下什么锦囊妙计？看不出来，陈大哥其实还挺调皮的。但这种调皮的行为，不是正显示出陈大哥武人性情中夹带着的文人浪漫吗？李双双喜欢这种偶尔出格的行径，这正说明陈大哥不是一个古板无趣的人。也有可能陈大哥对自己有什么话羞于出口，写在这布囊之内？"她胡思乱想着，一脸酡红，踱步到山门附近，对手下几个人嘱咐一番，按照之前的计划，将手下散在山门口，静静等待半个时辰以后解开布囊。

却说金农那边，飂社的几个社员取出早已备好制作拓片的一干物件儿，登岸上山。路过山门，金农将那纸公文向山门口的杂役亮了亮，两个杂役听说是苏州府学正派来拓碑的工匠，仔细将公文检查一番，确认无误后，向众人摆摆手，不耐烦地说道："去吧，去吧。"众人暗喜，快步上山，直奔着试剑石而去。

很快众人便到了试剑石前，汪力塔与巴特尔齐力搬起石头的一头，将整块试剑石竖立起来。然后，巴特尔取出一把短锹，在裸露出来的地面上迅速挖掘起来。金农等人取出拓包、拓纸、白及水和墨，装模作样在试剑石上做起拓片。其他几人围在周围，用身子挡着试剑石，尽量隔开往来的游人投来的好奇目光。

拓包在试剑石的表面发出"砰砰砰"的响声，金农等人全神贯注地听着是否有空洞的异响传出。巴塔尔和汪力塔则在奋力挖掘，挖到一尺多深，只听"当啷"一声响，巴特尔的铁锹碰到一块硬物。汪力塔喜上眉梢，连忙用手撇去那硬物上的浮土,却发现只是一块鹅卵石,众人大失所望。汪力塔骂骂咧咧道:"他娘的,只是一块石头罢了。难道东西还在下面?来,小巴,咱们两个继续挖!"

就在这时候,一个苍老的声音在众人身后响起:"喂,你们在干什么?"

假扮成老吏的周游,出现在众人的身后。

"我们是奉了学正的指令前来拓碑的,"金农赔着笑脸,取出袖子内的官府批文,在老吏眼前展开,"老人家,您看,这是苏州府学正的官印。"

周游满脸狐疑,凑上前去仔细审查了那一纸批文。又瞥了一眼试剑石上的拓纸,问道:"这官府的批文倒是货真价实的,但你们为何在这试剑石上制作拓片呢?这块石头上并无文字啊?"

"这个嘛……说起来,原因颇有些复杂……"金农结结巴巴,一时间想不出答案。

"您老人家问得好!正问到点子上去了,"吴墨林忽然插口道,"咱们学正特意嘱咐过,有些石头上的文字早就漫漶不清,一眼看去,似乎没有文字凿刻在上面,但做成拓片,却有可能看到细微的字迹。所以这一次学正特地叮嘱,尽量要多拓一些石头,即便是那些看起来没字的石头也不能放过。"

周游点了点头,说道:"是啊,咱们苏州府学正算是个明白人。不经捶拓,很多石刻文字与石花混在一处,确实是显现不出来的。"他又好奇地指了指巴特尔挖出的坑洞,问道:"为什么又要挖坑?"

"哈哈,老人家,你来猜猜,是什么原因?恐怕你想不到呢。"吴墨林呵呵笑着说道。

周游眼睛亮了起来,他摸着花白的胡须沉吟了一会儿,说道:"鄙人在虎丘看守多年,也是第一次碰到这种新鲜事儿,难道……哪本史籍中记载着试剑石下面埋着什么东西?"

吴墨林拍着巴掌笑道:"老人家心思敏捷,猜的不错!其实是之前一个苏州文人在书肆买到一本洪武年间的手抄书,不知是谁所写,里面记载着试剑石底下还埋了一段残碑。那文人将此事告知学正,学正才命令我们挖一下试试。"

"有趣有趣！我在虎丘蹲守了大半辈子了，第一次听说这种稀奇事。若是真挖出了老碑，说不定是一件轰动天下的奇闻！那真是功德无量啊！"周游一脸兴奋，"不瞒你们，我虽然一辈子只是个小吏，但也是秀才出身。我这辈子没别的嗜好，就喜欢那些金石文字。各位朋友，能否允许我在一边观摩观摩，我老头子也想见识见识这块古碑。"

见老人满脸期冀，似乎打定主意要粘在这里看热闹。汪力塔的眼神露出凶光，他的手摸向腰间的短刀，身子慢慢挨近了老吏。吴墨林连忙侧身挡住汪力塔，使出眼色，阻他出手。气氛陡然间紧张了起来，就连在一边围观的王老七，也瞪大了双眼，攥紧了拳头。

二、石中宝

碎嘴师父依计行事，精明徒儿筹谋独吞

眼见着老吏赖在试剑石这里不走，众人一时间无计可施。正在一筹莫展之时，吴墨林凑到周游面前，挤出一个笑脸，说道："我见您老人家学识颇为渊博，对拓片似乎很有研究。老人家，我们一会儿还要去剑池水边的崖壁上捶拓，那一处石壁临近水面，潮气大，石头跟前儿又无立足之地，正不知如何制作拓片？到底应该用擦拓，蝉翼拓，还是乌金拓？"

周游哈哈一笑，说道："你算是问对人了，说起捶拓之法，整个苏州城，怕也找不出几个人比我更懂更明白。水边的石刻，捶拓起来确实要多费一些事，但也不是没有办法……"周游正待要详细讲解捶拓的方法，却被吴墨林打断："得，得，得，您光是说，我也不知道具体如何操作。咱手艺人传授技艺，讲究的是亲身垂范。您老人家好人做到底，不如陪我去剑池，亲自指导一下如何？"

周游装作为难的样子："我还想留在这里看看试剑石上能不能拓出什么文字，坑里能不能挖出古碑哩。老弟，你等我一会儿，等这试剑石拓完了，

坑也挖完了，我再跟你去剑池，你看如何？"

吴墨林笑嘻嘻地拽着师父的胳膊就往剑池的方向拉，一边拉，一边说："老人家，等他们这里挖出了什么东西，派个人专门去剑池通知我们不就行了？咱们不必在这里浪费时间，您先陪我去剑池那边。"

"这么着急？官府雇的工匠做事，什么时候变得如此尽心尽力？"周游半开玩笑似的说道，"那好吧，我老头子就去教教你怎么在水边的石头上捶拓。"他本就瘦骨伶仃，几乎被吴墨林架起了身子，朝着剑池的方向走去。吴墨林随身带着制作拓片的工具，扭头对金农等人眨了眨眼，金农轻轻点了点头。等吴墨林和老人走远，金农等人终于松了口气，众人加足马力，重新开工。

"二师父真了不起，"巴特尔一边抢铁锹，一边感慨，"要说随机应变的本事，还得看我二师父。"

汪力塔也赞道："老吴关键时刻显出高风亮节来了，宁可不亲身参与挖宝，也要引开那碍事的老贱鸟儿。"

刘定之却在纳闷儿：吴墨林刚刚的行为，有些不像是他惯常的做事方式……若在平时，这个工匠说什么也不会主动出头。

却说吴墨林与周游走了几十丈远，周游扭头四处观望，然后拍了拍吴墨林的肩膀，说道："行了，别搀着我了，我还没老到走不动路。"

吴墨林答道："你以为我愿意搀着你？你身上一股子酸味儿，跟糨糊馊了似的，我闻着浑身都难受。我说师父，你就不能洗洗澡吗？师母难道不膈应你吗？"

老人的脸有些发红，气不过，哼了一声："人老了身上自然就会有这个味道……你能不能对我放尊敬一些？好歹我是你师父，咱们虽然几十年没见面了，但还没正儿八经地断绝师徒关系呢。"

吴墨林嘴上说着刻薄的话，但看到师父干瘦衰老的模样，心中升起怜惜和不忍之情。过往的恩恩怨怨，似乎都变得没那么重要了。

周游见徒弟的脸色稍稍缓和，二十多年前的疙瘩虽然没有完全解开，但眼下看来，这个徒弟似乎不似以前那样怨恨自己了。周游趁热打铁，挨近了吴墨林，笑着说道："我说小林子，还得说你这小子点子多，没想到你那些朋友真被我们给骗了。"

很快，师徒二人来到剑池边，找到了唐寅的石刻文字。

周游兴奋道："你确定是这里？能不能跟我说说你是怎么猜到的？"

吴墨林颇不耐烦："没时间细说，等真的找出来了，以后说的时间有的是……"

吴墨林正要取出随身携带的捶拓工具，周游却从树丛底下找出一个麻布袋，里面早就备好了各式各样的器械，不容分辩地说："还是用我的吧。"他翻出一根粗麻绳，递给吴墨林。吴墨林将绳索的一端绑缚在石壁上的一棵树干上，另一端捆在腰间，慢慢垂下绳子，将身子荡到水面之上。

周游在石壁上递来鬃刷和拓包，吴墨林仰着头，看到师父的眼神中闪过一丝关切，他立即躲开了师父的目光。

"喂，我说小林子，你心里还是恨我的，是吧？"周游嘟囔了一句。

吴墨林将身子慢慢垂下，一边在石壁上摸索唐寅石刻题记的凹痕，一边说道："师父，你就别碎嘴子了，现在不是叙旧的时候。"

这块石壁上的石刻文字并不多，只有寥寥数字，内容无非是唐寅与某某人到此一游，刻字为念。吴墨林用他那细长瘦削的手指在石刻的凹痕处摸来摸去，感受着石壁的每一处肌理。石壁上，斑驳的青苔在龟裂的缝隙中生长、蔓延。吴墨林为了仔细观察石壁的细节，取出腰间布囊中的一把鬃刷，在石壁的青苔上用力刮擦，将所有的青苔剔除干净。渐渐的，唐寅的石刻文字周围的青苔全部被剔光，吴墨林清晰地看到了石壁上的每一处褶皱和裂缝，他努力地寻找着疑似人工打磨和加工的痕迹。

吴墨林紧紧盯着眼前的石壁，石壁上的每一处纹路，仿佛幻化成一个又一个图案，在吴墨林的脑中回环往复。突然，他似乎发现了什么。那是一处弧形的裂缝，他的手指沿着这条裂缝轻轻地移动，这条裂缝先是向右上方翘起，然后急转而下，而后向左边转过去，最终形成一个闭合的图形。

他的心脏砰砰跳了起来，这是鸱吻的形状！吴墨林用指节轻轻叩了叩这个图形的中心，回声敦厚沉闷，这表明石头内部是实心的。

周游在石壁上方探出脑袋，低声道："小林子，找到线索了吗？"

吴墨林抬起头，见到一脸急切的师父，问道："你带锤子或者凿子了吗？"

周游皱起眉头："你想干吗？我说徒弟呀，干我们这一行的，得有个底线。你要是想破坏古物，那可是缺大德啦！"

吴墨林焦急地低吼起来："我想要敲碎的那一块石头上面没有文字，算不上古物！"

"好吧，我扔给你一个锤子，你接住了！"周游从石壁上方扔下一把锤子，吴墨林一把接住，掂量了几下，觉得十分趁手。再看锤子的把手，上面刻着一个"吴"字。原来这是吴墨林二十五年前在师父家做学徒时专用的锤子。他离开师父家时，没有带走一件东西。一晃二十多年过去，没想到师父仍然保管着。

吴墨林举起锤子，对准鸥吻形裂缝的中心位置，敲了下去。一下、两下、三下……石块的表皮迸出细密的裂纹，一块又一块碎石窸窸窣窣地掉落下来。敲击声引起了过往行人的注意，不少游人朝着吴墨林这里投来好奇的目光。吴墨林只好侧过身子，用身体遮挡住这块碎裂的石头。

被敲碎的石块呈薄片状，表层的石片脱落后，露出坚硬的、白色的沙质土层。吴墨林凑上前去，仔细嗅了嗅，这股子气味正与董其昌墓葬外围的三合土气味一模一样。事实上，这层白色的沙质土层坚固无比，似乎正是三合土灌注而成。吴墨林兴奋地汗毛都竖了起来。他仰头对上方的周游低声道："师父，你带凿子了吗？"

周游看不到具体的情况，不知吴墨林是否找到宝贝，一时间心急火燎。他在工具袋中搜寻一番，说道："我这里只有一把大剪刀，你师娘平时用来裁切装裱书画的镶料，勉强可以当作凿子来用。"他将剪刀用绳子拴住，缓缓垂下去，吴墨林接下了剪刀，却见剪刀把手上系着一个红色绳结，他认得这个绳结。制作这种绳结的手法，是师妹常用的。二十五年前，他的师妹就有一个习惯——总喜欢在她的工具上打一个绳结，当作记号。

吴墨林握住剪刀，向坚硬的三合土狠狠戳进去。三合土既可隔水，又抗压牢固，以三合土作外层的封固，里面便极大可能保存着董其昌的藏画。然而，岩石背面三合土的面积并不大，由此可见，其中藏匿的东西所占的空间是相当狭小的。难道董其昌的藏画只有寥寥数件而已？

吴墨林加快了挖掘三合土的速度，正当他手臂酸麻的时候，剪刀的尖头突然触碰到什么坚硬的东西，发出"当啷"一声脆响。当他将所有的三合土都清理掉之后，伸进手去，摸到了一个长方形的石盒子。石盒颇为沉重，他用尽力气，将石盒从石壁中掏了出来。只见这是一个长方形的盒子，一头微微翘起。猛然之间，他想了起来。在董其昌墓中的那具棺材，正和这个石盒的形状一模一样。

三、惊觉叛变

剔青苔挖洞钻硬土，抹唾液揉砖见纸毛

周游在石壁上方低声敦促道："我说你弄好没有？为什么还不上来？到底找到什么了？哎呦呦，可真急死我了……"

吴墨林听到师父的催促，本想这就立刻爬上去，但见石壁上留下一个空洞，总觉不妥。他是个修复匠人出身，下意识地觉得要将一切破洞补好。于是他将石盒子夹在胳肢窝下，倒腾出两只手来，到处去掰石壁周围的青苔，最后将青苔堵到空洞之内。随后周游将他拉到了石壁顶上。

周游兴奋地凑到吴墨林跟前，一脸的紧张，满面皱纹似乎都纠缠到一处，双眼死死盯着吴墨林的胳肢窝，急吼吼地说道："快给为师看一看！"

吴墨林撇了撇嘴，说道："你急什么？反正最后这东西也不归你，咱们早就说好了，我只给你两千两银子作报酬。"

"你真是掉钱眼儿里去了！这么多年了还没改。"周游有些生气，沉着脸低吼道，"为师只是想开开眼界，哪里会有其他的心思？"

吴墨林拉着师父走到一丛矮树之后，见四处无人，方才从胳肢窝底下拿出石盒。此时他方才细细端详这个石盒子。石盒的顶盖上似乎刻了一些小字，

不过甚是模糊，看不清晰。

周游"呸"地一口，将唾沫吐在手心，然后翻手将唾沫涂抹在石盒顶盖上，经过湿润之后，石盒上的字迹显露出来。吴墨林皱着眉头凑近了石盒，忍着师父唾沫的腥味儿，将石盒上的文字读了出来："透网金鳞，休云滞水。摇乾荡坤，振鬣摆尾。千尺鲸喷洪浪飞，一声雷震清飙起。清飙起，天上人间知几几？"

"这些字倒是都认得，只是不知说的是什么意思。"周游皱眉说道。

吴墨林斜眼看着周游道："我说师父，咱们做这一行的，多少也该读点书吧。"

周游道："你还真是出息了，那你倒是说说，这首词是什么意思？"

吴墨林沉思片刻，说道："这首词嘛，说的就是一条漏网的鱼，它脱了网，摇头摆尾，神气的很。"

周游笑道："这还值得写一首词？"

吴墨林摇了摇头，说道："你不懂，这首词是有深意的。我记得董其昌棺材上那段拓文最后一句是'兼得南北二宗之神韵者，方为透网鳞也'，所谓的'透网鳞'，就是挣脱渔网的鱼，以此比喻领悟到书画真谛，达到极高境界的书画家。"

周游赞道："一别二十多年，没想到你懂得这么多了。既然如此，这石盒子里装的会是什么呢？"

吴墨林试图将石盒的顶盖掀开，却发现顶盖牢牢卡嵌在盒子上，无论如何用力都打不开。他心中也万分好奇，到底这石盒子中装的是怎样的古代珍品，才配得上"透网鳞"这个称号？吴墨林心中焦急起来，董其昌的宝藏一定不会这么轻易获得的，看来这石盒子定要花费一番工夫才能打开。

周游在一边看了半天，伸出枯瘦的手指，在石盒的顶盖上一推，盒盖竟然轻轻松松地滑了出去。周游哈哈笑道："这盖子原来是侧推的，里面有卡槽，我说徒弟，你只对书画有研究，对石匠活儿知道的还少着呢。好在我吃过的咸盐比你多一些，不然你还不知道要捣鼓多久才能弄明白……你说，我刚才这一招，像不像'透网鳞'？"

周游又开始嘴碎，吴墨林却不在意师父说了什么，急不可耐地向石盒中看去。

盒子中静静躺着一块长条形的方砖。

"砖头？开什么玩笑？"周游惊讶地瞪大了双眼。

吴墨林轻轻地抚摸这块方砖，只觉得这块砖有一种出人意料的温润质感。方砖那深沉的赭黄色显得陈旧而古老。他将砖抓起来，更加惊奇地发现这块砖重量很轻，远比一般的石砖要轻得多。他又嗅了嗅方砖的气味，只觉得砖上散发着一股花椒的味道。他用指甲轻轻地划了划砖的表面，砖面并不坚硬，若再用些力气，甚至能抠破砖皮。吴墨林不知道自己找到的这块砖头究竟是不是董其昌藏匿的宝物，难道他找错了，宝物另有藏匿之处？自己要不要在这里继续耽搁一段时间研究一下这块砖头呢？

正在吴墨林一头雾水，百思不解的时候，却见周游"呸"的一声，向左手掌心里吐了一大口唾液，然后用右手食指蘸了一点，向砖头上抹去。

"师父！你试恶心了些！旁边就是剑池，你去蘸一点剑池里的清水不行吗？"

"哎哟，你怎么这么婆婆妈妈……二十多年不见，净读了一些破诗烂词，什么时候变得开始穷讲究了？"周游不顾吴墨林嫌弃的眼神，继续用蘸着唾液的食指轻轻在砖头表面揉搓，一边揉，一边说道，"你忘了我曾经教你的了？咱们身体上的东西用处颇大。头油可以做包浆，皮垢可以去浮光，唾液的用处更多，比起一般的清水，唾液性黏稠，久而不干，其中若有胶质，可以润笔，可以调色，可以试纸绢之生熟……"

周游嘴上嘟嘟囔囔说个不停，揉搓的动作却丝毫没有停歇。他用食指的指腹揉了几十下，却见指头上附着几丝灰色的纤维。周游又舔了舔自己的指头，满是皱纹的脸上突然像是菊花盛开一般，绽放出笑容。吴墨林也凑近了细细看着他的指尖，说道："难不成你把手指上的死皮搓掉了？"

"瞎说！你仔细看！这是死皮吗？"

吴墨林再次细细观瞧，不禁惊呼："是纸毛？怎么会是纸毛？"对于一个修复师来说，纸毛其实是常见之物。每当修复纸质画作的时候，总要将原画命纸（紧紧贴合画心的一层装裱用纸）去除，在去除的过程中，就需要修复师将画作湿润后，用指头揉搓命纸，搓下来的东西就像洗澡时搓下的泥垢一般，名曰'纸毛'。虽然吴墨林对纸毛再熟悉不过，但周游刚刚揉搓的不是纸张，而是一块砖头，砖头上怎么会搓出纸毛？

周游满是皱纹的脸又绽放出笑容，拍了拍吴墨林的肩膀，说道："如果我猜的没错，这是一块纸砖！或者叫作书画砖！"

"纸砖？纸怎么会做成砖头？"

周游点了点头，说道："这并不奇怪，你应该听说过书砖吧。"

吴墨林回答道："书砖自然听说过，古籍受潮，被重物压的时间久了，书页便会粘连，一本书就变成了一块薄砖的样子。"他突然恍然大悟，兴奋地说道："你是说——董其昌特地将书画做成了这副样子保存？"

"不错，"周游轻轻抚摸着这块纸砖的表面，说道，"依我看，董其昌将几十张书画折叠成一样的大小后，浸透了稀糯糊水，再叠压在一起，用极重的重物压实，表面再涂刷旧色，混入花椒水防虫，就成了现在这个样子。这个制作过程，大概就和西北人做切糕，保定人做酱驴头相似。只是董其昌为什么要用这种办法保存书画呢？"

"不外乎三个目的，"吴墨林摸了摸山羊胡子，说道，"第一，这种方法做成的书画之砖，可以浓缩几十件文物于一体，节省了存储空间；第二，做成的书画砖外表酷似普通的砖头，对于一般的盗匪士兵而言，根本无从判断其中的价值，只有我们这样的行内人，才知道这不是一般的砖头；第三，这种书画砖其实可以还原成一张张书画，对于我们这种人而言，不过是多费些功夫罢了，但并不会对原作造成什么损害。"

"走，跟我回家，我们一起把这书画砖的谜底给揭开。"周游拽住吴墨林，神采奕奕地说道，"我倒要看看，这宝贝究竟和'透网鳞'有什么关系。"

"换上这些衣服，别让那龕社的人发现你，咱这就下山。"周游说着从装工具的包袱中取出一件长衫和一个竹斗笠。吴墨林穿戴完毕，只觉得周身都是周游身上的气味儿。这气味就像普洱茶受了潮发了霉，虽然并不好闻，但此时也顾及不了这么多。两个人喜滋滋地收拾好工具，带上石盒，朝着山下走去。

却说金农等人在试剑石那里鼓捣了半天，掘地三尺，将地下水都挖了出来，仍一无所获。众人灰心丧气，一筹莫展。金农给大家打气："继续挖！说不定藏在更深的地方！"

刘定之越来越觉得宝藏不会在试剑石这里，他吩咐巴特尔道："去剑池那边看看你二师父怎么样了？"巴特尔领师命而去，半刻钟后呼哧带喘地返回，急道："二师父和那个老吏都不见了！"众人大惊，刘定之的脸色阴晴不定，说道："我一直觉得奇怪，吴墨林定是在捣什么鬼！"

金农紧锁眉头，心里越来越没着落，他越想越怕，此时他唯一的念头就是赶紧找到吴墨林好生盘问一番。回忆前些天发生的事情，似乎一切太过于顺利。整张复原图都是吴墨林一手绘制的，所有线索几乎全部都是吴墨林引导出来的。难道这心思缜密的义弟叛变了翦社？金农终于下定了决心，对众人说道："定之兄，你和巴特尔、傅纶仍然留在试剑石这里继续寻找，其他人分散开来，在这虎丘山中找寻吴墨林的下落。我亲自去山门处守着，如果吴墨林下山，必经山门。你们一有消息，便去山门那里寻我！"

众人听命行事，正要四散之时，却听王老七吼道："且慢！我算是看明白了！你们别想要花枪！"

众人惊愕地看着王老七，只见他的嘴角抽动了几下，呵呵冷笑道："这都是你们故意布的局吧！为了避开我，设计了这么一出戏，让那吴墨林和老吏去找宝物，找到之后又装作他们叛变了，这样一来，你们就不必支付剩下的银子了！只付六千两银子就想占这么大的便宜？真是好计谋！可惜被我老七识破了！你们这群背信弃义的小人……"

金农一头雾水："六千两？不是五万两吗？"此刻金农的脑子里就像各种颜料碟子打翻在一起，乱糟糟理不清头绪——吴墨林还没找到，眼前的莽汉又要闹事，他的脑子嗡嗡作响。他只好苦笑着说道："好汉！你看我们像是演戏吗？你若真的信不过我，我也没办法，眼下事情紧急，由不得你了。"

王老七大怒，但也无计可施。现在只有自己一人，想当初陈青阳多派几个人来盯着就好了。他一把扯住金农，说道："我跟你去山门那里，你休想逃出我的视线!"

金农无奈,他可没工夫跟王老七攀扯,只好由着老七跟随自己去往山门。众人依了金农的命令,迅速四散开去,只留下刘定之、傅纶和巴特尔守在试剑石这边继续寻找宝藏的线索。

四、混战

双双助阵变故突起,师徒观战乱局一团

吴墨林与周游二人早在金农有所觉察之前就已经下山了。吴墨林穿着师父的长褂,戴着斗笠,走过山门,顺台阶一路到山脚之下。

周游急不可耐地想赶回苏州城家中,要将那块书画砖层层揭开。但吴墨林却将周游拉进一家人声嘈杂的行脚店中,落座后叫了两大碗凉茶。茶摊四周游人甚多,往来穿梭不断。店门口还有不少杂耍的艺人。此处店铺鳞次栉比,街道上有耍猴的,拉三弦的,耍把式的,热闹非凡。吴墨林与周游隐藏在茶摊之中,仿佛两条小鱼儿混入鱼群,寻常人根本不会注意。

"咱们快回去吧,你难道不想知道那块纸砖里面有什么吗?"

"少安勿躁,东西铁定是我们的了,倒不急在这片刻之间。我要亲眼看看金农他们下山后的行动。"

"你只是想看看人家没找到东西失望的样子吧……照我说,咱们还是快走吧,为师急着钻研那块画砖。"

吴墨林悠然自得地端起茶碗,啜了一口,甘爽的茶汤沁透心脾。他扬着眉毛对周游说道:"咱们的合作其实到此已经结束,你要是想走,自己走便是。至于答应你的两千两银子……银票尚且在京城,存放在朋友那里(即沈是如的妓院)。你放心,我一回了京城,就取了银票到苏州交给你。"

"放你娘的罗圈儿屁!我还以为银票就在你身上呢!"

"师父,你应该了解我的为人。我这个人虽然有诸多毛病,但从未背信

弃义。"

"这倒是，但既然眼下你付不出钱，我就得一直跟着你。"

"那你就老老实实坐在这里，陪着我！"

周游无奈地叹了口气。他发现吴墨林早已不是二十多年前那个听命于己的徒弟了。徒弟长大了，有本事了，就知道怎么摆布师父了。但周游从内心深处又希望和吴墨林多相处一段时光，毕竟那是他从小养大的徒儿。

"我说小林子，他们怎么还不下山呢，"周游的嘴巴似乎闲不住，他朝着山门处眺望，有些担心地说道，"他们该不会发现你不见了，四处寻找你吧。"

吴墨林哼了一声，说道："那是肯定的了，他们迟早会发现我已经不在剑池那里了。"

"你说，他们会怎么想？"周游絮絮叨叨地分析道，"有两种可能，第一，他们会担心你的安危，怕你被谁掳走了；第二，他们会怀疑你背叛了他们，你说，他们更倾向于哪一种？"

吴墨林其实也想知道金农一方的反应。他的目光锁住山脚下通往山门的台阶，沉默无语，并未回答周游的问题。

盯着山门的人不仅仅只有吴墨林和周游。李双双带着几个王府侍卫游荡在山脚下，也时时刻刻关注着山上的动静。她的手紧紧攥着陈青阳留给自己的锦囊。按照陈青阳的嘱咐，只有当他离开半个时辰后，李双双才可以打开这个锦囊。李双双抬头看了看太阳，从太阳的位置大致推测过去的时间。约莫半个时辰已经过去，她便解开了锦囊的扎带。囊中是一张叠好的笺纸，她展开纸，上面是陈青阳写下的一段笔意潇洒的行草书法，陈青阳的用笔使转圆劲，风流磊落。李双双感慨了一句"字如其人"，再去读那短笺上的文字：

双双，见字如面，我已远离此地，不必寻我。你与老七既有报主之心，继续依本心去做便是，你聪敏决绝，可主持一切大事。锦囊中另有四千两银票，送予你们，好自为之。青阳顿首。

李双双捏着短笺的手不由自主地颤抖起来，她又读了一遍，目光停留在"好自为之"四个字上。泪水不知不觉地滑出脸庞，滴滴答答落了下来。

她脑子里一片空白，不知道接下去该做什么。她不明白陈青阳为什么要这么做——这个男人曾经亲口赞过自己的舞技如公孙大娘，还曾为自己吟诗一首；之前在渔阳山，他喝醉了，还念叨着"咱的双双"；在太湖边上，他分明说过要和自己一起泛舟归隐；就在刚刚，他不是也说，想要和自己一起退出江湖吗？这些事，一桩桩一件件，她都记得清清楚楚。

然而，陈青阳就这么走了，只留下一句"好自为之"。号称"多面鬼才子"的他，最完美的计策却用在了自己同伴的身上。

"李姑娘？您怎么了？"身边一个王府侍卫的问话在耳畔响起。

她擦了擦眼泪，勉强露出一个笑容。此时正是要紧的时候，她要挺住，一如她少年时遇到苦难那样坚强地面对人生。她抬眼看了看虎丘山，努力平复心神，对手下说道："等金农他们下山时，我们再去和王老七碰个面，咱们要不要行动的前提，是得知道那拨人有没有找到东西。"

"李姑娘，您看，山门口那儿的那个人，是不是王大哥？"侍卫突然指着远处的山门说道。

李双双的眼泪还没干，她揉了揉眼睛，仔细看去。山门附近的两个人，确实是王老七和金农。两个人站在山门附近，似乎是在等人。王老七一脸的急躁和愤怒，金农的表情却充满了无奈。

李双双仔细盯着他们两个人的口型，试图辨认出二人的话语。她能够依稀辨认出，王老七在恐吓金农："你……骗我……饶不了你！"王老七的嘴又大又方，说起话来嘴巴的形状变化明显，李双双远远看去，就能猜个七七八八。但金农的面庞肥胖，嘴巴又小，说起话来就没有那么容易分辨，她只能大概猜测出金农的回答："放心……五万两银子……早就……你们不会吃亏……"

王老七的脸色大变，李双双的心也咯噔一下，她看到王老七的嘴巴抽动着，一脸疑惑地问道："五万？分明是六千两啊……"

李双双想起锦囊里的银票，她刚刚看过了，的确只有四千两。只见金农伸出胖乎乎的巴掌，在王老七面前晃了晃，口型清晰可辨："一共十万，还剩五万……"

王老七满脸疑惑地皱起眉头，露出一副迷惘的表情。

李双双的心瞬间沉了下去。一想到从头到尾都是陈青阳在和金农打交道，李双双全都明白了。

王老七对于陈青阳的不辞而别一无所知，同样，李双双对于虎丘山中到底发生了什么，也一头雾水。她敏锐地意识到事情已经到了危急的关头，便决定亲自到山门处去向王老七问个究竟。

王老七正在独木难支，惶惑不安的时候，突然看到李双双领着人奔向自己，不由得心中大喜。

"双双！你来了！"王老七扯住金农的胳膊，一脸狞笑，"这回我们的人来了，你想跑也跑不了啦！"

"王大哥，发生了什么事？"

"他娘的这伙人想赖账，故意支开了那个吴墨林去找宝贝，他们却装作一无所获。这点儿伎俩可蒙不了俺！"

"原来如此……"

"双双，你的眼睛怎么红红的？对了……老陈呢？"

"他走了，退出了。"

"什么？"

"此事后面再说，眼下要紧的是宝藏！"

"都是这胖子出的主意！他是这伙人的头儿！咱们抓住他，让那帮人用宝贝来换！"王老七的大手像钳子一般牢牢攥住金农的胳膊，把金农疼得龇牙咧嘴。李双双向周围的侍卫使了个眼色，几个人一起上前，这就要把金农胁迫下山。

这时候，斜刺里冲出四五个汉子，他们都是颛社成员，与王府侍卫扭打在一起，另有一个颛社壮汉，冲向王老七，手里握着一把匕首，猛地向王老七的胳膊刺去，王老七急忙松开攥住金农的手，摆出架势迎敌。于是两拨人乒乒乓乓打作一团，引得周围的游人大呼小叫。游人最喜热闹，见到山门处有人打群架，奔走相告，蜂拥而至。山门附近两个守门的差役也饶有兴味的在一旁观战。

打斗声越来越大，很快，虎丘山中其他各处的飙社成员都得知了变故的发生。沈是如本来在剑池附近四处寻找吴墨林，却见许多游人朝着山下涌去。等她跑到山门附近，在混战的人群中，发现了一个略显纤弱的身影。那人手里舞着一把长剑，身着女装，劈砍腾挪的身姿极富韵律感和节奏感。沈是如心跳加速，她不由自主地走得更近了，终于，那个纤细瘦弱的女人转了个身，露出了清秀的面庞。沈是如愣在原地——是李双双！是她请去教导菡芬楼姑娘舞技的双双姑娘！

沈是如终于明白过来——为什么他们南下的行踪会暴露，原来是这个狡猾的女人骗取了自己的信任。早在京城，李双双就得知了他们南下的目的地！她一阵眩晕，想到自己曾经还把李双双当作知心的好姐妹，原来是瞎了眼，蒙了心！一贯平和温柔的沈是如此时怒不可遏，一股恶气堵在胸口无处发泄，憋得难受。她蹲下身，胡乱捡了一块石头，便要冲上去砸向李双双。但当她刚刚迈动脚步，突然有人从背后抱住了她的腰。刘定之的声音从身后响起："是如！冷静！"

从山上赶来的刘定之不顾一切地猛冲过来抱住了她。这恐怕是刘定之平生跑得最快的一次了。即使是他在董家村被狗撵，也没有这一次跑得快。

沈是如回头见是刘定之，扭着身子挣了几下，却挣脱不开。她又急又气："你放开我！"

刘定之第一次如此近距离地触碰沈是如，他的脸涨得通红，搂住腰肢的胳膊却丝毫没有松开。刘定之咬着牙关说道："不行的，是如，咱们本来就不是打架的材料，上去帮忙，只能越帮越忙！"

沈是如没办法，只好冲着李双双声嘶力竭地吼道："你这个奸细！你这个歹毒的小人！"

吴墨林和周游远在山脚之下观望，刚刚发生的一切都落在眼中。虽然他们听不到现场的声音，但急剧变化的情景却把二人惊得目瞪口呆。一边的周游捅了捅他的后脊梁，说道："喂，你说他们打起来，是不是和你有直接的关系啊？"

事情的发展超出了吴墨林的预料，他只能在心中暗暗祈祷：千万别打出人命。他开始后悔，或许自己不该戏耍金农那些人，真要是出了人命，就得算在自己头上，这样一来，他下半辈子就再也不得安生了。

五、官府劫宝

唢呐声模拟古琴曲，李二娘恸哭王老七

正在吴墨林心里七上八下的时候，周游再次捅了捅他的脊梁骨。

"干什么？"

"你说，如果他们知道一切是你搞的鬼，你会不会众叛亲离啊？"

"别说风凉话了，我也没想到会这样。喂，你干吗又戳我脊梁骨？你烦不烦？"

"我说徒弟，你看看山塘河那边……"周游抬手指向河道。

就在周游手指的方向，四五艘大船顺着山塘河向虎丘山航行而来。船上站着一队队官兵，人人持握镢头、铁锹、斧头、锤子等物，只有少数几个官兵带着兵刃弓矢。

船队距离虎丘山越来越近，一个身材瘦削的汉子从船舱走出，站在甲板上。那汉子向士兵打了个手势，于是便有船夫吆喝着停船靠岸。那汉子听到虎丘山上有打斗之声，满脸狐疑地望过去。身边几个随从在一边指指点点，互相交谈着什么。

吴墨林倒抽一口凉气，脑子里"嗡"的一声响——那瘦削汉子非是旁人，正是李卫。

话说李卫和苏州知府陈鹏年临时召集了几个当地知名的读书人，夜以继日地对董其昌的那具空棺材钻研。李卫恩威并施，几个学者彻夜未眠，熬红了眼睛，在棺材上的每一处细枝末节寻找线索。终于有人在拓文中发现了藏宝之地应为"虎丘"，但至于藏匿在虎丘山中何处，那些读书人尚未揭开谜底。但李卫已经等不及了，他立刻点出苏州府衙的几百个士兵，配发镐头、

铁锹等掘土碎石的工具，天一亮就启程赶往虎丘，誓要将整个虎丘山翻个底朝天。

李卫行事之快，远超吴墨林的想象。更使吴墨林吃惊的是李卫的做派。只看那五船官兵的架势，似乎不是要找宝物，而是要将整个虎丘铲平。吴墨林越想越怕，山上两拨人正在打斗，山下又来了更难缠的对手，金农、刘定之那拨人真要送了命，他可就百死莫赎了！

他又望向山门处，只见矗社中的成员仗着人多势众，渐渐占了上风。金农被傅纶护在身后，已然脱离了王老七的控制。但王老七和李双双却丝毫没有停手的意思。李双双心中对陈青阳失望，更燃起一股怒火，趁着打斗倾泻出来。她的招式越发凌厉，一剑快过一剑，剑剑攻向敌人的要害。王老七见她剑法过于狠戾，险招不断，很是担心她的安危，于是拔刀护在双双身侧，时不时向傅纶扔出几个飞镖，欲报当日一锤之仇。

李卫的船已经靠岸，情急之下，吴墨林拔腿就要奔上山去通风报信，却被周游一把拽住。周游急道："等到你跑上去了，人家官兵也都赶过去了，哪儿还来得及？"

吴墨林此刻已经急得满头大汗："不行啊！不行！总得通知他们赶紧逃跑啊！"

周游仍然紧紧拽着他："来不及啦！"

吴墨林急得直跺脚，环顾四周，猛然发现茶摊不远处有个耍猴的中年男子，腰间挂着一个唢呐。吴墨林灵光一闪，生出一个主意。他猛地挣脱了周游的手，飞也似的跑过去，从男子腰间一把扯下了唢呐，转身问周游道："师父，你可会吹唢呐吗？"

周游愕然地摇了摇头。

吴墨林又问耍猴的男子道："这位大哥，你会吹唢呐嘛？"

耍猴的男子是个五十多岁的老头儿，一愣之下，答道："会，会一些。"

吴墨林立即将唢呐塞到男子手中，又从怀里掏出几块碎银子，一并塞给他，急切地说道："我哼一个调子，你按照这个调子使劲儿吹唢呐！只要你吹得响，这些银子都是你的！"

那男人怔怔地盯着银子，这些银子足有四五两之多，够他半年表演耍猴的收入。吴墨林急不可耐，劈手夺去银子，吼道："到底吹不吹？吹了这银子就是你的！"

"吹吹吹！吹就是了，你干吗那么凶？"男子捣蒜似的点头。

"听好了，按照这个调子吹。"吴墨林随即哼出了一段小调。

唢呐声随即响起，吴墨林在一旁喊道："再大声一些！"男子鼓足了腮帮子，使劲儿吹起来，唢呐响声极大，将吴墨林双耳震得嗡嗡作响。绵长刺耳的声音瞬间传遍了整个虎丘山。他身边的猴子从未听过主人吹得这么响亮，全身的毛发都炸了开来，一对猴眼满是惊恐。

男子白日里耍猴赚钱，晚上偶尔接一些白活儿，专给送殡的吹唢呐。因此他吹的唢呐曲自然而然便带着哭丧的腔调。然而，吴墨林此时却觉得这唢呐声犹如黄钟大吕一般悦耳动听。

"很好，继续吹！再大声一些！使劲儿吹！别停下来。"吴墨林在一边敦促道。

唢呐声直上云霄，惊得周围杂色人等纷纷侧目而视。

山门附近打斗的赑社成员听到唢呐声，初时尚觉奇怪，越听越觉得熟悉。金农第一个反应了过来——这唢呐声岂不正是宋徽宗为童贯和蔡京演奏的古琴曲开头的片段吗？这首曲子早已失传，只有赑社的人才听过。此时此刻，唢呐反反复复吹出来的正是曲子开头的一段旋律，声音凄厉急促，极其刺耳。

金农听到这催命似的唢呐声，怔了片刻，扭头对周围的赑社成员说道："这难道是咱们的人发来的暗号？"他当机立断："撤！朝着唢呐声的方向撤！"

赑社的成员们收起兵器，向山下四散逃去。王老七和李双双不明所以，只得追着赑社的人跑下山去。

李卫就像一条嗅觉敏锐的猎犬，隐隐感觉山门处的打斗不同寻常。他快步走上岸，迎面撞上了从山下冲下来的赑社成员。李卫眼尖，看到混在人群中壮硕高大的巴特尔。

"射箭！射箭！向那个高个子射箭！"李卫向身后的士兵们大喊，用手指着巴特尔的方向。

但他身后的士兵大多肩上扛着镐头和铁锹，只有五六个人携带弓弩。陈鹏年急道："那壮汉身边有许多百姓，只怕弓箭伤及无辜啊！"

李卫双眼一瞪，骂道："射死了无辜之人自有我顶着，你他娘的算是哪根葱，在我跟前指手画脚？"

陈鹏年缩了缩脖子，不敢再言语。李卫继续喝道："射箭！快射！"

士兵们原本都听命于陈鹏年，此时迫于李卫的威吓，只好弯弓搭箭，五六支箭射向巴特尔的方向，但准头和力道似乎都差了一些。人群如四处奔脱的鹿群，惊叫声不绝于耳。所幸的是，这几支箭全部射空，未中一人。

"全是废物！酒囊饭袋！再射！再射！若是再不中，我罚你们一年的薪俸！"李卫气得大叫起来。

重罚之下，必有勇夫，第二次发出的弓箭如飞蝗一般射向巴特尔。但巴特尔弓马娴熟，早有防备，身子一扭，脑袋一低，便躲了过去。他远远发现了李卫，扭头大喊道："李大人！你走你的阳关道，好好伺候你的主子，做好你的奴才，别跟我这样的江湖人计较！"

李卫暴跳如雷，气急败坏地喊道："继续射，这一次朝着手里拿着兵器的人射箭！随便射中哪一个，老子奖银一百两！"

更多的士兵聚拢过来，听说射中便有奖励，士兵们的双眼熠熠放光，第三次搭弓射箭，个个将牛角硬弓用力拉满。这一次足足有二十多支箭疾射而出，势如追风，迅如激电。巴特尔已然跑远，追在他身后的是李双双和王老七。王老七紧紧追随在李双双左右，忽见一阵箭雨袭来。他丝毫没有犹豫，大叫一声："双双小心！"将身子一横，挡住了李双双。

李双双听到身后一声闷哼，回头一看，只见老七的前胸露出一个箭头，这支箭贯穿了他的身体。鲜血顺着箭头滴滴答答落下，砸在地上，迸出星星点点的血花。

王老七惨然一笑，他的大嘴咧了咧："双双，别管我，快跑……"他虽然中了箭，但身子却像铁塔一般直直地站立着。

李双双的眼泪不由自主地流淌出来，她哭道："我不跑，我陪着你。"

"快跑，再搭上一条命，不值得。"王老七吐出一口鲜血，声音虚弱了几分，但心中翻起一股热浪，感觉又甜又苦又带着酸涩。他晃了晃身子，一阵眩晕的无力感袭来。

"不，不，我陪着你。"李双双上前掺住王老七，哽咽着说道，"我陪着你，我不逃。"

老七苦笑着，目光渐渐涣散迷离，他努力睁开眼，看着李双双哭红了的双眼，用尽最后的力气缓缓说："真想……再看一次你跳的'公孙大娘舞'……"他说完这句话，身子一歪，向地上栽倒，昏了过去。李双双再也忍不住，号啕大哭起来。

"你为什么这么傻！为什么要救我！"她呜咽着，摇着王老七的胳膊。

王府的侍卫们却不愿意陪着李双双等在这里，早已扔了兵器，自顾自四散逃去。

很快，李卫率人赶了过来，士兵们将李双双和王老七团团围住。李双双仰起脸庞，瞪着李卫，一字一顿地说道："只要你救活他，要我做什么，都可以。"

李卫冷着脸，派人将王老七抬走，命令陈鹏年立即寻找大夫为王老七清理箭疮，开药治疗。李双双紧紧跟在王老七身边，她现在只有一个念头——一定要让老七活下去。

六、会合

波臣派画师绘肖像，穹窿山别业显穷酸

吴墨林远远看到颙社成员们均已下山，向着自己的方向聚拢而来，终于松了口气。又见李卫带人将王老七团团围住，心中暗觉不妙。但这个结果总归是自己可以接受的。

金农、巴特尔等人见到了吴墨林，又发现他身边站着的老吏，都有些疑

惑不解。吴墨林凑近了金农的大脑袋，小声耳语道："此时情况紧急，我不宜多做解释，接下来我们恐怕会被李卫全城搜捕，因此不能再在这个地界儿露头了。大家最好分头行动，六个月以后，明年的三月初一，咱们在苏州城的南大门汇合。"

吴墨林不等金农回答，走到沈是如身边，直勾勾地盯着沈是如的双眼，说道："是如，现在情况紧急，咱们应该分头行头，你就跟我走吧。"

沈是如仓促间不知如何答话，正在扭扭捏捏，金农却走过来，隔在吴墨林和沈是如之间，冷声道："吴墨林，你必须和我们在一起……董其昌的藏画，应该就在你手里吧。"

"没有，我没找到。"吴墨林回答得斩钉截铁。

金农哈哈一笑道："我看你包袱挺沉的，我帮你背一会儿吧。"

吴墨林包袱中正是先前找到的石盒，他哼了一声，说道："这都什么时候了，还提什么藏画，都快散了吧，再磨蹭，就该被李卫找到了！"吴墨林又转向沈是如，他心知情况紧急，因此也不顾多人在场，厚着脸皮对沈是如说道："是如，你跟我走吧……我对你的心，你该了解的。"

一旁的刘定之愣住了，张大了嘴，一会儿看看沈是如，一会儿看看吴墨林，百感交集，心中默念：是如！给他一耳光！

"师父，我呢？既然是分头行动，你就这么扔下我？"巴特尔往前一步，横在吴墨林面前，"我是你徒弟啊！是你衣钵传人啊！你要撇下我吗？"

"你……你想跟着我也成……"吴墨林有些无奈地说道，"这个你自愿就行。"

"这是你徒弟？"周游打量着巴特尔，满意地点点头，"小伙子精气神不错，看来，我们师门有后了！"

吴墨林向远处眺望了一眼，见虎丘山下四处都有官兵，正在到处搜查。他不再多费口舌，扭头拉着周游就走。他和周游走了几步，一回头，却见金农等颛社成员全都紧跟在身后，他怒目圆睁，低声吼道："你们不要命了！这么多人跟着，被人发现怎么办？"

金农却向吴墨林逼近了一步，坚定地对视着吴墨林的双眼："你必须跟我们在一起！就算你想走也走不了。"他身边的其他觑社成员此时也上前一步，面色不善，紧紧盯着吴墨林。

吴墨林咬牙切齿，跺着脚说道："行行行，你这是赤裸裸威胁我了？但就算是你们跟着我，也别带这么多人啊！这么多人太引人注目了！"

金农转头对身后的徐陵、傅纶等人说道："只有你们两个跟过来，其他人先散去吧，让觑社的其他兄弟自行躲起来，那个泉林庄园怕是要暴露，不要留在那里。"其他觑社成员领了令，四散而去。

吴墨林脚下步子不停，嘴里仍然在骂骂咧咧："一群跟屁虫，厚脸皮……我只想带是如走，巴特尔硬要跟过来也成，至于你们……"他转身指了指其他人，说道："一个个觍着脸，真不知趣儿。"

但他的话只是令其他人更加愤怒，却并未使他们离开。

周游却笑了，拍了拍吴墨林的肩膀，说道："算了算了，他们要跟过来，就跟过来吧。我带你们先去一个地方隐藏起来，先把这风头避一避。至于后面如何，你们自己慢慢商量吧。"

吴墨林见师父发了话，只好无可奈何地点头道："没办法，只能先这样了。"他想了想，又凑近了周游说道："你不会带他们去你家吧？照我说，千万别去你家，太危险了！再说，这么多人去你家，师妹……不，师娘该不乐意了。"

周游摇头笑道："放心吧，我带你们去的地方比较偏僻，是我自己修造的一处别业。"

"别业？"吴墨林吃了一惊，先前他在苏州城中看到师父家中一副清贫之相，真不敢相信周游还有钱来修造别业。

周游狡黠地向他眨了眨眼睛："别小瞧了你师父，我能做你的师父，还是有些能耐的。"

一行人不再争论，加快了步伐，迅速消失在虎丘山下来来往往的人群中。

却说李卫请来了苏州最有名的大夫为王老七疗伤。经过一番救治，王老七终于睁开了眼睛。那大夫松了口气，对一边的李双双说道："只要静静修养一阵子，他就应该无碍了。得亏箭头避开了心脏，他的身子又壮实，这才逃了一命。"

李双双抹了抹眼泪，终于露出了微笑。她轻轻地握住王老七那只断指的手，老七的手一颤，不由自主地要往回缩，但他终究没有缩回去。李双双的手纤细而滑腻，手上似乎还带着她的眼泪。王老七咧嘴笑了笑，试图举起另一只手为李双双揩去脸上的泪珠，但手刚刚抬起，就扯得胸口一阵剧痛，只能垂下胳膊，虚弱地说道："你说这箭头怎么会避开心脏呢？难道俺的心长歪了？这怎么可能，俺老七的心可是正得很呐！"

李双双被王老七逗得破涕为笑，说道："箭伤还没好利索，话却还是这么多……"她温柔地看着王老七，心里想，如果没有旁人在场，她或许会吻他的。王老七的胸口虽然疼痛，但被李双双的柔情笼罩，一颗心像是泡在蜂蜜水里一般。他轻轻捏了捏李双双的手指，笑着说："俺能让你这样看着，就算再被射一箭也值了。"

"你们两个先别高兴太早，是死是活还未可知呢，"一个低沉的声音在李双双身后响起，李卫走近前来，说道，"行了，人也救过来了，这位姑娘，按照约定，你应该把你知道的一切都告诉我了吧。"

"我告诉你，你会放了我们吗？"李双双问道。

"只要你说的是实情，我定会饶你们不死，何况你我之间并无冤仇，我只是替皇上办事而已。我李卫行事，一贯说到做到，决不食言。"李卫拉过一个矮凳，坐了下来，"说吧，把你知道的都说出来！如果你说的对我有用，或许，我会考虑成全你们这一对儿鸳鸯眷侣，但若有一句假话，我会毫不犹豫地杀了你们。"

李双双直视着李卫那双鹰隼一般的眼睛，心知无论如何，也只能暂时信了对方的承诺，她平静地将她知道的所有事情全部都讲了出来，其中也包括她和八爷、九爷的关系。李卫一边听，一边问，大概半个时辰之后，他站起身，对身边的陈鹏年吩咐道："限你两个时辰内，去给我找来苏州城最厉害的人物肖像画师。"

陈鹏年问道："李大人，你要哪一家流派的人物画师？须知此地的画家流派众多，不知哪一家合乎你胃口？"

李卫眉头一皱，忍不住骂道："你奶奶的，老子哪里晓得什么流派？你只需去给我找来画得最像的画家即可。画的好不好倒是无所谓，关键是要画得像！"

陈鹏年满脸赔笑，屁颠颠地领命而去，说来奇怪，李卫越是骂他，他越是觉得和李大人亲近。陈鹏年很快就找来了一个知名的肖像画师。画师是个四十岁左右的男子，对李卫拜了拜。陈鹏年介绍道："此人师承明代曾鲸的波臣派，又兼得西洋欧罗巴写生画法，专为苏州富户描绘画像，渲染烘托的本事堪称一绝，尤其是对人的骨骼气质之模拟，堪称……"

"行了行了，什么渲染不渲染，气质不气质的，我只要画得像！"李卫不耐烦地摆了摆手，说道，"李双双，还有王老七，你们来描述一下那些逃犯的长相，让这位画师画出来。"

画师取来笔墨纸砚，依据李双双和王老七的描述，用一只炭条起稿，一边画一边拿给李双双和王老七看，根据他们的意见修改。不多时候，画师便画出了李双双和王老七印象最深的几个人的肖像。李卫满意地将这些肖像画收拾起来，命人尽快临摹出十几份副本，张贴于苏州各处闹市及城门附近，标为朝廷要犯，悬赏捉拿。李卫口含天宪，身赍密诏，整个江南官场无有不从，一时之间，全苏州的捕快都动员起来，按照画像四处搜拿吴墨林等人。

至于如何处置李双双和王老七，李卫还未决断。李卫有些犹豫：他们已经招供自己是八爷党，八爷党自然是皇上的敌人，那就不该放了他们……但若是不放他们，又该如何处置呢？

等通缉的画像张贴到苏州城各处的时候，周游早已经带着吴墨林等人，从山塘河出发，绕过苏州城的护城外河，又经胥江水路，来到一处叫作"穹窿山"的地界。周游的别业就建造在这穹窿山之中的一小片平地上，前不着村，后不挨店，位置非常偏僻。寻常富豪人家修建别业，总会选择风景秀美之处，但周游修建的别业周遭的景色异常普通。

别业的院墙倒修的又高又壮，院门由两块厚实的杉木板组成，用一把大铁锁锁着。吴墨林等人刚走近院门，只听见里面响起狗吠声。随即有人前来开门。

"老板,您过来啦!"一个长得像一只瘦猴的中年男子将院门打开,只见门内站着一只大黄狗。众人再向院子中看去,不免啼笑皆非。原来,周游的"别业"只不过是五六座高大的茅草房而已。

"老板,今天怎么带了这么多人过来?"那开门的瘦猴儿眨巴着眼睛,好奇地问道。

"这个不用你管,你就当没有看到!"周游板着脸,居高临下地说道,"你让其他人老老实实待在屋子里,别让他们看到这些人。"

"行勒,听您吩咐就是!"瘦猴果然不再看众人一眼,转身走远。

周游转身弯腰,向众人做出一个"请"的姿势:"各位请去我的房间暂时安顿一下。"

第十六章

造假工坊

一、穹窿山中藏富贵

茅草农舍蕴金藏玉，造假贩子提议折中

周游的房屋是一个独立的三开间茅草房，与周围几座房屋相比，似乎更加高大一些。从外面看，除了比普通农家住宅主屋更加敦实之外，几乎没有什么差别。但吴墨林还是发现了一些不同寻常之处。他察觉到这栋房子的立柱比一般的民居更加粗壮，立柱表面木纹细密、黝黑而富有油脂感，非是寻常的木材。房子的屋脊足有一丈五尺多高，屋顶虽然覆盖着茅草，但在房檐处却能看到茅草之下铺垫着整齐的大片青瓦。

周游看到吴墨林等人对茅草房饶有兴趣，呵呵笑着，将房门锁打开，说道："各位对我这房子似乎都很好奇……也不妨告诉你们，我这房子用的木料是湘西乌木大料，用的瓦片是临清作坊烧制的。即便是屋顶的茅草，也是太湖边滩涂上的茅草，茎秆粗壮得很呐。"

"各位，请进，别客气，屋子里有些乱糟糟的，不知道你们要莅临寒舍，没怎么收拾，且将就些吧。"周游满脸堆笑，将众人请进了房间。

经过门框的时候，吴墨林发现房子外墙虽是土墙，却似乎在土中掺和了糯米和红泥，看上去极其坚固密实，且墙体比一般民居厚了三倍有余。窗户竟然有内外两层，一层向外开，一层向内开，窗户纸也非比寻常，用的是坚韧厚实的高丽皮纸。吴墨林暗暗猜测，师父安装这样设计的墙体和窗户，用料又如此讲究，不外乎是为了保障房屋内气温和湿度的恒定。想来这间房子必定是用作书画修复作坊。

进入屋内，映入吴墨林眼中的场景证实了他的猜测——室内布局极其宽敞，三个开间的隔断全部打通，一张足足有两丈长的红漆大案横亘在屋子中央，案子上是各种各样的书画修复工具。门对面的墙面上矗立着一丈多高的纸糊的墙，纸墙上绷着几张古画。

"这间房间可真有趣，"巴特尔好奇地打量着屋子里的陈设，说道，"这些工具我二师父也都有，只不过论起规模来，比这里要差一些。"

周游直点头："你师父那些玩意儿都是小打小闹，比起我，差的可不是一星半点儿。毕竟我是他师父，你呢，还得管我叫一声师爷。"众人至此方才知道周游的真实身份。巴特尔倒也爽快，冲着周游抱拳行礼："师爷，您老好。"

屋子里只有一把椅子。周游自顾自一屁股坐在了椅子上面，仰着脸对众人说道："我呢，名字叫周游，此处是我的别业，也是我的作坊。这院子里的其他人都是我雇佣的工匠，他们应该不会泄露你们到这里来的消息。你们在我这里暂时避一避风头，是完全没问题的，但不能随意出入院门。夜里睡觉，就睡到大红案子上面，我会为你们准备铺盖。至于那个女娃娃，嗯，院子东头还有个小房间，你可以住进去。条件有限，大家凑合一些吧。"

"至于你……"周游指着吴墨林说道，"这里没有多余的空房，你总不能跟女娃娃睡一个屋子吧？毕竟你们还没成亲哩。要么你也睡这间屋子的红案子上面得啦！"

吴墨林有些尴尬，连连点头，说道："我睡在这里自然是没问题的，无论如何，这里的条件也比董家村好多了。"

突然，金农一拳头砸在红案子上，发出一声巨响，吓了众人一跳。大家从未看到金农如此失态，只见他愤怒地吼道："我不关心睡在哪里！吴墨林，事到如今，你应该解释一下在虎丘上发生的事情了吧！你的这个师父假扮成老衙役，设计诓骗了我们所有人！这件事，你要好好给我解释一下！"

周游一蹦从椅子上弹起来，猛冲到金农跟前，金农以为他要打自己，吓得浑身一哆嗦，但周游却俯下身摩挲这红案子的大漆面儿，一脸心疼地说："我说你呀，生气归生气，干吗用那么大力气捶案子？我这大漆案子做起来有多费劲你知道吗？捶坏了你赔得起吗？"

金农铁青着脸，但吴墨林的神色却异常淡然，他似乎早就等着金农的问话。他不慌不忙地走到金农面前，直视着他的眼睛说道："我说冬心先生，你现在还能道貌岸然地觍着脸跟我发火？我刚刚不计前嫌救了你的命啊！你做的那些糟烂事儿，我还一句没提呢！"

吴墨林转向其他人，慢条斯理地说道："你们大概还不知道吧，这位金先生和他的飊社，其实一直想吞了董其昌的藏画。我们之前早就谈好的卖画分成的约定，在冬心先生眼里就是小孩子过家家，根本没当回事儿！"

"此话怎讲？"汪力塔瞪大了双眼问道。

于是吴墨林将他在泉林庄园偷听到的金农等人的对话复述了一遍。金农、徐陵和傅纶听得一阵心颤。吴墨林讲完之后，皮笑肉不笑地说道："嘿嘿，既然冬心先生不讲情面，我也只能玩点儿阴的。人家是正人君子，搬出保护文脉，存续占物的大道理，谁又能反驳呢？凭着这个大道理，冬心先生自然就可以理直气壮的吞没这些宝藏。"

"我没想着自己吞没，我想的是交给飊社保管！将这批东西交给最适合保护它们的人！"金农辩解道。

"是啊，你大义凛然，但你不能绑架着我们和你一起大义凛然。"吴墨林冷冷地回应道。

金农皱着眉头看向刘定之和沈是如："定之，是如，你们怎么想？难道你们觉得不该把这些古画交给最适合保护它们的人吗？古人云，'过目即为所有'。既然我们有缘看到这些古画，不就相当于拥有它们吗？"

刘定之沉吟不语，沈是如冷冷地说道："我并不反对董其昌的藏画由赑社的人来保管，但你终究不该瞒着我们。"

汪力塔却没有那么客气，他指着金农的鼻子骂起来："你这个矮冬瓜，他娘的一肚子坏水！不管你说的如何天花乱坠，老子到头来却是一分钱没捞到，只是为了你的道义累死累活地白忙活一场——天底下就没有这样空手套白狼的事情！"

"老汪话糙理不糙。"吴墨林赞许地直点头。

巴特尔沉思了一会儿，说道："要么不如这样，我们为这些藏画估个价，然后赑社出钱，从我们手里买下来不就可以了吗？"

金农叹了口气："若是只有几万两银子，倒还好说，怕的是这批东西价值太大……你们或许不知道，之前付给陈青阳的那五万两银票，就已经让我们赑社捉襟见肘了。后面的五万两，还等着庄先生把泉林庄园抵押出去凑钱呢。得亏后面官兵介入，乱了套，我们也因祸得福，把剩下的五万两银子给省掉了。"

"所以你就想强占，是吗？"吴墨林哼了一声，眼神之中尽是鄙夷，"虽然你对我如此不仗义，然而，我最后还是心软，把你给救了。你现在非但不感激，竟然还跟我拍案子？"

金农叹了口气，语气也软了下来："吴兄，我知你仗义，但我当初不是也去董家村救你们了吗？"

"那是因为你得靠着我们来揭开董其昌棺材上的谜团，到底是不是真心营救，只有你自己知道。"

"好啦好啦！我说你们也别吵了，"周游摆了摆手，说道，"我倒是有个办法，可以给你们做一个调解。"

众人都看向周游，一脸不解。周游用他枯瘦的指关节轻轻叩了叩红漆大案，一脸认真地说道："各位朋友，赑社出不起这份钱，还想得到这些宝贝，那么，我提议，我来出这份钱。"

"你疯了吗？你哪有这么多钱？"吴墨林吃惊得张大了嘴巴。

"您是什么意思？您的意思是您出这份钱，买下来，然后送给赑社？"

金农瞪大了眼睛问道。

周游道:"实话告诉你们,我可比你们想象的有钱多了。当然,我不是白送,你们得答应我三个条件。"

"什么条件?"金农急切地问道。

周游说道:"第一,得允许我来制作这些藏画的摹本;第二,以后只有我能往外卖这些画的摹本,矾社只有保存真迹的份儿;第三,这些藏画的价格须得经过我们双方协商,须得比市场价稍低一些。"

"你所谓的卖摹本,其实就是卖假画吧……"金农环顾整个屋子,说道,"我早看出来了,你的这个作坊,其实不是什么装裱修复的作坊,装裱的作坊没必要建造在山里避人耳目。其实这儿就是个造假画的地方吧!"

周游不置可否地说道:"你以为我哪儿来的钱呢?"

"等等,你先等等,"吴墨林瞪圆了双眼,一脸惊疑,"我也了解造假,但是造假能赚到这么多钱?"

周游呵呵笑道:"我的这个作坊,乃是多人合作,分工细致明确,非是一个人单打独斗。因此产出的速度百倍于个人。说句不客气的话,最近这几十年以来,整个市面上一半的假画,都出自我手。况且我平时也不爱花钱,只爱攒钱,我已经攒了几十年了。"

众人惊愕不已。汪力塔感慨道:"行行出状元,不管做什么,做好了都能挣钱啊!没想到啊没想到,俺这辈子见到最有钱的人,除了皇帝竟然就是老周了。"金农也叹了口气:"世事难料,今日我竟然会身处天下最大的假画制造窝点之中……周先生,您的提议,请容我再仔细考虑一番……"

许久未说话的刘定之忽然开口道:"这位周先生,你的提议,我断然不从。你用这些藏画做成假画,拿出去蒙骗别人,混淆画史,就是对历史的亵渎,也是对书画藏家的伤害。"

"我摹的古画,与真迹一般无二,买的人当作真迹买下来,他们以后再出手,价格也不会降,因此我卖假画,不会对别人造成任何的伤害。至于所谓的'亵渎历史'……我以为,造的不好才是亵渎,我这种最高水平的仿造可以说是向历史致敬。"周游不以为然地辩解。

"真的就是真的，假的就是假的。"刘定之厉声说道，"即使你做得再像，也还是假的。即便我看不出和真迹的区别，但不代表以后就没人看得出来。只要你卖的是假画，就是对真画的亵渎，是对先人的不敬，是对画史的混淆。"

"可是当初你在董家村不是也亲自参与造假画了吗？那时候怎么不见你拒绝？"吴墨林问道。

"那时候是被逼无奈的，儒家所谓的'权变'之术，像你这种工匠是无法理解的。"刘定之振振有词。

周游无奈地搓了搓手，转向吴墨林，揶揄道："小林子，你之前说的没错，这个姓刘的当真是个难缠的主儿，真就像块茅坑里面的石头，又臭又硬。"

刘定之轻蔑地扫视了周、吴二人一眼，哼了一声道："巧舌如簧，混淆视听。你们师徒两个才是一丘之貉。"

"这样吧，我想了一个折中的法子，"金农沉默了一会儿，试图打个圆场，说道，"你要制作摹本卖出去，也是可以的，但我有一个条件，必须在每一份摹本上做上特殊的标记，以待后人发现这是伪作。"

周游挠了挠头："那岂不是害了后面接盘的买家？留下标记，总会有人发现的，被发现了，就肯定会砸在买家的手里，你这么做，才是伤害了藏家的利益，实在是有损阴德！"

"我想了一个办法，"吴墨林咳了一声，"只需在制作摹本装裱时用的糨糊里多加一些白矾和白醋，就会加快纸张的朽烂，两三百年之后，这件东西就会碎裂成渣，这是个迟缓的、渐变的过程，东西越来越破，也就越来越不值钱，时间拉长了，收藏的人也就感觉不到什么痛苦了。到最后，这张画就完全化为糜粉了，也就不存在什么亵渎画史之类的事情了。"

"你这办法行得通！"周游不住点头，"我们还可以在摹本的纸上刷染一些糖浆，多招些蠹虫。"

"没错！"吴墨林的眼睛亮了起来，"我们甚至还可以在装裱的轴头、纸绢的缝隙里面塞一些蠹虫的卵，让蠹虫在里面孵化。这方面的活儿，我可以来做。"

"哈哈，好徒儿，离开我这么久，我看你修复东西的本事似乎没什么长进，毁东西的本事倒是见长！"

气氛变得轻松起来，众人也纷纷点头，赞同了吴墨林的方法，就连刘定之也同意了这种方案。

二、信仰崩溃

架火炉上演蒸揭法，设赌局站队南北宗

吴墨林将那块方形的画砖从石盒子里取出，轻放在红漆案子上，经过这一天的颠簸，画砖竟然完好无损，并无任何磕碰，也不见有丝毫磨损。

刘定之的目光锁在画砖上，表情略显呆滞，突然，他猛地转头，向吴墨林问道："告诉我，你是怎么找到的？棺材上的那幅画到底隐藏着什么线索？"

吴墨林嘿嘿一笑，从怀中取出了自己在泉林庄园中最初复原的那幅画，然后又向金农要出了第二次复原的画作，他将两张复原图摆放在一起，对众人说道："我那天夜里听到金农与傅纶的谈话，一气之下，将已经复原的画收了起来，重新画了一件新的复原图，专为误导你们。你们来看看，左右两张复原图，有什么区别？"

众人凑上前来，一番检视。两张画几乎一模一样，但若是细细观察，便可发现其中诸多景物的细枝末节有些许不同。

吴墨林说道："你们仔细看最左侧这一株枯树，依照地面上树根的位置，这棵树的树梢本来应该在画中千人石的前方，但其顶上的树枝却穿插到千人石之后去了。在画中类似的情况出现了好几次，再看那把剑和那支毛笔，剑和树枝以及右上方米点法画出的小树和千人石之间叠压的位置关系，这三组景物的前后位置关系也都是错乱的。我为了阻止你们找到宝藏，在第二张复原图中将这些前后叠压错乱的局部稍加改动，将线索抹去，画面中景物的位置关系就变得正常了。我早就猜到，真正的线索应当隐藏在这些错乱的叠压

吴墨林第一次绘制的复原图　　　　　吴墨林第二次绘制的复原图

关系中。"

刘定之长叹道:"吴墨林啊吴墨林,你可真是够狡诈的了,你害得我好苦,我其实早就怀疑你是不是在复原的时候出了差错。但凭着我的回忆,又觉得你给我们的那件复原的画作与原画似乎没什么区别。你这一招真够阴险的……"

吴墨林略带歉意地笑了一声,说道:"我改动的地方很小,怕的就是你们对棺材上最后那幅画仍有记忆。"

"好了好了,吴大哥,你该讲一讲如何解谜了。"沈是如颇有些急切。

"别急,容我慢慢为你抽丝剥茧,"吴墨林微笑着对沈是如说道,"首先要说的是,一幅画中出现这么多前后位置错乱的情况,明显是作画者有意为之。南朝谢赫提出绘画六法,历代画家奉为圭臬,六法之一便是'经营位置'。一幅画里的山石林木,位置分明,各居其位,是画家必备的常识。项守斌这样的名家,当然不会犯这样的低级错误,这一定是他有意留下的线索。按照这些景物底部所处的位置,它们从前到后的次序应该是:颜真卿的'虎丘剑池'刻石、试剑石上的宝剑、唐寅画风的枯树、千人石以及米点法的小树丛。但如果按照景物末梢处的叠压关系来看,从前到后排列,它们就变成了:米芾、千人石、唐寅、试剑石、颜真卿。"

刘定之的眼睛越来越亮,嘴唇哆嗦了一下,试图说些什么。

吴墨林对刘定之点了点头,说道:"老刘可能已经猜到了。不错,你们应该还记得棺材上《画经》的最后一段文字吧?'画派之争已历千年,各说各理,聚讼纷纭。高低次序,难以决断,余以为学画者必得于乱序中寻其不乱者。兼顾两极而得其中,方有大成。故得中庸者,方为透网鳞也。'请大家注意这一句:'必得于乱序中寻其不乱者。兼顾两极而得其中,方有大成。'在原画混乱的叠压位置关系中,排第三位的是唐寅的枯树,而若按照画中景物底部的空间位置排序,唐寅的枯树仍旧排在第三位,这就说明,正是枯树才符合乱序中的'不乱者'这一条件,而整座虎丘山中和唐寅有关的古迹只有那一块刻有唐寅题记的石头。只有它,才算符合'兼顾两极而得其中'。至于画面正中心的那块试剑石,不过是个障眼法罢了。"

众人至此方才恍然大悟。

刘定之哆嗦着伸出手,轻轻摸着画砖的表面,口中喃喃念叨着"思翁……思翁……"。他闭上了双眼,全心全意地用触觉去感知董其昌留存下来的遗物的全部气息。

吴墨林毫不客气地将刘定之的手推开,一脸嫌弃地说道:"别摸了,有什么好摸的?你摸来摸去,它还是一块砖,能变成书画吗?这不还得靠我们工匠来把它复原吗?"

"可是……这可怎么复原啊?"沈是如问道。

周游与吴墨林对视一眼,点了点头,异口同声道:"蒸!"

周游旋即取来一个红泥小火炉,放入炭火,又取来一个蒸笼和一口锅,添了水,架在火炉上,再将画砖小心翼翼地放置于蒸笼中的屉盘上。锅中的水很快就沸腾了,上窜的水汽渐渐渗进画砖之中。周游和吴墨林控制着炭火燃烧的温度,一会儿添水,一会儿加炭,就这样蒸了半个时辰之后,吴墨林撤去炭火,待画砖慢慢冷却,将其取出。此时原本坚硬的画砖表层已经松软膨胀。

"神了!"巴特尔赞道,"它怎么就变软了呢?"

周游解释道:"我说徒孙啊,你还看不明白吗?表面看,这是一块砖,其实不过是将许多书画用糨糊叠压在一起。糨糊干了就变硬,遇到热气就软化了,其实并没什么稀奇。"

吴墨林用一支竹起子轻轻从画砖表面挑开一道缝隙,又用一根针锥小心地从缝隙探入,慢慢地将画砖最外一层的纸张剥离下来。

所有人都屏气凝神,静静地等待第一张画的展开。巴特尔轻轻碰了碰刘定之的胳膊,问道:"大师父,你猜猜,这画砖里面会是谁的画?"

刘定之在心中曾幻想了无数次董其昌密藏的古代书画是何种风格样式,他深吸一口气,说道:"董思翁一生致力于追索南宗画的遗迹。在他心目中,南宗画之先贤,首推董源、米芾诸人。其中他对董源最为热衷。我猜这画砖中的东西,八成和南宗画派的早期宗师有关。"

但吴墨林却对刘定之的推论嗤之以鼻:"我看未必,这第一张画,也可能是北宗画家的手笔。你难道忘了董其昌棺材上的拓文里是怎么说的了吗？他说最好的画家应该是南北宗并重。"

"那套说辞明显是他为了设置谜题故意留下的线索，"刘定之摇了摇头，"从董其昌留下的诸多画论来看，他是瞧不起北宗的。他甚至说过，北宗画家们'为造物者役'，不如南宗画家懂得养生，所以活得都不长。思翁反复强调北宗画太匠气，又不够含蓄，往往有板刻之嫌。他有这样的想法，怎么会有兴趣收藏北宗画呢？思翁平生最讨厌的就是匠气！"

吴墨林停下手，抬眼盯着刘定之，冷冷道："刘兄，要么，你和我赌一局，就猜猜这画砖里的第一层画，到底是南宗传派，还是北宗传派。"

刘定之嗤笑道："吴兄这不是自找苦吃吗？我说你呀，还是专心把画都给揭出来，将自己该做的事做好吧。"

吴墨林心中升起怒意，将针锥和竹起子放在案子上，正色道："刘定之，这么久以来，你从心里一直都认为自己对书画的见解远高于我。究其原因，不过是因为你骨子里对匠人的鄙视罢了。我今日非要和你打这个赌不可。我们就把这个赌，作为咱们两人在书画见识上的最后较量吧。"

刘定之也认真起来，说道："也好，我答应你。"

"你们赌什么？"汪力塔一听到"赌博"两个字，立刻兴奋起来，他已经很久没有扔骰子了，"你们是赌钱呢还是赌东西？"

吴墨林指着刘定之说道："这样吧，如果我赢了，那么我从此以后就是巴特尔的大师父，你刘定之就是二师父。而且你从此以后，再也不许说'匠气'二字！这两个字从你嘴里说出来，简直臭不可闻，我不想再听到了！"

刘定之说道："没问题，那如果我赢了，你要答应我，以后再也不做造假的勾当！"

"可以，那就说定了！"

"谁若是不遵赌约，谁就是人中败类！"

"行，谁要是毁约，谁就是个王八蛋！"

汪力塔兴奋得双眼冒光："只有你们俩人不够热闹，这样吧，我们也赌吧！我们不赌别的，赌别的伤感情，咱们就赌钱，每人拿出一千两银子来赌，如何？"

巴特尔大感兴趣，说道："有意思！我也参加！但我没有一千两，我就先欠着，等画卖了钱再付款。"

汪力塔兴致勃勃，殷切地劝金农、沈是如道："各位朋友，你们难道不参与吗？表面上这是一次赌博，其实呢，这是一次对董其昌他老人家真实想法的推测！谁赌对了，就证明谁了解真正的董其昌！来吧！诸位！钱不钱的不重要，重要的是参与！"

沈是如笑道："那我也参加好了。"

金农与傅纶、徐陵三人交头接耳讨论了一阵子，傅纶低声对金农说道："冬心兄，你若是能拿得准，赌一次也无妨，赢了的钱正好充作飙社的会费。"金农点了点头，说道："我们三个也凑个热闹。"

于是，除了周游之外，在场所有人都参与了这场赌局。周游找来一张纸，左边写了"南宗"二字，右边写了"北宗"二字。汪力塔、巴特尔、沈是如、吴墨林赌的是北宗画，因此周游在"北宗"之下列上他们的名字；金农、徐陵、傅纶、刘定之赌的是南宗，因此他们的名字列在"南宗"之下。

吴墨林开始挑揭画砖最上层的那张画。他慢慢将这张画从画砖上剥离，再将折叠的画纸打开。当折叠在画纸内部的一角被掀开的时候，画中的一个局部显现出来，那是一棵树的枝丫。刘定之看到枝丫的一刹那，他的脑袋好似被闪电击中，两眼一黑，差点昏厥过去。只见画中枝丫转折方硬，行笔劲利笔直，正是南宋时期北宗画派的典型风格。

画幅慢慢打开，一行窄小的边款随即出现："臣马远恭画"。这张画中的山石纯以大斧劈皴法画出，水墨淋漓，用笔真率，与皇宫所藏马远真迹《踏歌图》的笔墨特点如出一辙。马远是南宋著名的宫廷画家，也是被董其昌归为北宗画派的主要几个名家之一。吴墨林得意地将针锥和竹起子扔到案子上，无法抑制的笑容绽放在脸上。

"为什么？不会的，这只是偶然罢了，画砖里面还有其他的画，不会都是这样的！"刘定之瞪着眼睛说道。

"甭管其他的是啥样子，咱俩刚刚打赌下注的只是这一件。"吴墨林得

第十六章 造假工坊

南宋 马远《踏歌图》

意的神色溢于言表，"巴特尔，以后你可要改口啦，得叫我大师父。"

巴特尔喜滋滋地点头应承："行，好的，没问题！"他刚刚赢了一千两银子，正在得意之时，丝毫没有觉察到刘定之阴沉颓丧的脸色。

打赌赢钱的还有汪力塔。他许久没有赌赢了，此时大笑道："哈哈哈！看来老子这次算是押对宝啦！其实俺并不了解董其昌。俺只是觉得老吴一向小心谨慎，猴精猴精的，一肚子鬼心眼。他敢拿来打赌的事情，一定板上钉钉！老子这一回赌的是人性！哈哈哈！"

其实，巴特尔和沈是如的内心想法和汪力塔一模一样，只是他们两个没说出口罢了。

金农、傅纶和徐陵不免垂头丧气。而刘定之此刻更近于失态，他指着画砖说道："接着揭！接着揭！我不信剩下的也是北宗画！董其昌一生看不起北宗，北宗多么匠气！他不会有兴趣收藏北宗画的！"

"你忘了我们的赌约？我们之前说过的，你赌输了以后就不许再提'匠气'二字，"吴墨林毫不客气地回嘴，"既然你要接着看，我继续揭画便是了，不过老刘啊，你要有些心理准备……"

吴墨林有条不紊地将画砖一层层揭开。第二张画随即展在众人面前，作者竟然是和马远齐名的夏圭。刘定之的脸色乌云密布，阴沉的可怕。

画砖剩下的部分愈发难揭，吴墨林将画砖放入蒸锅，蒸一阵子，揭一阵子，反复操作，揭开的画作越来越多。第三张是刘松年的山水画，同样，这也是一个北宗画派名家。第四张、第五张则是李唐的画……接下去所有揭开的画，全部都是北宗画派画家的作品。

"为什么，为什么……"刘定之的脑袋一阵眩晕，越发感到迷茫了。

此时画砖已经被揭去一半，吴墨林停下手中的活计，一脸严肃地说道："我来告诉你为什么。我知道你现在不好受，看得出来，你所有关于南北宗画派的认识，关于董其昌的认识都动摇了，你在怀疑自己对书画的理解是否正确，在怀疑一辈子秉持的美和丑的辨别标准是否正确，那么我现在告诉你，你错了！"

三、画派之争

匠人解惑鞭辟入里，文士迷茫心服口膺

吴墨林的言之凿凿令刘定之心中蹿起一股子怒火，他平生最忍受不了的就是有人质疑自己对书画的见解，他咬着后槽牙说道："你这个匠人邪妄到了极点！按照董其昌的说法，你无疑就是个'野狐禅'！你有何资格议论我的对错？"

吴墨林道："我与你就事论事而已。你一向自诩是个文人，文人嘛，论起品读文章的本事，自然比我这个工匠强出来许多……那我倒要问问你，你可曾仔细读过董其昌棺材上拓印下来的那一篇《画经》？你可曾仔细揣摩过《画经》后项守斌的跋书？我虽是个工匠，却仔细琢磨过。来，大家仔细听，我为你们所有人重新背诵一遍董其昌在《画经》中的最后一段文字——"

他摇头晃脑，一字一句地背诵起来："画派之争已历千年，各说各理，聚讼纷纭。高低次序，难以决断，余以为学画者必得于乱序中寻其不乱者。兼顾两极而得其中，方有大成。故得中庸者，方为透网鳞也。"

吴墨林停顿了片刻，似乎在为众人反复品咂留下时间，而后说道："这段话中，董其昌意在说明，学画要兼顾两极而取其中。老刘以为这是董其昌为了设计谜题，违背本意的说法，其实，这句话里面还有一层深意。所谓两极，按照我的理解，一极是南宗，另一极就是北宗。兼顾两极而得其中，正是融合南北宗而融会贯通。当然，董其昌提出这样的观点，显得非常古怪，因为这个观点正好和他在以往的文章著作中留下的议论相悖。但仔细想，也没什么奇怪的，董其昌生前身居高位，甚至做过帝师，他说的每一句话都被当时的文人士子奉为圭臬。我估摸着，他写这篇《画经》的时候已经垂垂老矣，很多观点已经和年轻时相左。但他脸皮儿薄，好面儿，无法对天下人承认自己之前的认识都是错误的——这不是自己打自己的脸吗？可他又不甘心，所

以只好留下这篇《画经》，委托项守斌埋在自己的假墓之内，等着后世的哪个有缘人再次将此书公之于世。"

"你将董其昌想的跟你似的——太庸俗了，"刘定之的偶像被如此"糟蹋"，心里极为不满，语气尖酸地反驳道，"董其昌这样的大文豪，大学问家，心胸何至于鄙俗至此？若真是他所想到的至理，为何会藏着掖着不敢示人？"

吴墨林嘿嘿冷笑一声："大文人也是人，也会面临俗世中难以解决的困难。董其昌在世的时候被天下人捧得高高的，只要是他赞许的书画，价格立即翻了数倍。被他贬损过的书画则会一文不值。他就是当时书画鉴定圈子里面的第一权威。如果他公开更正自己对书画价值高低的认知，颠覆自己以前的意见，那么经过他品鉴过的古书画将会面临什么样的局面？"吴墨林顿了顿，以一种戏谑的语气说道："曾经被他下过定论的书画价值或许会产生大幅波动，那就会影响到一部分人的利益——大家曾经按照他的意见买卖书画，突然有一天，他自己把这个标准给推翻了！他会被书画贩子们骂死的！他的晚年还能有片刻安宁吗？"

金农点了点头："墨林兄从这一层来分析，似乎确实有些道理。"

巴特尔也表示赞同："大师父说的在理。"他已经开始改口称吴墨林为大师父了，"董其昌纵然是文曲星下凡，也得考虑考虑自己的口碑，况且论起他的心胸和人品，大概未必有多好。否则在他晚年的时候，他的家怎么会被乡民烧毁呢？"

刘定之兀自争辩："画品即为人品之写照……观董其昌清正秀雅之画风，我绝不相信他是鱼肉乡里的豪强，也绝不相信他会为了一点私利，隐藏自己真实的观点！更何况董其昌即便是家被烧了，仍然把藏画捐给了鸥社，也足以见他不是那种见利忘义之人。"

吴墨林摇了摇头，叹息道："巴特尔，你把董其昌想得太坏，刘定之呢，又把董其昌想的太好。我呢，则是'兼顾两极而取其中'，将他想象成一个平常人。董其昌的房子被乡民焚烧，其原委毕竟是历史悬案。但他真的有那么坏吗？我看并不见得……我来说说我的推测。"

吴墨林第一次觉察到众人看着他的眼神中似乎多了一种崇拜和期待，尤其是沈是如，那双妙目中明显有欣赏和认可，他享受着这种感觉，继续说道："依我看，这场火灾很可能是董其昌自编自演的。他可能早就预见到天下即将大乱，惧怕自己收藏的书画无法在后世子孙手中得到妥善保存，所以才做了这场戏，假装藏品在火灾中丢失殆尽，其实呢，全都藏起来了，并转交鸥社保护。如此一来，外人都知道他的藏画毁掉了，一旦发生战乱，也就不会有人打他那些藏画的主意了。"

"我有个问题，"沈是如问道，"为什么董其昌传给鸥社的都是北宗画派的古画呢？他那些南宗画派的藏品呢？"

"很好的问题，"吴墨林向沈是如投去赞许的眼神，"我猜，因为他生前就将大量南宗画派的古画都卖出去了，然后用那些南宗古书画换来的钱财，去购买了大量北宗画派画家的真迹。反正经过他一辈子不遗余力的宣传，南宗古画比北宗古画昂贵的多，他正好可以钻这个空子。高卖低买——你们看，这里又显示出他市侩精明的一面了。"

汪力塔连连点头："有道理，有道理，所以他更不能在活着的时候公布自己对北宗画的看法。否则大家都要骂他老奸商了。"

吴墨林说道："反正不管怎么说，他因为以上各种因素，决定将北宗藏画留给鸥社后人。我猜测，按照董其昌和项守斌本来的设想，这样做是为了避免因为战乱而损失藏画。但问题是，正是因为战乱，项守斌命丧清军军营，后来鸥社的成员集体去军营营救，更是遭受了火顶之灾。而藏画的线索也因此阴差阳错，到了我们手中……"

吴墨林说完这些，又看向刘定之，笑道："刘兄，我说到这里，你觉得还有什么需要反驳的吗？"

刘定之怔怔地说不出话来，搜肠刮肚地寻找可以反驳吴墨林的地方，终于，他想到了一点，说道："照你这么说，董其昌是晚年才体会到北宗画的好处？诸位请平心而论，难道你们都觉得北宗画和南宗画旗鼓相当吗？"

刘定之的话使得沈是如、巴特尔等人频频点头。但金农却皱起了眉头，有些犹豫地说道："定之兄，也许我可以解答你的疑惑。"

金农接着说道:"大家也都知道,歙社收藏了很多古画的摹本,我对这些摹本也甚是熟悉。我发现,其实元代以前的北宗画的摹本的水平,要比当今世上流传的北宗画水平高出许多。换句话说,古书画在流传的过程中,发生了一个奇怪的现象,南宗古画的大量精品今日仍为世人所知,而北宗古画的精品却逐渐绝迹,只能在歙社的摹本中得以一窥。"

金农顿了顿,说道:"到了今天,人们看不到好的北宗传派作品,自然就会觉得北宗弱而南宗强。其实北宗的顶级画手,水平大多比世人想象得更高。"

刘定之喃喃道:"怎么会,董其昌曾说过,北宗大多有浮滑、荒疏、匠气和板滞的毛病,因此北宗的衰败,难道不是理所应当的吗?"

吴墨林哼了一声,指着揭开的十几张画,对刘定之说道:"浮滑的用笔处理好了就是轻捷,荒疏的意蕴再上一层就是脱略,匠气拔高一点儿就是精工,板滞与凝重也只有一线之差。你仔细看看这些画,虽然现在泡了水皱皱巴巴的,但这都是仅存不多的北宗精品,从中也可大概看出笔墨水准,难道真的比南宗差到哪里去吗?其实金农说的只是一个现象,这其中还有更深层次的原因。"

"墨林兄今日当真让我刮目相看,"金农抱了抱拳,说道,"可否为我们说说,这更深层次的原因究竟是什么?"

吴墨林摸了摸自己的山羊胡子,说道:"老刘,老金,我问问你们,北宋以后,你们心目中有哪些最重要的书画鉴赏家?"

刘定之愣了愣,他虽然不喜欢被吴墨林牵着鼻子走的感觉,却还是如实照着心中所想回答道:"北宋的郭若虚、米芾,元代的赵孟頫、汤垕,明代的沈周、文徵明、王士贞、董其昌……"

吴墨林点了点头,说道:"问题就在这里!你们发现没有,从南宋以后,绝大部分书画鉴赏家都是江苏人!米芾祖上虽然是太原人,但他长期居住在江苏镇江,而赵孟頫是江苏吴兴人,汤垕是江苏淮安人,文徵明和沈周是苏州人,王士贞是太仓人,董其昌是华亭人……他们全部都是江苏人!都是老乡!老乡自然捧老乡啊……我再问问你,南宗画派的画家们,大多数籍贯是哪里？"

刘定之愣了愣神，说道："王维是山西运城人，董源是江宁人，王蒙是吴兴人，倪瓒是无锡人，至于文徵明、沈周、唐寅，都是苏州人……"

吴墨林猛地一拍巴掌，叫道："你们发现了没有？所谓的南宗画派，大概都是地域十分接近的一个小圈子里的人，他们抱团，互相捧，终于捧出了一个南宗画派！至于北宗那些画家呢？什么李思训、范宽、赵伯驹、马远、戴进……分布非常分散，风格也不统一，自然就被南宗画家们排除在外了，甚至发展到董其昌的时代，对北宗只有诋毁和嘲讽了。南宗画派越来越强势，越来越抱团，越来越自信。当然，还有一点，也是最重要的一点，元代以后，江南人，尤其是苏州人越来越有钱，有钱了自然就肯花钱收藏古书画，他们苏州收藏家不仅有钱，还热衷于写书，当然就可着劲儿收藏和吹捧本地人的古书画啦！这样就形成了良性循环，南宗的古画自然就会受到世人珍视，精品更是得以存续，北宗呢，自然就越来越没落了。"

刘定之绞尽脑汁，辩解道："你这思路着实庸俗……难道，难道不是因为南宗的画水平高，才被捧的吗？怎么会是因为捧得高，水平才变得高了呢？你讲的本末倒置了。"

吴墨林呵呵笑道："我并没说南宗的画不好，我只是说，南北宗的画都好，但是南宗被苏州人捧得太高，于是到后来就压过了北宗。"

刘定之呆了片刻，说道："按你这么说，董其昌到了晚年，终于意识到北宗山水画被忽视的价值了？"

吴墨林露出孺子可教的表情："你总算开窍了，事实就是这样的。"

众人都沉浸在吴墨林的长篇大论中，思索良久，越想越觉得有道理。巴特尔叹了口气，说道："哎！没想到，书画这么纯粹的艺事，竟然也跟有没有钱，有没有势，抱不抱团，吹不吹牛有关系！俺突然觉得有些索然无味了。"

吴墨林笑着摇了摇头："不，这正是有意思的地方。你应该领悟到，你心中秉持的所谓的美丑善恶的标准，很大程度上都是被其他人塑造出来的，你要时刻警惕，时刻谦卑，时刻保有接受冲击和改变的心态，唯其如此，才能不断接近真相！唯其如此，才能欣赏和领略到这世间胜境！"

巴特尔似懂非懂地点了点头,他以前很少听吴墨林说这样的大道理。刘定之反复咀嚼吴墨林的话,心中越发苦涩:是的,吴墨林说的是对的,自己一直以来都犯了一个巨大的错误——自己总是愿意相信一成不变的道理。刘定之曾经坚定的以为皇帝效命为人生理想,也曾坚信南宗画的绝对正确和优越,如今这两个信仰全部都破灭了,他有种强烈的迷失感。如今他还能相信什么呢?他这样胡思乱想着,越发觉得人生虚幻缥缈了。

刘定之与吴墨林赌的不单单是几张画是什么风格的问题,他们俩赌的其实是对董其昌人性之揣摩,对南北宗之理解,以及对书画发展历程、演变规律之认识。刘定之这一次输得心服口服。他的目光转到已经揭开的十几张画纸上,有气无力地说道:"老吴,这场赌局,是你赢了。"

四、远行

吴墨林上一次看到刘定之如此颓废,还是在鸡冠洞之内。那时候刘定之对胤禛的一腔忠心化为泡影,以至于寻死觅活,痛哭流涕。那是刘定之人生中第一次信念的崩溃,而这一次的崩溃虽然不及上一次猛烈,但似乎有着无穷无尽的后劲儿。刘定之曾经秉持的艺术信念,曾经认定的品鉴准绳,就在此时此刻化为糜粉。

看到刘定之惨兮兮的样子,吴墨林心中有些不忍,正想说些安慰的话,周游神秘兮兮地将吴墨林拉到屋内一角,避开众人,低声赞道:"小林子,没想到你出息成这个样子。打死我也没想到,咱们工匠也有一天能在文人面前扬眉吐气,真给咱师门争脸!"

吴墨林摆摆手,笑道:"师父你过誉了,其实我们都被自己的身份限制住了,谁规定工匠就不该读书思考?工匠一样可以对历史和历史人物有自己的一番独到见解。"

周游嬉皮笑脸地看着吴墨林,压低声音说道:"嘿嘿嘿,你倒是一点也不谦虚。别人不知道，我难道还不知道你为什么敢跟人家老刘打赌？"

吴墨林脸色一变，咳了一声，低声说道："难道你不觉得我之前说的那些道理的角度很独特吗？"

周游嘿嘿笑道："你讲的那些道理自然是有些新意的，还有你对《画经》最后一段的推断，对董其昌家里火灾的猜测，的确另辟蹊径，又合情合理。但像你这么谨慎的人，肯定不会因为这些东西就敢断定纸砖里是南宗画还是北宗画。其实，你之所以确定画砖第一层是北宗画，不外乎是因为两点——"

周游将声音压得更低："一是纸料特殊，当初我在虎丘吐唾沫从画砖上搓下纸毛的时候，你应该就已经发觉这纸张坚厚柔顺，滑而不沾。纸毛中既有长纤维，也有短纤维，应当是竹料和构皮混合造成的纸张。历史上在皮料中混用竹料造纸，正是南宋以后才开始盛行的。而纸张上的帘纹偏宽，隐隐有龙纹水印，这正是两宋皇家造纸的特殊工艺；二是纸张湿润以后，没有墨透出来！这种厚度的纸张被折叠四五次后粘在画砖上，经过蒸汽润湿，并没有大片墨迹透过来，说明画的正面着墨部分是比较少的。而只有南宋的马远、夏圭才擅长这一路空疏辽阔的构图手法。马远和夏圭都是南宋国手，他们两个不是号称什么'马一角，夏半边'？咱们都知道，马远、夏圭作画往往只画山水的边边角角，画面大部分以云气留白。而南宗的画家，除了倪瓒以外，很少有类似的画法。综合以上的各种情况，你就能够推断出这是一件北宗画。只有像你我这样能够亲自上手感受纸张材料，对纸张和水墨的性能了如指掌的修复匠人才能够做此推论。"

周游滔滔不绝地一口气说完，用手肘捅了捅吴墨林的腰眼，一脸神气："怎样？小林子，被我看透了吧？"

"行行行，我就知道瞒不过你，"吴墨林无奈地说道，"但我刚刚说的那些道理，包括我对《画经》最后一段的理解，确实是我自己想出来的。"

"嘻嘻，这我倒是相信，不管怎么说，你这次给咱们工匠挣足了脸面。而且你放心，这件事我不会说出去的。"周游呵呵笑着，携着吴墨林的手，两人又回到众人身边。

这边的师徒两个正在嘀嘀咕咕的时候，巴特尔和汪力塔刚刚赌赢了一千两银子，正在兴头上。巴特尔见刘定之丧魂落魄的样子，凑到近前，低声对他说道："二师父，您不要这么伤心了。大不了我把赢的一千两银子分一半给你。"

刘定之哪有心思跟巴特尔搭话，他呆呆看着揭下来的十余件画纸，一言不发。周游将巴特尔拉到自己身边，说道："好徒孙，你就别管你刘二师父了，人家现在正烦着呢。来，我来教你怎样揭画砖。"

于是揭画砖的工作继续下去。没多久，全部的藏画都被揭开，这些藏画无一例外，全部都是董其昌曾经归之于北宗一路的古代绘画。揭开的单层画作平摊在案子上，皱皱巴巴，但明眼人都能看出画中笔墨的劲爽豪健。

这些单层的古画经过此后半个多月的托裱、装潢，变得平整而清晰，焕发出超凡绝伦的神韵。刘定之最初对这些北宗画难以接受，脑子中总是先入为主地存了贬低和鄙夷的想法，到如今已经对这些北宗绘画渐渐着迷。那些浓重的色彩、重拙的用笔、恣肆的墨法无不昭示出不同于南宗的另一类伟大的绘画传统。

几乎所有人都被这些北宗画迷住了，只有汪力塔更在意这些北宗画值多少钱。他早就从之前吴墨林与刘定之的争辩中听明白一件事情：在当今风尚之下，恐怕北宗古画卖不上价格。他忧心忡忡地询问周游："老周，你说，这些画到底能值多少钱啊？"

周游嘿嘿笑道："顶多也就五万两银子，你也知道，现在这书画圈子的收藏取向，大多仍旧遵从董其昌当年定下的标准。"

"五万？开什么玩笑！"吴墨林毫不客气地反驳，"最少也得十万！"

"顶多六万。"周游梗着脖子说道。

汪力塔的心越来越凉，紫茄色的大脸显得更黑了。吴墨林安慰他道："你可别忘了，咱们还有三件宝贝在菡芬楼里，这三件东西的价格，比起这几十件北宗画要高得多。"

话说李卫将吴墨林等人定为朝廷要犯，将他们的画像四处张贴，悬赏捉拿。但半个月过后，仍一无所获。李卫毕竟也有差事在身，不能在此处耽搁太久，于是准备启程继续南下履新任职。临走前，他私下见了王老七和李双双。此时的王老七已经脱离了生命危险，已经可以下床走动，但他的身子仍然十分虚弱。

"如果我放了你们，"李卫说道，"你们会回到廉亲王身边吗？"

"李大人，我们发誓，若您放我们一条生路，我们从此便隐姓埋名，"李双双的声音低弱得近乎哀求，"欠八爷和九爷的债，我们该还的，已经还清了。"

"是吗？"李卫的眼神深邃而幽暗，"口说无凭，我怎么才能信你们呢？"

"究竟我们要怎样，你才能相信？"王老七瞪视着李卫。

李卫抬手指了指王老七的胳膊，又指了指李双双的眼睛，见二人仍然不明所以，李卫咧开嘴，干笑了一声，说道："如果'咧嘴镖王'废掉一条胳膊，'观音二娘'瞎掉一双眼睛，我就会放了你们。只有废人，才不会再为八爷党所用。"

"不！留着双双的眼睛！我可以废掉两条胳膊！我还可以瞎掉一双眼睛！"王老七不顾箭伤，猛冲上前，试图揪住李卫的衣领，但被李卫身边的侍从挡住。

"没事的，老七，"李双双拉住了王老七，强忍着心中的凄楚，笑了笑，对老七眨了眨眼睛，"我这双眼睛经常看错人，所以就算瞎了，也没什么不好的。"

李卫点了点头，用一种欣赏的目光看向李双双："你放心，我会命人用药水把你的眼睛弄瞎，不会让你变成一个丑婆娘的。"

"那就多谢了。"

李卫的手下熟谙类似的"肉刑"，不过一炷香工夫，李双双和王老七互相搀扶着从苏州府衙中走了出来。王老七的胳膊上缠着绷带，而李双双的双目则彻底失去了神采。秋日的阳光照在二人身上，散发出温暖而又安宁的光韵。

经过反复谈判，周游、金农与吴墨林等人终于敲定了最后的协议：由周游的作坊负责临摹找到的所有古代书画。这些古代书画中也包括前几次找到的《兰亭序》《嘉陵江山水图》与《释迦牟尼像》。周游先支付八万两银子，才能获得最后一批北宗画的摹制权，之后需要再支付二十万两，才能获得其他三件珍迹摹本的独家摹制权。按照吴墨林等人先前的约定，将这二十八万两进行分成，吴墨林、刘定之、汪力塔、巴特尔每个人可分得六万两，金农与沈是如因为半路加入，每人分得两万两。

巴特尔执意要将自己所得的银子再分给吴墨林与刘定之每人两万两，以充学费，却被二人拒绝了。

时间又过去数月，苏州城由秋入冬。沈是如将菡芬楼内藏匿的《兰亭序》《嘉陵江山水图》和《释迦牟尼像》一并带回周游的别业之内。周游依照承诺，将全部的古书画做成摹本，又将二十八万两银子全部付清。而所有这些宝藏，自此全部转入飚社的手中。

金农将所有的书画打包装箱，准备运往专门的储藏之地。接下来，飚社还要再复制临摹一套副本，金农本来想请周游帮忙，额外再为飚社摹制一套副本，但周游要价太高，也就作罢。飚社自有制作摹本的技师，只是效率远远不如专事造假的作坊。

眼看着所有飚社的成员就要离开周游的别业，吴墨林终于再也忍耐不住。他私下找到了沈是如。吴墨林一脸认真地说道："是如，你去过琼州岛吗？据说那儿的风光与中原完全不同，我一直想去见识一下，咱们同去可好？"

沈是如咦了一声："你难道不是飚社成员吗？咱们不是该跟着飚社的人一起离开吗？"

吴墨林摇了摇头："我天性不愿受人管束，无论是朝廷还是飚社，但凡是个组织严密、条条框框太多的地方，我便会有天生的反感。"

他朝着沈是如走近了一步，心跳加速，鼓足勇气说道："是如，你看，你是这世间最聪慧的女子了，所以你该明白我对你的感觉。咱们一起走吧，周游给的钱足够我们后半生逍遥的了，咱们从此做个自由自在的陶朱翁。纵然朝廷如今通缉咱，但咱可以去更加偏远的地方，我看琼州就是个好地方，或者琉球、真腊也不错。到了那里，咱们自己也造一艘书画船，你弹琴，我画画，这样的日子难道不好吗？"

沈是如忍俊不禁："吴墨林，你和刘定之还真的是一对儿，你们两个都想一块儿去了。你知道吗，就在前几天，刘定之还跟我说，要带我和巴特尔去西洋的欧罗巴，去见识见识另一个伟大的艺术传统哩。"

吴墨林愣了愣："他去欧罗巴？哎呦呦……恐怕是他之前与我争论的时候受了刺激，现在转了性情，总想着开阔眼界，改变自己。但欧罗巴太远了，咱们先去东洋和南洋，近一点的地方，循序渐进，你说好不好？"

沈是如嘻嘻一笑，摇了摇头："你们这些男人，总想着带我去哪个地方逍遥自在，你们怎么不问问我想做什么呢？也许我愿意回京城继续经营菡芬楼哩！"说罢，沈是如哼了一声，头也不回地走了。

吴墨林垂头丧气，收拾好行装和银两，又请人给自己画了个妆（为躲避搜捕）。在一个天朗气清的早晨，他与众人拜别。临别之际，唯独不见沈是如。金农告诉吴墨林，沈是如自觉离别之时过于伤感，故而不愿亲临现场。吴墨林满心凄凉，众人也都觉得有些感伤。

巴特尔提议大家为吴墨林合绘一幅《穹窿山送别图卷》，于是金农绘柳树，刘定之绘山石，巴特尔绘杂树灌木，汪力塔绘水边荷叶，周游绘别业房屋，罗兰绘岸边野花，就连徐陵与傅纶，也都在画上添了几处苔点。吴墨林最后加上送别的人物与一艘小船，想到整幅画中唯独不见沈是如的笔墨，心中不免黯然。

艄公一声吆喝，吴墨林的小船沿着穹窿山下蜿蜒的水路慢悠悠荡去。吴墨林站在船头，望着前方一片迷蒙的山光水色，突然想起一年多以前在西湖水底找到的《兰亭序》卷后夹层中那首诗，他记得那是项守斌作的诗：渺渺烟云匿此间，霜冷溪岸野鸠鸣。天命未完寸心在，清风泠泠与同行。

现如今，与自己同行的，确实只有泠泠清风了。

小船拐了个弯，他听到前方传来古琴的声音。这琴音颇为熟悉，仔细一听，正是瓯社入会仪式之前金农弹过的那首曲子。吴墨林的心猛地一揪，令艄公将船划向琴音传来的方向。

透过清晨湿寒的雾气，他模模糊糊看到一个女子坐在岸边。她的肩上背着一个行囊,脸上挂着笑容,喊道:"我也想去琼州岛看看,吴大师可否搭我一程?"

吴墨林大笑起来。

后　记

若干年后，太监魏珠病重，自知不久于人世，他请求见皇上最后一面。

胤禛来到了魏珠的病榻之前。魏珠看到胤禛操劳过度的面庞，不由老泪纵横。他颤巍巍抬起胳膊，握住了胤禛的手："皇上，奴才临死前，要说一件事。"

胤禛点了点头："你说吧。"

魏珠重重地咳嗽了一声，说道："皇上，您还记得那道先皇留下的遗诏吗？"

胤禛猛地抓紧了魏珠的手："你到底想说什么？"

魏珠的眼神慢慢变得涣散起来，他努力维持着最后的神志，说道："老奴要把真相告诉皇上，一是要解开皇上多年的心结，二是要让皇上知道，八爷、十四爷他们其实罪不至死，皇上夺了他们的权，囚禁他们便是，不可了结了他们的性命……"

魏珠看着雍正瞪大的双眼，手颤抖得更加厉害了："先帝爷……当年留下了两道诏书，一道遗诏是没有被涂改和墨渍的，一道则是有污渍的。他令我等张廷玉读完诏书后，去南书房，用那有污渍的遗诏去替换没污渍的。"

"为什么？"胤禛的心就像坠入了冰窟，"先帝既然要传位于我，何必要节外生枝？"

魏珠用尽最后的力气说道："先帝是旷古未有之帝王！他弥留之际对老奴说，历朝历代之灭亡，大半原因都是守成之君过于柔弱，无复先辈杀伐决断、果敢决绝之性情。先帝……先帝最看好四爷你，但他并不十分确定你是合适人选，所以，他要为其他阿哥们留下一个反攻的机会，先帝觉得，你若能扛住，则必然守得住大清基业，你若是扛不住，让其他阿哥来守这份基业，也未尝不可。先帝说……先帝说……"

眼看着魏珠就要断气了，胤禛急吼："说什么？他说了什么？"

魏珠气若游丝："先帝说，他要对得起祖宗的基业，所以……所以，就只能对不起儿子……他说明朝最后灭亡的原因，就是因为几个藩王争着当皇帝，群龙无首，才为满人所灭。先帝说，权力最终要全部集于一个儿子的手里，不能分权，先前的阿哥们开府建牙，但最后却一定要进行集权。因此必须要挑起阿哥们之间的战争，只有在这场战斗中获胜的阿哥才真正有资格取得帝位，他说，也只有这样，才对所有的儿子最为公平……也对大清最好……"

胤禛喟然叹道："他难道就不怕我们斗得一团乱，会有外敌趁机入侵吗？"

魏珠摇了摇头："先帝病重之时，大清四海靖平，青海阿拉布坦之乱只是癣疥之疾。先帝说，国内乱一阵子并没什么，乱了之后，根基会变的更稳……"

魏珠说完这些，头一歪，闭上了眼睛。说来奇怪，在他咽气的最后一刻，脑海中竟然浮现出吴墨林的脸庞。那位了不起的工匠，恐怕是当时唯一看出传位诏书中蹊跷的人物了。